KB097717

세상 끝 작은 독서 모임

세상 끝 작은 독서 모임

프리다 쉬베크 장편소설

심연희 옮김

열림원

틸다와 클라라에게

이 세상 최고의 독서 모임을 위하여

일러두기

1. 이 책은 Frida Skybäck의 Bokhandeln vid världens ände(Louise Bäckelin Förlag, 2020)를 우리말로 옮긴 것으로, 독일어판(Karoline Hippe, Nora Pröfrock 옮김, Insel Verlag, 2019)을 원본으로 했다.
2. 본문의 각주는 모두 옮긴이 주이다.

5월 29일 수요일

퍼트리샤 슬론이 기다란 우편함을 열어 오늘 온 우편물을 꺼낼 때만 해도, 그 사이에 하얀 봉투가 있는 줄은 몰랐다. 그녀는 편지와 신문, 광고지 더미를 겨드랑이에 단단히 끼우고 자그맣고 빨간 우편함 뚜껑을 내려 닫은 다음 문으로 향했다.

아직 5월인데도 샬러츠빌은 대단히 더웠다. 초원의 풀은 노랗게 말랐고 밭에는 심하게 가뭄이 들어서 농장 주변 땅바닥은 길게 갈라져갔다.

퍼트리샤는 하얀 대문 기둥에 손을 얹었다. 오늘 매켄지 주니어 고등학교 서무실의 하루는 유난히 길고 힘들었다. 일단 아침부터 8학년의 성교육이 열리는 1교시에 화재경보기가 울려대는 것으로 시작했다.

퍼트리샤는 실제로 불이 난 건 아님을 곧바로 알아챘다. 데니스 로드가 손에 라이터를 들고서 복도를 걸어가는 모습을 보았으니까. 하지만 교내에 있는 사람들은 안전 수칙상 피치 못하게 건물을 비워야 했다. 축구장으로 질서정연하게 대피해야 하는 학생이

5백 명이나 되다니. 이건 너무나 좁은 문으로 성난 소 떼를 몰아가는 것과 다름없이 난장판이 벌어질 일이었다.

퍼트리샤는 욱신거리는 어깨를 주물렀다. 그 사건 때문에 당연히 8학년 성교육 수업은 무산되었다(물론 다른 수업도 마찬가지였지만). 생물 교사인 앨버레즈 선생님은 몹시 화를 냈다. 학생들이 성교육 강의의 첫 부분만을 들었을 뿐이었는데 수업이 중단되어 버려서, 두 번째 부분인 "생식 기관을 무책임하게 사용"하면 따르는 결과를 가르칠 수가 없었기 때문이란다. 앨버레즈는 곧바로 성교육 수업 일정을 다시 잡아달라고 요구했다. 그래야 가르칠 걸 다 가르칠 수 있다나. 퍼트리샤는 앨버레즈에게 면도용 온수를 무책임하게 사용하는 본인의 행동을 먼저 생각해보면 어떻겠냐고 대꾸하고 싶은 심정이었다. 하지만 그녀는 8학년 수학 교사와 합의한 끝에 앨버레즈가 수학 수업의 30분을 받아 소기의 목적을 달성할 수 있도록 조율해주었다.

그 합의가 이루어진 게 오전 10시였다. 한숨 돌리고 보니 밀린 오전 업무가 한가득이었다. 그러다 45분 후에 학생들이 교실로 사라져 운동장 바닥이 다시 보이게 되자, 이젠 레이철 모건이 코를 두 손가락으로 쥐고 서무실에 들어왔다. 체육복 차림의 이 여학생은 걷어 내린 무릎 양말 윗부분에 찰과상을 달고서 중얼거렸다.

"슬라이딩 태클을 하다 이랬어요."

참 안타깝게도 그때 퍼트리샤는 실무진의 물자 소비에 관해 이사들이 길게도 쓴 보고서를 읽느라 정신이 팔렸던지라, 이렇게만 대답하고 말았다.

"뭐라고?"

그러자 레이철이 막고 있던 손가락을 떼는 바람에 코피가 학교 문양과 인사말이 찍힌 깔개에 확 흩뿌려지고 말았다.

퍼트리샤는 재빨리 결정을 내렸다. 그래서 목에 두르고 있던 스카프를 재빨리 풀어서 여학생의 코를 막은 다음 양호 교사를 부르기로 했다. 그녀가 가장 아끼는 스카프이지만 어쩔 수 없었다. 하지만 언제나처럼 양호 교사인 플레처 선생님은 연수 중이라 자리에 없어서, 결국 퍼트리샤는 강제로 양호실에 들어가고 말았다. 한참 후에 그녀가 불쌍한 레이철의 코에 탐폰 두 개를 꽂아준 다음 돌려보내자마자 점심시간 종이 울렸다.

"내가 오늘 어떻게 지냈는지 아니?"

퍼트리샤는 이 집 식구인 커다란 래브라도리트리버 배리에게 인사하며 말했다. 배리가 명랑한 기색으로 머리를 흔들자 퍼트리샤는 웃고 말았다. 배리가 없었다면 자신은 밀크리크 농장에서 혼자 살 수 없었을 것이다. 배리는 그녀의 경비견일 뿐만 아니라 외로울 때마다 함께 있어주는 동반자였다.

배리는 꼬리를 흔들면서 힘차게 폴짝폴짝 뛰는 걸음으로 퍼트리샤를 따라 베란다로 갔다. 그녀는 파랗게 칠한 그네 의자에 앉았다.

초원에서 불어오는 산들바람을 상쾌하게 느끼면서 퍼트리샤는 우편물을 훑으며 작은 더미로 분류했다. 청구서 더미 하나, 『농업』지 최신 호에 실린 인근 마을 상점에서 보낸 광고물 더미가 하나. 그러다 남은 건 편지 한 통이었다. 작은 봉투 위에는 까만 잉크로

깔끔하게 쓰인 주소가 보였고, 외국 우표가 붙어 있었다.

퍼트리샤는 봉투를 자세히 들여다보며 뒤집었다. 발신인 이름은 없었다. 그녀는 손편지를 받는 일이 드물었기에, 가장 먼저 든 생각은 이 편지가 두 집 건너 사는 톰과 유니스의 것인데 잘못 왔다는 것이었다. 그들은 정기적으로 집에 교환학생을 받아들여서, 지난 10년 동안 네덜란드며 프랑스, 독일에서 온 학생들이 진짜 미국 고등학교의 생활은 어떤지 알아보러 두 사람과 함께 살았기 때문이다. 어째서 애들에게 충분한 용돈을 줄 만한 돈이 있는 부모들이 자녀를 밀크리크 같은 시골에 보내는 걸까. 퍼트리샤는 아무리 생각해도 이해할 수가 없었지만, 영어를 쓰는 환경에서는 비어 퐁*이나 맥주병 돌리기 게임도 매우 교육적일 수 있기는 했다. 하지만 이 편지는 톰이나 유니스가 아니라 자신에게 온 것이 맞았다.

퍼트리샤는 하얀 봉투를 열어보려 했지만, 봉투는 꼼꼼하게 붙어 있었다. 게다가 더위를 뚫고 집에 돌아왔던지라 지금 그녀는 목이 말랐다. 집에 들어가서 냉장고에 넣어둔 유리병을 꺼내 아이스티 한 잔을 따른 다음 그 참에 봉투를 자를 칼을 하나 들고 밖으로 나왔다.

건너편에 있는 빨간 헛간의 문이 열린 채로 바람에 흔들려 탕탕 소리를 냈다. 저 헛간도 다시 칠해야 하는데. 페인트 색이 바랜 데

---

* 테이블의 양쪽에 맥주나 물을 담은 컵을 두고 건너편에서 탁구공을 던지는 술자리 게임.

다 여기저기 벗겨졌으니까. 하지만 퍼트리샤는 헛간을 신경 쓸 시간도 돈도 없었다.

피곤한 기분으로 그녀는 초원에 하릴없는 눈길을 주었다. 어린 시절부터 농장 주변 풍경은 변함없었다. 초록색 담배나무가 바람결에 이파리를 휘날렸고, 그 뒤로는 빛나는 밀 줄기 한가운데로 이웃집 곡물 저장소가 반짝였다.

퍼트리샤는 신문지로 부채질을 했다. 그녀의 보잘것없는 농장은 이웃집인 헨더슨네와는 비교가 되지 않았다. 지난 몇 년 새 그녀는 조금씩 사업을 접어왔다. 부모님에게 물려받은 농지는 대부분 팔렸고, 소와 돼지는 전부 경매에 내놓았으며, 직접 사용했던 몇 안 되는 농기구들은 중고라도 아직 쓸 만했지만 건드리지도 않았다. 마음 한편으로는 계속 가축을 기르고 싶긴 했지만, 혼자서는 가축 농장을 운영할 수가 없었다. 이제 남은 건 닭 몇 마리와 호박, 토마토, 콩을 심은 작은 밭뿐이었다. 가축의 소음과 냄새가 더는 없다는 게 퍽 쓸쓸했다.

퍼트리샤는 가끔 가만히 생각에 잠겼다. 자신이 농장을 떠났다면 어떻게 되었을까. 그녀는 정말이지 여기에 머무를 생각은 없었지만, 여동생인 매들린이 30여 년 전에 흔적도 없이 사라져버린 후로, 자신은 그만 농장을 포기할 수가 없게 되고 말았다.

그녀는 그네 의자의 목재 팔걸이를 무심코 바라보았다. 거기에 새겨진 M과 P 글자를 보자 한숨이 절로 나왔다. 어렸을 적 두 자매는 바늘과 실처럼 붙어 다녔다. 둘은 시간이 날 때마다 항상 같이 시간을 보냈고, 나이가 들어가면서 매들린은 퍼트리샤에게 가장 믿음직한 존재가 되어갔다. 퍼트리샤는 집을 떠나고서도 매주 일요일에 동생에게 전화를 걸었다. 둘은 침대에 누워 전화선을 손으로 꼬아대면서 몇 시간이고 전화기를 붙잡고 지난주에 무슨 일이 있었는지 대화를 나누었다. 퍼트리샤가 남자와 했던 데이트가 망한 이야기나 대학에서 있었던 창피한 일화를 들려줄 때마다 매들린이 어찌나 크게 웃었던지, 옆방에 있는 아버지가 벽을 두드리곤 했다.

그래서 매들린이 스웨덴의 작은 마을에 있는 자유 교회*에서 인턴 자리를 얻었다는 소식을 들었을 때 얼마나 기뻤던가. 드디어 여동생이 세상을 볼 기회를 얻었구나, 어머니의 고향을 보러 가게 되었구나. 하지만 동생과 헤어지게 되는 건 역시 힘들었다. 곧 둘은 바다를 사이에 두고 멀어지게 될 테니.

퍼트리샤는 고개를 저었다. 동생을 마지막으로 봤던 순간을 기억할 때마다 언제나 눈에 눈물이 고였다. 그때 샬러츠빌로 가는 기차역까지 매들린을 태워다 준 것도 퍼트리샤였다. 매들린은 무척 행복해했었지. 기쁨으로 눈망울을 반짝이면서 행복하게 손을 흔들며 작별을 고했었더랬다. 그 후로 무슨 일이 일어날지 알았더라면, 퍼트리샤는 떠나는 매들린을 막았을 텐데. 하지만 자신은 그저 승강장에 서서 손을 흔들어주었을 뿐이었다.

---

* 국가의 지배에서 독립한 신교의 분파.

그녀는 손끝으로 그네 의자에 새겨진 글자를 부드럽게 쓸었다. 사랑하는 존재를 영영 잃어버린다는 건 이상한 기분이었고, 그 애가 어떻게 되었는지 모른다는 건 더더욱 이상했다. 매들린은 그 작은 마을에 겨우 몇 달 머물렀다가 사라졌다. 어느 날 짐을 싸서 아무 말도 남기지 않고 교회를 떠난 후로 다시는 모습을 드러내지 않았다.

퍼트리샤는 기억을 제쳐두고 다시 편지에 시선을 두었다. 독서용 안경은 아직 주머니에 있지만 꺼낼 마음이 들지 않았다. 눈을 가늘게 뜨고 봉투를 좀 더 자세히 바라보자, 우표에는 왕관을 쓴 여왕의 옆모습이 청회색으로 그려져 있었다. 손가락으로 봉투 모서리를 만지작거리면서 그녀는 심드렁하게 우표의 글자를 읽어내었다. 'Sverige.'*

퍼트리샤는 움찔 놀랐다. 이거 스웨덴에서 온 편지잖아?

그녀는 재빨리 칼로 봉투를 뜯었다. 두근두근 가슴이 뛰는 가운데 봉투 안에 손을 넣어보았지만 정말 놀랍게도 안에는 편지가 없었다. 봉투는 텅 비어 있었다. 아니, 텅 빈 것만은 아니었다. 안에 뭔가가 있는 느낌이 들었으니까. 그래서 봉투를 돌려보자, 내용물이 떨어졌다.

퍼트리샤는 손에 떨어진 작은 목걸이를 바라보았다. 갑자기 속이 울렁거려 어떡해야 하나 알 수가 없었다. 마음속에서는 일어나

---

* '스웨덴'을 뜻하는 스웨덴어.

서 걸으라는 목소리가 들려왔지만, 그녀는 자리에서 꼼짝도 하지 못했다.

손가락을 덜덜 떨면서 가느다란 목걸이를 햇빛에 비춰보았다. 은사슬이 흐릿하게 빛났고, 자그마한 음표 모양 펜던트가 이리저리 달랑거렸다.

퍼트리샤는 펜던트에 손을 얹었다. 30년 만에 보는 것이었지만 곧바로 알아볼 수 있었다.

천천히 펜던트를 손가락으로 집고서 자세히 바라보았다. 갑자기 주변 세상이 혼란스러워진 느낌이었다. 이 목걸이는 자신이 매들린의 열여덟 살 생일에 선물한 거였다. 스웨덴으로 떠났던 날, 그 애는 이 목걸이를 걸고 있었다.

퍼트리샤는 눈을 감았다. 뒤죽박죽 엉망이 된 생각을 정리해보려 했다. 이거 정말로 매들린의 목걸이가 맞나? 맞다면 왜 지금에 와서야 나에게 온 거지? 동생에게 무슨 일이 일어났는지 아는 사람이 있다는 뜻일까?

얼마나 눈을 감고 있었을까. 배리가 몸을 건드리는 느낌이 들고서야 퍼트리샤는 눈을 떴다. 일어서서 주방으로 비틀거리며 다가가보자, 안은 바깥만큼이나 더웠다. 그녀는 수도꼭지를 튼 다음 얼굴을 씻으려고 허리를 굽혔다.

차가운 물이 목 아래로 흘러내리자 퍼트리샤는 숨을 깊이 들이쉬었다. 배리는 옆에 깔아둔 주방 매트 위에 앉았다. 그리고 사료를 달라는 듯 기대감에 가득 찬 눈빛으로 그녀를 바라보았다.

퍼트리샤는 주방에 있던 마른 수건을 들고서 얼굴을 두드려 닦았다. 그리고 목걸이를 손에서 내려놓으려 했지만 그럴수록 계속 쳐다보게 될 뿐이었다. 그렇게 멍하니 그녀는 목을 문질렀다.

대체 동생이 어떻게 된 건지 의문을 품으며 반평생을 살아왔다. 매들린이 왜 실종되었는지 알아보려고 온갖 시나리오를 떠올려보았지만 납득하고 마음을 가라앉힐 만한 설명은 하나도 없었다. 퍼트리샤는 언제나 불확실한 그림자 속에서 살아오며 질문을 품고 다녔다. 이런 슬픔은 절대로 사라지지 않는 법이다. 그녀에겐 이 감정이 항상 마음속에 뚫린 공간처럼 느껴졌다.

그녀는 배리의 머리에 손을 얹고서 부드러운 털을 쓰다듬었다. 그러자 갑자기 감정의 세계에서 확 벗어나게 되었다. 자신에게 목걸이를 보낸 사람이 누군지 모르겠지만, 어쨌든 매들린의 행방을 알고 있다는 뜻이니 보낸 이를 찾아야 했다. 하지만 대체 어떻게 누가 보낸 건지 알 수가 있을까?

아직은 너무 이르긴 했지만, 그녀는 배리의 스테인리스 밥그릇에 마른 사료를 채웠다. 개는 즐겁게 꼬리를 흔들며 퍼트리샤가 그릇을 내려놓자마자 달려들어 먹기 시작했다.

그녀는 배리를 바라보았다. 지난 세월 동안 그녀는 동생의 흔적을 발견할 수만 있다면 더 바랄 게 없겠다고 생각해왔다. 하지만 이제 그 흔적을 알게 되자, 이상하게도 머릿속이 차가워졌다.

그녀는 배리에게 무심한 목소리로 말했다.

"나 아마도 스웨덴에 가야 할 것 같아. 일단 거기에 가서 매들린을 다시 찾아보기 시작해야겠어."

배리는 그녀 쪽으로 고개를 들고 충직한 눈빛으로 바라보았다.

아주 잠깐, 퍼트리샤는 개가 자신을 똑바로 이해했다는 기분이 들었다. 그러다 이내 개는 다시 고개를 숙이고 간 맛이 나는 사료를 먹기 시작했다.

라디오의 다이얼은 헐거웠다. 그래도 에뷔가 7시 54분에 라디오를 켜면 내륙과 바다의 일기예보가 시작할 때쯤 정확히 달칵 소리를 내주긴 했지만 말이다. 이걸 산 지 겨우 10년밖에 되지 않았건만, 벌써 문제가 생기다니. 에뷔는 조만간 시내로 버스를 타고 나가 새 라디오를 사야겠다고 생각했다.

라디오에서는 잠시 침묵이 흐르더니 이내 기상학자의 소개가 들려왔다. 에뷔는 한숨을 쉬었다. 가끔 그녀는 일기예보를 한다고 나오는 인간들이 대체 무슨 기준으로 뽑혀 방송을 하는지 알 수가 없었다. 혹시 스웨덴 라디오 방송국에서는 일부러 듣기 거슬리는 목소리를 가진 사람을 뽑나? 아마도 청취자들이 일기예보를 듣다가 잠들기를 바라는 모양이지. 아니면 일종의 실험이거나.

기상학자는 느릿느릿한 목소리로 예보를 읽었다. 마치 잠에서 막 깨어나서 아침 식사로 먹을 달걀을 얼마나 삶았으면 좋겠는지 생각하면서 대본을 읽고 있는 것 같았다(사실은 전 달걀노른자가 덜 익어 줄줄 흐르는 정도를 가장 좋아하는데요, 그래도 달걀을

19

완전히 삶으면 얇게 썰어서 빵 위에 올려 먹기 더 편하긴 하죠. 발트해 남부는 날씨가 대체로 좋고 비는 오지 않겠습니다. 오전에는 상쾌한 북서풍이 적당히 불어오겠지만 풍속은 점점 떨어질 것이고, 해수면 수위는 변함이 없겠습니다).

에뷔는 메모지에 펜을 대고 최대한 빠르게 글을 썼다. 다음 해양 일기예보는 12시 55분에나 방송될 예정이라, 지금 듣는 내용을 빠짐없이 써야 하니까.

이윽고 일을 마친 그녀는 커피를 한 모금 마시며 창밖을 내다보았다. 날씨가 좋다고 해서 사고가 일어나지 않는다는 법은 없다. 오히려 날씨가 좋으니까 더 많은 사람이 바다에 나갈 거고, 그래서 위험 발생 확률이 더 높아지겠지.

버터와 간으로 만든 소시지에 오이를 곁들인 비스킷을 두 개 만들어 먹으려는데, 갑자기 바깥에서 무슨 소리가 들렸다. 커다란 울음이 공기를 뚫고 들려오는 동시에 문을 긁는 소리가 났다. 에뷔는 한숨을 쉬며 일어서서 절뚝거리며 걸음을 옮겼다.

사바는 아침 햇살을 받으며 계단에 서 있었다. 밤새 외출했는데도 불편한 티는 전혀 없어 보였다. "여왕님이 돌아오셨다"라고 말하는 듯 그저 태연하게 꼬리를 좌우로 흔들 뿐이었다.

에뷔는 문을 조금 열고서는 고양이를 빤히 바라보았다. 고양이는 별 감흥 없이 눈을 마주했다.

"알았어. 안으로 들어와."

그녀는 중얼거리며 고양이가 안으로 들어오게 해주었다.

사바는 주방 식탁의 빈 의자 위로 뛰어올랐다. 그러자 에뷔는 이미 올려놓은 두 번째 접시에 간 소시지를 얹어주었다.

둘은 말없이 식사했다. 에뷔는 지금이야말로 하루 중 가장 좋은 시간이라고 생각했다. 자리에 앉아 바삭바삭한 비스킷과 기름진 간 소시지를 입속으로 음미하면서 가만히 생각에 잠기는 몇 분의 시간. 그런데 갑자기 또 무슨 소리가 들렸다. 옆집 문이 쾅 닫힌 것이다. 에뷔는 깜짝 놀라서 시계를 힐끗 바라보았다. 8시 30분이네. 벌써 그렇게 됐나?

에뷔는 급히 간 소시지 캔에 뚜껑을 덮었다. 보통 이 시간쯤이면 아침 식사가 끝나야 했지만 오늘은 이 망할 놈의 퇴행성관절염 때문에 모든 게 조금씩 시간이 걸렸다. 무릎에서 뭔가 느낌이 난다 싶으면 평소처럼 몸이 쉽사리 움직이질 못하고 찌르는 듯한 통증이 느껴졌다. 그럴 땐 평소보다 오래 앉아 있을 수밖에 없었다.

"바닥에 엎드려!"

그녀는 사바에게 나지막하게 쉿소리를 내면서 열린 창문 앞으로 주방 커튼을 치려 했다. 하지만 이미 때는 늦었다. 유수프는 벌써 바깥에 서서 윙크를 하고 있었다.

"안녕하세요!"

그는 명랑하게 말했다. 매일 그는 갈색 셔츠에 녹색 조끼, 카키색 바지를 입고 다녔는데, 그 바지가 무릎에 닿을락 말락 할 정도로 짧아서 그러지 않아도 작은 유수프의 키를 더욱 작아 보이게 했다.

에뷔는 그를 빤히 바라보았다.

"당신이 시야를 가리고 있네요."

그러자 유수프는 중얼거리며 재빨리 옆으로 한 걸음 물러섰다.

"죄송합니다. 저는 그저 소식을 전해드리려는 마음이라……."

그는 선 채로 굳어버렸고, 에뷔는 눈길을 돌렸다.

"그래요, 무슨 소식을 전하려고?"

"그게…… 사바가 오늘 새벽에 우리 집 발코니에 있었다고요. 또 이러네요."

에뷔는 이마를 짚었다. 그녀와 유수프는 10년 넘게 이웃으로 살았지만, 몇 년간 은근히 눈치를 주었는데도 이 남자는 에뷔가 그와 어울릴 생각이 전혀 없다는 걸 알아채지 못했다. 이 동네엔 기본적인 사회성이 없는 사람이 어찌나 많은지 참 놀라울 따름이었다.

"아하. 그러면 내가 어떡하면 좋겠어요? 밤새 잠 안 자고 고양이를 지켜보면 되겠어요?"

유수프는 당황한 기색으로 바닥을 바라보았다. 그가 키우는 자그맣고 잔망스러운 닥스훈트 멜케르가 발을 쭉 뻗고 있었다.

"아뇨. 그럴 리가요."

에뷔는 한숨을 쉬었다.

"개한테 먹이 주지 말아요. 그러면 문제는 저절로 해결될 테니까."

"하지만 제가 먹이 준 건 딱 한 번뿐이었다고요. 병원에 계셨을 때요."

유수프가 반박했다. 이제 사바는 간 소시지를 다 먹고서는 자신이 무슨 짓을 저질렀는지 정확하게 알고 있다는 듯 만족스럽게 가르랑거렸다. 에뷔는 식탁을 정리하기 시작했다.

"난 지금 계속 잡담할 시간이 없어요."

그녀가 확실한 목소리로 말하자, 유수프는 고개를 끄덕였다.

"아, 그렇죠. 한 바퀴 도셔야겠죠."

"그래요."

유수프는 멜케르의 끈을 잡아당기고는 어떻게든 에뷔의 기분을 맞춰보려고 했다.

"그래도 오늘은 날씨가 좋으니까요."

"그게 뭐 대수라고."

"그렇죠. 대수는 아니죠."

에뷔는 가슴께에 팔짱을 끼고서 그를 지그시 바라보았고, 마침내 유수프는 예의를 갖추고 물러서게 되었다.

"음, 그럼 나중에 봬요."

그가 덧붙여 말했다.

"일단 내가 먼저 그쪽을 보기 전에는 보지 않았으면 좋겠네요."

에뷔가 대답했지만, 닥스훈트에 멀찍이 끌려간 유수프는 그녀의 말을 듣지 못했다.

"오늘도 또 그저 그런 하루가 시작되겠군."

에뷔는 중얼거리다가 사바와 눈을 마주치고는 물었다.

"후식으로 생크림 좀 먹겠니?"

무릎 통증 때문에 오늘 아침 동네 한 바퀴를 도는 데는 퍽 오랜 시간이 걸렸다. 마침내 동네 둘러보기를 마친 에뷔는 오솔길에서 절뚝이며 나와 큰길로 들어섰다. 사바는 그녀의 뒤를 따랐다. 고양이는 항상 에뷔와 함께 한 바퀴를 돌았는데, 몇 걸음 떨어져서 그녀를 따라다니며 마치 비밀 임무를 수행하는 것처럼 들판을 엿보곤 했다.

매일 아침 이렇듯 똑같은 절차가 수행되었다. 먼저 에뷔는 구명 튜브가 규격에 맞게 제대로 고정되어 있는지, 안전벨트가 햇빛에 삭아버리지 않도록 잘 보관되어 있는지 검사한 다음 수상 인명 구조봉 끝에 갈고리가 제대로 붙어 있는지, 인명 구조원 깃발이 훼손되지는 않았는지 살펴보았다.

가끔 멍청한 10대 녀석들이 친구들에게 뻐기려는 마음으로 구명 튜브를 물에 던질 때가 있어서, 그럴 때마다 에뷔는 튜브를 다시 뭍으로 끌어올려 건 다음 어디 상한 덴 없는지 확인하곤 했다.

에뷔는 스스로 동네에 있는 인명 구조 장비를 책임지기로 했다. 아무도 고마워하지 않을 일인데도 말이다. 몇 년 동안 그녀는 시의회를 설득하여 자그마한 해안 만에 놓을 구명정을 구입하라고 열심히 설득했고 부두 남쪽에 추가로 구명용 사다리를 설치하라고 제안했지만, 시의회는 어느 것도 들어주지 않았다.

에뷔는 주머니에 손을 넣고 주먹을 쥐었다. 생각만 해도 화가 치밀었다. 시의회 의장인 알프는 솔직히 별로 똑똑한 사람이 아니었다. 그자의 말에 따르면 부두의 조류는 약한 편이니 부표는 하나만 있어도 괜찮으며, 게다가 제아무리 어린애라도 조류가 확 변할 수 있고 이게 저 멀리 바다까지 이어진다는 것쯤은 다 안다고 했다. 에뷔는 최소한 알프를 한 번이라도 남쪽으로 데리고 와서 어디 바다에 빠졌다가 부표를 이용해서 다시 뭍으로 올 수가 있는지 한번 해보라고 하고 싶었다. 하지만 지금껏 그를 해안 만으로 꾀어낼 방법을 찾지 못했다.

오늘 아침은 아름다웠다. 물론 에뷔는 평소 날이 어떻든 별로 중요하게 생각하지 않았지만, 동네로 들어가는 마지막 길목에서 얼굴에 내리쬐는 따스한 햇살이 느껴졌다.

저 멀리 '모나의 책이 있는 B&B*'가 보였다. 경쾌한 건축 양식이 특징인 오래되고 노란 저택이었다. 앞면에는 장식 테를 달고 창문마다 섬세하게 창틀을 단 그 집은 울창하게 식물이 우거진 정원에 둘러싸인 채 대로 끝에 자리 잡고 있었다. 에뷔는 80년대 초에 모나가 유셰르에 이사 온 이후로 알고 지낸 사이였다. 물론 모나는 무시무시할 정도로 산만하고 언제나 똑같은 질문을 그녀에게 던지긴 하지만("어떻게 지내세요?" "그럭저럭 지내요. 무릎이 아프고." "아, 무릎은 좀 어떠세요?" 아니 왜 또 말이 처음으로 돌아가냐고!) 그래도 에뷔와 사이좋게 지내는 몇 안 되는 사람 중 하나였다.

에뷔는 길을 건너기 전 뒤를 슬쩍 돌아보았다. 모나가 부모님이 경영하던 오래된 호텔의 이름을 '모나의 책이 있는 B&B'로 바꾸고 싶다고 했을 때, 에뷔는 무척 감동했다. 그녀는 유셰르가 문학에 관심이 있는 관광객들이 찾아오는 곳이 될 가능성을 벌써 보고

---

* Bed & Breakfast.

있었고, 널찍한 유리 베란다에서 진보적인 토론회와 흥미로운 작가 낭독회가 열릴 수 있을 거라고 생각했다.

하지만 안타깝게도 모나의 꿈은 그보다 훨씬 보잘것없었다. 그녀가 호텔을 책으로 가득 채우고 싶어 하는 이유는 단지 편안해 보인다는 것뿐이었다. 그 후로 아쉽게도 유셰르에 몰려오는 방문객들은 윌리엄 포크너나 마르셀 프루스트가 누군지 들어본 적도 없는 이들이었다.

에뷔는 아픈 무릎에 손을 짚었다. 모나와는 전혀 싸우고 싶지 않았기 때문에 그동안 이 주제를 언급하지 않았지만, 솔직히 이 '책이 있는 B&B'라는 공간으로 훨씬 더 많은 걸 할 수 있으리라는 잠재력은 의심의 여지가 없었다. 일단 그곳에 들어서면 마치 나이 지긋한 사서의 거실에 들어온 느낌이 들었다. 하지만 진짜 사서라면 나이가 들어도 여전히 나름의 정리 방식을 고수할 텐데. 안타깝게도 모나는 그곳의 책을 사방에 마구잡이로 아무렇게나 두었다. 창문에 둔 이상한 화분 사이, 다 해진 소파 옆 협탁 위, 온갖 그릇과 장식품들 사이마다 책이 흩어져 있었다. 게다가 커튼이며 테이블보는 하나같이 서로 다른 천을 꿰맨 모양이었고, 평평한 곳마다 손으로 빚어 만들어 벼룩시장에 내다 파는 걸 사 온 꽃병이며 뚜껑 달린 오래된 깡통, 희한하게 생긴 촛대가 놓여 있었다. 아무리 좋게 말해도 사방이 정신없이 어지러웠다. 게다가 모나는 자그마한 동물 모양 그릇에다 직접 말린 해초를 담아 먹거리로 내놓았다. 문학에 조예를 갖추고 어느 정도 자존심도 있는 사람이라면 분홍색 플라밍고 모양 그릇에 담긴 간식을 먹을 리가 없잖아!

에뷔는 생각하면 할수록 화가 났다. 지난 세월 동안 모나는 북클럽을 단 하나도 만들지 못했다. 한때 그녀는 비아르네 네스가르드를 서점에 초대할 뻔한 적도 있었다. 그런데 작가의 무지외반증이 도지는 바람에 그는 초청을 취소했다. 모나가 작가님이 머무시는 동안 무제한으로 발 관리를 해드리고 발가락 교정기를 충분히 제공하겠다고 약속했는데도 소용없었다.

가끔 독서 모임이 결성되었지만, 에뷔는 별 관심이 없었다. 처음에는 그녀도 두어 번 참석해보았지만, 이내 진부한 토론에 싫증이 났다. 종종 모임의 주제는 책이 아니라 모임 중 마시는 와인 이야기가 되어버렸고, 많은 참가자가 다들 모인 자리를 책의 플롯과 등장인물의 발전상을 이야기할 자리로 여기기보다는 대놓고 자기 개인적인 문제를 해결할 기회로 삼았다. 그러니 한 작품을 몇 시간 동안 철저하게 분석하고 자신의 결론을 다른 이들과 나눌 마음에 부푼 사람이라면, 집에서 직접 파마한 머리를 하고 와인에 얼큰하게 취한 보험 판매원이 '아바'라는 밴드가 해체했다며 한탄하는 소리를 듣게 되는 모임이 참으로 실망스럽지 않겠는가.

마지막 모임에 갔을 때, 에뷔는 어렵사리 결정을 내려서 몰래 초시계를 사용했다. 그러자 걱정했던 대로, 독서 모임에서 그날 고른 책 토론이 이루어진 시간은 단지 11퍼센트에 불과하다는 게 밝혀졌다. 게다가 파마머리 여자가 다음 모임 때는 『말들의 계곡』을 읽고 싶다고 말하자, 에뷔는 모임을 떠나기로 마음먹었다.

그런 통속 소설을 읽을 뻔했다니, 생각하면 할수록 에뷔는 속이 메스꺼웠다. 아니야, 아무리 모나를 위해서라지만 자신은 그런 회생을 할 수는 없었다.

길가 쪽으로 돌아서서 호텔 방향으로 꺾어 들어가자, 갑자기 눈앞에 누군가가 보였다. 그녀는 재빨리 한 걸음 물러서 건물 모퉁이 뒤에 숨었다. 저 앞의 인영과는 족히 30미터 넘게 떨어져 있었지만, 에뷔는 그게 누군지 틀림없이 알고 있었다. 온몸에 붕대를 감은 것처럼 보이는 꽉 끼는 원피스를 입고 말도 안 되게 높은 하이힐을 신은 저 사람은 마리안네였다.

벽에 기댄 에뷔의 다리에 그새 이쪽을 따라잡은 사바가 몸을 쓰다듬었다. 그녀는 마리안네가 저런 구두를 자발적으로 신고 사방을 돌아다닌다는 게 당최 이해가 되지 않았다. 게다가 유셰르에는 대체 왜 온 건지도 의문이었다. 그토록 미국이 좋다고 동네방네 떠들고 다니면서 왜 미국에 가서 살지 않는 거야?

마리안네는 모나의 호텔에 가는 듯 보였지만, 순간 그녀의 핸드백에서 삑삑 소리가 났다. 그녀는 익숙한 손짓으로 휴대폰을 꺼내어 귀에 대었다.

에뷔는 콧잔등을 찌푸렸다. 어떤 인간들이야 너무나도 중요한 존재라서 언제나 연락이 닿을 수 있어야 하겠지만, 모두가 그런건 아니잖은가. 자신은 절대로 저런 이동 전화를 살 리 없다. 누군가 자신과 이야기하고 싶다면, 유선 전화를 하면 되잖나.

에뷔는 한숨을 쉬었다. 사실은 해초 스낵을 좀 사고 싶었지만, 마리안네가 호텔 주변을 어슬렁거리는 한 자신은 그 안에 한 발짝도 들일 마음이 없었다. 저 사람이 부모님 집을 허물고 흉측한 별장을 지어서 집에서 바다 풍경을 못 보게 된 이후로 그녀는 마리안네에게 혐오감을 느끼고 있었기 때문이다. 볼테르의 말마따나, 그녀는 오만하고 자아도취적이며 아는 척을 아주 제대로 하는 자칭 척척박사였다. 한마디로 예의가 전혀 없었다.

에뷔는 분에 겨워 돌아섰다. 혹시 유셰르는 세상에서 가장 멍청한 사람들을 끌어들이는 자석인 건 아닐까. 참 알 수 없는 일이었다. 이대로라면 곧 이 불쌍한 장소에서 정신이 온전한 인간은 자신밖에 없게 될 거라 생각하니 문득 무서워졌다.

3

에리카는 룸미러를 기울여 뒷좌석에 앉은 리나를 보았다. 딸애는 아이패드를 무릎에 올려놓고 있었다. 고개를 든 리나에게 에리카는 미소를 지었다.

"거의 다 왔어."

리나는 고개를 끄덕였다. 가엾은 딸아이는 이번 여름휴가 첫날부터 아침 8시에 나와야 했던 것이 제 엄마의 이동 계획이 어그러졌기 때문이라는 걸 조금도 알아채지 못했다.

에리카는 손톱을 물어뜯었다. 자신이 10대였을 때는 섹스란 건 뭐든 어른이 되면 다 알아서 해결되겠거니 생각했었다. 당시 에리카는 섹스가 언젠가 자연스러운 삶의 일부가 될 거라고 보았다. 일요일마다 으레 먹는 구운 고기나 창문 닦기처럼 말이다(그 점에 대해 자세히 생각해보면, 창문 닦기란 기본적으로 섹스와 공통점이 있다. 둘 다 어느 정도는 노력해야 하고, 일련의 이상한 자세를 취해야 하지만, 나중에 생각하면 만족스러워서 아, 왜 자주 안 했을까 하고 자문하게 되는 점이 그렇다).

에리카는 잠시 눈길을 돌려 들판을 슬쩍 보았다. 창문을 다시 닦기는 닦아야 할 테지만, 할 일 목록이 밑도 끝도 없이 쌓여 있는 상황에서 대체 언제 시간을 낼 수 있을까? 옆집에 사는 헨리에타 셸드 말로는, 그녀와 남편은 모든 게 항상 시간 맞추어 끝나도록 계획을 정해놓고 집안일을 번갈아 한단다. 그들의 집은 언제나 티끌 하나 없어 보였다. 창문은 말끔하고 정원은 나무랄 데 없이 세련되었으며 잔디는 갓 잘라놓은 모습이었다. 헨리에타는 자녀들이 소풍을 갈 때마다 잊지 않고 간식을 챙겨줄 테고, 명절마다 걸맞게 집을 장식하고, 여름용 타이어를 제때 겨울용으로 바꾸는 것도 잊지 않을 테지. 아마 침대에서도 그녀와 아담은 모든 게 순조로울 것이다. 그들의 섹스 라이프는 분명히 창문을 닦는 것만큼이나 규칙에 딱딱 맞게 이루어지겠지.

벤츠 한 대가 너무 빠른 속도로 추월하는 바람에 에리카는 겁에 질려 움찔했고, 그래서 차가 살짝 흔들렸다. 심장이 목으로 튀어나올 뻔한 채로 그녀는 리나를 다시금 슬쩍 보았지만, 아이는 아무것도 눈치채지 못한 것 같았다.

조심스레 속력을 줄인 에리카는 심호흡을 했다. 그녀는 장거리 운전을 전혀 좋아하지 않았다. 사실 이 휴가는 온 가족이 다 같이 가기로 한 것이다. 처음부터 계획은 그랬다. 보통 운전대는 마르틴이 잡았다. 하지만 지금 남편은 회사 일이 너무 많았다. 그는 컴퓨터에서 눈을 떼지도 않고서 말했다.

"먼저 가 있어. 나는 일 마치고 바로 따라갈게."

게다가 큰딸 엠마는 처음으로 여름방학 단기 일자리를 구했다. 방학 동안 근처 농장에서 딸기를 따기로 했단다.

에리카는 손톱이 박히도록 운전대를 꽉 쥐었다. 이젠 세월이 많이 흘렀구나 싶었다. 엠마는 이제 다 컸으니, 열다섯 살쯤 되었으면 부모와 같이 휴가를 가고 싶진 않으리란 것쯤은 에리카도 얼마든지 이해할 수 있었지만, 그래도 이번 여름휴가를 같이 보내지 못한다는 생각에 마음이 우울했다. 마지막으로 어머니의 호텔에서 온 가족이 다 같이 모이게 되기를 바라 마지않았으니까.

그녀는 가속 페달을 다시 밟았다. '모나의 책이 있는 B&B'는 에리카가 어릴 때부터 있던 곳이었다. 세월이 흘러감에 따라 그곳은 유셰르의 공식 기관 같은 곳이 되었다. 사람들이 모여서 도란도란 이야기를 나누며 인기 많은 어머니의 빵과 과자를 사러 오는 곳이자 동네에서 유일하게 하룻밤 묵어갈 수 있는 곳이었다. 호텔이 한창 잘될 때는 수많은 여행객이 와서 아름다운 유리 베란다 자리에서 식사를 하거나 동네 사람들이 세례식 축연과 생일 파티를 열고 이런저런 축하연을 벌였지만, 이젠 자그마한 해변 휴양지로 향하는 길을 찾는 사람도 그간 점점 줄어들었다.

토끼 한 마리가 길 위로 뛰어들었지만 에리카가 리나더러 저것 좀 보라며 알려주기도 전에 사라져버렸다. 자연이 참 가까이 있다는 게 그녀가 유셰르를 이토록 사랑하는 이유 중 하나였다. 외스텔렌의 거친 들판과 공예품 가게들로 둘러싸인 이 해변 마을은 숨겨진 진주 같은 곳이었다. 하지만 에리카도 어머니 혼자 호텔을 운영한다는 게 얼마나 힘든지 알고 있었다. 최근 몇 년간 모나는 건강이 점점 나빠졌다. 모나가 위험한 상황에 처했다고 알려주는 이웃의 전화를 에리카는 몇 통이나 받았다. 지난가을엔 모나가 우유 냄비를 불 위에 올려놓았다가 주방에 불을 냈었고, 그 후로 몇 주 지난 어느 날은 굴뚝에 새가 끼었는지 보려고 지붕에 올라갔다가 내려오지 못하는 일도 있었다. 더욱 나쁘게도 어머니의 건강은 점점 나빠지기만 했다. 겨울에는 잇따라 병에 걸렸고, 2월에는 결국 병원에 입원해야 했다. 열이 아무리 해도 떨어지질 않는데 항생제가 듣지 않았기 때문이다.

에리카는 그 생각만 해도 몸이 부르르 떨렸다. 자신은 2백 킬로미터나 떨어진 곳에 살고 있는지라, 이런 소식을 듣는다고 해서 곧바로 도와주러 가기란 쉽지 않았다. 모나가 아플 때마다 에리카는 지금 차를 타고 가겠다고 말했지만 어머니는 도움을 전혀 받으려 하지 않았다.

"너도 할 일이 많잖니."

모나는 항상 이렇게 말했고, 그 말은 일면 맞았다. 집은 항상 어딘가 고쳐야 했고, 풀타임으로 일해야 할 직업이 두 가지였으며, 10대 아이와 다섯 살 난 아이 둘까지 키워야 하는 그녀와 마르틴은 쉽사리 시간을 낼 수가 없었다. 하지만 어머니가 도와달라고 부탁했다면, 당연히 에리카는 어떻게 해서든 짬을 내었을 텐데.

그녀는 한숨을 쉬었다. 지난 5년은 사는 게 참 쉽지 않았다. 리나를 키우며 육아 휴직을 낸 동안 마르틴은 회계사로 개업을 했는데, 그 후로 부부는 서로 거의 말을 섞지 않고 지낸 듯한 느낌이었다. 남편은 컴퓨터 앞에만 줄곧 앉아 일했다. 연말정산이나 원천

징수 일이 아니면 세금 신고 일이었다.

마르틴이 처음으로 개업을 하겠다는 이야기를 꺼내자, 에리카는 남편이 무엇보다도 유연한 근무 시간을 원해서 그러는 줄 알았다. 하지만 지금껏 그는 예전보다 일을 두 배는 더 하고 있었다. 최근에는 너무 바빠서 사무실에서 자기 시작하면서, 에리카는 부부가 마지막으로 침대에 같이 누운 게 언제였는지도 떠올릴 수가 없었다. 창문을 닦은 지가 얼마나 되었더라, 하고 그녀는 씁쓸하게 생각했다.

개업하기 전의 마르틴은 언제나 가족을 최우선으로 여겼고, 남편과 에리카, 엠마는 휴가를 좀 길게 쓸 수 있을 때마다 항상 유세르에 가곤 했다. 호텔 예약이 꽉 찼을 때는 온 가족이 모나를 도와서 침대를 정리하고 방을 청소하고 설거지를 하고 아침 식사를 만들었다. 일을 어느 정도 해야 하긴 했지만, 그래도 그들은 언제나 즐겁게 일했다. 그렇게 가족이 차를 타고 스코네*로 내려가서 며칠 동안 멋진 경치에 둘러싸인 남동쪽 해변에서 지내는 게 전통이었다.

하지만 이제는 그 시절도 끝난 것 같구나. 에리카는 어머니에 대해서 많이 생각했다. 모나는 곧 68세가 된다. 올 한 해도 또 일정하지 못한 소득과 병마에 시달리겠지만 아마도 자신은 함께 있어주지 못할 것 같아 두려웠다. 게다가 가족의 낡은 호텔은 그새

---

* 스웨덴 남부에 있는 지방.

꽤 허름해졌다. 건물에 진작 페인트칠을 하고 바닥을 갈고 지붕 이곳저곳을 수리했어야 하나, 모나는 그럴 돈이 없었다. 그러니 지금 가장 현명한 방법은 건물이 더 상하기 전에 수익성이 높은 성수기 동안 호텔을 당장 판매하는 것이다.

에리카는 동부 해안 도로에서 나와서 초록색 줄기가 버터의 노란빛으로 변해가는 옥수수밭 곁을 지나갔다. 어머니가 호텔 매각을 어떻게 생각하는지 그녀는 정확히 알고 있었다. 그 호텔은 5대째 가족의 소유로 내려왔으며, 에리카와 마르틴 역시 그 집을 물려받으면 어떨까 생각해본 적도 있었다. 하지만 그것도 옛날 일이었다. 그동안 남편은 그 이야기를 꺼내기 거부해왔다. 마르틴은 평생 할름스타드에서 살았다. 그와 엠마는 둘 다 이 도시에서 이사한다는 걸 상상해본 적도 없었다. 에리카는 인정하고 싶지 않았지만, 그녀 역시 도시의 삶이 꽤 편안했다. 그래서 이제는 은퇴할 때가 되었다고 어머니를 설득해야 할 뿐만 아니라, 그 오래된 가족 호텔을 떠나야 한다는 이야기도 꺼내야 했다. 하지만 말이야 쉽지, 실제로 꺼내기는 어려운 주제였다.

유세르는 화창했다. 에리카는 아직도 어제의 실패를 어떻게 봐야 할지 알 수가 없었다. 마음 한구석으로는 이게 다 마르틴 때문이라고 생각했지만, 혹시 자신이 과민 반응을 하는 건 아닌지 남몰래 자문하기도 했다. 내가 평소보다 예민한가? 혹시 호르몬 때문일까?

유세르가 자리 잡은 외스텔렌은 햇살부터 달랐다. 차를 세운 에리카는 눈을 감고 잠시 생각을 멈추기로 했다. 세상 어느 곳보다 여기야말로 그들에게 가장 좋은 영향을 주는 곳이니까. 여기서라면 안심하며 편안한 마음이 될 수 있었다. 유셰르에 도착하자마자 에리카는 어깨가 몇 센티미터 축 내려앉는 기분을 느끼며 심호흡을 한 다음 리나에게 차 문을 열어주고 짐을 정리했다.

호텔은 예전과 다름없이 보였다. 리나는 곧바로 로비 역할을 하는 커다란 카페 구역으로 뛰어들어갔다. 회녹색 카운터 뒤에는 모나가 서 있었다. 그녀는 특유의 전형적인 옷차림으로 화사한 레깅스를 신고 커다란 꽃무늬 블라우스를 입었다. 리나를 본 모나는 하던 일을 죄다 내려놓고 두 팔을 벌려 손녀를 맞이했다.

"너희 왔구나! 차를 아주 빨리 몰았나 보네."

모나의 말에 리나가 대답했다.

"맞아요. 그리고 엄마는 오늘 아침에 나를 일찍 깨웠다고요."

"그러면 지금쯤 배가 고프겠구나. 방금 구운 우유 롤빵이 있는데 먹겠니?"

리나는 고개를 끄덕이고는 바 의자에 앉았다. 에리카는 카운터 안으로 들어가 모나를 포옹했다.

"엄마, 안녕. 어떻게 지냈어?"

"잘 지냈어. 요통이 좀 있지만."

"아, 우리 엄마 불쌍해라."

"그렇게 힘든 건 아니야."

모나는 이렇게 말하며 방어적인 자세를 취했다. 에리카는 어머니의 가슴께에서 앞뒤로 흔들리는 무언가를 보고는 물었다.

"그건 뭐야?"

"이거?"

모나는 목에 긴 끈으로 걸어놓은 돋보기를 손에 쥐고는 이어서 말했다.

"이게 있으면 글씨 읽을 때 도움이 되더라고."

"엄마, 안경이라는 것도 있잖아."

에리카가 한숨을 쉬자, 모나는 맞받아쳤다.

"나 그럴 정도로 늙지는 않았어. 게다가 돋보기만 있으면 아무런 문제 없이 글씨를 읽을 수 있는걸. 게다가 값도 싸고. 요즘 안경이 얼마나 비싼 줄은 아니? 시력 검사만 하는데도 수백 크로네가 든다고."

에리카는 입을 다물었다. 어머니에겐 딱 봐도 안경이 필요한데 그걸 살 돈조차 없다는 생각에 마음이 아팠다. 아마도 이 저택을 팔자는 이야기를 곧바로 꺼내봐야 할 것 같았다.

"엄마, 내가 생각해봤는데……."

막 이야기를 하려던 순간, 갑자기 문이 열리더니 도리스가 들어왔다. 리나와 에리카를 보자 도리스는 얼굴이 환해졌다.

"안녕! 너희가 오니 참 좋구나!"

"안녕, 도리스! 들어와. 나 마침 커피를 끓이려던 참이었어."

모나가 말했다. 에리카는 옆자리 바 의자에 앉은 어머니의 친구에게 인사했다. 도리스는 언제나 약간 별난 데가 있었지만, 마음씨는 좋은 사람이고 지난 몇 년간 에리카의 딸들을 위해 모자며 양말을 참 많이도 떠주었다.

"잘 지냈니?"

"네. 도리스는요?"

"나도 잘 지냈어."

도리스는 이렇게 대답하고는 모나를 바라보며 물었다.

"알프한테 지금 여자 친구 생긴 거 알아?"

"아니, 몰랐는데. 어디서 여자 친구가 생겼대?"

"몰라. 하지만 브리트가 그러는데, 알프가 요즘 허리띠를 매고 다닌대. 뱃살을 감추려는 모양이야. 게다가 머리 염색도 했어. 그래서 머리는 새까만 색인데 콧수염은 여전히 하얗다나."

"그게 무슨 소리야."

모나는 이렇게 대답하고는 우유 롤빵을 잘랐다. 도리스는 키득거리며 계속 말했다.

"브리트가 보기에는, 알프가 야마하를 한 대 살 생각이라고 해. 곧 있으면 위아래로 가죽옷을 차려입고 여기 나타나겠지."

두 사람의 대화를 즐겁게 들으며 에리카는 주변을 둘러보았다. 어머니는 열정적으로 물건을 수집하는 사람인지라 호텔 안은 온갖 자질구레한 보물이 가득했다. 리나는 이곳을 몇 시간이고 돌아다녀도 끊임없이 새로운 걸 찾아낼 수 있었다. 자그마한 도자기 인형, 예쁘장한 돌이 들어 있는 상자, 오래된 퍼즐 게임, 이국적인 옷이 가득한 놋쇠 버클 달린 여행용 가방, 누렇게 변한 만화책, 비단으로 만든 라벤더 향기 나는 부채 등등. 게다가 유세르는 할름스타드보다 훨씬 작은 곳이다. 차로 혼잡한 곳이 아니라서 에리카가 리나에게 눈을 떼지 않을 필요가 없었다.

"자, 먹으렴."

모나는 리나에게 우유 롤빵과 버터, 치즈, 마멀레이드를 주었다.

"하나만 먹어. 더 먹었다간 배불러서 이따 점심을 먹을 수가 없을 거야."

에리카가 경고했다. 모나는 딸에게 커피 한 잔을 주며 말했다.

"이 빵은 특히 건강에 좋아. 내가 반죽에 해초를 섞어서 구웠거든. 너도 하나 먹어봐! 너한테도 좋을 거야."

에리카는 눈길을 돌렸다. 겉으로야 언제나 어머니의 과한 보살핌을 불편하게 느끼는 것처럼 굴지만, 내심 그녀는 간식을 받으며 오냐오냐 보살핌받는 게 좋았다.

"해초를 넣었다고? 왜?"

"해초에는 영양이 아주 풍부하니까. 게다가 여긴 해초가 잔뜩 있잖니. 내가 많이 모아놨어. 잠깐 있어봐. 보여줄게!"

모나는 돌아서더니 찬장을 뒤져서 마침내 통 두 개를 꺼냈다. 그리고 통을 카운터에 놓으며 말했다.

"이거는 내가 직접 병조림으로 만든 바다포도야. 캐러웨이랑 펜넬로 양념을 했어. 그리고 이건 말린 다시마야."

"모나는 이제 해초를 가지고 온갖 걸 만든단다. 우리가 지난주에 뭘 먹었는지 아니?"

도리스는 이렇게 말하며 기다란 회색 댕기 머리를 잡아당겼다.

"생선 수프에 파래랑 다시마를 곁들여 먹었지."

"그거 진짜 맛있었어."

도리스는 고개를 끄덕이며 말했다. 그러자 모나의 둥그런 얼굴이 환하게 빛났다. 요리 솜씨를 칭찬받는 것만큼 그녀를 기쁘게 하는 게 없었으니까.

"그런데 요즘 이런 생각이 들더라. 이제 다시 독서 모임을 해야 할 때가 되지 않았어?"

"독서 모임 그만둔 거 아니었어요?"

에리카의 물음에 모나가 대답했다.

"아니야. 그만두지 않았어. 몇 년 쉬긴 했지만, 이제 슬슬 다시 하고 싶은 마음이 들어."

그러자 도리스는 눈을 크게 뜨고서 말했다.

"그래, 좋은 생각이네!"

"좋지. 나 잉아에게 물어봤는데, 잉아는 백내장 때문에 글씨를 잘 못 읽겠다고 하더라. 그런데 오디오북은 또 싫대. 안시는 쌍둥이 키우는 딸을 도와주러 말뫼로 이사 갔고."

"하지만 난 언제든 믿어도 좋아."

도리스는 이렇게 말하며 부풀어 오른 머리카락 위로 쓴 노란색 선캡을 똑바로 밀어 올리더니 덧붙였다.

"하지만 우리 나름의 규칙이 있어야겠어. 너무 폭력적인 책은 좋아하지 않아서."

"나도 안 좋아해. 하지만 에로틱한 건 괜찮지?"

모나가 말하자 리나는 호기심 어린 표정이 되었다. 딸애는 무슨 소리인지 모를 단어를 찾아 듣는 육감이 뛰어나게 발달한 애였다.

"에로틱이 뭐예요?"

리나는 천사 같은 얼굴을 숙이며 물었다.

"아무것도 아니야."

에리카가 재빨리 대답했다.

"아무것도 아니지 않잖아, 엄마. 어서 말해줘! 그게 무슨 뜻인지 알고 싶어."

다시 말하는 딸은 이제 그다지 천사 같은 얼굴이 아니었다. 에리카는 이렇게만 설명했다.

"그건 어른들이 쓰는 말이야. 네가 더 질문을 안 해준다면, 우유 롤빵 하나 더 줄게."

리나는 이 거래에 만족하는 것 같았다. 에리카는 딸애가 이토록 순순히 설득되어 다행이라고 생각했다.

"모르겠어, 수공예 모임 여자들이 우리가 '에스. 이. 엑스'에 대한 책을 읽는다는 걸 알면 뭐라고 할까."

도리스가 중얼거리자, 모나가 대답했다.

"여기 사는 사람 중에서 '에스. 이. 엑스'를 더 해야 하는 사람이 있다면 당연히 그 여자들이야. 하지만 네가 마음이 불편하다면 우리는 그런 거 절대로 안 읽을 테니 걱정하지 마. 네가 첫 번째 책을 골라도 좋아."

도리스는 목을 긁으며 말했다.

"『오만과 편견』을 다시 읽고 싶어."

"아주 좋지! 내가 학교 다녔을 적에 엄마가 나한테 준 책도 바로 그거거든. 하지만 50년 동안 쳐다보지도 않았어. 아주 좋은 시간이 될 거야. 우리의 첫 모임 때 내가 제대로 맛있는 거 만들어줄게. 약속해."

그때, 문에 달아둔 종이 울리는 소리에 에리카는 돌아섰다. 그러자 우아한 백금발의 키가 크고 당당한 여성이 보였다. 에리카는 몇 초 후에야 그녀가 누군지 알아보았다. 얼굴을 마침내 파악한 순간, 모나는 이미 카운터 뒤에서 나온 참이었다.

"마리안네!"

모나는 이렇게 소리치며 두 팔을 벌렸다. 하얀 명품 원피스를 입은 여자는 우아한 미소를 지으며 모나의 뺨에 닿지 않는 입맞춤의 인사를 두 번 했다.

"모나, 자기야."

그녀는 기쁜 목소리로 말하며 커다란 까만 선글라스를 이마로 밀어 올렸다.

"깜짝 방문을 해주었네! 언제 왔어?"

"어젯밤에. 내가 여기까지 오느라 얼마나 고생했는지 너는 모를 거야."

그녀는 거의 눈에 띄지도 않게 아주 살짝 얼굴을 찌푸리며 덧붙였다.

"일단 비행기에서 수면 마스크가 다 떨어졌다는 거야. 일등석인데도! 난 그 승무원한테 내가 골드 회원이라고까지 말했는데도 전혀 소용이 없어 보이더라. 거기다가 나한테 차가운 생선 요리를 줬어. 그리고 마침내 코펜하겐에 왔을 때는 여행 가방 하나가 안 나와서 한참을 기다렸는데도 결국 못 찾았어. 하필이면 내 헤어케어 제품들이 들어 있는 가방이 사라졌다고."

그녀는 살짝 목소리를 낮춘 채로 이어 말했다.

"수하물 찾는 곳 담당 직원이 글쎄 '죄송합니다'라고만 말하고는 말더라니까. 그렇지 않아도 파파라치들 때문에 힘든데, 그걸로는 부족했던지 이런 일까지 일어나다니."

"정말 피곤했겠다. 커피랑 우유 롤빵 먹을래?"

모나는 카운터를 가리키며 물었다. 그러자 마리안네는 매끄러운 머리카락을 손으로 쓸면서 대답했다.

"우유 롤빵은 안 먹을래. 하지만 커피는 한잔 마실래. 그거 유기농이면."

모나는 웃으며 말했다.

"이건 깡통에 담아 파는 커피야. 그리고 내 딸 에리카랑 손녀 리나가 방금 여기 왔어. 그리고 도리스도 알지?"

마리안네는 차례대로 인사한 다음 바 의자에 앉았다. 에리카는 마리안네가 하얀 원피스 자락을 매만지고서 다리를 꼬는 모습을 조심스레 지켜보았다. 예전에 마리안네가 유셰르의 고향집을 방문했을 때 흥분했던 일을 아직도 생생히 기억하고 있었다. 어머니의 친구가 할리우드에서 했던 모험을 이야기해주는 걸 옆에서 같이 들었던 순간은 이루 말할 수 없이 흥미로웠다.

"자, 어쨌든 이제 집에 왔잖아. 숨을 깊이 쉬어봐."

모나는 마리안네에게 커피 한 잔을 주면서 말했다. 그러자 마리안네가 대답했다.

"아, 그렇게 나쁜 건 아니었어. 조금 흥분해도 나쁠 건 없지. 그러면 신진대사가 자극되니까. 내일 아침 일찍 일어나서 러닝머신을 많이 할 필요가 없을 거야."

"프랭크는 잘 지내? 프랭크 그 우주 영화에서 정말 멋있더라."

모나가 이렇게 물으며 커피 주전자를 내려놓자, 마리안네는 딱딱한 목소리로 대답했다.

"그렇지. 우주 정거장에서 상의를 탈의하고 돌아다닐 수 있게 해달라고 감독을 설득하는 건 아무나 할 수 있는 건 아니지. 솔직히 말하자면, 난 프랭크랑 대화하지 않은 지 꽤 됐어. 지금은 우리 변호사를 통해서만 의사소통을 하고 있지."

모나는 깜짝 놀라서 손으로 입을 막았다.

"너희 둘 설마……?"

"갈라서고 싶은 건 아니냐고? 그래, 더는 이렇게는 안 되겠더라."

마리안네는 조용히 말하고서 커피 잔을 휘저었다.

"정말 안됐다. 프랭크는 겉으로 보기에는 항상……."

"상냥했다고?"

마리안네는 모나가 못다 한 말을 해주며 마치 파리를 쫓아버리듯 손을 작게 휘젓고는 덧붙였다.

"안타깝게도 우리 수영장 관리 청년도 같은 생각이더라. 우리 안마사도. 그리고 나의 세무사도 그이가 상냥하대."

모나는 눈을 휘둥그레 떴다.

"너 진심이니?"

"안타깝지만 내 변호사는 자세한 이야기를 하지 말랬어. 하지만 지금 나는 이렇게만 말해둘게. 난 이제 프랭크가 버스에 치인다 해도 아무렇지도 않아. 글쎄. 당분간은 철저한 세무조사를 받게 되는 걸로 만족할 수 있겠지."

마리안네는 미소를 지으며 덧붙였다.

"국세청은 케이맨제도에 프랭크의 비밀 계좌가 있다는 익명의 제보를 받은 것 같더라."

그러다 마리안네는 예의상 도리스를 돌아보았다. 도리스는 이제껏 한마디도 하지 않았기 때문이다.

"너는 어떻게 지냈어?"

"잘 지냈지."

도리스는 당황한 채 대답했다. 하지만 그 말은 대답이라기보다는 오히려 질문같이 들렸다.

"바빴어?"

마리안네는 이렇게 물은 다음 커피를 한 모금 더 마시고 말을 이어갔다.

"응, 나도 바쁜 거 잘 알지. 쉴 틈이 하나도 없는 거잖아. 머리카락을 붙이거나 냉동 지방 분해술을 받지 않으면, 크로스핏을 해야 하는 거지. 솔직히 말해서, 점점 다 질리더라. 이제 진짜 휴가가 필요했다고. 생트로페에선 쉬는 게 아니라 스트레스만 받았어. 지금은 스필버그와 스코세이지 감독의 대본을 기다리고 있는데, 그게 올 때까지는 잠시간 좀 쉬어야겠어."

"그래서 여기 있을 거야?"

모나는 이렇게 물으며 우유 롤빵 접시를 그녀 쪽으로 밀었다. 그러자 마리안네는 완벽한 모양으로 구워진 롤빵을 하나 집고서 매니큐어 칠한 손가락 사이로 돌리며 말했다.

"응. 적어도 여름까지는. 조지와 아말이 나를 코모 호숫가에 있는 자기들 집으로 초대했거든. 내가 거기 있는 걸 알았다면 로버트 드니로랑 메릴은 무척 좋아했을 거야. 우리는 아주 오래전에 함께 영화를 찍었잖니. 그런데 출발한 다음에 듣자 하니, 톰 행크스도 온다지 뭐야. 그래서 난 귀찮은 일을 벌이지 말자고 마음먹었어."

그녀는 윗입술을 오므렸다. 모나는 궁금해져서 물었다.

"그렇구나. 근데 왜 안 가겠다는 거야? 혹시 톰 행크스가 프랭크랑 뭔가 연관이 있어서……?"

"아니야. 그런 건 없어. 다만 모두 톰이 아주 좋은 사람이라고 생각하지만, 내가 보기엔 성공해서 좀 기고만장해졌다고나 할까. 톰은 누구와 이야기만 했다 하면 항상 자기가 오스카상을 두 번 수상했다고 이야기를 하거든. 하지만 그건 벌써 25년도 더 되었잖아! 톰이 오스카상을 닦으려고 산 아주 훌륭한 세정제 이야기를 꺼냈을 때 난 속으로 생각했지. '하지만 최근에 뭐 이룬 건 없잖아요?' 하고 말이야."

마리안네는 고개를 절레절레 저었다.

"그래, 그러니까 여기에 머무는 게 아무리 봐도 나아. 난 몇 주 동안 평범한 삶을 살면서 좀 쉬어야겠어."

에리카는 어머니의 얼굴이 빛나는 모습을 보고서 자신의 계획을 실현하기란 물 건너갔다는 걸 깨달았다.

"아주 잘했어. 정말 기분 좋다!"

마리안네는 우유 롤빵을 아주 작게 뜯어 먹으며 단호하게 선언했다.

"평범한 사람이 되어 사는 건 어딜 봐도 좋은 일이지. 항상 어딜 갈 필요가 없다니 얼마나 좋아."

"우리 독서 모임을 할 건데 너도 참석해도 돼."

모나가 말하자 도리스는 얼굴이 새빨개졌지만 아무 말도 하지 않았다.

"또 누구누구 참여해?"

"지금까진 우리 둘, 그러니까 도리스랑 나뿐이야. 아, 하지만 곧 예전처럼 사람이 많아질 거야."

모나는 즐거운 기색으로 말을 이었다.

"우리가 부두 아래에 앉아서 낸시 드루*를 읽었던 거 기억나?"

마리안네는 새빨갛게 매니큐어를 칠한 손톱으로 탁자 상판을 두드리더니, 심사숙고하듯 말했다.

"좋아. 안 그래도 뭔가 할 일이 필요한 참이었어. 하지만 일단 첫 모임은 칵테일과 오르되브르**로 적절히 축하연을 벌여야겠어."

모나가 명랑하게 대답했다.

"물론이지. 그럼 오늘 오후에 다시 들러줘. 같이 전부 계획을 세워보자. 『오만과 편견』으로 첫 모임을 시작하기로 하고."

"사실 나 그 책 읽어본 적 없어."

"그렇다면 정말 잘 골랐네."

---

* TV 드라마로도 방영된 미국의 미스터리 소설 '낸시 드루' 시리즈를 가리킨다.

** 서양 요리에서, 식욕을 돋우기 위해 식사 전에 나오는 간단한 음식.

모나는 이렇게 대답하고서 도리스의 옆구리를 가볍게 쳤다.

마리안네는 일어서서 손에 쥔 반쯤 먹은 우유 롤빵을 돌렸다.

"제발 여기 버터가 안 들어 있다고 해줘."

"두말하면 잔소리지."

모나는 미소를 지었지만, 에리카는 엄마가 등 뒤에서 슬며시 꼰 손가락을 보았다.

마리안네는 다시 선글라스를 끼고서 마치 꼬마애들이 아니면 왕족이나 할 법한 손짓을 했다.

"그럼, 안녕히."

그녀는 이렇게 말하고는 밖으로 나가 이곳에서 사라졌다.

에리카는 뭐라 말하고 싶었지만 도리스가 선수를 쳤다. 지금 도리스는 마치 새빨갛게 달궈진 솥 같은 얼굴이 되어 언제라도 폭발할 것만 같았다.

"대체 무슨 생각이야?"

"무슨 생각이라니?"

모나는 이렇게 대꾸하며 이해가 안 된다는 기색으로 고개를 흔들었다.

"너 쟤를 우리 독서 모임에 초청했잖아!"

"그게 뭐 어때서?"

"네가 보기엔 쟤가 우리 공동체에 대한 존중이 있다고 생각해? 우리는 공통점이 전혀 없잖아."

도리스는 화난 몸짓을 하며 말했다.

"도리스, 그래도 우리는 옛 친구잖아."

"친구는 무슨. 예전에 친구였던 애란 말이 맞지. 마리안네가 너한테 마지막으로 연락했던 게 언제였는데?"

"그건 이제 잘 모르겠어."

모나는 대답하고서 어깨를 으쓱였다.

"봐, 맞잖아. 나 정말 분위기 망치고 싶지는 않지만, 솔직히 쟤가 여기 나타날 때마다 난 초조해지기만 한다고. 마리안네가 있으면 난 무슨…… 외계인이 된 기분이야."

"아, 왜 그래! 우리는 아주 재미있는 시간을 보내게 될 거야. 진짜로. 예전과 똑같이 재밌어질 거야."

모나는 이렇게 말하며 도리스의 팔에 손을 얹고 달랬지만, 그녀는 투덜거렸다.

"아무리 생각해도 그럴 것 같지가 않은데."

"어떻게 될지 한번 시도는 해볼 수 있잖아."

도리스는 한숨을 쉬면서 고개를 푹 떨궜다. 그녀의 얼굴은 노란 선캡 너머로만 보였다.

"부탁이야. 나를 봐서라도."

모나가 계속 말하자, 도리스는 결국 의견을 굽혔다.

"알았어. 딱 한 번이야. 하지만 우리가 마지막으로 만났을 때처럼 걔가 또 비키니 존에 무슨 왁싱을 했는지 이야기를 꺼내면 난 갈 거야."

"마리안네도 이제 은퇴할 생각은 안 해요? 말을 들어보니 그쪽 삶에도 싫증이 난 것 같던데. 그분도 올해로 예순여덟 아닌가?"

에리카가 묻자 모나가 대답했다.

"예순이 넘었다고 해서 곧바로 은퇴할 필요는 없잖니. 나만 해도 이 호텔을 접는다는 생각은 꿈에도 해본 적 없어. 너희가 내 몸을 이 집에서 끌어내면 끌어냈지, 내가 죽기 전까진 직접 그만두고 나가진 않을 거야."

에리카는 입술을 깨물었다. 자신이 생각했던 대로 일이 되지 않고 있었다.

"우리 가족은 대대로 여기서 산 지가⋯⋯."

모나는 말을 하며 카운터를 닦았다.

"⋯⋯5대째지. 그래, 엄마. 알아."

에리카가 말을 받아 이었다.

"너한테 잔소리를 할 마음은 없지만, 그래도 네 아이들이 유세르에서 자라지 못해서 참 속상해. 너도 알겠지만. 내가 리나를 돌봐줄 수도 있었을 텐데. 그럼 너희 둘도 다시 서로를 위한 시간을 낼 수 있고. 알겠지만 좋은 성생활이야말로 행복한 결혼의 시작이자 끝이니까."

"아우, 엄마."

에리카는 못마땅한 소리를 냈다. 그러다 퍼뜩 놀랐다. 자신의 성생활 처지가 너무나 복잡하다는 생각이 들었기 때문이다.

"너희 부부는 애들 키우느라 정신이 없긴 하겠지만 그래도 서로를 생각해야 해. 얼마 전에 내가 어떤 부부 이야기를 읽었는데, 그 부부는 확실하게 합의를 하고서⋯⋯."

에리카는 어머니의 말을 끊었다.

"이제 그만해. 우리의 사생활에 대해서는 간섭하지 않겠다고 약속했잖아. 우리는 할름스타트에서 잘 살고 있어. 거기에 일자리가 있다고. 우리가 여기 오면 대체 뭘 먹고 살라고?"

"너희가 나랑 같이 호텔 일을 하면 되지."

"호텔엔 방이 여섯 개밖에 없잖아. 다섯 식구가 먹고 살 만큼 크지 않아. 게다가 이 호텔은 리모델링을 다시 해야 해."

그러자 모나는 마음이 상한 채로 대꾸했다.

"난 이미 사업을 확장했어. 이곳에 사는 노인들을 위해 요리를 시작한 지 몇 주 됐다고. 동네 바깥에서 트럭으로 실어오는 먹거리는 너무 형편없어서 먹을 수가 없어. 그래서 난 넉넉하게 요리를 해서 음식을 배달하기 시작했어."

"엄마는 이제 솔직히 일을 벌이면 안 되는 상황이야."

"이 사업은 사실 아주 잘되고 있단다."

도리스가 끼어들었다.

"그리고 난 해초 장사도 할 거야!"

모나는 팔을 불쑥 들어 올리며 커다란 호텔 현관 부분을 가리키면서 말을 이어갔다. 그래서 목에 걸린 돋보기가 앞뒤로 마구 흔들렸다.

"입구에 바로 진열해둔 해초 제품 가판대 봤니? 확실히 고객들이 관심을 보이더라니까!"

에리카는 마지못해 고개를 끄덕였다. 해초를 팔면 얼마나 돈이 벌리는지는 모르겠지만, 그래도 엄마가 웨이크보드를 파는 것보다야 낫겠지. 하지만 사실 자신은 엄마에게 호텔을 접으라 설득하려고 여기 온 것이다. 그래서 에리카는 입을 열었다.

"그래, 나쁜 생각은 아니네. 하지만 그래도 마르틴의 가족은 모두 할란드[*]에 살고 딸애들도 다 거기에 친구가 있어."

모나가 보란 듯이 허리에 손을 짚자, 에리카는 목청을 가다듬었다.

"그래도 마르틴에게 다시 이야기는 해볼 거야."

에리카는 어깨를 축 늘어뜨리고는 우유 롤빵을 베어 물었다. 그녀의 어머니는 항상 자신이 무슨 인간관계 전문가인 줄 알고 있다. 모나의 의견에 따르면 호텔에 체류하는 손님에게 해주는 서비스에는 약간의 인생 조언 역시 포함되어 있었다. 그래서 에리카가 젊었을 적에는 때로 엄마가 아무나에게 묻지도 않는 조언을 해대는 게 부끄러웠다. 다른 집에 놀러 가면 그 집 엄마들은 팝콘을 내놓으며 편안한 분위기를 만들어주는 데 비해, 모나는 자기 집에 놀러 온 친구들에게 수정 구슬을 꺼내놓고 내면의 여신을 찾아준다는 대화를 심도 깊게 나누었다. 제아무리 에리카가 어머니의 묘한 성향에 익숙한 형편이라도, 어머니가 결혼 생활에 대해 조언을 하거나 어디서 구했는지 모를 발리섬의 다산 기원 조각상을 만지작거리려고 할 때마다 뒷머리털이 쭈뼛 섰다.

빵을 다 먹은 리나는 의자에서 내려와 에리카의 허리를 안았다.

"엄마, 나 이제 나가도 돼?"

"그럼, 되고말고. 하지만 먼저 할머니에게 우유 롤빵을 주셔서

---

* 스웨덴의 서남부 지역.

감사하다고 해."

"고마워요, 할머니."

리나의 말에 모나가 웃으며 대답했다.

"고맙기는, 우리 아가. 디킨스 방에 내가 아직 살펴보지 않은 가방이 하나 있어. 안에 뭐가 잔뜩 들었으니까 네가 가서 보렴. 초록색 가방이야."

리나는 고개를 끄덕이고는 신나게 계단을 올라갔다.

"이제 집에 가야겠어."

도리스가 이렇게 말하며 자신이 먹던 그릇을 정리하자, 모나가 진지한 목소리로 물었다.

"이따 오후에 올 거지?"

도리스는 잠시 생각하더니 어쩔 수 없다는 듯 고개를 끄덕였다.

"너 때문에 오는 거야."

이 대답을 하고서 그녀는 호텔에서 나갔다. 모나는 여전히 카운터 뒤에 서서 남은 컵을 모으려 했다.

"이젠 점심 식사를 준비해야겠어. 너는 그냥 앉아서 좀 쉬어. 우리는 나중에 다 같이 먹자."

"엄마, 내가 도와줄 수 있어."

"아니야. 그냥 있어. 넌 휴가를 온 거잖아."

"됐어. 내가 뭐 하면 되는지 알려줘."

모나는 한숨을 쉬었다.

"알았어. 그럼 오븐에 있는 음식을 알루미늄 포일로 포장해줄 수 있겠니?"

"그럼. 내가 그거 배달도 할까?"

모나는 고개를 저었다.

"그건 안 돼. 넌 어디 가야 하는지도 모르잖아. 그리고 다들 내가 음식을 가지고 오길 바라고 있어."

"엄마, 내가 진짜 도와줄 수 있다니까."

모나는 고개를 끄덕였다.

"알아, 우리 딸. 그럼 내가 없는 동안 카운터 좀 봐줄래? 그럼 호텔 문을 닫을 필요가 없을 테니까. 당장은 한 푼이 아쉬워서 말이야."

"그래. 그것 말고 또 할 일은 없어?"

"볼로네세 스파게티 만들 면을 삶아줘. 저기 레인지에 올려놨어."

"알았어."

에리카가 대답하자 모나가 물었다.

"어떻게 하는지는 알지?"

"스파게티 만드는 법은 나도 당연히 알아."

모나는 핸드백을 어깨에 멨다.

"물이랑 소금 많이 넣고 포장지에 적힌 조리법보다 면을 몇 분 덜 삶아야 해. 그런 다음 끓는 물을 한 컵 퍼서 올리브 오일이랑 섞어서 면에 넣어."

"그래, 엄마."

에리카는 한숨을 쉬었다.

"올리브 오일은 좋은 걸로 써. 네이티브스 올리브오일 엑스트라로 해야 해."

엄마의 말에 에리카는 눈을 흘기며 대답했다.

"알았어. 걱정하지 마. 내가 알아서 할게."

모나는 미소를 짓더니 에리카의 뺨을 쓰다듬고는 길을 떠났다.

"너희가 와서 참 좋구나. 45분 후에 돌아올게. 무슨 일이 생기면 바로 전화해."

모나가 포장된 음식을 들고 사라지자, 에리카는 한구석에 있는 낡고 울퉁불퉁한 우유 통을 힐끗 바라보았다. 어머니는 열심히 벼룩시장을 다니며 물건을 사는 사람이라, 매년 집안에 쓰레기가 늘어만 갔다. 게다가 물건 버리기도 어찌나 힘들어하는지, 에리카는 언젠가 이 호텔이 잡동사니로 터져버리진 않을까 걱정이 되었다.

주변을 둘러보던 그녀는 현관에 있는 탁자 몇 개를 옆으로 좀 밀면 제품 판매대를 놓을 만한 공간이 나올 거라 생각했다. 실제로 꽤 괜찮아 보일 수도 있겠지. 어쩌면 구매욕을 부추길 만한 물건을 더 놓을 자리도 생기지 않을까. 하지만 에리카는 퍼뜩 정신을 차렸다. 자신은 엄마에게 새로운 아이디어를 주려고 여기 온 게 아니라는 점을 기억하자고.

그녀는 카운터에 지친 몸을 기대었다. 어머니에게 지금 같은 페이스로 계속 상황이 이어지지는 않으리라는 점을 알려주어야 했다. 자신 역시 이 오래된 호텔에 애착이 있지만, 이제 모나 혼자 힘으로는 호텔을 운영할 수가 없었다. 과로하고 싶은 게 아니라면 모나는 이제 은퇴해야 했다.

만약 마르틴이 여기 함께 왔다면 일은 훨씬 쉬웠으련만. 에리카는 한숨을 쉬었다. 마르틴은 모나가 이야기를 들어주는 몇 안 되는 사람 중 하나였다. 하지만 그는 결국 여기 오지 않았다. 에리카는 남편의 도움 없이 어떻게든 해야 했다. 문제는 과연 어떻게 어머니의 마음을 상하게 하지 않고서 설득할 수 있는가였다.

4

버스에서 내린 퍼트리샤는 떠나는 차 바퀴 아래로 이는 먼지구름을 바라보았다. 그리고 돌아서자 높이 뜬 태양에 눈이 부셔서 손 그늘을 만들었다. 또다시 먼 길을 지나 유세르로 찾아오다니. 지금 여기 와 있다는 게 믿기지 않았다.

여행 가방의 손잡이를 뽑아 든 다음 호텔로 가는 길을 찾아보았다. 지난번 유세르를 방문했을 때는 위스타드에서 하룻밤을 잔 다음 렌터카를 타고 여기 왔지만, 이제는 두 번 다시 그런 실수는 하지 않을 것이었다. 렌터카 대리점에는 수동 변속 차량밖에 없었는데, 그녀는 전에 그런 차를 몰아본 적이 없어서 구불구불한 해안 도로에 들어서자 제대로 달릴 수 있을 때보다 그렇지 못할 때가 더 많았다.

작은 대로에는 인적이 전혀 없었다. 하지만 퍼트리샤는 저 멀리서 문을 연 듯한 가게 하나 발견했다. 잠시 거기에 가볼까 생각했지만, 돌아서서 바다를 보는 순간 본능적으로 다른 방향에 이끌리고 말았다.

그녀는 울퉁불퉁한 인도를 빠른 걸음으로 지났다. 이끼색 창틀이 달린 예쁘장한 회녹색 집이 묘하게 친숙했다. 아마도 지난번 왔을 때 본 게 아니면 매들린의 편지에 나왔던 집이겠지. 동생은 실종되기 전 네 번 편지를 썼고, 퍼트리샤는 그 편지를 얼마나 많이 읽었던지 문장을 모두 외울 정도였다.

그녀는 잠시 걸음을 멈춰 서서 한숨을 쉬었다. 이번 여행은 힘들었지만 할 일이 많았다. 상관을 조르고 졸라 얻어낸 특별 휴가의 기한은 3주였다. 마스든 씨는 모든 서무 업무를 껌이나 짝짝 씹어대는 하급 직원 마르코에게 맡기고 싶어 하지 않았다. 하지만 퍼트리샤는 마르코가 저지를지도 모르는 모든 문제를 자신이 돌아와서 전부 처리할 것이며, 그러면서 추가 근무를 하게 되더라도 단 1달러도 청구하지 않겠다고 약속했기 때문에 허락을 받아냈다.

퍼트리샤는 여행 가방을 연석 위로 끌어올리며 깊고 푸른 바다를 바라보았다. 거울처럼 매끄럽게 저 하늘을 그대로 비추는 바다는 무한히 이어진 것 같았다. 왜 여기 있으면 고향에 온 느낌이 드는 걸까. 그녀의 어머니는 스코네에서 자랐지만, 퍼트리샤는 스웨덴 친척을 아무도 만나본 적이 없었다. 어렸을 때는 할머니와 편지를 주고받았던 기억이 있지만, 그조차도 어머니가 돌아가시자 끊겼다.

피곤해진 그녀는 눈을 비볐다. 지난주엔 제대로 잠을 자지 못했다. 목걸이가 들어 있던 편지 때문에 옛 기억이 떠올라 밤에도 쉴 수가 없었으니까. 눈을 감기만 하면 여동생이 눈앞에 보였다. 걸을 때마다 위아래로 흔들리던 검은 머리카락이나, 아버지가 왜 주방을 청소하지 않았느냐, 외양간에 왜 사료를 주지 않았느냐 불평할 때마다 퍼트리샤를 바라보던 틀림없는 눈빛이 보였다. 매들린은 아버지를 진정시키는 방법이 뭔지 정확히 알았다. 고개를 옆으로 갸웃거리며 "사랑하는 우리 아빠, 미안해"라고 말하면 대번에 아버지의 입가가 웃음으로 실룩이고 말았으니까.

퍼트리샤는 가방을 놓고 재킷 주머니에 든 휴대폰을 꺼냈다. 주위에 아무도 없는데도, 누군가 이쪽을 바라보는 느낌이 들었다. 저 귀엽고 작은 집마다 달린 어두운 창문들이 자신을 쳐다보고 있는 것만 같았다.

그녀는 그림같이 아름다운 길가를 쓱 바라보았다. 여기에는 자갈이 깔린 진입로가 보였고, 저기에는 하얀 대리석 십자가가 있었고, 문 앞에는 향기를 내뿜는 데이지꽃이 핀 커다란 화분이 놓여 있었다.

문득 휴대폰이 울려 바라보니 큰아들 매슈가 보낸 문자가 와 있었다. '벌써 도착했어?' 아들은 소식을 알고 싶어 했다.

퍼트리샤는 피곤하게 웃었다. 리치먼드는 지금쯤 새벽일 텐데. 토요일 아침이라 일어나기엔 너무 이른 시간이었지만, 매슈는 어린애가 둘 있었다. 가끔 애들은 새벽에 아빠를 깨우곤 했다.

'그러는 넌 벌써 일어났어?' 그녀는 대답하고 나서 방금 여기에 도착했으며 지금 '책이 있는 B&B'라는 호텔로 가고 있는 중이라고 썼다.

그러자 매슈는 코웃음을 치는 이모티콘을 보냈다. '조이는 자는 게 〈지겹대〉.'

퍼트리샤는 웃고 말았다. 조이는 매슈의 첫째 딸로 고집불통 네 살이었다. 항상 두 갈래로 머리를 땋아야 하고, 발레복 치마를 입어야 외출하겠다고 우겨대는 아이였다.

'아이고 어떡하니. 넌 참 불쌍한 아빠야!' 그녀는 답장했다.

몇 분 동안 답장은 오지 않았다. 퍼트리샤는 소파에 앉은 조이가 매슈에게 따뜻한 우유와 잘게 썬 바나나, 버터와 꿀을 바른 토스트를 주문하는 장면을 떠올려보았다. 그러다 휴대폰을 집어넣은 순간, 다시 신호음이 울렸다. 그녀는 곧바로 휴대폰을 꺼냈다.

'기분은 좀 어때?'

가족 중에서 퍼트리샤의 이번 여행에 가장 관심을 많이 보이는 건 매슈였다. 막내아들 저스틴은 매들린을 본 적이 없었지만, 매슈는 아직도 이모를 기억하고 있었다.

퍼트리샤는 '이상해'라는 말을 먼저 썼다가 마음을 고쳐먹고 '좋아'라고 보냈다. 그녀와 매슈는 언제나 사이가 무척 좋았다. 아들은 자신의 감수성을 물려받았기에 괜한 마음 쓰게 하고 싶지 않았다.

휴대폰은 울리지 않았다. 사실, 퍼트리샤는 이번 여행에 누군가와 동행하기를 바랐다. 스웨덴에 아무도 없이 혼자 오다니 이상한 기분이 들었지만, 큰아들이 본인 가족을 이토록 오랫동안 내버려두고 자신과 동행해주리라고 기대할 수는 없었다. 매슈는 착한 아들이니 그녀가 부탁했더라면 아마 어떻게든 같이 와주었겠지만, 며느리인 데니스가 별로 좋아하지 않으리란 것도 알고 있었다.

퍼트리샤는 한숨을 쉬면서 휴대폰을 주머니에 넣었다. 데니스를 좋아해보려고 여러모로 노력하고 있지만, 며느리가 매슈를 뺏어갔다는 생각을 안 할 수가 없었다. 매슈가 아내를 만나기 전에는 아들과 자신은 매일 서로 대화를 나누곤 했는데. 그 전에는 자신이야말로 매슈의 문제를 들어주고 그 애에게 새로운 소식이 있으면 제일 먼저 아는 위치였다. 매슈가 최고 점수를 받았다거나, 아르바이트하는 식당에서 이달의 사원으로 선정되기라도 했을 땐 가장 먼저 퍼트리샤에게 전화를 걸었다. 하지만 이제 아들은 그런 전화를 할 시간이 없었다. 게다가 데니스는 애플파이에다 체다 치즈를 넣어 굽는다. 체다 치즈라니! 세상에 어떻게 그런 생각을 할 수가 있지?

혹시 매슈가 또 문자를 보내지는 않았을까 싶어 휴대폰을 꺼내보았지만, 아들은 아무런 문자가 없었다. 그녀는 다시 한숨을 쉬었다. 가족으로부터, 또 밀크리크로부터 멀리 떨어진 곳에 있다니 기분이 이상했다. 매들린과 부모님을 떠나보내고 남은 것이라곤 오래된 농장이 전부였다. 집안 방마다 가족과 함께했던 시간이 가득해서 퍼트리샤는 그곳을 떠날 마음이 없었다. 이제 무슨 일이 일어나게 될까 두려웠다. 어쩌면 동생을 두 번째로 잃어버리는 것 같은 기분이 들게 되는 건 아닐까.

퍼트리샤의 전남편인 마이클은 그녀가 농장을 팔게 하려고 오랫동안 노력했다. 결국 두 사람이 헤어지게 된 것도 그 이유가 컸다. 마이클은 밀크리크에서 살고 싶어 하지 않았다. 그건 결코 그들의 계획이 아니었지만, 결국은 어쩔 수가 없었다.

퍼트리샤는 눈가에 맺힌 눈물을 닦았다. 매들린이 실종된 직후의 시절을 생각하면 견딜 수가 없었다. 농장을 운영하면서 어린애 둘을 키우기란 정말 힘들었다. 원래 그녀와 마이클은 매들린이 가족의 농장을 인수할 준비가 될 때까지만 그곳을 맡았다가 때가 되면 워싱턴으로 돌아갈 계획이었으나, 그 후에 매들린이 스웨덴에서 인턴 자리를 얻게 된 것이다. 그래서 부부는 매들린을 1년 더 기다려주기로 동의했지만, 그녀가 외국에서 돌아오지 못하자 온 가족은 영영 곤경에 처해버리고 말았다.

퍼트리샤는 자신이 마이클에게 너무했다는 걸 알고 있었다. 남편은 자신을 몇 년이나 기다려주었고 다시금 평범한 삶을 살게 해주려고 천사 같은 인내심으로 애를 썼지만, 결국 아무런 효과가 없었다.

아스팔트 바닥에 난 커다란 구멍을 본 퍼트리샤는 문득 이런 생각을 했다. 이 자그마한 마을은 한창때가 지나버렸구나. 마치 자신의 신세같이 말이다. 아이들이 농장을 떠났을 때 퍼트리샤는 상당히 큰 충격을 받았다. 저스틴은 떠날 거라고 예상하긴 했었다. 그 애는 항상 형보다 살짝 모험적이라서 기회가 오자마자 당장에 뉴욕으로 이사 갔다. 하지만 매슈만큼은 여기에 같이 머물기를, 어디 가더라도 너무 먼 곳으로 가진 않기를 바랐건만. 매슈도 처음에는 그럴 것 같았다. 큰애는 버지니아 대학에 가기로 마음먹고 샬러츠빌에 집을 구했다. 그런데 데니스가 매슈의 인생에 들어오게 되자 배럭스 럭비에 있는 방 세 개짜리 집에서는 살 수가 없게 되었다. 아니, 데니스는 리치먼드에 있는 다락 딸린 이층집을 꿈꾸었다. 탁 트인 커다란 공간에 화장실이 세 개 딸리고 넓은 정원이 있고 시어머니와의 거리가 적어도 백 킬로미터는 떨어진 그런 집을 말이다.

퍼트리샤는 그 생각을 제쳐두기로 했다. 지금은 여기 왔으니 당면한 일에 집중해야 하는 법. 그럼에도 그녀는 손주들이 이토록 멀리 사는 현실에 짜증이 났다. 만약 매슈와 데니스가 가까이 살았더라면, 자신이 훨씬 더 많이 도와줄 수 있었을 텐데.

묵직한 핸드백이 걸을 때마다 엉덩이를 쳐댔다. 퍼트리샤는 조심스럽게 핸드백을 한쪽으로 밀었다. 그 안에는 매들린의 목걸이가 들어 있었다. 그녀는 목걸이를 소중하게 보호하려고 작은 상자에 넣어두었다. 목걸이 생각만 해도 맥박이 확 빨라졌다. 지금 퍼트리샤의 가장 큰 걱정은 그 작은 은목걸이를 잃어버리면 안 된다는 것이었다.

그녀는 뒤를 살짝 돌아본 다음 마른침을 세차게 삼켰다. 동생이 실종되었다는 소식을 들었을 때, 퍼트리샤는 6천7백 킬로미터 떨어진 곳에서 갓 태어난 신생아와 네 살 아이, 끊임없이 적자가 나는 은행 계좌에다 소와 돼지가 있는 농장에 묶여 있는 상황이었다. 마침내 동생이 있는 곳으로 떠날 수 있도록 주변을 죄다 정리하기까지 며칠이 흘렀고, 마침내 현장에 도착했을 땐 벌써 실종 7일째였다.

당시의 기억은 매우 모호하고 불확실했다. 늦은 밤 스웨덴으로 전화했던 기억, 지지직거리던 전화 통화의 기억, 그리고 그녀가 수많은 질문을 했는데도 아무도 대답해주지 못했던 기억이 있다. 퍼트리샤가 처음으로 연락을 받았을 땐 매들린이 실종되었다고 들었지만, 곧 실종 사건은 종결되었다. 누군가 매들린이 말뫼로 가는 버스에 타는 걸 봤다고 했다. 퍼트리샤는 동생이 가족에게 아무 말도 없이 살던 곳을 떠날 리가 없다고 분명히 주장했지만, 아무도 자신의 말을 믿지 않는 것 같았다.

퍼트리샤는 보도 위로 불쑥 솟은 돌을 걷어찼다. 돌멩이는 길 위로 몇 번 튀어오르다 마침내 밖으로 굴러갔다. 예전에 코펜하겐에 도착했을 땐 유셰르로 곧장 가서 매들린과 함께 일했던 교회 사람들을 만났지만, 다들 똑같은 말뿐이었다. 동생은 여행 가방을 싸서 아무 말도 없이 떠났다는 것이었다.

퍼트리샤의 수색 작업은 아무런 성과가 없었기에, 그녀는 말뫼로 돌아와 경찰에 신고했다. 그리고 그 도시의 모든 병원과 유스호스텔을 뒤졌고, 약간의 지원을 받아 코펜하겐 경찰과 연락할 수 있었지만 그들은 아무것도 찾아내지 못했다. 결국 퍼트리샤는 좋든 싫든 포기해야 했다. 하지만 고향으로 돌아가는 비행기를 탄 이후로 그녀는 죄책감에 시달리게 되었다. 만약 자신이 좀 더 머물렀다면 어떻게 되었을까 하는 생각이 끊이지 않았다. 좀 더 고집을 부렸더라면, 좀 더 많은 사람을 만났더라면 매들린의 자취를 찾게 되지 않았을까.

길 끝에 다다르자 아치형 창문이 있는 노랗고 커다란 저택이 보였다. 정성스레 지은 하얀 베란다와 녹색 양철 지붕이 달린 건물이었다. 퍼트리샤는 눈을 들어 그곳을 보았다. 여기가 호텔인가 보네.

그녀는 셔츠 옷깃을 바르게 매만지며 혹시 여기서 누군가 자신을 알아보는지 궁금해했다. 그 후로도 자유 교회와 계속 연락을 해왔으니까. 때때로 전화를 걸어 혹시 새로운 소식은 없는지 알아보았지만 마지막으로 전화한 지도 벌써 10년이나 되었다. 퍼트리샤는 인정하고 싶지 않았지만, 솔직히 이 편지를 받기 전에는 매들린의 행방을 알아낼 수 있으리라는 희망은 어느 정도 포기한 채였다.

지금이 얼마나 중대한 순간인지 생각해보자, 심장이 가슴속에서 한 바퀴 돌아버린 느낌이었다. 속에서 부글부글 끓고 있는 감정이 수도 없었지만 어떻게든 평정심을 지켜야 했다.

여행 가방 바퀴가 갈라진 아스팔트 표면 위로 덜컹거렸다. 그녀는 주변을 둘러보며 생각했다. 이곳에 사는 누군가는 분명히 1987년 늦여름 저녁에 무슨 일이 일어났는지 알고 있어. 누군가 그동안 매들린의 목걸이를 보관해왔어. 그러니 퍼트리샤는 그가 누군지 알아낼 때까지 이곳을 떠나지 않을 것이었다.

5

휴대폰을 꺼내놓은 에리카는 이제야 깨달았다. 이제껏 새로 온 문자가 없구나. 어제 다툰 후로 그녀는 마르틴이 연락해주기를 내심 바랐다. 어쩌면 자신이 말도 없이 아침 일찍 떠나버린 건 유치한 행동이었을지도 몰랐다. 하지만 그녀는 더는 집에 있을 수가 없었다. 전날 밤 일어난 일 때문에 너무 심한 상처를 입었는지라 다시는 남편의 눈을 볼 수 있을지조차 알 수 없었으니까.

17년 전, 그들이 만난 지 얼마 되지 않았던 그때 에리카와 마르틴은 서로를 알면 알수록 더 알고 싶어 했었다. 마르틴은 점심시간마다 집에 왔다. 그때 에리카는 시험 준비를 하고 있어서 점심시간밖에 짬이 나지 않았기 때문이다. 점심시간은 45분밖에 되지 않고 그중 집을 오가는 데 20분이 걸렸지만 그럴 만한 가치가 있었다. 그런데 이제는 거실에서 침실로 가는 거리조차 그에겐 너무 멀어서 에리카와 대화를 할 수가 없는 지경이었다. 마르틴은 움직이는 대신에 자리에 앉아 에리카에게 자신의 요구사항을 소리쳤다. 그들의 성생활은 이제 창문 닦는 것만큼이나 드문 일이 되어버렸다.

에리카는 커피머신 옆 카운터에 깨끗한 컵을 열 맞춰 세웠다. 아이들이 커감에 따라 자신과 마르틴이 함께 있을 시간이 더 많이 생기면 더 만족스럽고 사랑 넘치는 생활을 할 수 있으리라 바랐었는데. 하지만 마르틴이 언젠가 했던 말마따나 그들의 결혼 서약은 이제 두 달에 한 번씩 의무적으로 치러야 하는 행위(남편은 분명히 농담으로 한 말이었겠지만, 혹시 성관계에 대한 자신의 속내를 무심코 드러냈던 건 아닐까?)로 변질되고 말았다. 그리고 섹스는 항상 너무나 단조롭고 기계적이어서 에리카는 차라리 옛날에 급하게 일을 치렀던 순간이 다 그립곤 했다. 엠마가 TV 앞에 앉아서 어린이 프로그램을 보고 있을 때 세탁실에서 남편과 깔깔대며 서투르고 짧게 끝내야 했던 그때. 이젠 밤새 푹 잘 수도 있고 항상 옷에 우유와 어린애 침 자국을 덕지덕지 묻히고 있지도 않으니 다시금 제대로 즐길 수가 있건만.

에리카는 목덜미를 긁적였다. 자신에게 섹스란 항상 매우 사적인 영역이자 다소 민망한 주제였다(성생활 초기에는 불을 다 꺼놓고 하는 걸 좋아했는데, 아마도 그건 어머니가 유독 관대하게도 "꽃처럼 만개하는 힘"을 긍정한다는 태도에 대한 반항심이었던 것 같다). 비록 자신의 태도가 얼마나 보수적인지 잘 알고는 있었지만, 그래도 결혼 관계가 제대로 이루어지려면 주된 책임자는 남자여야 한다고 생각했다(맙소사, 생각해보니 자신의 이런 의견은 정말이지 미심쩍게 생각해보아야 마땅한 것 아닌가). 하지만 어느 날 밤 너무 외로운 상태로 〈더티 댄싱〉을 보았다가 패트릭 스웨이지가 강한 팔로 제니퍼 그레이의 허리를 감싼 모습을 보고 질투심에 불타오른 에리카는 자기 문제를 알아서 해결해보기로 마음먹었다.

곧바로 구글에서 댄스 수업을 검색해보았지만, 마르틴이 함께 수업에 갈 것 같지 않다는 사실을 금방 깨달아버렸다(그리고 예상을 뒤엎고 마르틴이 댄스 수업에 가준다 해도, 그는 패트릭 스웨이지처럼 꽉 끼는 셔츠 따위 죽어도 입어줄 리가 없었다. 재치 있는 성격 같은 건 말해 무엇하리?). 그래서 대신 에리카는 가까운 서점에 가서 『당신의 성생활에 활력을 불어넣어라』라는 자기계발서를 찾아다가 민망한 표정으로 계산대에 올려놓았다(그녀는 이 책이 친구에게 줄 선물이라고 굳이 설명하려다가 참았다). 다행스럽게도 점원은 에리카가 원하는 걸 살 만한 재량권이 있다고 인정해주듯이, 제목이나 "아내랑 나는 캐러웨이 향신료를 갖고 해보았다"라는 식의 웃긴 추천사를 유심히 보는 일 없이 책을 빨리 계산해주었다.

집에 도착한 에리카는 작가들이 말한 대로 "관능적인 행복을 가질 수 있는 아주 쉬운 방법"에 푹 빠져들었다. 그 책은 눈을 확 뜨게 해주었다. 그녀는 마침내 "바닐라 섹스"가 무슨 뜻인지 알게 되었을 뿐만 아니라(그러니까 바닐라 섹스란 항상 상상했던 것처럼 변태적이고 비위생적인 섹스가 전혀 아니었다), "간단하지만 효과적인 친밀감 회복의 기술"을 획득하고 "역할극으로 삶이 달콤해지는 방법"을 배웠다.

하지만 이 모든 건 "아주 쉬운" 게 전혀 아니었다.

에리카는 손가락에 낀 결혼반지를 빙글빙글 돌렸다. 어젯밤을 생각하자 여전히 마음이 아팠다. 여름 내내 떨어져서 지내는 게 마음 편하겠다고 했던 자신의 발언이 너무 심한 건 아니었을까 생각해보았다.

그녀는 행주를 쥐고서 널찍한 카운터를 닦았다. 어쩌면 마르틴과 자신의 감정을 터놓고 이야기했어야 했는데, 그 대신 둘의 사이에서 사그라졌던 열정을 다시 불붙여보려고 한 게 어리석은 생각이었을지도 모른다. 하지만 이제껏 읽은 책들을 보면 참 쉬워 보이던데. 저자의 말에 따르면 집을 관능을 위한 공간으로 바꾸기만 하면 되었다. 모든 기대와 요구, 비판(보아하니 이것들은 남성의 성욕을 꺾어버리는 주요 원인인 듯했다)에서 벗어난 곳으로 말이다.

부분 부분 그 책은 〈매드맨〉*에서 발췌한 건 아닐까 싶은 부분도 있었다(활짝 웃으며 남편을 맞이하세요. 남편은 사무실에서 힘들게 일하고 돌아왔으니 어느 정도는 귀한 대접을 받아야 해요). 그럼에도 에리카는 한번 시도해보기로 했다. 다시 말해 관능적인 공간을 만들어보기로 한 것이다. 2주 동안 그녀는 매일 저녁 마르틴이 가장 좋아하는 음식을 요리하고 식탁에 고급 식기를 놓고 촛불을 켜두었으며, 저녁 식사 동안에는 깜빡 잊은 전기 요금이나 막혀버린 변기, 오후마다 하는 머릿니 잡기 등에 대해 의식

---

* 1960년대 뉴욕을 배경으로 하는 드라마 시리즈.

적으로 언급하지 않았다. 마르틴이 일을 두고 불평을 늘어놓으면 그녀는 애정 어린 미소를 지으며 말없이 들어주었다. 여자는 자신감으로 빛나야 한다는 책의 조언에 따라 속에 입은 레이스 팬티에 피부가 자꾸 쓸려가는 와중에도 말이다.

그렇게 며칠이 지나자 에리카는 정말로 이 방법이 효과가 있다는 느낌을 받았다. 마르틴은 이제 심하게 우울한 기색이 아니었다. 약간 느긋해진 모습이었다. 그리고 대체 얼마 만인지 모를 깊은 눈빛으로 그녀를 바라보면서 둘이서 저녁에 영화를 보자고 했을 때, 그녀는 크게 환호성을 지르고 싶었다.

그리하여 드디어 문제의 저녁 시간이 되었다. 에리카는 모든 세부 사항을 다 준비했다. 엠마는 영화관에 놀러 가라고 용돈을 주었고, 리나는 유튜브를 볼 수 있게 설정해둔 아이패드를 쥐여주고 방에 자라고 보냈다. 그러니 딸애는 몇 시간 동안 혼자서도 잘 놀 것이다(하지만 나는 당연히 그러리라 기대하지는 않았지, 하고 에리카는 기억을 떠올렸다). 그녀는 아까 언급했던 불편한 레이스 팬티(어찌 되었건 이 팬티는 빨리 벗어야 할 것 같았다)와 금발 가발 및 그에 어울리는 짧은 가죽 원피스 차림으로 벌써 현관에 서 있었다. 이 옷을 판매하는 온라인 코스튬 상점에 따르면 가죽 원피스는 〈왕좌의 게임〉에 나오는 용의 어머니 복장처럼 보인다고 했다. 왕좌의 게임은 마르틴이 좀 집착하다시피 좋아하는 판타지 시리즈였다(에리카는 남편과 함께 몇 번 이 드라마를 보려고 했지만, 곧바로 지쳐버리고 말았다. 전쟁과 용 같은 주제가 재미있어봤자 얼마나 재미있겠는가?).

이제 와 생각해보면 어쩌면 이 모든 게 평범하게 영화를 보는 저녁 시간을 보내기엔 너무 과한 노력이었다. 그녀도 그 점은 잘 알고 있었지만, 그래도 패트릭 스웨이지 식으로 영향을 받기를 미친 듯이 바랐다. 심지어 혹시 몰라 스트레칭도 했다. 마르틴은 퇴근하면서 에리카가 가장 좋아하는 콰트로 스타조니 피자를 사 오기로 했고, 커피 테이블에는 와인과 간식도 차려놓았다.

그러다 첫 번째 문자가 6시 15분에 왔다. '미안해. 사무실에 난리가 났어. 조금 더 있다 가야겠어.' 배고프고 실망한 채로 에리카는 소파에 누웠지만, 이어서 책에 있던 말을 떠올렸다. 성공적인 관계를 여는 것은 바로 이해심이다, 라는 말이었다. 게다가 이토록 관능적인 공간을 공들여 만들어놓았기 때문에 이걸 깨뜨리고 싶지 않았다. 그래서 마르틴에게 답장을 보냈다. 늦게 와도 괜찮다고.

두 번째 문자는 30분 후에 도착했지만, 그래도 여전히 약간의 희망이 있었다. '시스템이 다운됐어. 하지만 프로그램이 다시 작동하는 대로 갈게.' 그 문자를 받았을 때 에리카는 정말이지 뭘 좀 먹어두었어야 했었다.

그러다 8시가 되자 모든 걸 포기한 그녀는 잠옷으로 갈아입고 꼴도 보기 싫은 가발과 가죽 원피스를 옷장 깊숙한 곳에 처박았다. 마침내 마르틴이 피자도 사 오지 않은 채로 집에 돌아왔을 땐 너무나 수치스러웠던 나머지 남편이 뭐라 말할 기회도 주지 않고 곧장 치즈 볼 그릇을 그에게 던졌다.

에리카는 두 손으로 얼굴을 쓸었다. 자신이 혈당이 떨어지면 꼭

지가 빠르게 돌아버린다는 사실을 알고 있었지만, 이번 일은 솔직히 죄책감이 전혀 느껴지지 않았다. 그날 저녁 판을 엎은 건 마르틴이었다. 전에도 수천 번 그랬듯 이번에도 그는 일을 우선시했으니까. 게다가 그것도 모자라서 치즈 볼 몇 개 맞았다고 배짱 좋게 화까지 내다니(물론 치즈 볼 그릇도 같이 맞긴 했지만, 에리카 나름대로 변명을 하자면 그건 플라스틱 그릇이라 별 해가 없었다).

그녀는 고개를 저었다. 엠마가 어렸을 땐 그런 일쯤이야 별문제가 아니었을 것이다. 마르틴은 사과했을 테고, 에리카는 용서했을 것이다. 그땐 제아무리 상황이 나쁘다 해도 항상 참 재미있었다. 가족이 되고 나서 처음 몇 년간 그들은 낡디 낡은 방 두 칸짜리 집에서 살았다. 집에 딸린 욕실은 너무 작아서 몸을 돌릴 수가 없을 정도라 나갈 때는 뒷걸음질을 쳐야 했고, 세탁기는 문을 세게 닫아야만 작동했다. 그럼에도 그때의 기억은 에리카에게 오로지 행복하게만 남아 있다. 죽이 엎질러져도, 기저귀 쓰레기통이 넘쳐도, 물건이 부서져도 그저 웃어넘겼던 그때의 기억들. 심지어 마르틴의 형이 뉴욕에서 사다 준 하얀 아디다스 오리지널 슈퍼스타 운동화에 엠마가 사인펜으로 잔뜩 낙서를 했어도 마르틴은 화내지 않았다. 저녁에 두 부부는 교대로 엠마를 재우고 벽에 묻은 블루베리 요거트를 닦아내곤 했었다. 하지만 지금은 서로에게 내줄 시간 따윈 전혀 없이 그저 같이 동거하고 있는 것만 같다는 느낌만 들었다.

에리카는 다시 휴대폰을 꺼내서 뉴스 사이트를 열었다가 '행복한 이혼'이라는 기사 제목을 보고 눈을 뗄 수가 없었다. 그러다 급히 화면을 다시 껐다. 불행한 결혼 생활을 뒤로하고 어디선가 활활 타오르는 열정을 발견했다며 새로운 시작을 뻐기는 사람들의 이야기 따위는 읽고 싶지 않았다. 자신은 이 결혼 생활이 불행하다고 말하고 싶지 않았다. 마르틴과 자신은 그저 작은 침체기를 겪고 있을 뿐인걸. 우리 둘은 서로를 사랑하고 존중하는 사이고, 아주 멋진 애들도 둘이나 있지 않은가. 그런데 이혼을 생각한다는 것 자체가 온 가족을 배신하는 것 같았다.

그때였다. 호텔 문이 열리고 입구에 걸어둔 종 소리가 들리더니 굉음이 이어졌다. 골똘히 생각에 잠겼던 에리카는 퍼뜩 정신을 차렸다. 어떤 여자가 안으로 들어와 내부를 둘러보았다. 바퀴 달린 여행 가방을 끌고 온 여자는 오랜 여행을 한 사람에게서 볼 법한 피곤한 표정을 지었다.

"안녕하세요! 어서 오세요."

에리카는 친절한 고객 응대용 미소를 지으며 인사했다. 여자는 손수건을 꺼내어 목덜미를 닦았다. 지쳐 보이는 얼굴 위로 드러난 입가의 주름을 보자 에리카는 손님이 쉰 살쯤 되지 않았을까 생각했다.

"안녕하세요. 빈방 있나요?"

"그럼요."

에리카는 고개를 끄덕이고 그녀를 카운터로 데려가며 물었다.

"멀리서 오셨나요?"

여자는 지갑을 꺼내며 대답했다.

"미국에서 왔어요. 집에서 나와 이동한 지도 거의 24시간이 되네요."

에리카는 여권을 받아 든 다음 '퍼트리샤 슬론'이라는 이름을 예약 시스템에 등록했다.

"지금 아주 피곤하시겠네요. 커피 한잔 드릴까요?"

"좋죠."

에리카는 손님에게 커피 잔을 준 다음 시스템의 정보를 파악했다. 에리카가 마지막으로 이 호텔에 온 게 몇 달 전이었는데, 예약 시스템은 그간 잠들어 있었던 것처럼 전혀 변함이 없었다.

"얼마나 계실 건가요?"

손님은 커피를 한 모금 마시고 대답했다.

"아직 잘 모르겠어요. 나중에 말씀드려도 될까요?"

에리카는 고개를 끄덕이고서는 퍼트리샤의 말씨를 알아들어보려고 했다.

"그럼요. 지금은 성수기가 아니라서 다음 주까진 확실히 방이 여유가 있어요."

"잘됐네요."

"셰익스피어 스위트룸을 배정해드릴게요. 슬론 씨. 그 방은 좀 작긴 해도 바다 전망이에요."

"좋군요. 아, 저는 퍼트리샤라고 불러주세요."

세부 사항을 마저 기록하던 에리카는 이쪽을 탐색하듯 바라보는 퍼트리샤의 시선을 느꼈다.

"혹시 이곳 출신이신가요?"

에리카는 그녀에게 방 열쇠를 건네주며 활기차게 대답했다.

"네. 여기서 태어나서 자랐어요. 그러니 진짜 동네 사람이죠."

퍼트리샤는 바 의자에 앉았다. 옆 가르마를 탄 숱 많고 검은 단발머리 덕분에 소박한 옷을 걸쳤어도 우아해 보였다.

"어떻게 그리 스웨덴어를 잘하시는지 여쭤봐도 될까요?"

퍼트리샤는 커피에 우유를 조금 탔다.

"커피가 진하네요."

이렇게 대구한 그녀는 미소를 지었으나 눈은 웃고 있지 않은 채로 덧붙여 말했다.

"우리 어머니가 스웨덴 사람이에요. 그래서 스웨덴어를 들으며 자랐죠."

다시금 현관에서 종이 울리더니 모나가 나타났다. 그녀는 벌써 세 번이나 나갔다가 들어왔지만, 이제껏 에리카는 어머니가 숨을 돌리는 모습을 한 번도 보지 못했다. 심지어 점심시간에는 서서 식사를 했다. 동시에 비품 재고를 확인하고 싶어 했기 때문이다.

"손님이 새로 오셨어, 엄마."

에리카는 손을 흔들며 말했다.

"아이고, 그렇구나! 저는 모나라고 해요."

그녀는 즐겁게 대답하고는 채소가 가득 든 종이봉투를 들어 보였다.

"이것 좀 빨리 주방에 갖다놓고 올게요. 그런 다음 제대로 인사 드릴게요."

모나는 곧바로 사라지자 갑자기 쿵 소리가 들렸다. 앞을 보자 바닥에 쓰러진 리나가 보였다. 아이는 대자로 뻗어 있었다.

"우리 딸, 괜찮아?"

에리카가 묻자, 리나는 고개를 저었다.

"아니."

아이는 울먹였다.

"아이가 왜 그래요?"

퍼트리샤가 걱정스레 묻자, 리나는 팔을 잡았다.

"무슨 일이야?"

에리카의 물음에 리나는 애처로운 목소리를 냈다.

"콜레라에 걸렸어. 팔꿈치가 콜레라에 걸렸어."

에리카는 웃으며 대답했다.

"그렇게 나쁜 건 아니네. 팔꿈치에 콜레라가 좀 묻었을 뿐이잖아."

이윽고 모나가 주방에서 쟁반 가득 무언가를 들고 왔다. 그녀는 양손으로 쟁반을 들고 있다가 그만 바닥에 비스듬히 깔린 판자에 걸려 비틀거리고 말았다. 곧바로 퍼트리샤가 옆으로 와서 모나가 바닥에 넘어지기 전에 쟁반을 받아주었다.

"휴! 고마워요."

모나는 겁먹은 목소리로 말하고는 고개를 돌려 리나를 보았다.

"불쌍한 우리 아가, 어디 아프니?"

"나 주사 맞아야 해."

아이가 중얼거렸다.

"안됐지만 어떻게 해줄 수가 없네. 근데 어쩌면 우유 롤빵 하나 먹으면 괜찮아질지도 모르겠는데?"

리나는 잠시 생각하더니 벌떡 일어서며 기다란 카운터에 앉아 대답했다.

"알았어. 엄마가 먹게 해준다면 먹을게."

"먹어도 괜찮아. 넌 이미 점심 먹었으니까."

에리카는 이렇게 말한 다음 퍼트리샤를 돌아보며 설명했다.

"얘는 다섯 살이에요. 희귀한 병에 관심이 많죠."

퍼트리샤는 고개를 끄덕였다.

"그렇군요. 그 나이 때 애들은 갑자기 이상한 걸 알고 싶어 하는 법이죠."

호텔 주인은 꽃무늬가 그려진 커다란 컵을 나눠주면서 퍼트리샤도 뭘 좀 마시겠느냐고 물어보았다. 그녀는 잠자코 주위를 둘러보았다. 솔직히 피곤했던지라 얼른 방으로 가고 싶었지만, 모나는 이곳 유세르 주민들을 대부분 알고 있었기 때문에 자신의 몇 가지 질문에 대답해줄 수 있을 거란 생각이 강하게 들었다. 그래서 이렇게 대답했다.

"네, 좋죠. 방에 얼른 가방 가져다놓고 좀 씻은 다음에 올게요."

잠시 후 다시 돌아온 퍼트리샤는 아늑한 공간에 자리를 잡았다. 호텔의 1층은 말발굽 모양 공간으로, 다양한 색상과 형태의 의자와 탁자가 가득 차 있었다. 한가운데에는 계산대가 있는 리셉션이 자리 잡았고, 그 뒤는 주방이었다.

모나는 퍼트리샤에게 찻잔을 주었고, 퍼트리샤는 애써 미소를 지었다. 그녀는 붙임성 있는 대화에 능숙한 편이 아니었지만, 지금은 아주 중요한 순간이라고 다시금 되새겼다.

"여긴 참 멋지군요."

퍼트리샤는 말문을 열었다.

"고맙습니다!"

모나는 이렇게 말하며 주둥이가 불쑥 튀어나온 높다란 크림색 도자기 찻주전자로 차를 따라주었다. 도자기 위로 뻗은 미세한 실금은 마치 작은 납빛 선으로 그려낸 거미줄 무늬 같았다.

호텔 집기들은 대부분 벼룩시장에서 사 온 것 같았다. 퍼트리샤는 이 특별한 분위기가 좋았다. 작디작은 소품 하나하나마다 세심하게 골라낸 티가 났고, 사방에는 책이 쌓여 있었다.

현관의 종이 울리더니 여자 두 명이 호텔로 들어왔다. 한 명은 딱 달라붙는 원피스에 하이힐 차림이었고 눈길을 끄는 커다란 장신구를 했다. 그녀는 꼭 패션 잡지에서 튀어나온 것 같았는데, 그래서 같이 온 여자가 쓴 투명한 선캡과 대조를 이루었다.

"너희 딱 맞춰서 왔구나!"

모나는 반갑게 인사하며 소개를 시켜주었다.

"이쪽은 제 친구들이에요. 도리스와 마리안네죠. 얘들아, 이쪽은 호텔에 새로 오신 손님이야. 퍼트리샤는 방금 미국에서 왔어."

"그거 재밌네요. 난 대서양을 건너가본 적은 한 번도 없지만, 토니 모리슨과 필립 로스의 스웨덴어 번역본은 모두 읽었어요."

기다란 원피스를 입은 여자가 말했다. 숱 많은 회색 머리카락을 묶어 길게 땋은 모습이 보였다. 모나는 퍼트리샤에게 설명했다.

"우리는 독서 모임을 하거든요. 아니, 제대로 말하자면 없어졌던 독서 모임을 되살리려던 참이었어요. 그래서 다 같이 책 읽기를 간절히 기대하고 있답니다."

"책은 일단 각자 읽어와요. 한자리에서 같이 읽지는 않아요."

도리스가 정정하자, 마리안네가 재미있다는 듯 말했다.

"그건 이분도 이미 알고 있을 거야. 미국에도 독서 모임은 있다고."

"당연히 그렇겠지."

도리스는 중얼거리며 안경을 고쳐 썼다.

퍼트리샤는 미소를 지었다. 이 여자들의 말이 너무 빨라서 따라가기가 힘이 들었다.

"독서 모임이라니, 참 멋지네요."

"자, 이리 앉아."

모나는 두 사람에게 말하고는 퍼트리샤에게 물었다.

"우리랑 같이 이야기해도 괜찮으시죠?"

그러고는 퍼트리샤가 무어라 대답하기도 전에 이미 새로 온 사람들을 위해 찻잔이 마련되었다. 모나는 계속 물었다.

"너희도 차 한잔하겠어? 이 지역 과일로 만든 거라 향이 좋아."

도리스는 고마운 기색으로 찻잔을 들어 올렸고, 모나는 커다란 찻주전자를 들고 김이 모락모락 나는 차를 따라주었다.

퍼트리샤는 차를 조금 마셔보았다. 딸기와 배 맛이 났다.

"아주 맛있네요."

그녀의 말에 모나는 미소를 지었다.

"고맙습니다. 제가 직접 만들었어요."

마리안네는 등나무 소파에 몸을 기대었다. 퍼트리샤는 그녀를 조심스럽게 바라보았다. 저 우아한 여자분은 어디선가 본 것 같았지만, 전에 한 번이라도 만난 적이 있는지는 잘 알 수가 없었다.

"혹시 녹즙 같은 건 없니?"

마리안네가 묻자, 모나는 고개를 저었다.

"없어. 하지만 너 마실 걸 만들어줄게. 뭐 갈아줄까?"

"전부 조금씩. 케일이랑 시금치랑 완두콩이랑 레몬주스 넣어서."

"그건 할 수 있어."

모나는 대답하고는 주방으로 사라졌다.

"그래서, 『오만과 편견』은 이제 어디서 구하지?"

마리안네가 묻자, 도리스는 에코백에서 책 세 권을 꺼내서 카운터에 놓으며 말했다.

"모두 한 권씩 읽을 수 있게 책을 가져왔어."

"같은 책을 세 권이나 샀다고?"

그 말에 도리스는 변명하듯 말했다.

"판이 다르잖아. 표지마다 다 너무 예쁘고. 그리고 나 이 소설 정말 좋아해."

마리안네는 책을 살펴보았다.

"따져보자면 나도 신발에 대해서 같은 생각이야. 루부탱은 아무리 사도 모자라지."

"내가 어디서 읽었는데, 여자들은 대부분 첫 키스보다 처음으로 좋아한 신발이 뭐였는지 더 또렷하게 기억한다는 이야기가 있어."

모나가 주방에서 커다란 녹즙 잔을 들고서 나오며 말했다.

"아주 일리 있는 말이야. 나 학교에 입학했을 때 엄마가 사준 파란 벨벳 샌들은 절대 잊을 수 없거든. 난 그 샌들과 진정한 사랑에 빠졌어."

마리안네는 이렇게 말하며 주스를 한 모금 마시고는 맛을 칭찬하며 쭉 들이켰다.

"오, 이거 맛있네. 안에 뭐 넣었어?"

"네가 말해준 대로 넣었어. 케일이랑 샐러리, 시금치랑 레몬 말이야. 하지만 그것만 넣었더니 정말 맛이 써서, 크림을 약간 넣어 맛을 냈어."

마리안네는 화들짝 놀랐다.

"안에 크림을 넣었다고?"

"응. 하지만 백 밀리그램밖에 안 넣었어. 그것도 안 넣었다면 맛이 정말 끔찍했을걸."

"나는 사실 유제품 전혀 안 먹어."

마리안네는 중얼거리며 한 손으로 입을 가렸다.

퍼트리샤는 시야 끝으로 그녀를 관찰했다. 저 사람, 80년대에 아주 인기 많았던 배우 마리안네 아닌가?

마리안네의 안색이 새하얘지는 동안 모나가 말했다.

"말도 안 되는 소리. 크림 좀 먹었다고 잘못되는 사람은 없어. 스웨덴 가정식에는 반드시 들어가는 건데. 아, 이것 보게, 여기 책이 있네!"

모나는 책을 한 권 집었다.

"『오만과 편견』 읽어보셨나요?"

도리스가 퍼트리샤에게 물었다.

"네. 하지만 읽은 지 오래됐죠."

"원하신다면 이거 하나 가져가세요. 저는 집에 책이 더 있으니까요."

도리스는 이렇게 말하며 작은 책 더미를 가리켰다.

퍼트리샤는 뭐라 말해야 할지 알 수가 없었다. 붙임성 없는 사람으로 보이고 싶지는 않았지만, 독서 모임을 하려고 이 멀리 스웨덴까지 찾아온 건 아니었으니까. 하지만 또 생각해보면, 탁자에 둘러앉아 이곳 여자들과 알게 되면 자신의 일에 도움이 될 수도 있었다.

그녀는 조용히 한숨을 쉬었다. 매들린이 실종된 후로 자신은 아주 별난 외골수가 되어버렸다. 다른 사람들이 자신에게 다가올 때 받아줄 만한 여력이 없는 존재, 사교 활동에 전혀 관심이 없는 존재가 되었으니까. 그녀는 독서 모임의 여자들에게 혹시 내 동생에 대해서 뭔가 알고 있느냐고 무작정 물어보고 싶었지만, 그래도 인내심을 짜내었다. 지금 당장 문을 두드리듯 정보를 캐내면 안 된다. 적절한 때가 오기를 기다려야 했다.

"좋아요."

퍼트리샤는 주저하며 대답했다. 그러자 도리스는 종소리처럼 맑은 목소리로 말했다.

"아, 잘됐네요. 그냥 읽을 수 있는 데까지 쭉 읽으세요. 그리고 우리가 독서 모임을 할 때도 여기 계신다면 당연히 오셔도 좋고요."

그때 모나의 휴대폰이 울려서 그녀는 양해를 구하고 모인 자리에서 나갔다. 마리안네는 책을 펼쳐 읽기 시작했다.

"『오만과 편견』이 여러분 독서 모임에서 첫 번째로 읽을 책인가요?"

퍼트리샤가 묻자, 도리스가 고개를 끄덕였다.

"네. 제가 골랐어요. 당신은 어떤 책을 좋아하시나요?"

퍼트리샤는 가만히 생각에 잠겼다. 독서는 자신의 삶에서 몇 안 되는 즐거움이었다. 현실이 괴로울 때마다 항상 책 속 세상으로 도망칠 수 있어서였다. 외로울 때마다 책이 위로하며 함께 있어주었고, 그렇게 책을 읽는 동안에는 모든 문제에서 한발 물러날 수 있었다.

"저는 역사 소설을 즐겨 읽어요. 『헬프』 읽어보셨나요?"

그 말에 도리스는 반색했다.

"그거 대단한 작품이죠. 난 미니가 참 좋더라고요. 하지만 그 책을 읽은 다음에는 몇 주 동안 초콜릿을 못 먹겠더라니까요."

퍼트리샤는 그만 웃고 말았다. 도리스가 어찌나 감격한 모습이던지 좋아하지 않을 수가 없었다.

"저도 못 먹었어요."

"『건지 감자껍질파이 북클럽』이란 책은 아시나요?"

도리스의 물음에 퍼트리샤가 대답했다.

"네. 저는 그 소설 속 세계에 정말 들어가보고 싶더라고요. 도시랑 줄리엣이랑 건지섬에서 살면 정말 좋을 것 같아요."

그 말에 도리스도 동의했다.

"등장인물들이 만나서 독서 토론을 하는 게 아주 아늑하게 느껴지죠. 게다가 저는 언제나 거기 나오는 감자 껍질 파이가 얼마나 맛있을지 궁금해요."

"전 그거 한번 요리해본 적 있어요."

"아, 정말요? 어땠어요?"

퍼트리샤는 가볍게 얼굴을 찌푸렸다.

"대단한 맛은 아니었지만, 아마 초콜릿 케이크보다는 나을 것
도 같아요."

그때 모나가 자리로 돌아왔다. 그녀는 걱정 어린 표정을 지으며
붉은 기 도는 금발 곱슬머리를 쓸어 올렸다.

"누구야?"

도리스가 궁금해하며 물었다.

"알프."

모나는 이렇게 대답하면서 퍼트리샤와 마리안네에게 느리게 다
가갔다.

"알프는 시의회 의장이에요. 올해 여름 축제에 문제가 생겼대.
마르가레타가 위쪽 허벅지뼈 골절로 병원에 입원해 있는 상황이
라, 이제껏 아무도 축제 진행 상황을 돌아볼 수가 없었어. 축제가
3주밖에 남지 않았는데 아직 프로그램이 나오지 못했기 때문에
시의회에서는 전체 축제를 취소하자는 논의를 하고 있어."

카운터에서 잡지를 뒤적이고 있던 에리카가 바 의자에서 내려
오며 물었다.

"엄마, 여름 축제는 엄마의 가장 큰 수입원 아니었어?"

"맞아."

"축제 때 어떤 프로그램을 하는데?"

마리안네가 궁금해했다.

"별 특별한 건 없어. 퀴즈가 있을 거고, 몇 군데 가판대가 열릴 거고, 불* 대회랑 밤에 열리는 댄스파티 정도겠지. 하지만 그런 프로그램이라도 언제나 꽤 많은 사람이 모였다고."

"우리가 뭔가 할 수 있는 일은 없을까?"

도리스는 이렇게 말하며 기다랗게 땋은 머리를 잡아당겼다.

"뭐?"

모나가 묻자, 도리스는 잠깐 곰곰이 생각하더니 의자에서 살짝 몸을 일으켰다.

"몇 년 전에 했던 음악 퀴즈 기억나? 그거 꽤 인기가 좋았다고. 그런 퀴즈를 이번에는 책으로 하면 어떨까?"

"그러니까 문학 퀴즈를 하자고?"

도리스는 고개를 끄덕이며 자세를 고쳐 앉았다.

"응. 안 될 거 없잖아? 멋진 소설 문구를 읽어주고 이게 누가 한 말인지 맞춰보라고 하는 거야. 문구가 아니면 소품도 괜찮지. 예를 들어서, 감자 껍질 파이 같은 거. 하지만 그보다는 맛있는 걸로 해야겠지. 이런 음식은 '책이 있는 B&B'라는 공간에 딱 맞을 거야! 여기서 그런 행사를 다 벌인다면, 카페가 곧 구매력 있는 손님들로 가득하게 될걸."

하지만 모나는 별로 확신이 없어 보였다.

"좋은 생각 같기는 하지만, 내가 퀴즈쇼를 준비할 시간이 되려

---

* 표적구에 가깝게 공을 던져 겨루는 프랑스식 공놀이.

나 모르겠네."

"우리가 당연히 도울 거야!"

도리스는 이렇게 말하며 조심스럽게 마리안네를 바라보았다.

"응. 그렇고말고."

그동안 책 읽기에 푹 빠진 마리안네는 다음 장을 넘기며 중얼거렸다.

퍼트리샤는 주변을 둘러보았다. 문득 벽에 걸린 까맣고 동그란 시계에 눈길이 갔다. 편안한 대화에 완전히 몰두하다 보니 그만 시간이 얼마나 되었는지 잊고 말았다. 하지만 시청에 아직 사람이 있을 동안 들르고 싶다면 이제 서둘러야 했다.

가방 속에 휴대폰과 호텔 열쇠가 있는지 급히 살펴보았다. 독서 모임 사람들에게는 나중에 질문해봐도 되겠지.

퍼트리샤는 일어서면서 말했다.

"차 대접 고맙습니다. 저는 이제 가봐야겠어요. 할 일이 좀 있어서요."

"그러세요."

모나는 미소를 지으며 대답했다.

"나중에 봐요."

도리스는 잘 가라며 퍼트리샤에게 손을 흔들었다.

문밖으로 나가자 불어온 상쾌한 바람에 퍼트리샤는 숨을 깊이 들이쉬었다. 호텔에서 만난 여자들은 참 친절하구나. 유셰르를 처음 방문했을 때는 이 작은 마을 주민들이 지금보단 훨씬 더 내성적이었는데. 그래서 매들렌에게는 어땠을지 그녀는 궁금해졌다.

그때 매들린은 이곳에서 환대를 받았을까? 아니면 자신이 처음 왔을 때처럼 서먹한 기분이었을까?

퍼트리샤는 눈을 감고서 동생을 떠올렸다. 그 애가 많이도 투덜 댔던 제멋대로 뻗친 곱슬머리와 주변 사람들의 마음을 훈훈하게 만들 줄 알던 환한 미소. 때로 혼자일 때마다 퍼트리샤는 매들린의 존재를 느낄 수 있는 것만 같았다. 마치 동생이 한 걸음 옆에서 항상 동행하는 것처럼, 아주 가까이 있는 그런 느낌이랄까.

그러자 이모를 바라보던 매슈의 얼굴이 저절로 떠올랐다. 동생과 아들은 서로 아주 특별한 사이였다. 그 둘에겐 심지어 그들만의 비밀 언어가 있었고, 매들린만큼 매슈를 위로할 수 있는 사람은 아무도 없었다. 한번은 매슈가 다친 적이 있었는데, 매슈는 곧바로 이모의 무릎 위로 올라갔고, 이모는 조카를 품에 안고 어르며 그 애가 왜 그토록 슬펐는지 잊어버릴 때까지 이야기를 들려주었다.

그 기억을 떠올린 퍼트리샤의 속에 따스한 편안함이 가득 자리 잡았다. 다시금 눈을 뜨자 아주 잠깐, 매들린이 춤을 추고 있는 듯한 기분이 들었다. 동생이 떠나기 전에 자유 교회에서 어떻게 지냈는지 좀 더 정확히 알아볼 수 있기를 그녀는 간절히 바랐다.

매들린이 유셰르에 왔을 때 무슨 일이 있었는지, 교회가 어떻게 조직되었고 동생과 어떤 관련이 있는지 알아낼 수만 있다면. 그렇다면 매들린의 행방을 알아낼 수 있을지도 모른다. 하지만 현재 자신에게는 아무런 증거도 없는 거나 마찬가지였다. 그때 동네 사람들은 자신이 머물렀던 내내 말을 굉장히 아꼈다. 그래서 퍼트리샤는 유셰르에 머무는 동안 매들린 이야기를 거의 듣지 못했다. 그리고 그때 방문했던 교회는 뭔가를 숨기고 있는 듯한 인상이었다. 그래서 대체 감추고 있는 게 뭔지 그녀는 알고 싶었다.

6

1987년 5월 20일 수요일

주황색과 흰색이 섞인 버스가 해안 도로를 지나며 덜컹댔다. 매들린은 반짝이는 바다를 바라보는 중이었다. 그녀와 바다 사이에는 푸른 초원이 펼쳐져 있었지만, 해변의 풍경도 여기저기 보였다.

보고 있자면 홀릴 듯한 풍경이었다. 그녀는 먼지가 낀 버스 유리창에 이마를 맞댄 채로 절벽에 부딪히는 파도를 바라보았다. 하얀 모래 위로 파도가 이루는 띠가 나타나고 또 나타나는 모습을 보자, 옷을 홀홀 벗어던지고 저 물에 뛰어들고 싶은 충동을 참을 수가 없어졌다.

매들린은 이제 스무 살이었지만 바다에서 해수욕을 한 적은 몇 번 없었다. 그녀가 자란 밀크크리크 농장은 대서양 연안에서 아주 멀리 떨어진 곳이었다. 그래서 잠시 바닷물에 몸을 식히러 버지니아 비치까지 286킬로미터를 운전해 간 적도 손에 꼽았다.

그녀는 유리창 위를 손으로 쓸었다가 룸미러에 비친 버스 기사와 눈을 마주쳤다. 따스한 햇살이 사방에서 비쳐들었고 차내 공기는 숨이 막혔다. 차를 탄 지도 벌써 한 시간이 넘었고, 울퉁불퉁한 길은 시골을 구불구불 굽이쳐 이어졌다.

표지판을 보며 어디쯤인지 따져보려 했지만, 지도가 없기에 얼마나 왔는지는 그저 어렴풋이 예측할 수 있을 뿐이었다. 재킷 주머니에서 구겨진 쪽지를 꺼내어 거기 쓰인 마을 이름을 나직하게 읽어보았다. 유셰르.

매들린은 한숨을 쉬고서 백발의 버스 기사를 다시 바라보았다. 기사는 유셰르에 도착하면 알려주겠다고 약속했지만, 정말로 자신의 말을 이해했는지는 확신이 서지 않았다. 혹시 벌써 그곳을 지나쳐왔다면 어떡하지?

날씨는 너무 더웠지만 그녀는 새로 산 스웨이드 재킷 차림이었다. 갈색 스웨이드 천은 벨벳처럼 부드러웠고 디자인은 최신 유행을 따랐다. 언니인 퍼트리샤가 사준 재킷이었다. 무려 35달러나 했다.

매들린은 퍼트리샤를 생각할 때마다 목이 꽉 메었다. 한편으로는 농장을 그렇게 두고 떠나버린 게 부끄러웠지만 또 한편으로는 지금 정말로 자유로워졌다는 게 실감이 나지 않았다. 앞으로 1년 동안은 젖소에게 사료를 주려고 새벽 5시에 일어날 필요가 없다니. 진공 펌프와 망가진 우유 통, 진딧물과 혹파리, 부서진 기왓장과 곡물 가격 하락을 두고 걱정하지 않아도 된다니.

매들린은 쪽지를 뒤집어 매슈가 그린 낙서를 보았다. 순간 숨이 턱 막혀왔다. 자유로운 지금은 좋았지만, 아무래도 내년 봄까지는 조카를 다시 볼 수가 없겠구나 싶었다. 그녀는 손가락으로 매슈가 그린 막대 모양 인간들 위를 쓰다듬었다. 바보 같지만 너무나도 대단한 매슈. 매슈가 자신의 이불 아래로 파고들면 자신은 그 애의 발을 간지럽혔었지. 매슈는 예상치 못했던 순간에 그녀의 귓가에 비밀을 소곤거리며 항상 그녀와 함께 마구간에 갔었다. 하지만 내가 1년 뒤에 집에 돌아가면, 나를 알아보기는 할까?

매들린은 눈을 감고서 손으로 쪽지를 꼭 쥔 채, 자신은 다 알고서도 이곳에 오기로 결정했다는 걸 떠올렸다. 그녀는 린드베리 목사에게 지원서를 보냈고, 퍼트리샤가 가지 말라고 애원했지만 결국 인턴 자리를 받아들였다. 이건 자신을 위해 내린 결정이었다.

차분함이 온몸에 퍼지면서 매들린은 미소가 절로 나왔다. 이것은 모험이었다. 그녀는 새로운 것을 경험해보려고 지구 반대편에 왔다. 지금 좀 긴장이 되긴 해도, 자신은 이 여행을 너무나 기다려왔다는 걸 잊지 말아야 했다.

버스 복도 건너편에는 머리를 높이 동여매고 크림 빛깔 레이스 블라우스를 입은 노부인이 앉아 있었다. 꼼꼼하게 화장한 얼굴에 무릎까지 오는 꽉 끼는 치마를 입고 검붉은 하이힐을 신은 노부인은 깔끔한 분위기를 풍겼다. 무릎에 얹은 봉투에는 온갖 상점의 상호가 금장으로 찍혀 있었다.

매들린은 호기심 어린 눈으로 노부인을 관찰했다. 저런 걸 사면 어떤 느낌일지 언제나 궁금했었다. 가게에 들어가서 돈이 얼마든 상관없이 마음에 드는 걸 모두 살 수 있다면 어떨까. 언니인 퍼트리샤가 자신보다 큰 사이즈로 옷을 입었기 때문에 매들린은 대부분 언니 옷을 물려받아 입었다.

매들린은 저렇게 머리를 높다랗게 올린 고상한 부인이 버스를 탔다는 사실에 놀랐다. 미국에서 저런 사람은 절대로 대중교통을 이용하지 않았으니까. 하지만 여기서는 제아무리 계층이 달라도 서로를 아주 자연스럽게 대하는 것 같았다.

매들린의 시선은 다른 승객에게로 이어졌다. 앞쪽에는 짙은 색 정장을 입은 남자, 아이 둘을 데리고 탄 엄마가 앉았다. 아이들은 껌을 등받이에 붙이고 있었다. 그리고 뒤쪽으로는 시끄럽게 떠드는 10대 아이들 몇 명과 질이 좋아 보이지 않는 한 쌍의 연인이 보였다. 그들은 납작한 술병으로 술을 마시고 있었다. 이 버스에는 정말 특이한 사람들이 모여 있었다.

이윽고 버스가 멈추자, 우아한 노부인이 일어나서 문으로 향했다. 손가락에는 셀 수 없이 많은 반지를 끼고 굽 높은 신발을 신고 쇼핑백까지 잔뜩 들었는데도 그녀는 우아한 자태로 버스 통로를 미끄러지듯 지나갔다. 그녀가 버스에서 내리려고 하던 순간, 앉았던 자리에 금색 체인이 달린 까만 핸드백이 매들린의 눈에 들어왔다. 합성 섬유 시트를 씌운 의자 위에 놓인 핸드백은 어울리지 않는 공간에 있는 듯 외로워 보였다.

아주 잠깐 매들린은 이 안에 분명 많은 돈이 들어 있을 거라는 생각이 들었다. 그러니 이토록 부주의하게 가방을 두고 내린 저 노부인 분명히 이걸 다시 찾으러 올 테지. 그래도 매들린은 급히 일어났다.

"저기요!"

그녀는 핸드백을 잡고서 노부인 쪽으로 들어 보였다.

노부인은 눈을 크게 뜨고서 한 발짝 다가오려 했지만, 들고 있던 쇼핑백이 버스 좌석 사이에 걸려서 움직일 수가 없었다. 그래서 매들린이 대신 급히 가주었다.

"고마워요. 정말로 고마워요."

노부인은 떨리는 목소리로 말했다. 매들린은 자기 자리로 돌아갔다. 제때 핸드백이 보여서 다행이었다.

버스는 그림처럼 아름다운 해안을 계속해서 달려갔다. 온갖 색깔로 석회를 칠한 자그마한 집들이 대로를 따라 뻗어 있었다. 하얀 담장 위로 뻗어 오른 화려한 장미 덤불, 정원에서 자라는 늙은 사과나무 그늘 아래로 놓인 탁자와 의자들. 모든 게 동화에서 나온 듯한 모습이라 매들린은 우아한 철제 정원 문과 수많은 네모 문들, 은은한 색감의 온갖 나무 창틀을 정신없이 바라보았다.

이윽고 버스가 서더니 문이 열렸다. 매들린은 누가 여기서 내리는지 보려고 뒤를 돌아보았지만, 아무도 일어서는 이가 없었다. 그러다 버스 기사가 자신에게 손을 흔드는 모습이 보였다.

"유세르예요."

기사는 도로를 가리켰다.

매들린은 급히 짐을 챙겨 자그마한 여행 가방을 들고서 문으로 향했다. 하지만 내리기 전에 한 번 더 재빨리 버스 기사와 눈을 마주쳤다. 그는 피곤한 기색이었다.

"여기서 내리라고요?"

"유세르예요."

그는 다시 말하며 고개를 끄덕였다.

앞으로 정거장이 얼마나 더 있을지 궁금했지만, 술병을 들고 있던 저 뒤 남자가 초조하게 불평을 하자 매들린은 결국 버스에서 내려서 인도에 섰다. 이윽고 문을 닫은 버스가 출발하더니, 곧 저 모퉁이를 지나 사라져버렸다.

매들린은 가방을 내려놓고 주위를 둘러보았다. 조금만 더 가면 저 나뭇가지 뒤로 하얀 교회 건물이 있을 거란 생각이 들었다. 밀 크리크에 있는 해럴드 목사의 말에 따르면, 유셰르에 있는 자유 교회는 이 자그마한 마을 주민들 대다수가 다닌다고 알려져 있었 다. 많은 이들이 교회의 자선 활동에 참여하고 농구와 핸드볼을 후원한다고, 주일학교와 예배 모두 주민의 참석률이 좋다고도 했 다. 또한 국제 교류 프로그램을 운영하고 있어서 전 세계의 사람 들을 초청한다고도 했다.

매들린은 종이를 꺼냈다. '유셰르'라는 지명 외에도 린드베리 목사의 아내인 루트 린드베리의 이름과 전화번호, 주소가 적혀 있 었다.

그녀는 꽃무늬 원피스에서 여행길에 묻은 먼지를 털어냈다. 이 건 가지고 있는 옷 중 가장 아름다운 원피스라서, 오늘 만날 린드 베리 부인에게 잘 보이기 위해 특별히 골라 입었다.

매들린은 시계를 보았다. 버스에서 내린 지도 벌써 5분이나 되 었다. 저기 있는 작은 가게에 가서 전화를 쓸 수 있는지 물어봐도 될까. 하지만 그녀는 이미 정확한 지시를 받았다. 유셰르 버스 정 류장에 내려서 기다리라고.

바람이 시원하게 불었다. 매들린은 숨을 깊이 들이마시면서 그 안에서 바다 내음이 난다는 생각을 했다. 아직 5월이었지만 하늘에는 구름 한 점 없고 태양은 따스했다. 그렇다면 해수욕을 하러 갈 수도 있을까?

문득 돌아섰던 그때, 어떤 여자가 견인용 밧줄을 든 젊은이와 함께 이쪽으로 오는 모습이 보였다. 완두콩색 옷차림의 여자는 더없이 완벽한 밤색 곱슬머리를 하고 있어서 엘리자베스 여왕을 연상시켰다.

매들린은 등을 곧게 펴고 원피스의 옷깃을 매만졌다.

"매들린 그레이?"

여자는 마치 이제야 매들린을 본 것처럼 갑자기 멈춰 섰다.

"네, 저예요."

매들린이 대답하자 린드베리 부인은 언짢은 기색으로 한숨을 쉬었다.

"미안합니다. 우리가 여기 먼저 와서 그쪽을 맞아주었어야 했는데. 버스가 일찍 왔나 보네요."

"괜찮아요."

부인은 그녀를 머리부터 발끝까지 훑어본 다음 손을 내밀었다.

"루트 린드베리라고 해요. 그냥 편하게 루트라고 불러요."

날씨는 여름날처럼 더웠는데도 부인의 손가락은 차가웠다. 그리고 악수하는 손힘이 셌다.

"매들린이에요."

"얘는 내 아들 요나스예요."

루트는 미소를 지었다.

부인 뒤에 반쯤 몸을 가리고 있던 젊은이가 한 걸음 앞으로 나왔다. 그는 키가 크고 어깨가 넓었다. 금발을 뒤로 빗어 넘긴 얼굴로 그는 자신 있게 웃었다.

"안녕. 유세르에 잘 왔어."

매들린은 요나스와 악수했다. 이 남자애는 자신의 또래로 보였다. 매들린의 시선이 요나스의 커다랗고 표현이 풍부한 눈망울에 닿았다. 그녀도 무어라 대답하려던 순간, 루트가 끼어들었다.

"오는 길은 어땠어요?"

"아주 좋았어요. 감사합니다."

루트는 매들린의 옆에 서서 팔짱을 끼고 말했다.

"그럼 가요. 일단 시청으로 간 다음에 살게 될 곳을 보여줄게요. 데지레랑 같은 방을 쓰게 될 거예요. 걔는 천사처럼 착한 애니까 좋아하게 될 거예요."

부인은 요나스에게 매들린의 여행 가방을 들라고 빠르게 손짓했다. 매들린은 막아서려 했지만, 그녀는 단호하게 말했다.

"가방은 쟤가 들고 갈 거예요."

"네, 감사합니다."

루트는 매들린의 팔을 쓰다듬으며 계속 말했다.

"때를 아주 딱 맞춰 왔네요. 오늘 시청에서 회의가 있거든요. 거기서 사람들을 모두 만나볼 수 있을 거예요. 그 전에 나는 우리 수공예 모임 사람들을 만나기로 했어요. 하지만 혹시 관심이 있으면, 데지레가 교회를 안내해줄 거예요."

"네, 좋아요."

매들린은 이렇게 대답하고서 몰래 요나스와 시선을 나누었다.

"잘됐네."

루트는 이렇게 말하고는 걷기 시작했다. 그녀는 놀라우리만큼 빠른 속도로 걸어서 매들린은 힘겹게 그녀와 보조를 맞추었다. 매끈한 스타킹을 신은 탓에 발이 신발 속에서 자꾸만 놀았다.

"아가씨가 여기 와서 참 기쁘네요."

"저도 정말 기뻐요. 여기서 아주 흥미진진하게 보낼 것 같아요."

매들린은 넘어지지 않으려고 애쓰면서 대답했다. 그러자 루트는 멈춰 서더니 매들린을 바라보았다.

"흥미진진이라. 그게 맞는 말일지는 모르겠네. 우리 동네에서는 이렇다 할 일이 일어나지는 않거든요. 하지만 그편을 좋아하는 사람들이 많죠. 아가씨는 할 일이 많을 거예요. 하지만 그만큼 배울 것도 많겠고. 1년 내내 우리와 함께 지내는 동안, 자연스럽게 교회를 위해서도 일하게 될 거예요."

두 사람 뒤에서 요나스가 웃음을 터뜨렸다.

"맞아. 주일학교를 담당하면 정말이지 일이 해도 해도 끝이 없지. 특히 애들이 죄다 화장실에 가야 한다고 할 때가 그래."

요나스가 중얼거리자 루트는 손을 내저으며 부드러운 어조로 말했다.

"아휴, 쓸데없는 소리 하지 마."

매들린은 웃었다.

"저는 그런 일에 익숙해요."

"잘됐네."

루트가 대꾸했다. 매들린은 요나스를 바라보았다. 엄마와 아들 사이로 주거니 받거니 하는 말에 담긴 무언가가, 사랑 넘치는 농담을 듣자 곧바로 자신의 마음이 집에 온 듯 편안해지는 이유가 어쩐지 궁금해졌다.

요나스가 자신에게 윙크를 하자 속이 울렁이면서 곧바로 신경이 확 날아가버리고 말았다.

7

6월 8일 토요일

자유 교회는 자그마한 언덕 위에 자리 잡고 있었다. 퍼트리샤는 하얗고 예쁘장한 이 목조 건물을 알아보고 눈을 커다랗게 뜬 채로 주위를 둘러보았다.

깔끔하게 이파리를 쓸어놓은 잔디 길을 따라 자그마한 화단을 지나자 교회 건물 반대편에 도착했다. 그곳에는 교회 사무실이 있었다. 70년대 스타일로 지은 소박한 별관은 커다란 유리 통로로 교회 본관과 연결되어 있었다.

입구에서 조금 떨어진 곳에 멈춰 선 퍼트리샤는 안을 들여다보았다. 누군가 안에서 움직이는 모습을 보자 갑자기 가슴이 빠르게 뛰었다. 왜 그런지 덜컥 긴장이 되었다.

그녀는 처음 이곳에 왔을 때를 떠올렸다. 모두들 똑같은 말을 했었지. 매들린은 자발적으로 이 마을을 떠났고, 안타깝지만 더 도와줄 수 있는 일이 없다고.

퍼트리샤는 주저하며 문을 열고 들어갔다. 천연 석조 바닥 위로 현대식 가구를 둔 복도를 우아한 검은 등불이 밝게 비추었지만,

사무실 건물은 시간이 멈춘 것만 같았다.

그녀는 닳은 리놀륨 바닥을 조심스럽게 지나 문이 넓게 열려 있는 첫 번째 문으로 다가갔다. 그 안에는 사무용 의자에 앉아 컴퓨터 키보드를 두드리는 여자가 있었다.

"무슨 일이시죠?"

여자는 돌아보지도 않고서 물었다. 퍼트리샤는 목을 가다듬었다.

"안녕하세요. 저는 퍼트리샤 슬론이라고 합니다. 제 동생 매들린 그레이 일로 이야기를 좀 하고 싶어서 왔습니다."

여자는 일을 멈추고는 일어섰다. 굽은 등 위로 보이는 회색 곱슬머리는 꼼꼼하게 컬이 되어 있었다. 그녀의 눈은 나이에 비해 놀라우리만큼 총기가 돌았다.

"저는 루트라고 합니다. 제 생각엔 우리가 전에도 만난 적이 있는 것 같은데요. 오래전에요."

퍼트리샤는 고개를 끄덕였다. 비록 기억은 아주 희미하긴 해도, 그녀를 알아볼 수 있었다.

"1987년에 매들린이 여기서 인턴십을 했었어요. 그때 여기서 일하셨나요?"

"네."

그녀는 이렇게 대답하고는 안경을 밀어 올리며 물었다.

"뭘 알고 싶으신가요?"

퍼트리샤는 심호흡을 했다.

"제 동생의 실종 사건에 관한 새로운 소식이 있는지 알아보고 싶습니다."

루트는 말없이 그녀를 바라보다 마침내 입을 열었다.

"죄송합니다. 우리는 언니분께서 마지막으로 방문하셨을 때 말씀드렸던 것 외에는 더 아는 것이 없습니다."

그녀는 이렇게 말하고서 고개를 살짝 갸웃거리며 덧붙였다.

"이건 전화로 문의하실 수도 있었을 텐데요."

퍼트리샤는 그녀를 지그시 바라보았다. 목걸이를 언급하면 루트가 어떤 반응을 보일지 궁금했기에 그 말을 할까 싶었지만, 그건 나중으로 미뤄두고 일단은 좀 더 많은 사람과 이야기를 해보기로 마음먹었다. 그래서 대신 자그마한 사무실을 하릴없이 둘러보았다. 사무실 의자는 낡아서 삐걱대었고, 벽지는 햇볕에 완전히 바랬다. 벽에는 후광을 단 예수의 모습을 두꺼운 종이에 양각으로 눌러 인쇄한 그림이 걸려 있었고, 책장에는 노란색 다이얼식 전화기가 놓여 있었다.

"그럼 제가 이야기해볼 만한 분이 또 있을까요? 매들린을 아는 분 중에서?"

그녀가 묻자, 루트는 단호하게 대답했다.

"당시에 교회에서 일했던 건 저밖에 없습니다."

"그렇다면 뭔가 새로운 소식을 아는 사람은 전혀 없다고 확신하시는 건가요?"

"네, 안타깝게도 그렇습니다."

루트는 잠시 침묵했다가 이내 말했다.

"여기까지 걸음하시게 되어 정말 유감입니다만, 저는 달리 할 일이 있습니다."

그녀는 다시 책상으로 고개를 돌렸다. 퍼트리샤는 한 걸음 가까이 다가갔지만, 그래도 문지방을 넘지는 않았다.

"혹시 또 뭐가 떠오르신다면 알려주세요. 저는 '모나의 책이 있는 B&B'에 머물고 있습니다. 뭐든 알려주시면 감사하겠습니다."

"알겠습니다."

루트는 이렇게 대답하고는 퍼트리샤의 눈앞에서 조심스럽게 문을 닫았다.

퍼트리샤는 자그마한 현관 앞에서 잠시 걸음을 멈추었다. 루트의 행동 때문에 어쩐지 불쾌했다. 동생에게 일어난 일을 생각한다면 자신을 이렇게 외면하기보다는 좀 더 관심과 연민을 보여주기를 바랐다. 어쨌든 매들린이 그 먼 곳에서 여기까지 온 건 이 교회 때문이 아니었던가.

창문 밖을 바라보자 교회 앞 잔디밭에 모인 한 무리의 사람이 보였다. 화려한 운동복을 입은 사람들은 분홍색 레깅스 차림으로 노르딕 워킹 스틱을 들고 허공에 휘두르는 여자의 동작을 따라 하고 있었다.

퍼트리샤는 밖으로 나갔다. 루트가 자신과 말하고 싶지 않다 한들, 자신이 다른 이들에게까지 묻지 말라는 법은 없다. 그녀는 나이가 좀 많이 보이는 여자에게 천천히 다가갔다.

"실례합니다. 뭘 좀 여쭈어보고 싶은데요."

퍼트리샤가 묻자, 여자는 이쪽을 잠깐 쳐다보고 나서 다시금 앞에 선 트레이너에게 관심을 돌렸다. 트레이너는 박자대로 크게 소리치고 있었다.

"이제 높이! 높이! 높이! 높이!"

"얼마든지 물어보세요. 뭐가 궁금하신가요?"

노부인은 숨을 헐떡이며 대답했다.

"1987년에 혹시 자유 교회에 다니셨나요? 아니면 다닌 분을 알고 계시나요?"

퍼트리샤는 조심스럽게 물었다. 연보라색 머리띠를 맨 여자는 이마에 자꾸만 닿는 포니테일을 떼어내려고 고개를 휘둘렀다.

"아뇨."

그녀는 워킹 스틱을 머리 위로 들었다 내렸다를 반복하면서 숨을 내쉬며 말을 이었다.

"내가 알기로는 그때 다니지 않았어요. 하지만 저기 있는 아스트리드에게 물어보세요."

그녀는 조금 떨어진 곳에 있는 여자를 가리켰다. 주어진 동작을 힘들여 따라 하고 있는 모습이 보였다.

퍼트리샤는 여자에게 다가갔다. 그녀는 키가 크고 늘씬했고, 넓적한 발을 앞뒤로 정신없이 움직여댔다.

"안녕하세요. 저는 퍼트리샤라고 합니다. 제 동생 매들린을 기억하시는 분을 찾는 중입니다. 혹시 30여 년 전에 교회에서 일했던 매들린을 아시나요?"

아스트리드는 동작을 멈추고 퍼트리샤를 바라보았다. 밝게 빛나는 파란 눈을 가진 그녀는 불안한 웃음을 지었다.

"매들린 그레이요?"

"네, 걔를 아시나요?"

퍼트리샤가 묻자 아스트리드는 나직하게 대답했다.

"우리는 성가대에서 함께 노래했어요. 걔는 정말 착한 애였죠."

"혹시 매들린에게 무슨 일이 있었는지 아시나요?"

"음, 그건 이상한 일이었죠. 하룻밤 새 갑자기 사라졌으니까요. 왜 그랬는지는 모르지만요."

퍼트리샤는 마른침을 삼켰다. 이런 대답은 원치 않을 만큼 많이 들었다.

"제가 또 이야기해볼 만한 분이 있을까요?"

아스트리드는 잠시 생각에 잠긴 듯했다.

"혹시 에뷔를 찾아가 보셨나요?"

퍼트리샤는 고개를 저었다. 여기에 처음 왔을 때 에뷔란 이름을 가진 사람과는 대화해본 기억이 없었다.

"아뇨. 에뷔란 분은 어디 가면 만날 수 있나요?"

아스트리드는 바다 쪽을 가리키며 말했다.

"모래길이라는 데 살고 있어요. 파란 창문이 달린 회색 집에요. 제 기억으로는 에뷔랑 매들린이 서로 알고 지냈어요."

퍼트리샤는 가슴이 두근거림을 느꼈다.

"고맙습니다."

그녀는 중얼거리면서 곧바로 모래길 쪽으로 향했다.

데지레는 자그마한 책상에 앉아서 두 개 있는 침대 중 하나에 짐을 푸는 매들린을 지켜보았다.

"여기 사람들은 모두 친절해."

그녀는 이렇게 말하며 손가락으로 머리카락 한 줄기를 꼬았다.

매들린은 생각에 잠겨 미소를 지었다. 데지레가 룸메이트여서 다행이었다. 새로이 친구가 된 데지레는 벌써 그녀에게 교회의 본관과 별관을 보여주었다. 별관 안에 있는 긴 복도에는 방이 여러 개 있었는데, 그중 하나가 두 사람이 쓰는 곳이었다. 복도 끝에는 공용 욕실이 있고, 회의실 옆에는 주방이 있었다. 이곳은 매들린이 대학 생활은 이런 곳이리라고 항상 상상했던 것과 똑같았다. 그녀는 책상과 서랍장 사이 남은 공간에 딱 맞게 놓인 옷장에 옷을 걸었다. 방은 참 작았고 침대는 좁았지만, 손으로 직접 짠 태피스트리와 바닥에 깔린 화려한 깔개 때문에 아늑해 보였다.

매들린이 나무 단추가 달린 크림빛 원피스를 꺼내자 데지레는 의자에서 벌떡 일어섰다.

"와, 정말 예쁘다!"

그녀는 매들린의 손에서 옷을 받아 들었다.

"난 롱원피스가 참 좋긴 한데, 이런 옷은 나한테 안 어울려. 난 너무 키가 작아서."

데지레는 단호하게 말하고는 눈을 새침하게 굴렸다.

매들린은 미소를 지었다. 데지레처럼 마음에 있는 소리를 마음 껏 해대는 사람을 대하기가 익숙하지 않았다. 자신의 아버지는 과 묵한 사람이라, 퍼트리샤가 대학에 간다며 농장을 떠나자 농장에 는 적막이 감돌았다. 두 식구는 정말로 필요한 일 말고는 별 대화 를 나누지 않은 채 며칠을 보내기도 했다.

데지레는 선 자리에서 빙글 한 바퀴를 돌며 물었다.

"자, 그럼 미국에 대해 말해줘. 거긴 어떤 곳이야?"

매들린은 어깨를 으쓱였다.

"좋은 곳이지. 덴마크는 어떤데?"

데지레는 웃으면서 금발을 한쪽으로 휙 넘겼다.

"덴마크도 좋은 곳이지. 그럼 네 가족 이야기를 해봐."

매들린은 목에 걸린 자그마한 은빛 펜던트를 만지작거렸다. 이 목걸이는 퍼트리샤가 선물한 것으로, 언제나 옷 속에 보이지 않게 차고 다녔다.

그녀는 마른침을 삼키고 다시 여행 가방을 바라보았다. 이틀 전 만 해도 밀크리크 농장에서 살고 있었다는 게 실감이 나지 않았 다. 매슈와 함께 집에서 마지막으로 몇 시간을 보내며 같이 놀고 소들을 돌보고, 퍼트리샤가 만든 닭 스튜를 고구마와 옥수수, 콩과 곁들여 먹고, 퍼트리샤의 배 속에서 자라고 있는 둘째 조카에게 작별 인사를 했었는데.

"나는 언니가 있어. 퍼트리샤야. 언니는 버지니아에 있는 우리 농장에서 살고 있어. 형부인 마이클과 조카 매슈랑 같이 살아. 매슈는 네 살인데 굉장히 멋진 애야. 그리고 곧 둘째 조카가 태어나. 걔도 남자애일 것 같아."

데지레는 눈빛을 반짝였다. 입술 위로 자그맣게 난 주근깨가 어찌나 완벽해 보이던지. 너무 귀여워서 눈을 뗄 수가 없었다.

"정말 좋겠다! 나는 형제자매가 없거든. 우리 부모님은 윌란반도의 하데루프에 살아. 세상에서 가장 지루한 곳이지."

그녀는 과장하듯 말했다.

"우리 부모님은 둘 다 돌아가셨어."

매들린은 자신의 말에 흠칫 놀랐다. 왜 이런 말을 했을까? 하지만 무어라 사과하기 전에 데지레가 먼저 그녀의 앞에 섰다.

"정말 마음이 아프다! 너 참 힘들었겠구나."

"위로해줘서 고마워."

매들린은 당황한 채 말했다. 하지만 데지레는 분위기가 바뀌었다는 걸 모른다는 듯이, 계속 수다를 떨었다.

"루트가 그러는데, 너 피아노도 치고 노래도 부른다면서?"

매들린은 한데 묶은 포니테일을 쓸었다. 버지니아는 습도가 높아서 머리카락이 항상 곱슬거렸는데, 이곳은 공기가 건조한 것 같았다.

"응. 맞아."

"아, 잘됐다! 그러면 나 주일학교 도와줘. 우리는 종종 아이들이랑 같이 노래하거든."

매들린은 고개를 끄덕였다. 데지레는 또 물었다.

"너 성가대에서도 노래했겠지?"

"응. 여섯 살 때부터 했어."

매들린은 자기가 옷이 너무 없다는 걸 데지레에게 알려주고 싶지 않았다. 그래서 여행 가방에서 옷을 꺼낼 때마다 잠시 만지작거리면서 룸메이트에게 또 무슨 질문을 할 수 있을까 곰곰이 생각했다.

"여기 인턴은 총 몇 명이야?"

"셋이야. 너랑 나랑 아이노. 그런데 말이지, 사람들은 우리를 인턴이라고 안 불러. 숙련자라고 부르지."

"알았어."

데지레는 무언가를 곰곰이 생각하듯 말없이 매들린을 지켜보았다. 그러더니 한층 나직한 목소리로 말했다.

"아이노도 참 좋은 애지만, 그래도 네가 여기 와서 기뻐."

그때, 주차장에서 나는 소리가 방까지 들려왔다. 데지레는 돌아서서 창문을 내다보았다.

"린드베리 목사님이 왔어."

매들린은 그게 무슨 말인지 제대로 이해하지 못했다. 그래서 마지막으로 물건을 옷장 서랍에 막 넣은 찰나, 데지레가 그녀의 팔을 잡았다.

"우리 지금 나가야 해. 당장."

그녀는 마치 매들린을 검사하려는 듯 앞에 서더니 손을 내밀어 손가락으로 매들린의 오른쪽 뺨을 쓰다듬었다. 거의 보이지 않는 흉터가 있는 부분이었다.

이런 손짓이 너무 선을 넘은 것이라 매들린은 뒤로 물러나고픈 마음이었지만, 억지로 참고 가만히 서 있었다.

"이건 왜 이래?"

"별일 아니었어. 말에게 밟혀서 그런 거야."

데지레는 진지하게 고개를 끄덕이더니, 매들린의 머리카락을 얼굴 위로 쓸어 올리며 말했다.

"그래도 넌 여전히 예뻐. 아주."

그녀는 문을 열며 덧붙였다.

"이제 준비된 거야."

교회 강당은 순식간에 사람들로 가득 찼고, 활짝 열린 문으로 계속해서 사람들이 들어왔다. 밝은색 등나무 의자는 이미 사람들이 다 차지했지만, 쭉 늘어진 의자 옆으로도 계속 서서 이야기를 나누었다. 아이들은 마룻바닥에서 공을 굴리며 놀았고, 옆에 딸린 주방에서 여자 몇 명이 커피를 준비하고 있었다. 온 강당에 재잘대는 목소리와 웃음이 가득했다.

매들린은 눈을 휘둥그레 뜨고 주위를 둘러보았다.

"여기서 뭘 하는 거야?"

데지레는 웃어 보이며 사람들 사이를 헤치고 함께 나아갔다. 매들린보다 머리 하나가 작은 데지레는 딱 달라붙는 짧은 원피스를 입고 있어서 몸매가 특히 부각되어 보였다.

"이건 잠깐 하는 모임이야. 린드베리 목사님은 매주 수요일에 모임을 주최해서 교인들이 지난주에 무슨 일이 있었는지 이야기하게 해서. 하지만 대부분 그저 수다를 떨다 돌아가지."

그녀는 이렇게 덧붙이고는 윙크했다. 이윽고 하얀 셔츠와 면바지를 입은 남자가 강당으로 들어오자 좌중이 조용해졌다. 매들린은 그가 누구인지 곧바로 깨닫고는 그의 모습을 자세히 보려고 한 걸음 앞으로 나갔다.

린드베리 목사는 키가 컸고 햇볕에 그을린 갈색 피부를 지닌 사람이었다. 그는 자신감 있는 손짓으로 짙은 금발을 쓸어 올리면서 주변 사람들을 둘러보며 웃었다.

매들린은 입을 살짝 벌리고 목사가 강당 안을 이리저리 다니는 모습을 바라보았다. 그는 마주치는 모든 사람에게 인사를 하면서 차례차례 악수했다. 사람들은 대부분 목사에게 마주 웃어주면서 그의 손길을 받은 걸 눈에 띄게 자랑스러워했다.

데지레는 매들린 옆에 서서 두 손으로 주먹을 꼭 쥐었다. 매들린이 여기에 온 이후로 데지레가 이토록 말이 없는 모습은 처음이었다.

"저분 대단하지 않니?"

데지레는 목사에게서 눈을 떼지 않은 채로 속삭였다.

이렇게 가까이 서 있게 되자 매들린은 데지레에게서 풍기는 꽃과 꿀 같은 달콤한 향기를 이제야 알아차렸다.

강당 건너편에는 요나스가 주머니에 손을 넣고 서 있었다. 그와 목사는 똑같이 기다란 얼굴과 오뚝한 코를 지닌 모습이 아주 닮았다. 마치 로마 신화에 나오는 신들처럼 수려한 외모였다.

이토록 존경받는 사람의 아들로 사는 건 어떤 기분일까. 매들린은 궁금해졌다. 아버지가 참 사랑받는 모습을 보면 분명 기분이 좋겠지. 매들린은 요나스에게 인사하려고 손을 들었지만, 그 순간 요나스는 눈을 내리깔아서 그녀의 손짓을 알아채지 못했다.

이윽고 돌아선 목사가 매들린에게 다가오자, 그녀는 눈길을 어디에 두어야 할지 알 수가 없었다. 목덜미에 땀이 송송 솟아나는 걸 느끼며 벽에 바짝 붙어섰을 뿐이었다.

린드베리 목사는 그녀 앞에 서서 눈을 똑바로 응시했다.

"안녕. 네가 샬러츠빌에서 새로 온 아이로구나?"

그는 비뚜름한 미소를 지으며 인사했다.

"네. 매들린이라고 해요."

그녀는 겨우 목소리를 냈다. 목사는 그녀의 오른손을 양손으로 쥐고 꼭 감싸며 이름을 불러주었다.

"매들린, 나는 린드베리 목사란다. 아내가 그러는데, 네가 음악에 재능이 있다면서? 노래하는 걸 어서 들어보고 싶구나."

매들린은 뭐라 대답해야 할지 몰랐다. 강당의 공기가 답답해서 숨이 막혀왔다.

"앤 정말 잘해요."

매들린이 노래하는 걸 한 번도 들어본 적 없는데도, 데지레는 단언하듯 말했다. 목사가 다시 미소를 짓자 매들린은 마치 서 있는 바닥이 진동하는 것만 같았다.

"안녕, 데지레."

그는 지나가듯 말하며 매들린의 손을 놓고 마지막으로 바라보고는 이내 다음 사람과 인사했다.

목사가 그들의 말을 들을 수 없을 곳까지 멀어지자, 데지레는 매들린에게 바짝 다가서서 속삭였다.

"목사님이 너 마음에 들어 해."

매들린은 여전히 벽에 가까이 서 있었다. 흥분이 가라앉지 않으면서도 동시에 완전히 지쳐버렸다.

"그래?"

"그렇다니까. 넌 이제 한 가족이 된 거야."

매들린은 얼굴에 내려온 머리카락 타래를 쓸어 올렸다. 자신이 어딘가 큰 데 소속되어 있다는 생각이 마음에 들었다.

시야 끝으로 데지레의 손가락이 조심스럽게 벽을 쓰다듬으며 이쪽으로 다가오는 모습이 보였다. 그 손끝이 천천히 매들린의 손에 닿았다. 목사가 휠체어를 탄 할머니를 안아주자 사람들은 자연스럽게 박수를 쳤고, 그렇게 매들린은 데지레의 손을 잡았다.

9

6월 8일 토요일

에뷔는 오늘도 식탁에 앉아 십자말풀이 중이었다. '인간혐오자' 라는 단어를 읽으며 그녀는 생각했다. 이걸 알파벳 열세 자로 하면 뭐더라.

오후 3시 55분에는 해양 일기예보가 나온다. 주방에 달린 시계가 느릿느릿 재깍거리는 동안 에뷔의 시선은 커피머신 위에 걸어둔 그림으로 향했다. 어린애가 그린 그 알록달록한 낙서 그림은 서로 손을 잡은 두 명의 선원을 담아냈다.

에뷔는 한숨을 쉬었다. 이 그림을 얼마나 많이 봤던지 이제는 이 집의 일부처럼 너무나 눈에 익어서 잘 인식이 안 될 정도였다. 이러다 언젠가 더는 그림의 존재를 알아차리지 못하게 될까 봐 두렵기까지 했다.

그러다 문득 창문을 바라보니 한 번도 본 적이 없는 여자가 나타났다. 에뷔는 독서용 안경을 코끝까지 내리고는 낯선 이를 가만히 살펴보았다. 부자연스러울 정도로 숱 많고 반짝이는 머리카락을 화려한 스타일로 자른 중년의 여자였다. 머리카락 한쪽이 다른

113

쪽보다 좀 더 길어서 비대칭을 이루었다.

에뷔는 코웃음을 쳤다. 대체 왜 저러고 다니는 거지? 쓸데없이 요란하게 치장이나 하다니. 우리는 모두 늙어갈 거고, 아무도 세월을 피해갈 수 없는걸. 언제나 자신은 평생 똑같은 머리 스타일을 고수했지만 대단히 훌륭하게 살아오지 않았나.

그런데 그 여자가 자신의 집으로 오고 있다는 게 분명해지자, 에뷔는 정신이 혼미해졌다. 오늘은 대화할 기분이 아니었다. 특히 마리안네 때문에 아침의 일진을 망친 참이라 더 그랬다.

문을 잠그려고 절뚝이는 다리를 이끌고 서둘러 현관으로 다가갔다. 열쇠 구멍에 열쇠를 꽂아 바깥에서 못 열게 잠그려는 순간, 문 너머에서 목소리가 들리더니 단호하게 문을 두드리는 소리가 온 집안에 울렸다. 에뷔는 한 걸음 물러섰다.

"안녕하세요! 안에 계신가요?"

에뷔는 대답하지 않았지만, 여자는 포기하지 않았다.

"매들린 그레이 일로 여쭈어보고 싶은 게 있어서 왔습니다."

에뷔는 갑자기 기운이 쭉 빠져서 벽에 몸을 기댔다. 그 이름을 들은 지도 참 오랜만이었다.

"질문이 몇 가지 있어요."

바깥에서 목소리가 이어졌다.

에뷔는 생각했다. 너무 늦게 왔어. 30년은 늦었다고.

"썩 물러가요."

마침내 그녀는 입을 열었다.

문 바깥에서 여자가 움직이는 소리가 들렸다. 그녀의 발아래로 자갈이 자박자박 밟혔지만, 여자는 떠나지 않았다.

에뷔의 몸에 뚜렷하게 불편함이 퍼져갔다. 아래를 내려다보자 손이 덜덜 떨리고 있었다.

"부탁입니다. 몇 분만 여쭈어볼 게 있어요."

여자가 말했다. 불투명한 유리창 뒤로 얼굴이 어른거렸다. 에뷔는 움찔 놀랐다. 누군가 자신의 목에 손을 대고 조르는 기분이었다. 그녀는 좀 더 숨을 제대로 쉬어보려고 스웨터 목 부분을 끌어당겼다.

"썩 물러가라고 했잖아요."

에뷔의 말에도 여자는 좀처럼 물러서려 하지 않았다. 결국 한계에 다다른 에뷔는 열쇠를 돌리고 문을 확 열었다.

낯선 여자는 한 발짝 물러섰다. 본인이 문을 두드리긴 했지만 정말로 누군가 문을 열어주는 상황을 처음 경험했다는 듯 그녀는 깜짝 놀란 표정이었다.

에뷔는 그녀를 노려보며 화난 목소리로 씨근댔다.

"가시라고요."

여자는 어색하게 손짓하며 에뷔를 달래려 했다.

"제가 다 설명해드릴……."

"다시는 여기 오지 말아요. 여기엔 당신 반겨주는 사람 아무도 없으니까!"

에뷔는 여자의 말을 자르고 고개를 저으며 소리쳤다. 그리고 거의 목소리가 갈 정도로 크게 마지막 말을 외치고는 비틀거리며 문을 닫았다.

여자는 그래도 몇 분 더 서 있었지만, 결국 돌아가는 소리가 들렸다. 에뷔는 조용히 바닥에 주저앉았다. 그리고 힘겹게 숨을 쉬며 눈을 비볐다.

사바가 다가와서 그녀의 몸에 부드럽게 몸을 비비적댔다. 보드라운 고양이 털에 손가락을 파묻자 손끝에 따스한 기운이 느껴졌다. 방금 무슨 일이 일어났는지 생각하고 싶지 않았다. 참을 수가 없어서였다.

사바가 무릎 위로 올라가 몸을 둥글게 말자 에뷔는 눈을 감았다. 가슴 근육이 안에서 쭉 수축이라도 하듯 통증이 느껴져서 숨쉬기가 힘들었다.

사바는 가르랑거리며 몸을 뻗었다. 고양이의 늘씬한 몸이 에뷔의 다리 사이 따스하고 안전한 틈으로 미끄러졌다. 그녀는 조심스럽게 두 손을 고양이의 머리에 얹고서 말했다.

"괜찮아. 그렇게 나쁘지는 않았어. 다 괜찮아질 거야."

손은 여전히 떨렸다. 그녀는 조금 더 깊이 주저앉았다. 두근대는 맥박을 진정시키고 숨을 천천히 쉬어보려 했지만 그럴 수가 없었다. 머릿속 생각이 너무나 어지러웠기 때문이다.

10

퍼트리샤는 고개를 숙인 채 호텔로 돌아왔다. 눈은 여전히 뻑뻑했고 온몸은 말할 수 없을 만큼 피곤에 절어 있었다. 회색 집에 사는 여자를 만난 일이 아직도 뼛속까지 생생하게 실감 났다. 어째서 에뷔가 그토록 흥분했는지 알 수가 없었다. 이런 이상한 행동에는 뭔가 이유가 있어야 했다.

부드러운 빨간 장미가 피어난 수풀을 본 퍼트리샤는 걸음을 멈추고 향기를 맡았다. 매들린은 꽃을 좋아해서 밀크크리크에 있는 정원에 장미를 심으려고 몇 번 시도해보았지만, 꽃은 가뭄에서 살아남지 못했다.

퍼트리샤는 한숨을 쉬었다. 대체 뭘 기대한 거지? 교회 사람 중 누군가가 미처 말하지 못했던 매들린 이야기를 갑자기 떠올려주기라도 할 거라고? 아니면 목걸이를 보낸 사람이 본인이라며 갑자기 정체를 드러낼 거라고?

'모나의 책이 있는 B&B'에 도착한 퍼트리샤는 모나와 딸이 호텔 벽에 뭔가를 달고 있는 모습을 보았다. 작은 칸막이가 달린 커다란 새집 같아 보였다. 새집 아래 벤치에는 책이 더미로 쌓여 있었다.

퍼트리샤는 모녀가 나누는 활기찬 대화를 듣고서 그만 웃고 말았다. 그녀는 둘이 있는 베란다로 다가갔다.

"이게 뭔가요?"

그녀가 묻자, 모나는 명랑하게 대답했다.

"도서관이요."

"아마 세상에서 가장 작은 도서관일 거예요."

에리카는 웃으면서 어머니의 어깨를 두드리며 덧붙였다.

"나 위층에 가서 리나 볼게."

에리카는 곧 자리를 떴다. 퍼트리샤는 목덜미를 긁적였다. 이 호텔은 사방에 책이 가득해서 처음에는 참 아늑해 보였지만, 지금은 어째서 모나가 책을 누가 훔쳐가도 모르게 이런 바깥에 방치하는지 이유를 알 수가 없었다.

"누가 책을 훔쳐갈까 걱정되지는 않으세요?"

모나는 새집을 바르게 매달아두고 안에 조심스럽게 책을 넣고서는 현명한 대답을 내놓았다.

"책 읽는 사람들은 책을 훔치지 않아요. 그리고 도둑들은 책을 읽는 법이 잘 없죠. 이 취지는 뭐냐면요, 사람들이 지나가다가 갑자기 책을 보면 빌릴 수 있게 하려는 거예요."

그녀는 현명하게 대답했다.

"옳은 말씀인 것 같네요."

퍼트리샤가 침착하게 대답하자, 모나가 물었다.

"오늘은 어떻게 보내셨나요?"

"그게요."

퍼트리샤는 애써 실망한 마음을 감추려 했지만 잘되지 않는 듯했다. 벌써 모나의 이맛살에 걱정스레 주름이 졌기 때문이었다.

"무슨 일 있으세요?"

"저기……."

그녀는 입을 열자마자 몸속의 공기가 빠져나가는 듯한 느낌이 들었다.

"이리 오세요. 안에 들어가서 이야기해요."

모나는 이렇게 말하며 문을 열어주었다. 그리고 카운터로 들어가서 전기 포트를 켜자 곧바로 물이 끓어오르기 시작했다.

"차 한잔하실래요? 지난여름에 딱총나무 꽃을 수백 송이 말려서 아주 괜찮은 차를 만들었어요."

"네, 고맙습니다."

퍼트리샤는 우물우물 대답하고는 모나의 맞은편 바 스툴에 앉았다.

모나는 주전자에 차를 한가득 끓여서 자신과 퍼트리샤 사이에 놓았다. 비록 두 사람은 서로를 잘 알지는 못하지만, 모나는 푸근하고 모성적인 분위기를 풍겨서 퍼트리샤는 편안하고 차분한 기분이 들었다.

"무슨 일인지 말씀해보시겠어요?"

퍼트리샤는 주위를 둘러보았다. 커피와 케이크를 먹고 있는 커플을 제외하고는 호텔에 다른 이들은 없었다. 하지만 그래도 퍼트리샤는 목소리를 낮추어 입을 열었다.

"제가 여기에 온 이유는 여동생을 찾기 위해서예요."

그녀는 애달픈 목소리로 말했다.

"그렇군요. 동생분 성함이?"

"매들린이요. 매들린 그레이예요."

"오래전에 사라졌나요?"

"네. 32년 됐어요."

모나는 움직임을 멈추고는 퍼트리샤를 빤히 바라보았다.

"32년이라. 정말 긴 세월이네요."

"그렇죠."

퍼트리샤는 고개를 끄덕였다.

"그런데 왜 유셰르까지 오셔서 동생분을 찾으시나요?"

퍼트리샤는 귀여운 은 스푼으로 구릿빛 차를 휘저었다. 찻잔 속에 자그맣게 소용돌이가 생겨났다.

"그 애가 1987년에 여기 왔으니까요. 동생은 자유 교회에서 인턴을 했어요. 그러니까 거기서 좀 일하다가 갑자기 실종되었어요."

"정말 무시무시한 일이네요. 그런데 동생분에게 무슨 일이 일어난 건지는 모르시고요?"

"몰라요. 전혀 몰라요. 그 애가 말뫼로 가는 버스에 타는 걸 봤다고 주장하는 사람이 있었지만, 매들린은 우리한테 아무 말도 없이 무작정 어디론가 갈 애가 절대로 아니에요."

모나가 물었다.

"교회 사람들은 동생분이 사라진 걸 두고 뭐라 했나요?"

"그들도 왜 그 애가 사라진 건지, 무슨 마음이었는지 모른다고 했어요."

퍼트리샤는 고개를 들고는 모나와 눈길을 마주하며 덧붙였다.

"그 애가 사라진 다음 곧바로 저는 여기에 온 적이 있어요. 그땐 마을에 경찰서가 하나 있었잖아요?"

모나는 한숨을 쉬었다.

"그런데 문을 닫았죠. 경찰서 말고도 문을 닫은 데가 많아요."

"그때 여기서 일하던 경찰이 아직 있나요?"

"구스타브손은 2012년에 세상을 떠났어요. 그리고 린드베리 목사님은 90년대 초반에 돌아가셨죠."

"저도 인터넷에서 목사님이 돌아가셨다는 이야기를 읽었어요. 그 후에 교회는 어떻게 되었나요?"

퍼트리샤는 이렇게 말하고 차를 한 모금 마셨다. 차에서는 귤과 새콤한 사과 맛이 났다.

모나는 카운터에 몸을 기댔다.

"말하자면 좀 더 개방적인 곳이 되었다고나 할까요. 린드베리 목사님이 계셨을 때는 상당히 폐쇄적으로 운영되었거든요. 그땐 교인들이 마치 그들만의 세상에서 사는 것 같았어요. 하지만 지금은 완전히 평범한 교회가 됐죠."

퍼트리샤는 고개를 끄덕였다.

"말씀을 들어보니 사장님은 제 동생에 대해 아무것도 모르시는 것 같네요."

그녀가 조심스레 꺼낸 말에 모나가 대답했다.

"네. 죄송하지만 몰라요. 저는 교회에 한 번도 다닌 적이 없거든 요. 하지만 누군가 동생분을 기억하는 사람이 있는지는 알아볼 수 있어요. 그리고 도리스와 마리안네가 오늘 저녁에 식사하러 올 거 예요. 저희랑 같이 식사하시겠어요? 그때 그 친구들에게 물어보시 면 돼요."

퍼트리샤는 고개를 끄덕였다.

"고맙습니다. 정말 친절하세요. 저도 같이 식사하고 싶어요. 유 셰르에 있는 동안 매들린을 아는 사람을 찾고 싶거든요."

주방에서 삑삑 소리가 들려와 모나는 잠시 양해를 구하고 자리 를 비웠다. 그녀가 사라지자 퍼트리샤의 귓가에 허둥대는 소리와 무언가를 여러 번 때리는 소리가 들려오더니 이윽고 삑삑 소리가 멈추었다. 이윽고 돌아온 모나는 얼굴이 새빨개져서 중얼거렸다.

"오븐이 애를 먹이네요. 점점 고물이 되어가고 있어요. 그럼 이 제 어떻게 하실 계획인가요?"

"저는 아까 교회에 가서 어느 여자분을 만났는데, 그분이 저에 게 에뷔라는 분을 찾아가보라고 제안했어요."

이렇게 말하던 퍼트리샤는 모나가 숨을 헉 들이켜는 모습을 알 아챘다. 모나는 긴장한 채로 물었다.

"그래서 어떻게 됐나요?"

"잘 안 됐어요. 에뷔는 저와 대화하기를 거절하더라고요."

"그럴 줄 알았어요. 에뷔는…… 특이하거든요."

모나는 이렇게 말하며 주먹 쥔 손으로 머리를 받쳤다.

"어떤 면이요?"

모나는 한숨을 쉬며 설명했다.

"에뷔에겐 사실 아무에게도 해를 끼칠 의도는 없어요. 하지만 다른 사람들과 금세 말싸움에 휘말리죠. 제 기억으로는요, 오래전부터 에뷔는 자유 교회랑 적대 관계예요."

"왜요?"

모나는 양손으로 찻잔을 감싼 채로 말을 이어갔다.

"그건 저도 정확히는 몰라요. 에뷔는 참 고생하며 살았거든요. 에뷔에겐 맛스라는 아들이 하나 있었어요. 아주 멋진 애였죠. 사랑스럽고, 바르게 컸고 언제나 명랑했던 애였어요. 가끔 여기 카페에 들러서 혹시 도와드릴 건 없냐고 물어보고, 그 대가로 남은 케이크를 가져가겠다고 했죠. 걔는 항상 자기가 가구 밑 먼지 치우는 전문가라고 말하고 다녔죠."

모나는 잠깐 웃고서 설명을 계속했다.

"그러던 어느 날, 다른 남자애들이랑 해변으로 수영하러 갔다가 다시는 돌아오지 못했어요."

퍼트리샤는 차를 한 모금 마시려다가 찻잔을 도로 내려놓았다.

"그게 무슨 말인가요?"

모나는 슬픈 표정을 지었다.

"그 앤 만에서 물에 빠져 죽었어요. 대체 어쩌다 그런 일이 일어났는지는 아무도 정확하게 몰라요. 남자애들이 다 같이 수영하러 갔다는데, 어떤 이유에서인지 걔만 다른 애들과 떨어져 있었다나 봐요. 애들이 그 애를 찾아다녔대요."

모나는 고개를 저으며 덧붙였다.

"정말 끔찍한 일이었어요. 맛스는 에뷔의 전부였는데. 근데 모든 게 산산이 조각나버린 거죠."

그녀는 침묵한 채로 입을 꾹 다물었다. 퍼트리샤는 무슨 말을 해야 할지 알 수가 없었다.

"정말…… 끔찍한 일이네요."

"맞아요. 그 후로 에뷔는 예전 같지 않아졌어요. 가끔은 정상적인 대화를 나눌 수 있긴 해도, 대부분 에뷔를 만나면 꽤 불쾌해해요."

퍼트리샤는 고개를 끄덕였다. 눈꺼풀이 자꾸만 감기는 느낌이었다.

"제 말을 믿어주셔서 고맙습니다. 오늘 참 힘든 하루였어요. 저는 이제 올라가서 좀 쉬어야겠어요."

모나는 웃었다.

"얼른 쉬세요. 그런데 온수기에 좀 문제가 있어요. 물이 너무 차가우면 저에게 알려주세요. 다시 보일러를 틀어드릴게요."

"알겠어요."

퍼트리샤는 받은 인상에 압도되어 방으로 올라갔다. 짐을 정리할까 생각해보았지만 피곤해서 머리가 너무 무거웠다. 침대에 눕자마자 신발도 벗지 않은 채로 그녀는 잠들어버리고 말았다.

매들린은 따스한 햇살을 받으며 앉아 해변에서 데지레와 아이노가 술래잡기를 하는 모습을 지켜보았다.

스웨덴에 도착한 후로 매일 할 일이 잔뜩이었다. 교회는 활동적이라서 일이 많았다. 주일학교 외에도 숙련자들은 무료 급식 운영을 돕고 다양한 모임을 조직하고 교회 강당을 청소하고 여학생 농구팀과 훈련을 했다. 거기에 더해 일주일에 두 번 성경 공부도 있었다.

매들린은 수건을 몸에 단단히 두른 다음 맨발을 모래밭 깊숙이 묻었다. 방금까지 물에 있다 나와서 지금은 다시 햇볕을 쬐고 싶었다.

유셰르에서 보낸 첫 주는 아주 좋았다. 일정이 바빴지만 매들린은 이곳이 무척 마음에 들었다. 바다가 이토록 가깝다는 생각만으로도 행복했는데, 거기에 더해 다른 숙련자들과도 잘 지내고 있어서였다.

저 멀리서 웃음소리와 고함 소리가 들렸다. 매들린은 모래언덕에 있는 갯보리 수풀에 몸을 기대고서 다른 숙련자 두 사람을 바라보았다. 그 순간 아이노가 손으로 물을 튀겨서 허공에 반짝이는 물방울이 온통 휘날렸다.

데지레는 비명을 지르며 물벼락을 피했다. 그녀가 얼마나 많이 물을 맞았는지는 잘 알 수 없었고, 아이노는 곧바로 입을 다물고 데지레가 어서 반격하기를 기대하는 눈빛으로 바라보았다.

매들린은 햇빛을 가리려 눈앞에 손 그늘을 만들었다. 같이 즐겁게 놀고 있긴 해도, 다른 이들을 아직 잘 안다고는 할 수 없었다.

"괜찮아?"

아이노가 핀란드 억양으로 물었다. 그녀의 몸은 매들린처럼 깡마르고 호리호리했다.

데지레는 여전히 팔을 쭉 펴고서 서 있었다. 햇살을 받은 곱슬머리가 마치 후광처럼 빛났고, 허리선이 높이 파인 수영복 덕분에 굴곡진 다리가 더욱 길어 보였다. 매들린은 데지레와 둘이 방에 있을 때마다 그 애를 오랫동안 쳐다보곤 하는 자신을 퍼뜩 알아차리곤 했다. 데지레는 누구나 대번에 알아볼 만한 삶의 환희를 발산하는 존재였다. 그 애는 모두의 시선을 한 몸에 받는 걸 좋아하는 듯했다. 지금 데지레는 마치 누군가 물 한 동이를 머리에 쏟아부었다는 듯 머리카락을 흔들고 있었다.

자신이 기대했던 반응이 나오지 않아 아이노는 불안한 기색으로 그 애에게 한 걸음 다가갔지만, 데지레가 갑자기 커다랗게 웃음을 터뜨리자 흠칫 멈추었다.

"각오해!"

데지레는 비명을 지르며 아이노에게 달려들었다.

매들린은 안도의 한숨을 쉬었다. 갈등 상황은 좋아하지 않으니까. 그녀는 조용히 둘이 노는 모습을 지켜보았다. 데지레는 아이노가 어린 시절 많은 혼란을 겪으며 자랐다고 했다. 아이노의 부모님은 중독 증세를 공공연하게 드러내서, 아이노는 집에서 오랜 시간을 보냈다고 했다. 매들린은 데지레가 하는 말이 모두 사실일지 확신이 서지 않았지만, 어쨌든 아이노가 좀 다르다는 건 알 수 있었다. 가끔 아이노는 입을 꾹 다물고 멍하니 앉아 있곤 했다. 그럴 때면 마치 다른 세상으로 사라진 것 같아 보였다.

매들린은 눈부신 햇살을 받으며 눈을 깜빡였다. 깊고 너른 바다는 끝없이 푸르러 보였다. 자그마한 만은 안전하게 쑥 들어와 있었지만, 바닷물은 해변으로 흘러들어왔다.

매들린은 이런 광경을 본 게 처음이었다. 물에 떠 있는 듯한 거대한 사암 절벽을 올려다보았다. 어마어마하게 솟은 산맥의 모습과 거칠고 생동감 넘치는 자연의 풍경은 숨이 멎을 듯 장엄했다. 여기서 수백 미터만 가면 자그맣고 귀여운 집들과 완벽하게 다듬은 정원이 있는 잘 가꾼 동네가 나온다는 게 상상이 되지 않았다.

돌아선 매들린의 시야에 모래언덕을 가로질러 오는 사람이 보였다. 그녀는 잠깐 그 사람이 요나스라는 생각에 묘한 떨림을 온몸에 훅 느꼈다. 유셰르에 온 후로 매들린은 요나스와 이야기하고 싶었다. 하지만 잠시 후, 들장미 덤불과 시로미 덤불 사이로 나타난 사람은 로베르트 목사라는 걸 알아보았다.

매들린은 살갗에 묻은 모래를 털어내고 젖은 티셔츠 위로 스웨터를 입었다. 교회의 부목사인 로베르트 목사는 많은 부서 활동의 책임자였다. 데지레는 부목사가 교회 바깥에서는 아무런 사생활이 없다며 놀려대곤 했다. 무슨 일을 해야 할 때마다 언제나 로베르트 목사가 나타났기 때문이다.

부목사가 가까이 다가오자 매들린은 손을 흔들어 인사했다. 그역시 손을 마주 흔들었다. 로베르트 부목사는 린드베리 목사와는 정반대였다. 볼록 나온 배 때문에 팽팽해진 뜨개 스웨터 위로 부숭부숭한 수염을 늘어뜨린 모습이 꼭 곰 인형 같았다.

"안녕."

그가 허공에 대고 외쳤다.

"안녕하세요! 산책 중이신가요?"

"그래. 수영했니?"

부목사는 대답하고서 매들린 옆의 모래밭에 힘겹게 앉았다.

"네. 수영하러 오셨어요?"

로베르트 목사는 웃었다. 매들린의 눈에 햇빛을 받아 주황색으로 빛나는 그의 금발이 들어왔다.

"나한텐 수영하는 게 너무 춥더라고."

매들린은 검지로 모래 위에 동그라미를 그렸다. 교회 지도자들과 공식 자리가 아닌 곳에서 만나는 게 익숙하진 않았지만, 숙련자들이 언제나 로베르트 목사에게 찾아갈 수 있다는 건 마음에 들었다. 사람들은 언제나 교회나 교회 사무실에서 부목사를 만날 수있어서, 가볍게 들러 대화를 나누러 오곤 했다.

"여름이면 사람들이 여기 많이 오나요? 그러니까, 관광객 말이에요."

"그럴 때가 있지. 날이 더우면 해변은 정말 사람이 많아져. 하지만 유셰르는 다소 동떨어져 있기 때문에 사람이 많은 날이 얼마 되지는 않아."

로베르트 목사는 몸을 뒤로 기대어 먼 곳을 바라보며 덧붙였다.

"이곳을 세상의 끝이라고 부르는 사람들도 있다는 거 아니?"

매들린은 이맛살을 찌푸렸다.

"아뇨. 몰랐어요. 왜 그렇게 부르는데요?"

"내가 보기엔, 스코네의 남동쪽 가장 끝이라 그런 것 같아."

"세상의 끝이라니."

매들린은 그 말을 되풀이한 다음 웃었다.

로베르트 목사는 한 손을 모래에 푹 파묻었다. 손가락 사이로 모래가 스며들게 둔 채로, 그는 물었다.

"우리랑 같이 지내는 거 어떠니?"

"아주 좋아요."

"다른 사람과 함께 방 쓰는 것도 괜찮아?"

데지레가 이쪽으로 고개를 돌려 둘을 바라보았다. 매들린은 그녀에게 웃어주었다.

"네. 정말 좋아요."

"혹시 우리가 너한테 너무 많은 일을 시키는 건 아니지?"

그녀는 고개를 저었다.

"아니에요. 전혀 그렇지 않아요."

로베르트 목사는 웃었다.

"그럼 됐어. 혹시라도 사정이 달라지면 언제든 나한테 말하면 된단다. 알지?"

매들린은 뺨이 확 붉어지는 느낌이었다. 이토록 많은 관심을 받는 게 익숙하지 않았다. 그래서 우물우물 대답했다.

"감사합니다."

부목사는 스웨터에 손을 닦으며 계속 말을 이었다.

"너 노래도 잘 부르고 음악적 재능이 있더라. 교회 성가대에서 노래한 지는 얼마나 됐어?"

"여섯 살부터 했어요."

"그럴 줄 알았어. 린드베리 목사님이 너와 데지레가 주일학교 전에 연습하는 걸 들으시고는 굉장히 좋아하셨어."

"그래요? 잘됐네요."

"목사님이 사무실에서 너랑 이야기하고 싶어 하시더라."

놀란 매들린은 로베르트 목사 쪽으로 돌아앉았다. 그녀는 교회 예배와 교구 회의 때 말고는 린드베리 목사를 거의 보지 못했기 때문이다. 그분은 항상 상당히 바쁜 것 같았고, 숙련자들의 일상 생활에는 거의 관여하지 않았다.

"저랑요? 왜요?"

그녀는 모래에서 나왔다. 로베르트 목사는 그녀에게 조금 가까이 다가갔다.

"우리끼리만 알고 있자. 내가 보기엔 목사님이 너에게 할 일을 줄 것 같아. 린드베리 목사님은 사람의 내면에 있는 힘을 보는 재능이 있으시거든."

매들린은 무릎을 꿇었다. 린드베리 목사님이 나와 이야기하고 싶으시다니, 그 생각에 온몸이 묘하게 얼얼했다.

그녀는 다시 데지레를 곁눈질로 바라보았다. 데지레는 모래밭에 앉아 파도에 떠밀려온 나뭇가지와 조개껍데기를 모아서 모래 위에 예쁜 무늬를 만들고 있었다.

"목사님이 언제쯤 저를 보고 싶어 하실까요?"

로베르트 목사는 울퉁불퉁한 돌멩이를 손에 들고 무게를 가늠했다.

"내일 점심 식사 후에."

매들린은 입술을 움직여 살풋 미소를 지었다.

"알려주셔서 고맙습니다."

그녀는 젖은 머리를 어깨 위로 쓸었다. 문득 '내일 점심 식사 후'까지 시간이 너무나 천천히 흐를 것만 같았다.

6월 8일 토요일

도리스는 책을 한 아름 안아 들었다. 그녀는 모나의 호텔에서 열릴 문학 퀴즈를 위해 가장 좋아하는 책 중 몇 권을 골랐고, 이제 그걸 호텔로 애써 옮기는 중이었다. 책 더미 맨 위에는 도리스가 최근 다시 발견한 레인보 로웰의 『아무것도 끝나지 않았어』를 얹어놓았다. 바람이 세차게 부는 바람에 도리스는 비틀거리다가 균형을 유지하려고 한 발짝 앞으로 나가야 했다. 한숨이 절로 나왔다. 이토록 많은 책을 한꺼번에 가져간다는 게 좋은 생각 같지는 않았지만, 일단 가장 좋아하는 책들을 책장에서 꺼내기 시작하자 불현듯 멈출 수가 없었다. 솔직히 도리스도 변명할 말은 있었다. 이사벨 아옌데의 소설 중에서 어떻게 딱 한 권만 고를 수 있단 말인가?

그녀는 부서진 아스팔트 길을 뚫고 자란 수풀을 피해 조심스레 발을 디뎠다. 지난번에 루트가 도리스를 보러 왔을 때, 그녀는 엄청난 양의 책을 보고 충격을 받은 나머지 도리스에게 쓸데없는 건 좀 갖다 버리라고 권유를 해댔다. 도리스가 세상을 떠나면 이 집을 통째로 청소해야 하는 사람들이 얼마나 불쌍할지 생각해보라며 아주 신랄한 말이 나왔었지. 하지만 도리스는 듣고 싶지 않았다. 그녀는 소설책 한 권 한 권마다 이걸 언제 어디서 읽었는지 정확히 기억할 수 있었고, 초콜릿 부스러기 얼룩이 묻은 페이지마다 사랑했다. 도나 타트의 『비밀의 계절』은 90년대 중반의 따스한 여름날 해먹에 누워 재미있게 읽은 책이었다. 모신 하미드의 『나방 연기』는 어쩌다가 손에 들어온 책이었는데, 이 이야기에 어찌나 흠뻑 빠졌던지 그녀의 남편 예란이 식사할 때가 되었다며 알려줘야 할 지경이었다.

도리스는 책 더미를 꼭 껴안았다. 그날의 기억에 힘이 났다. 작년은 참 힘들게 보냈기에, 기뻤던 적이 언제였는지 애써 기억해봐야 했다. 아마 재작년 부활절 때가 기뻤던 것 같았다. 수공예 모임 사람들이 점심 식사에 사람들을 초대했던 때였다. 크리스마스 파티 때도 술을 한 잔 이상 마시지 않는 도리스는 그 자리에서 받아든 노란 빛깔 음료수에 술이 들어 있을 줄은 몰랐다. 그 부활절 모임이 열린 오후는 상당히 분위기가 좋았다. 도리스는 다른 사람들이 깜짝 놀랄 정도로 키득키득 웃으면서 '멘슈 에르거러 디히 니히트*'를 하다가 결국 집에 가서 쉬라는 권유를 받았다.

길에 다다른 도리스는 멈추고서 주위를 둘러본 다음 건넜다. 자신이 가장 좋아하는 책을 어서 보여주고 싶은 마음이면서도, 또

---

* Mensch ärgere dich nicht. 우리나라의 윷놀이와 비슷한 독일의 보드게임.

마리안네와 함께 저녁 시간을 보내야 한다는 게 불편했다. 어릴 적 친구인 마리안네에 대한 감정은 양가적이었다. 어렸을 땐 같이 참 재미있게 놀았건만, 마리안네가 스톡홀름으로 이사한 후에는 소식이 거의 끊어지다시피 했다. 도리스는 오랫동안 마리안네에게 크리스마스 카드를 보냈고, 마리안네의 생일마다 전화를 걸었고, 재혼할 때마다 축하해주었지만, 마리안네는 도리스의 삶에 별로 관심이 없었다. 결국 두 사람의 우정은 모래알처럼 흩어지고 말았다.

그녀는 콧잔등을 찌푸렸다. 물론 도리스는 마리안네가 언제나 아주 바쁘다는 걸 다 이해했다. 하지만 너무나 무관심한 그녀의 모습에 도리스는 상처를 받았고, 예란이 세상을 떠난 다음에도 마리안네가 자신에게 아무런 연락을 하지 않자, 참는 데도 한계를 맞이하게 되었다.

도리스가 과거를 떠올려보면 볼수록, 마리안네는 미묘한 기분이 들게 하는 충고와 논평을 해가며 본인이 더 나은 사람이라는 기색을 풍겼다. 도리스가 무슨 단어를 잘못 발음했을 때나, 혹은 도리스에게 아이가 없다는 사실을 언급하며 "넌 그런 코흘리개들을 키우느라 인생을 낭비하지 않아도 되니 얼마나 좋니"라는 이야기를 할 때가 그랬다.

하지만 오늘 밤은 그렇게 안 될걸. 도리스는 속으로 생각했다. 그들은 함께 즐거운 저녁 시간을 보낼 것이고, 자신은 마리안네의 수작에 굴복하지 않을 참이었다.

모나가 저녁 식사에 무엇을 차릴까 생각하자 도리스는 미소를 지었다. 그녀는 정말이지 혼자 식사하는 게 참 싫었다. 예란이 이젠 세상에 없기에, 식사 시간이 되면 언제나 도리스는 큰 슬픔을 느꼈다. 혼자 요리하고, 접시를 놓아 상을 차리고, 얼마나 많이 먹어야 하나 계산하는 이 모든 행동이 올바르게 느껴지지 않았다. 게다가 슈퍼마켓에서 파는 식품은 항상 2인분이었다. 도리스는 3백 그램짜리 쇠고기 스테이크를 다 먹을 수가 없었다. 다 먹으면 속이 더부룩해지기만 했다. 물론 남은 음식을 냉장고에 보관할 수도 있겠지만, 접시 앞에 자리 잡고 콩과 감자 요리에 스테이크를 두 덩이 넣어야 할지 아니면 세 덩이 넣어야 할지 결정할 때마다 도리스는 자신의 존재 자체에 의문을 품게 되었다. 한때 예란과의 일상이었던 모든 생활이 이제는 잘못된 것만 같았다. 알람을 맞추고, 잠자리에서 일어나고, 침대를 정돈하고, 커피를 끓이고 빵을 구울 때는 예전에 살았던 진짜 삶을 이젠 그저 모방하는 것처럼 느껴졌다. 자신이 오이를 갈고 쇠고기 스테이크에 곁들일 소스를 휘저어도 아무도 신경 쓰는 사람이 없었다. 아니, 자신이 애초에 식사를 하나 안 하나 관심을 가지는 이가 없었다.

내가 만약 사라진다면 누군가 알아채는 데 얼마나 걸릴까. 그녀는 가끔 궁금했다. 이 세상은 계속 돌아가겠지. 수공예 모임이 열린다면 모인 사람 중 누군가가 도리스를 봤느냐며 다른 이들에게 묻기 정도야 하겠지. 하지만 다들 도리스가 감기에 걸려 누워 있을 거라고 결론을 내리고는 단호한 기세로 도널드 트럼프의 가발을 두고 토론이나 하겠지.

이런저런 생각을 하며 길을 가던 도리스는 책 무더기 너머로 수공예 모임의 회원인 브리트를 보았다. 그녀는 반갑게 도리스에게 인사했다.

"안녕하세요."

도리스는 인사말을 건네며 책 더미의 무게중심을 이쪽 팔에서 저쪽 팔로 옮기려 했다. 브리트는 수공예 모임의 마크라메[*] 전문가였다. 물론 지금은 류머티즘 때문에 처방받은 알약인 코티손을 복용하느라 손가락이 부풀어 올라 더는 전문가 수준으로 마크라메를 할 수 없긴 하지만 말이다. 이제 브리트는 성경 문구를 십자 모양으로 수놓는 작업 정도만 했는데, 안타깝게도 그런 건 잘 팔리지 않았다. 수공예 모임의 목적은 위스타드의 크리스마스 마켓에서 수공예품을 팔아 교회에서 후원하는 인도의 보육원을 위한 기금을 마련하는 것이었지만, 아무도 감히 브리트에게 좀 다른 걸 만들어보자고 제안하지 못했다. 작년에 도리스는 어떤 여자가 성경 문구를 현대식 유머로 변형하여 "저에게 힘과 감자 칩을 주소서"라는 말을 십자 모양으로 수놓아 파는 걸 보았다. 하지만 그 이야기를 루트에게 하자. 그녀는 "온 세상이 미쳐 돌아간다고 해서 우리도 그걸 따라가야 한다는 법은 없어요"라고 대답했다.

"그 책은 다 뭔가요?"

도리스는 미소를 지었다.

"아, 별것 아니에요. 모나가 여름 축제 때 할 활동 준비를 도와

---

[*] 명주실이나 끈 따위를 재료로 매듭을 지어 여러 가지 모양의 무늬를 만드는 수예 기법.

주러 가려고요."

그러자 브리트는 의아한 눈빛으로 그녀를 바라보았다.

"하지만 지금은 우리 수공예 모임에 가야 하잖아요."

도리스의 온몸이 굳어버렸다. 모임이 있다는 걸 완전히 잊어버리다니! 그녀는 발로 바닥을 하릴없이 긁었다. 사실, 그녀는 모나와 함께 저녁 시간을 보내고 싶었지만, 교회를 향한 의무감 역시 느꼈다.

이 세월 동안 도리스는 많든 적든 교회 일에 관여해왔다. 처음에는 성가대에서 노래를 부르고 싶은 마음에 교회에 나갔지만, 린드베리 목사가 세상을 떠나고 그의 아내인 루트가 교회를 살리기 위해 도와달라고 요청했기 때문에 도리스는 점점 더 일을 많이 했다. 그리고 예란이 병에 걸렸다는 진단을 받았을 때 수공예 모임 여자들이 항상 도리스와 함께해주었다. 그들은 예란의 병상에서 그녀와 함께 번갈아 간호를 했고, 장례식을 준비하는 동안 곁에 있어주었고, 도리스가 다리가 부러졌을 때도 그녀를 지탱해주었다. 그들이 도와주지 않았더라면 도리스는 살아남을 수 없었을 것이다. 그래서 도리스는 그들에게 평생 갚아도 못 갚을 빚을 졌다.

도리스는 품에 안은 책들을 응시했다. 어쩌면 오늘 있을 작은 모임은 안 가도 상관없지 않을까. 이러니저러니 해도 자신이 가장 큰 열정을 품고 있는 건 문학이니까. 오늘 수공예 모임에 안 가더라도 다음번 모임에 못 했던 부분까지 다 해갈 수 있을 것이다.

"안타깝지만 오늘 저녁에는 못 갈 것 같아요. 루트에게 나 대신 미안하다고 전해줄래요?"

"마침 루트가 저기 오니까 직접 말해요."

도리스는 심장이 목덜미까지 올라와 두근두근 뛰는 기분이었다. 그녀는 그 누구보다도 루트를 존경했다. 여든다섯 살인 노년임에도 루트는 여전히 수공예 모임의 리더이자 교인 대표, 교회위원회의 대변인이었다. 루트는 자유 교회를 철권 통치하는 장본인이라 도리스는 무슨 일이 있어도 그녀의 심기를 건드리고 싶지 않았다.

"무슨 할 말 있어요?"

도리스는 루트를 바라보았다. 그녀는 짙은 감색 블라우스와 종아리까지 내려오는 주름치마 차림으로 도리스 앞에 서 있었다. 루트는 굳은 표정이었고 오늘따라 입가가 특히 심하게 패어 있었다.

"미안하지만 오늘 밤 모임에 못 가게 됐어요."

도리스가 나직하게 말했다. 자신을 빤히 쳐다보는 루트의 시선에 도리스는 배 속이 심하게 울렁거렸다. 잠시간 자신이 책 더미를 안고 있는 게 아니라 책 더미가 자신을 붙잡아주는 느낌마저 들었다.

"아, 그렇군요. 내가 맞춰볼까요. 지금 들고 있는 산더미 같은 책 때문이겠죠."

루트가 메마른 목소리로 말하자, 도리스는 대답했다.

"맞아요. 오늘 밤 모나를 도와주겠다고 약속했거든요. 여름 축제를 위한 문학 퀴즈를 준비하려고 해서요."

루트는 목을 쭉 뻗었다. 그녀는 도리스가 심하게 위축될 수밖에 없는 노년의 위엄과 우아한 기세를 두르고서 실망한 모습으로 한숨을 쉬었다.

"도리스, 내가 말했잖아요. 달력에 표시를 해두라고요. 당신이 항상 이토록 산만하면 고생하는 사람은 우리예요."

"알고 있어요."

도리스가 당황한 기색으로 대답했다. 하지만 자신을 두고 "산만하다"라고 하는 게 꼭 맞는 설명은 아니라는 생각이 들었다.

루트는 한숨을 쉬었다.

"그래요, 그래. 다른 일정이 있다면 어쩔 수 없죠. 하지만 하나만 약속해줘야겠어요."

"네, 그럴게요. 원하시는 건 뭐든 말씀하세요."

도리스는 이렇게 말하며 불안하게 눈을 깜빡였다.

"이번 여름 축제 때문에 해야 할 다른 일에 방해가 되는 일은 없게 주의해줘요."

"당연하죠."

"그럼 됐어요. 우린 가볼게요."

루트와 브리트는 도리스에게 인사를 하고 교회로 향했다. 도리스는 안도의 한숨을 쉬었다.

저 바로 앞에서 모나의 호텔로 가는 마리안네가 보였다. 새 원피스를 입은 마리안네는 언제나 그렇듯 대단히 세련된 모습이었다. 도리스는 고개를 저었다. 자신은 저녁 식사에 참석하겠다고 옷을 갈아입거나 원피스를 다림질해야겠다는 생각은 전혀 들지 않았으니까. 심지어 자신의 집에는 다리미조차 없었다. 여자들이 옷을 차려입는답시고 수백 년간 낭비한 시간을 생각하면 속이 뒤집혔다. 그 시간 동안 훨씬 더 쓸모 있는 일을 할 수 있었을 텐데. 예를 들어 독서 같은 걸 하면 얼마나 좋았을까.

도리스는 책 더미를 꼭 끌어안고서 『아무것도 끝나지 않았어』 위에 턱을 괴었다. 그리고 호텔 쪽으로 조심조심 균형을 잡으며 다가갔다.

매들린이 린드베리 목사의 방에 가기까지는 좀 시간이 걸렸다. 연구소 같은 복도를 보자 밀크리크에서 다녔던 학교의 교장실 앞 대기실이 떠올랐다. 목사님을 만나는 시간을 마음 다해 기다려온 것과는 별개로, 그녀는 벌써 여러 번 돌아서서 교회 건물을 금방이라도 떠나고픈 마음이었다.

시선이 갈색 문틀에 닿자 온몸이 확 떨려왔다. 매들린은 학창 시절에 교장실에 불려 간 적이 한 번 있었다. 빌리 티건이 불붙은 막대기를 폐지함에 던지는 걸 그녀가 우연히 보았기 때문이었다. 폐지함은 그저 연기만 좀 났을 뿐 제대로 타지도 않았지만, 그랜트 교장 선생님은 극도로 엄격한 사람이었고, 매들린은 원치 않게 주요한 증인이 되어버렸다.

그날 오후가 떠오르자 매들린은 속이 매우 울렁였다. 아직도 담배 냄새와 폴리에스테르 양복 차림으로 땀을 뻘뻘 흘리던 교장 선생님의 집요한 질문이 생생했다. 빌리 티건은 학교를 완전히 불태우려고 그랬던 거지? 그놈이 막대기에 불을 붙였을 때 악마의 이름을 말했었지?

교장실에서 취조를 당한 후, 매들린은 다시는 그곳에 불려 가지 않도록 최선을 다했다. 자신이 궁지에 몰릴 때마다, 그러니까 수학 시간을 빼먹었을 때나 샌드라 맥스트라이드의 집에서 영어 숙제를 베꼈을 때, 체육관 뒤에서 담배를 피우다가 발각되었을 때 매들린은 다행히도 항상 경고만 받고 넘어갔다. 그녀는 떨리는 목소리로 선생님들에게 설명했다. 아버지가 이 사실을 알면 무척 화를 내실 거라고, 어머니가 돌아가신 후로 아버지는 항상 기분이 좋지 않으시다고. 그런 말은 효과가 있었다. 교사들은 곤혹스러워하며 마음을 누그러뜨리고는 매들린이 다시는 그런 어리석은 짓을 하지 않겠다고 약속한다면 한 번만 봐주겠다고 말했다.

나중이 되어서 매들린은 부끄러워지곤 했다. 가족의 비극적인 운명을 자기 좋을 대로 둘러대려고 이용하다니. 하지만 어머니가 일찍 돌아가신 상황이야말로 평생 내려진 형벌이나 다름없었기에, 그걸로 교장 선생님이 내릴 처벌을 피하게 된다면 공평하다는 생각이 들었다.

매들린이 목걸이를 잡아당기자 자그마한 음표 펜던트가 이리저리 흔들렸다. 왜 이렇게 초조한 건지는 모르겠지만, 앞에 보이는 문을 두드리는 이 순간에도 심장이 너무 두근대서 귓가가 욱신거렸다.

그녀는 긴장한 채로 방 안의 소리를 엿들었다. 바닥에서 의자가 끌리는 소리가 들린 것 같았다. 몇 초 후엔 안으로 들어오라는 흐릿한 목소리가 들렸다. 매들린은 숨을 깊이 들이쉬고는 문손잡이를 잡고서 문을 열었다.

거대한 책상 뒤에 앉은 린드베리 목사는 줄 친 공책에 무언가를 적고 있었다. 앞에는 전자식 타자기와 서류가 잔뜩 담긴 문서 보관함, 교회 앞에서 찍은 요나스와 루트의 사진, 연필꽂이가 놓여 있었다. 연필꽂이에는 정신없이 볼펜이 많이 꽂혀 있어서 차라리 안 꽂으니만 못했다.

몇 초 동안 방 안에서는 아무런 일도 일어나지 않았다. 그러더니 곧 린드베리 목사가 공책에서 눈길을 들고는 매들린에게 손짓했다.

"앉으렴."

그는 책상 앞에 있는 의자 두 개 중 하나를 가리키더니 계속 글을 써나갔다.

매들린은 문을 어떻게 해야 할지 알 수가 없었다. 이 문을 닫아야 할까. 그녀는 잠시 문틀에 서 있다가 결국 문을 열어두기로 마음먹었다.

어색한 발걸음으로 사무실 안에 들어간 매들린은 방문객용 의자 중 하나에 자리를 잡았다.

린드베리 목사는 문장에 마침표를 찍고서 말했다.

"자, 이제 이야기를 해볼까."

목사와 눈을 마주친 매들린은 그의 눈 색깔이 아주 진하다는 걸 깨달았다. 짙은 파란색이 요나스와 똑같았다.

"미안하구나. 나는 생각이 떠오를 때마다 꼭 적어두어야 하거든. 그러지 않으면 다 잊어버려서 말이야."

"괜찮아요."

린드베리 목사는 그녀와 시선을 계속 마주하면서 의자에 기대 앉았다. 그리고 한층 부드러운 목소리로 물었다.

"잘 지내고 있니?"

"네, 감사합니다."

"사람들이 다 잘 맞이해줬고?"

"네. 무척 반겨주셨어요."

목사는 기도하듯 두 손을 모았다.

"내가 왜 오라고 했는지 매들린은 분명히 궁금하겠지?"

앞에 있는 자신을 3인칭으로 부르는 게 좀 이상하게 들렸지만, 어쨌든 그녀는 고개를 끄덕였다. 목사는 웃으며 말했다.

"나는 책상 위에 늘어놓은 물건만큼이나 할 일이 아주 많단다. 하지만 우리 숙련자들을 잘 아는 것도 무척 중요한 일이지. 어떻게 생각하니? 괜찮지?"

"네, 좋아요."

매들린은 재빨리 대답했다. 린드베리 목사는 손끝에 턱을 올려 놓으며 말했다.

"좋아. 난 너의 서류를 물론 읽기는 했지만, 우리에게 오는 사람과는 모두 영적인 부분에서도 더욱 긴밀한 관계가 되고 싶단다."

매들린은 눈을 내리깔고 바닥을 쳐다보았다. 여기에 무슨 말을 해야 할까. 린드베리 목사는 그녀의 초조한 마음을 알아차린 것 같았다. 의자를 한쪽으로 돌린 그는 이제는 그녀를 똑바로 마주 보지 않은 채로 말을 이었다.

"괜찮다면 내 이야기를 먼저 해줄게. 나는 여기 유셰르에서 부모님과 함께 자랐어. 우리 아버지와 할아버지는 모두 자유 교회의 목사셨고. 할아버지가 당시 이 교회를 세우셨단다."

매들린은 자리를 고쳐 앉고서는 조심스럽게 말했다.

"저도 알아요. 다른 분들이 말해주셨어요."

린드베리 목사는 고개를 끄덕였다.

"다들 당연히 아는 내용이긴 하지. 그럼 내가 어렸을 때 나무에서 떨어져서 허리가 부러졌던 이야기도 들었니?"

매들린은 눈을 휘둥그레 떴다.

"아뇨. 그건 못 들었어요."

목사는 의자를 앞뒤로 흔들며 말했다.

"내가 열한 살 적이었어. 난 열네 번 수술을 받고 근 1년을 침대에 누워 있었지. 처음에는 내가 다시 걸을 수 있을 거란 말을 못 할 정도였단다."

"정말 끔찍한 일이었네요."

목사는 어깨를 으쓱였다.

"그렇기도 하지만 아니기도 해. 나는 우리가 인생에서 겪는 시련을 통해 더 강해지는 거라고 믿거든. 그 사고 전에는 난 성경에 별로 흥미가 없었단다. 하지만 침대에 누워 있으니까 책 읽기 말고는 할 만한 게 거의 없어지더라고. 그때 성경을 읽으며 위안을 얻었단다."

매들린은 원피스에서 실밥을 뽑았다. 린드베리 목사의 말을 들으니 마음이 기분 좋게 따스해졌다.

"저도 위안을 얻은 적이 있어요. 어머니가 돌아가셨을 때, 노래를 부르니까 많이 도움이 되더라고요. 그래서 가능한 한 교회에 많이 갔었어요."

"네가 노래하는 걸 나도 들었단다. 믿을 수 없을 정도로 아름다운 목소리던데."

목사는 이렇게 말하며 고개를 지그시 숙였다.

"감사합니다."

매들린은 중얼거리며 이마에 손을 얹었다. 얼굴이 너무나 빨개져서 감추고 싶었다.

목사는 단호하게 말을 이어갔다.

"매들린, 내가 이렇게 말하는 게 부담이 된다면 미리 사과하마. 하지만 내가 보기에 너의 이런 재능에는 다 심오한 뜻이 있다고 생각해. 너는 음악을 통해서 이 세상에 희망과 위로를 전해야 하는 거야. 그래서 나는 너에게 혹시 성가대를 지휘하고 싶은지 물어보려고 부른 거란다."

매들린은 깜짝 놀라 몸이 굳어버렸다. 이것 때문에 린드베리 목사님이 나를 사무실로 부르신 거라고?

"제가 할 수 있을지 모르겠어요. 그런 건 한 번도 해본 적이 없어서요."

그녀가 중얼거리자 린드베리 목사는 다시 그녀 쪽을 바라보도록 의자를 끌어온 다음 책상에 몸을 굽혔다. 그가 이쪽으로 가까이 다가올수록 매들린의 심장이 더욱 빠르게 뛰었다. 마치 그가 자신을 꿰뚫어 보는 기분이었다.

"하지만 난 알아. 넌 아주 잘할 수 있다는 걸. 그리고 도움이 필요하면 말만 해. 우리는 모두 한 가족이란다. 그 점을 명심하렴."

그녀는 손목시계를 만지작거렸다. 아직도 확신은 없었지만, 목사의 목소리에 담겨 있는 알 수 없는 힘이 그 말을 믿게 만드는 것 같았다.

"그럼 해볼게요."

목사는 손을 뻗어서 매들린의 팔에 얹었다. 그 행동은 마치 이게 자연의 섭리인 마냥 자연스러웠다. 그녀는 누군가가 자신을 만지는 게 익숙하지 않았다. 목사의 손가락이 닿은 살갗이 타오르는 것만 같았지만, 그래도 이 손이 자신을 놓기를 바라지 않았다.

"좋아. 그러면 결정된 거야. 로베르트에게 내가 말해둘게."

목사는 이렇게 말하며 그녀의 팔을 쓰다듬었다. 아주 잠깐, 둘의 눈길이 마주치자 매들린은 발밑이 푹 꺼지면서 둥둥 뜬 것 같은 기분이 들었다. 하지만 그는 이내 손을 거두었다.

"열심히 해보렴."

목사는 이렇게 말하고는 다시 공책에 무언가를 쓰기 시작했다.

매들린은 멍한 채로 사무실을 떠났다. 린드베리 목사님이 나에게 성가대를 지휘하라고 하다니, 믿을 수가 없었다. 가슴속에 행복한 기분이 넘쳐흘렀지만 매들린은 데지레가 이 소식을 들으면 뭐라고 할지 고민이 되었다. 그 애도 분명히 성가대를 지휘하고 싶었을 텐데.

그녀는 교회 본관과 별관 사이의 2백 미터 거리를 천천히 걸었다. 매들린은 데지레를 잘 아는 건 아니었지만, 그렇다는 생각만으로도 행복한 기분이 가라앉고 말았다. 데지레는 유셰르에서 처음으로 만난 진짜 친구였기에, 그 애 마음을 상하게 하고 싶지 않았으니까.

14

6월 8일 토요일

퍼트리샤는 창문에서 작은 조각만큼 보이는 바다를 바라보았다. 호텔 방은 좁지만 아늑했고, 연한 청회색으로 칠한 벽 위로 두툼한 금테두리 액자에 끼워진 그림이 몇 점 걸려 있었으며, 부드러운 리넨 커버 침대 위에는 둥근 벨벳 쿠션이 놓여 있었다. 책꽂이에는 노랗게 변색된 책 몇 권이 보였고, 나무 바닥은 걸을 때마다 발밑에서 삐걱거렸다.

퍼트리샤는 하늘색 블라우스에 진 주름을 폈다. 이토록 빨리 잠들어버릴 줄이야. 그래도 저녁 식사 시간에 맞추어 저절로 일어나서 다행이었다.

문을 열자 아래층에서 활기찬 목소리가 들려왔다. 모나의 친구들이 도착했구나. 퍼트리샤는 미소를 지었다. 혼자 산 지가 너무 오래되어서 손님을 맞이한다는 게 어떤 기분인지 완전히 잊고 살았다.

그녀는 진주 목걸이를 돌려서 이음새를 목 뒤로 보냈다. 아이들이 어렸을 때는 그 애들이 참 시끄럽다고 생각했지만, 이제는 어느새 그 왁자지껄함이 그리워졌다. 특히 외로울 때마다 이미 커버린 아이들이 예전에 쓰던 두 개의 아이 방 중 하나에 들어갔다. 그리고 아이 침대에 털썩 앉아서 몇 시간이고 옛 기억에 잠기는 것이었다.

애들 방은 마치 타임캡슐 같았다. 방들은 여전히 매슈와 저스틴이 이사한 날 이후로 달라진 게 없어 보였다. 벽에 붙은 커다란 포스터의 모서리마다 기름때가 묻은 고정 테이프가 붙어 있었다. 저스틴의 방에 붙은 포스터는 축구 선수 사진이었고, 매슈의 방 포스터는 다양한 밴드의 사진이었다. 젊은 남자애들이 진지한 얼굴로 저 멀리 어딘가를 응시하는 흑백 사진이 겹쳐져 있었다.

퍼트리샤는 침대에 앉아 빨지 않은 리넨 커버를 쓰다듬어보거나 더는 입지 않는 티셔츠를 개키며 밀크리크 농장이 생기에 가득하던 옛날을 떠올렸다. 아이들이 방에서 뛰는 소리나 문에 부딪힌 공에서 나는 소음이 귓가에 선했다.

휴대폰을 보았지만 새로운 문자는 없었다. 그녀는 한숨을 쉬었다. 유셰르에 온 지 겨우 몇 시간밖에 되지 않았는데, 모나가 딸과 함께 돈독한 관계를 맺는 모습을 벌써 질투하고 있다니. 아이들과 손주들이 다 함께 여기서 사는 게 얼마나 좋을까.

물론 퍼트리샤는 에리카와 그녀의 딸이 이 호텔에서 같이 살고 있는지까지는 정확히 알 수 없었지만, 아니라 하더라도 중요하지 않았다. 만약 매슈가 가족을 데리고 밀크리크 농장에 사는 자신을 방문해서 하룻밤 묵어간다면 뛸 듯이 기쁠 텐데. 하지만 데니스는 퍼트리샤의 공간에 들어오기를 단호하게 거부했다. 며느리는 본인은 낯선 곳에서 쉬기가 정말로 어렵다며, 밀크리크에 들르기가 무섭게 다시 리치먼드로 당장 돌아가야겠다고 했다. "저희 집으로 오세요"라고 말은 항상 하지만, 퍼트리샤가 농장을 떠나는 게 얼마나 어려운 일인지 며느리는 잘 알고 있었다.

퍼트리샤는 문득 어지러움을 느끼고는 벽에 기대어 섰다. 시차 때문에 균형을 잃고 휘청거리는 것이었지만, 밤에 잘 자려면 뭘 좀 먹어야 했다. 그리고 도리스와 마리안네에게 동생에 대해 물어볼 기회를 놓치고 싶지 않았다.

퍼트리샤가 계단으로 내려오자, 모인 여자들이 조용해졌다. 모나와 마리안네는 카운터 뒤에 섰고, 도리스는 이미 식탁에 앉아 있었다.

"저와 같이 앉아요."

도리스가 이렇게 말하며 옆의 의자를 빼주었다. 자리에 앉은 퍼트리샤는 콧속으로 주방에서 나는 음식 냄새가 스며들자 비로소 무척 배가 고프다는 걸 깨달았다. 도리스 역시 조바심을 내면서 카운터 안쪽에 있는 두 여자가 뭘 하는지 보려고 목을 길게 뺐다.

"너희 언제쯤 올 거야?"

도리스의 물음에 마리안네와 모나는 미소를 짓고는 쟁반 두 개에 칵테일 잔을 올려놓았다.

"독서 모임을 시작하면서 적당한 술로 기념을 해야겠다고 생각했어."

모나의 설명에 마리안네도 옳다는 듯 고개를 끄덕였다.

"여기 제대로 된 문학적 칵테일을 준비했어. 마르가리타 애트우드랑 애거사 슬래머야."

"난 사실 술 들어간 음료는 안 마시고 싶어."

도리스가 거절의 뜻을 표하자 모나가 빨간 음료수가 담긴 잔을
건네주었다.

"걱정하지 마. 그것도 이미 생각해뒀어. 이건 무알코올 블러디
메리 셀리야. 말하자면 버진 메리 셀리랄까."

모나는 이렇게 말하며 웃었다. 도리스는 눈을 크게 뜨고 말했다.

"고마워. 그런데 에리카는?"

"리나를 재우는 대로 곧 올 거야."

모나가 말했다. 퍼트리샤는 튤립 모양 가장자리에 소금을 두른
샴페인 잔을 받아 들었다. 이윽고 마리안네가 격식을 차린 어조로
말했다.

"옛 친구와 새 친구를 위하여. 퍼트리샤, 우리 그냥 편하게 말을
놓으면 어때?"

"좋아. 새 친구를 위하여."

"그리고 우리 독서 모임을 위하여. 또 여름 축제를 위하여."

도리스가 덧붙였다.

퍼트리샤는 레몬 마르가리타 애트우드를 한 모금 들이켜고는
문득 책이 쌓인 구석의 테이블을 바라보았다. 도리스는 그녀가 어
디를 보는지 시선을 따라가더니, 매우 신난 기색으로 말했다.

"내가 좋아하는 책을 몇 권 가져왔어."

"몇 권? 대체 좋아하는 책이 얼마나 많은 거야?"

마리안네가 묻자, 도리스는 어깨를 으쓱였다.

"좋아하는 걸 하나만 고를 필요는 없잖아."

"그래도 그렇지."

마리안네는 장난스레 타박했다.

"그러는 넌 좋아하는 책이 뭔데?"

모나는 이렇게 물으며 카나페가 남긴 은쟁반을 돌렸다. 카나페는 크림치즈와 절인 연어로 속을 채운 미니 파이였다.

퍼트리샤는 마리안네가 손으로 유리잔을 돌리는 모습을 관찰했다. 그녀는 귀여운 빨간 드레스로 옷을 갈아입었다. 높이 묶어 올린 머리카락 아래로 반짝이는 커다란 귀걸이가 촛불에 반짝반짝 빛났다.

"솔직히 말하자면, 내가 가장 좋아하는 책은 『빨간 머리 앤』이야. 나이가 들수록 어린 시절 생각이 더 많이 나더라고. 어렸을 때 좋아했던 책을 읽으면 그 시절을 다시 사는 기분이 들거든."

모나는 고개를 끄덕였다.

"무슨 말인지 알겠어. 나더러 좋아하는 책을 한 권 고르라면 분명히 『작은 아씨들』을 고를 거니까. 난 그 책을 너무 많이 읽어서 조 마치가 내 친구인 것 같은 기분마저 들거든."

그녀는 이제 퍼트리샤를 보았다.

"너는 좋아하는 책이 뭐야?"

"난 『진주 귀걸이를 한 소녀』를 아주 좋아해."

퍼트리샤의 대답에 도리스는 고개를 끄덕였다.

"그거 진짜 훌륭한 작품이지. 나는 가끔 그림을 볼 때마다 거기에 얽힌 사연이 있지 않을까 궁금해져."

"그래. 르누아르가 그린 파란 머리끈을 한 빨간 머리 소녀의 초상화를 볼 때마다 나도 그 생각을 해. 정말 신비한 그림인 것 같아."

퍼트리샤의 말에 도리스가 대답했다.

"나 그 그림 이야기 읽어본 적 있어. 그 여자애 이름은 이렌 카앵 당베르야. 그 애는 유태인이었고 파리에서 자랐어. 그 애 아버지가 르누아르에게 초상화를 의뢰했지만, 받은 그림이 마음에 들지 않아서 그걸 하인 방에 걸어두었대. 이렌이 결혼하자 아버지는 그걸 가져가라고 줬고. 후에는 이렌의 남편 소유인 어떤 호텔에 걸려 있었는데, 나중엔 이렌이 남편을 떠나서 이탈리아 백작에게로 가버렸대."

모나는 눈을 휘둥그레 뜨고서 물었다.

"그럼 그 그림은 어떻게 됐어?"

도리스는 이마 위로 흘러내린 머리카락 한 타래를 얼굴에서 걷어냈다. 지금은 선캡을 집에 두고 와서, 기다란 포니테일을 뒤로 묶은 녹색 딱정벌레 모양의 머리핀이 보였다.

"이렌의 어머니는 그 그림을 받아다가 이렌의 딸인 베아트리스에게 줬어. 하지만 독일이 파리를 침공했을 때, 헤르만 괴링이 그 그림을 손에 넣었지. 그리고 베아트리스의 남편인 레옹이 거기에 대응하려고 하자, 온 가족이 체포되어서 그만 아우슈비츠로 끌려갔어."

모나는 그 말에 소리치고서는 자리에서 벌떡 일어섰다.

"세상에, 어쩜 그리 끔찍한 일이! 이제 나는 식사 준비를 해야겠어. 그리고 퍼트리샤가 뭔가 너희에게 물어보고 싶은 게 있대."

그녀는 이렇게 말하고서 주방으로 사라졌다. 퍼트리샤는 다른 이들의 시선을 느끼며 입을 열었다.

"맞아. 그게 뭐냐면, 사실 나는 내 여동생에 대한 정보를 모으려 고 여기 왔어."

"여동생 이름이 뭔데?"

마리안네가 물었다.

"매들린 그레이야. 그 앤 1987년 자유 교회에서 인턴을 하려고 유셰르에 왔다가 실종되었어."

마리안네는 그런 이름을 들어본 적은 없다며 고개를 저었다. 하 지만 도리스는 얼굴이 새하얘져서 말했다.

"나 매들린 기억나. 하지만 난 그 애가 고향으로 돌아간 줄 알 고 있었어."

"아니야. 안타깝게도 그러지 못했어."

"정말 마음이 아프다."

도리스는 한숨을 쉬었다.

"그해 여름에 무슨 일이 있었는지 기억나는 거 있니?"

도리스는 잠시 곰곰이 생각하는 듯했지만 이내 고개를 저었다.

"안타깝지만 기억이 안 나네. 난 그때 어머니가 편찮으신 바람 에 병원에 있을 때가 많았거든. 하지만 네가 원한다면 이 동네에 그때 일을 아는 사람이 있는지 알아봐줄 수 있어. 그래줄까?"

"고마워. 그러면 정말 좋을 것 같아."

"그때 걔가 몇 살이었어?"

도리스가 물었다.

"스무 살."

"그런데 무슨 일이 있었는지 전혀 모른다는 거지?"

마리안네가 물었다.

"몰라. 하나도 몰라. 그 애가 경찰에 실종 신고되었다는 건 알아. 하지만 걔가 짐을 싸서 말뫼로 가는 버스를 탔다는 걸 봤다는 사람이 나오니까 경찰은 수색을 중단했어."

그녀의 한쪽 눈가에 눈물이 흘러내렸다. 퍼트리샤가 동생에 대해 다른 이들에게 이토록 긴 이야기를 털어놓은 지는 참 오랜만이었다. 그래서인지 갑자기 가슴속에서 날카로운 고통이 느껴졌다.

"미안해."

퍼트리샤는 나직하게 사과하고서는 돌아서서 마음을 다잡으려했다. 잠시 후 다시 도리스와 마리안네를 바라보자, 두 사람은 걱정 어린 눈빛으로 퍼트리샤를 바라보았다.

"나로서는 매들린이 자발적으로 고향에 돌아가지 않겠다고 마음먹었다는 게 정말이지 상상도 못할 일이라서."

"그런데 왜 지금 유세르에 온 거야?"

마리안네는 이렇게 물으며 귀걸이를 매만졌다. 그녀가 찬 귀걸이는 작고 반짝이는 수정의 폭포수 같았다.

퍼트리샤는 주위를 둘러보고서 핸드백을 들더니 자그마한 상자를 꺼냈다. 그리고 펜던트가 달린 은목걸이를 꺼내 도리스와 마리안네에게 보여주면서 혹시 이들이 목걸이를 알아보지는 않는지 얼굴을 샅샅이 살펴보았다.

"이 목걸이는 매들린의 열여덟 번째 생일 선물로 내가 준 거야. 매들린이 스웨덴으로 떠날 때 이걸 차고 갔었어. 그런데 일주일쯤 전에 누군가 우편으로 이걸 나한테 보냈어. 봉투에는 목걸이만 들어 있었어."

"왜 누군가가 이걸 보냈을까?"

도리스가 물었다.

"모르겠어. 다만 그 편지가 스웨덴에서 왔다는 것만 알아."

"아직 그 애가 살아 있다고 생각해? 목걸이가 그렇다는 의미일까?"

마리안네가 묻자, 퍼트리샤는 눈을 내리깔았다. 자신과 매들린이 벌였던 싸움이 다시 떠오를 수밖에 없었다. 동생이 농장을 두고 어떻게 해야 할지 결정하지 못하자 자신이 얼마나 좌절했던가. 특히 절망적으로 느껴지던 날에는 퍼트리샤는 자신에게 가만히 물었다. 혹시 그렇게 싸우며 했던 말 때문에 매들린이 아무 말도 없이 유셰르를 떠난 건 아니었을까.

"내 동생이 아직 살아 있다고, 어딘가에서 새 삶을 시작하려고 버스를 타고 떠났다는 소식을 들을 수만 있다면, 그보다 더 행복할 수는 없을 거야."

그녀는 이렇게 말하고선 마리안네와 시선을 마주하며 물었다.

"하지만 왜 그 애는 가족에게 이런 짓을 해야 했을까? 이건 있을 수가 없는 일이야."

"어쨌든 누군가가 너한테 이 목걸이를 보냈다는 거잖아."

마리안네의 말에 퍼트리샤는 슬프게 고개를 끄덕였다. 방 안에는 침묵이 흘렀다. 도리스는 식탁에 몸을 기대고는 조심스레 퍼트리샤의 손을 쓰다듬었다.

"매들린이 교회에서 노래했던 게 기억나. 정말 잘 불렀는데."

"그래."

퍼트리샤는 중얼중얼 대답하고는 코를 훌쩍였다. 평소 같았으면 자신의 감정을 이토록 적나라하게 드러내지 않았으련만, 도리스의 말을 들으니 어쩐지 눈물을 참기가 어려웠다.

"동생이 어디에 있는지 모른다니 얼마나 마음이 아플까."

마리안네는 퍼트리샤에게 휴지를 건네주었다.

"이게 다야. 미안해. 분위기를 다 망칠 생각은 아니었어."

퍼트리샤가 눈물을 닦자, 도리스가 대답했다.

"그런 걱정하지 마."

이윽고 모나가 주방에서 커다란 빵틀을 가지고 나오자 퍼트리샤는 애써 즐거운 표정을 지어보려 했다. 매들린 이야기를 하면 얼마나 힘이 드는지 그간 까맣게 잊고 있었다. 입을 열 때마다 마치 판도라의 상자를 여는 것만 같았다. 이제껏 힘겹게 꼭꼭 숨겨두었던 질문이 갑자기 죄다 튀어나와서 불안해진 나머지 자신의 가슴이 찢어지는 느낌이었다.

퍼트리샤는 숨을 제대로 쉬는 데 집중했다. 이 상황이 견디기 힘들 정도였지만 그래도 이러는 게 옳다는 생각이 들었다. 독서 모임의 여자들은 마을 주민들에게 동생의 실종 사건에 대해 물어보겠다고 약속해주었다. 그들이라면 자신보다 매들린 일을 더 잘 알 수 있을 것이다.

다 잘될 거야, 하고 퍼트리샤는 되뇌었다. 그리고 다시 자리에서 일어서자 식탁에 앉아 있던 여자들은 그녀를 보고 웃었다. 퍼트리샤도 미소를 지어 보였지만, 가슴속에는 여전히 불행한 마음이 폭풍처럼 몰아치고 있었다.

도리스는 큰길을 걸으며 곁눈질로 마리안네를 관찰했다. 두 사람은 같이 즐거운 저녁 시간을 보내긴 했지만, 마리안네가 자신에게 집으로 함께 가자고 제안했다는 사실은 놀랍기 그지없었다.

도리스가 신은 슬리퍼가 아스팔트 길 위를 시끄럽게 두드려댔다. 그녀는 아직도 퍼트리샤 생각을 하고 있었다. 그런 식으로 사랑하는 이를 잃어버린 상황이 얼마나 고통스러울지 상상이 되지 않았다. 동생이 어디 있는지, 무슨 일을 겪었는지 전혀 알 수가 없다니.

도리스는 깊은 한숨을 쉬었다. 퍼트리샤가 말을 꺼내자 매들린이 갑자기 사라졌던 사실이 자연스럽게 떠올랐지만, 도리스는 그때 매들린이 고향에 돌아간 거라고 굳게 믿었다. 일정 기간 동안 교회 활동을 하다가 떠나간 수많은 젊은이와 마찬가지로 말이다.

그때 마리안네가 목을 가다듬고 물었다.

"넌 어떻게 생각해?"

도리스는 움찔 놀랐다.

"아, 나도 당연히 그렇게 생각하지."

뭐가 뭔지도 모르고 대답한 도리스는 마리안네가 고개를 끄덕이는 모습만 보았다. 지금 마리안네는 제임스 본드 영화에서 배역을 맡을 뻔했던 일을 한창 이야기하는 중이었다. 듣자 하니 마리 안네는 로저 무어와 함께 카메라 테스트를 받았던 모양인데, 둘의 상성이 너무 폭발적이다시피 좋아서 스포트라이트가 부서질 정도였다나. 그런데도 마리안네는 배역을 맡지 못했다고 했다. 경쟁했던 다른 여배우 후보가 조감독의 사촌이었기 때문에, 로저 무어가 아무리 간청했어도 어쩔 수가 없었다고 했다.

"로저 무어라."

도리스는 키득키득 웃었다. 술을 마시지 않겠다고 제아무리 결심했어도 유혹에 저항할 수가 없어서, 마르가리타 애트우드 한 잔에 넘어가버리고 말았다. 그런데 이제는 이 칵테일에 대체 얼마나 알코올이 들었는지 궁금해하고 앉았다니. 도리스는 어질어질 취한 상태가 익숙하지 않았다. 자신을 절제할 수 없는 상황이 마음에 들지 않아서, 본인의 결혼식 때도 겨우 샴페인 한 잔을 마셨을 뿐이었는데.

40년 전이었지, 하고 도리스는 생각했다. 내 인생에서 가장 행복했던 날로부터 벌써 40년이 흘렀어.

도리스는 아직도 9월의 그날 오후 자신이 얼마나 흥분했는지 정확히 기억하지 못했다. 나무 이파리들이 막 노랗게 물들어가기 시작했지만, 풀은 여전히 푸르고 새들이 지저귀던 그날. 자신과 예란이 갓 결혼한 부부가 되어 교회에서 나오자 마치 특별히 주문이라도 한 듯 밝은 햇살이 비쳐왔는데.

결혼식은 작고 소박하게 열렸다. 양가 부모님은 뒤편에 커피와 케이크를 차려놓았다. 자녀의 결혼식을 축하하고 싶었지만, 일을 크게 벌일 마음은 없었기 때문이었다. 하지만 도리스는 신부가 신부답게 보이는 게 중요하다고 생각했기에, 그녀의 어머니는 실비아 여왕의 혼례복과 비슷한 상아색 비단으로 웨딩드레스를 지어주었다.

도리스는 전에 이토록 행복한 기분을 느낀 적이 없었지만, 마리안네가 보기에는 드레스가 그다지 특별해 보이지 않았을 것이다. 하지만 마리안네의 의견 따위는 중요하지 않았다. 그녀는 도리스의 결혼식에 얼굴을 비추지도 않았을 뿐만 아니라 본인 결혼식에 도리스를 초대하지도 않았다.

도리스는 콧방귀를 뀌었다. 사실 그녀와 마리안네가 이토록 변했다는 게 참 신기했다. 어쨌든 둘은 함께 자라지 않았던가. 하지만 마리안네가 어렸을 때부터 남다른 모습이었던 건 누구나 알 수 있었다. 그녀는 자신을 길들이려는 사람에게 항상 반항적으로 혐오감을 드러내곤 했다. 도리스는 자신에게 오는 부탁을 거절하는 법이 없었지만, 반면 마리안네는 가슴께에 팔짱을 끼고서 "왜?"라고 되묻곤 했다. 그녀에게 세상은 항상 좁아서, 유세르는 만족하고 살 만한 곳이 아닌 것만 같았다. 마리안네는 종종 수도로 이사하겠다고 말했고, 졸업 시험을 치르자마자 짐을 쌌다.

도리스는 어둠 속을 둘러보았다. 유세르의 거리는 그다지 밝지 않았다. 그녀는 혼자서 집에 가지 않아도 되어서 기뻤다. 벌써 밤 11시였지만, 밤공기는 아직도 온기가 있었고 동네로 바닷바람이 기분 좋게 불어왔다. 도리스는 유세르를 떠난다는 상상은 한 번도 해본 적이 없었다. 직업 훈련이 끝날 때까지 그녀는 여전히 부모님과 함께 살았고, 시험에 합격한 다음에는 이 동네에서 직업을 구했다.

저 멀리 옛날에 일했던 유치원이 보였다. 유치원에서 일한 첫날부터 도리스는 그곳이 마음에 들었다. 아이들을 키우는 하루하루가 참 멋지다고 생각했다. 예란과 결혼했을 때 부모님들은 일을 그만두라고 조언했지만, 예란은 둘 사이에 아이가 생길 때까지만이라도 도리스가 일을 계속하려 하는 생각에 반대하지 않았다. 그러나 아이가 생기지 않았기에 도리스는 스테른 유치원에서 일하는 햇수가 점점 늘어갔다. 그녀를 진료한 의사는 어째서 임신이 되지 않는지 이유를 알아내지 못했고, 그녀에게 빠르든 늦든 언젠가는 생길 거라고 말했다. 하지만 그녀는 임신하지 못했다.

언젠가 도리스는 입양 정보지를 주문한 적이 있었지만, 예란은 반대했다. 그는 입양을 하기에는 너무 이르다고, 아직 자신들은 좀 더 아이를 가져 볼 시간이 있다고 생각했다. 그러나 아이 없이 사는 게 자신의 운명이라는 예감이 도리스에게 차츰차츰 번지기 시작했다. 어쩌면 이건 하느님의 섭리일지도 모르지. 어쩌면 자신과 예란은 부모가 될 수 없을지도 모르지. 그러던 어느 날 부부에게 주어진 시간이 다하게 되자, 그들은 운명을 바꿀 수가 없게 되었다.

도리스는 콧등으로 흘러내린 안경을 고쳐 썼다. 교회 여자들은 그녀를 애써 위로하면서 말했다. 도리스는 그래도 언제나 유치원에서 아이를 보지 않느냐고, 그들에게 사랑을 쏟을 수 있지 않느냐고 말이다. 물론 일리 있는 의견이었지만, 도리스는 그들의 말에 굴욕감을 느꼈다. 자신이 가르치고 양육하는 아이들을 무척 사랑했고, 그 애들을 자기 자식인 양 보살폈지만, 그녀는 저녁이 되면 집에 혼자 가야 했다. 저녁을 지어주고 목욕을 시키고 잠옷을 입혀줄 내 아이는 없었다. 침대 옆에서 잠자리 동화를 읽어주면 꼬물거리거나 이불 아래로 손을 잡아주거나 품에 안고 재울 내 아이가 없었단 말이다.

하지만 도리스는 슬픔에 겨워 주저앉지 않고 일상에서 위안을 찾았다. 집을 청소하고 세간을 정리했으며 냉장고와 찬장을 닦고 수요일마다 바닥을 걸레질하고 먼지를 쓸고 창문을 닦고 오이를 썰었다. 바쁘게 일하는 동안에는 너무나 찾아오지 않는 아이를, 자녀를 간절히 바라던 자신의 마음을 생각하지 않아도 되었으니까. 심지어 별장을 리모델링하는 일을 돕기도 했다. 그녀에게는 뭔가 할 일이 필요했기 때문이다.

예란이 실용성을 이유로 들며 온 집 안 바닥을 리놀륨으로 교체하고 싶어 했을 때, 도리스는 목재 바닥을 참 좋아했는데도 남편의 의견을 따랐다. 최신형 엘렉트로룩스 세탁기도 샀다. 디지털 디스플레이 창이 달려서 세탁 시간이 얼마나 남았는지 보여주고 분당 850번의 회전 속도로 탈수 기능이 있는 모델이었다. 세탁기가 어찌나 멋있던지 그녀는 부끄러울 지경이었다. 나는 아이도 갖지 못하는 사람인데 이런 사치품을 가져도 되는 걸까? 동시에 그녀는 빨래를 삶지 않아도 되어서 참 좋았다. 자기가 어렸을 때 어머니는 직접 빨래를 삶았으니까. 그녀는 세탁이 완료될 때마다 들려오는 세탁기의 전자음이 정말 마음에 들었다.

예란은 언제나 가전제품을 사들여서 도리스를 망쳤다. 달걀 찜기, 착즙기, 아이스크림 메이커, 믹서기, 제빵기를 사들이면서 이런 가전제품이 자녀 없는 자신들에게 어떻게든 보상이 될 수 있다고 여기는 듯했다. 도리스는 새로운 보물 같은 가전제품을 짙은 색 떡갈나무 무늬가 새겨진 새 찬장에 다소곳이 놓았지만, 그래도 달걀을 삶을 때는 예전부터 익숙하게 써온 냄비를 몰래 썼다.

그렇게 부부는 함께 삶을 일구어갔다. 가전제품과 민트색 세라믹 욕실과 TV를 보며 함께 하는 저녁 식사가 있는 공생 관계였다. 그런데 예란이 갑자기 사라진 날이 와버렸다. 도리스는 이제껏 너무나 단단하게 둘이서 이뤄낸 이 삶을 갑자기 혼자서 이어가게 되었다. 게다가 대체 어떻게 이 삶을 살아갈 수 있을지 알지도 못하는 상황이었다.

도리스와 마리안네는 빨간 집 앞에 서서 가만히 어둠을 응시했다. 도리스는 집에 불을 켜놓고 나오지 않은 걸 후회했지만, 켜고 나왔다면 전력 낭비만 되었을 것이었다.

"그럼 잘 있어. 오늘 정말 좋았어."

마리안네는 그녀에게 미소를 지었다.

마리안네는 그녀에게서 떠나려 했지만, 도리스는 그녀의 팔을 놓지 않았다.

"왜 이래? 너 어두워서 무섭니?"

마리안네가 성내며 물었다. 도리스는 마른침을 삼켰다. 아니, 자신은 어두워서 무서운 게 아니었다. 외로운 게 무서웠다.

그녀는 마리안네를 놓아주며 중얼거렸다.

"미안해. 밖이 캄캄할 때 빈집에 혼자 들어가는 게 익숙하지가 않아서 그래. 평소에는 이토록 늦을 때 돌아다니지 않아서."

그녀는 덧붙여 말했다. 자신이 보기엔 마리안네는 자신과는 전혀 다르게 늦을 때까지 잘 돌아다닐 테니까.

"네가 좋다면 잠깐 같이 들어가줄 수 있어."

마리안네의 말에 도리스는 깜짝 놀라 친구를 돌아보았다.

"하지만 넌 다른 할 일이 있지 않니?"

"그런 일 없어. 자기 전에 술 한잔 더 하겠니?"

도리스는 열쇠고리를 꺼내서 현관을 열었다. 문득 감정이 확 복받치면서 마리안네에게 자신의 속마음을 설명하고 싶은 욕구가 일었다.

"고맙지만 괜찮아. 내가 알아서 할게."

그녀가 급히 대답하자, 마리안네는 어깨를 으쓱였다.

"알았어. 그럼 잘 있어."

작별 인사를 건넨 마리안네는 돌아서서 거리로 들어갔다.

도리스는 잠시 문 앞에 그대로 서 있었다. 마리안네에게 자신의 감정을 말하려고 용기를 끌어낼 뻔했다니 놀라웠지만, 웃음거리가 되고 싶은 마음도 없었다. 게다가 도리스가 보기엔 이 우정을 다시 이어붙이는 건 자신의 몫이 아니었다.

그녀는 어린 시절의 우정을 돌이켜보았다. 마리안네는 유셰르에 앞으로 몇 주 머물다가 떠나겠지. 그녀가 떠나는 순간 도리스는 마리안네의 세계에 존재하지 않게 될 것이다. 그녀는 고개를 푹 숙이고는 현관을 열었다. 마리안네는 앞으로도 절대 변할 리가 없었고, 그들이 처음에 맺었던 우정은 이미 오래전 사라져버렸다.

15

1987년 6월 5일 금요일

린드베리 목사와의 만남 후 매들린은 곧장 방으로 돌아갔다. 가자마자 퍼트리샤에게 편지를 쓰려 했는데, 방에서 데지레가 보이자 깜짝 놀랐다. 데지레는 침대에 앉아 책을 들고 있었다. 매들린은 문가에 선 채로 가만히 생각했다. 방금 있었던 일을 이 애에게 말해야 할까.

그녀는 조심스럽게 문을 닫았다.

"뭐 읽어?"

"밀턴의 『실낙원』."

데지레는 대답하고서 눈길을 돌리며 덧붙였다.

"이건 악마가 에덴동산에 들어가서 아담과 이브에게 금지된 선악과를 먹으라고 꼬드기는 내용이야. 린드베리 목사님이 읽어보라고 권유해줬어."

"책 좋아?"

"운율을 맞춘 문장으로 쓰여 있어."

그녀는 한숨을 쉬고서 책을 덮더니 물었다.

"어디 갔다 왔어?"

매들린은 침대에 놓여 있던 티셔츠를 모아 개켰다.

"아무 데도 안 갔다 왔어."

데지레가 이쪽을 탐색하듯 바라보는 느낌이 들었다.

"너 점심 먹고 갑자기 사라졌던데."

매들린은 침대에 앉았다. 데지레에겐 거짓말하고 싶지 않았다.

"나……."

그녀가 말문을 열었지만, 데지레가 선수를 쳤다.

"알아. 너 린드베리 목사님이랑 만났잖아."

데지레의 목소리에는 질책이 어려 있었지만, 매들린이 바라보자 그녀는 미소를 지었다.

"우리는 서로에게 비밀이 있어서는 안 돼. 나한테는 뭐든 말해도 좋다고."

매들린은 안도의 한숨을 쉬었다.

"미안해. 내가 말을 해도 되는지 몰라서 그랬어."

데지라는 고개를 갸웃거렸다.

"린드베리 목사님은 모든 숙련자에게 영적인 조언을 해주셔. 그분은 다른 사람이 못 보는 우리의 속을 알아보시거든."

"그래, 목사님도 그렇게 말씀하시더라."

데지레는 침대 모서리로 슬며시 내려와 매들린 쪽으로 몸을 숙였다.

"목사님이 허리 부러졌다는 이야기 해주셨어?"

매들린이 고개를 끄덕이자, 데지레는 손뼉을 딱 쳤다.

"그럴 줄 알았어."

그녀는 벌떡 일어나 매들린을 침대에 앉히고 팔을 둘렀다.

"너무 그렇게 우울하게 생각하지 마. 그건 말이지, 목사님이 널 좋아한다는 뜻이니까. 오히려 기뻐해야지. 목사님한테 아무나 선택받는 게 아니거든. 얼마나 많은 사람이 린드베리 목사님을 만나고 이 교회에 들어오고 싶어 하는지 넌 아니? 우리는 진짜 영광인 거라고."

그녀는 웃으면서 덧붙였다.

"마태복음 22장 14절을 보면 '부름을 받은 사람은 많으나, 택함을 받은 사람은 적다'고 나와 있잖아. 우리는 바로 택함을 받은 사람이야."

매들린은 힘겹게 미소를 지었다. 데지레의 말이 옳았다. 사실 풀 죽을 필요가 없었다. 데지레의 체온을 느끼자 확신이 들었다. 이토록 가까이 누가 있어주는 게 참 좋구나. 매들린은 조금 더 마음을 열 용기를 가져야 했다.

데지레는 손가락으로 매들린의 머리카락을 쓸어내리며 말했다. 너 머리카락 올려 묶으면 훨씬 예뻐질 텐데. 매들린은 가만히 앉아 있으려고 애를 썼다. 그녀는 언제나 내성적인 사람이었지만, 가슴속 깊은 곳으로는 다짜고짜 친구의 침대에 털썩 앉아 다 같이 웃으며 머리빗을 마이크 삼아 〈걸스 저스트 원 투 해브 펀〉*을 한목

---

* 신디 로퍼가 1983년 발표한 노래.

소리로 부르는 여자애들을 언제나 남몰래 좀 부러워했다.

어렸을 적 매들린은 제니퍼나 멜리사라는 이름의 여자애가 되어 화려한 풍선껌 향기를 풍기며 금발로 학교에 가서 "그냥요"라는 말을 하고 싶었다. 하지만 밀크리크에서는 모두 매들린이 누군지 알고 있었다. 그래서 소심하고 말없이 언제나 뒤로 물러서서, 혹시나 누군가 할인 매장에서 산 옷을 지적하거나 자신에게서 농장 냄새가 난다고 하는 일이 없기만을 바랄 뿐이었다.

그러다 6학년이 된 어느 날, 그녀의 반에 여학생 하나가 전학을 왔다. 헤더라는 그 애는 초콜릿 빛깔의 긴 머리카락을 지녔고 한데 모아 묶은 머리에 헤어스프레이를 잔뜩 뿌려서 아주 탐스럽게 가꾸었다. 탈의실에서는 브래지어를 벗어서 누구나 볼 수 있도록 걸어놓았는데, 그 애 사이즈는 C컵이었다. 그리고 최신 유행 게스 청바지를 입고 다녔다.

생물 수업에서 헤더의 뒤에 앉아 있던 매들린은 그 청바지 뒷주머니에 붙어 있는 빨갛고 하얀 삼각형 라벨에서 눈길을 뗄 수가 없었다.

매들린은 헤더가 자신도 멋진 여자애라고 생각해주도록 최선을 다해 노력했다. 그래서 퍼트리샤의 가장 예쁜 귀걸이도 빌려서 차고, 연하늘색 아이섀도로 화장도 하고, 멋진 것이라면 뭐든 큰 소리로 말하면서 자기도 이런 거 다 안다는 인상을 주었다. 그녀의 노력은 효과가 있었다. 어느 날 생물 수업이 끝나자 헤더는 매들린에게 말을 걸었다. 사실은 매들린도 아침마다 버스를 타고 학교에 오는 시골 소녀라는 걸 미처 모른 채, 헤더는 그녀를 방과 후에 자기 집으로 초대했다.

헤더와 함께 그 애 집에 가게 되다니, 정말이지 믿을 수가 없었다. 매들린은 이게 커다란 기회라는 걸 알아보았다. 그녀는 장밋빛 침대에 앉아서 "빌리랑 샌드라랑 무슨 짓을 했는지 다 알아"라거나 "테디는 틀림없이 게이야. 걔 안경만 봐도 티 나" 같은 말을 할 수 있게 된 거다.

헤더 같은 애를 웃게 만들다니 놀라운 기분이었다. 매들린은 자신에게 다가온 이 행운에 어안이 벙벙한 채 생각했다. 이건 내 인생의 전환점이구나. 이제부터 나와 헤더는 정말로 많은 시간을 함께 보내게 되겠구나. 마침내는 우리 둘이 조시 앤더슨에게 초대를 받겠지. 그 애 부모님이 직접 빚은 사과주를 내놓고 으슥한 구석이 있는 파티 룸이 집에 있다는 소문이 있는 조시 앤더슨네 집에 가게 될 거야.

하지만 무엇보다도 자신과 헤더는 절친이 될 것이었다. 그래서 성탄절에는 헤더에게 반으로 쪼개진 하트가 달린 목걸이를 선물하는 사이가 되겠지. 당연히 나머지 반쪽은 매들린이 차고 다닐 테고.

하지만 헤더의 어머니가 식사 준비가 다 되었다며 헤더에게 내려오라고 부르자, 헤더는 매들린더러 방에서 기다리라고 말했다. 매들린이 나중에 집에 가면 분명히 어머니가 푸짐하게 식사를 준비해줄 테니, 집에서 먹으라는 것이었다.

창문 너머로 매들린은 주차된 차에서 내리는 헤더의 아버지를 보았다. 몹시 배가 고팠고, 집에 가봤자 있는 것이라고는 TV 앞에 앉아 먹는 딱딱한 빵뿐이라는 걸 알았지만, 아무 말도 하지 않기로 했다. 괜히 어머니가 돌아가셨다는 이야기를 해서 지금의 분위기를 망치고 싶지 않았기 때문이다.

처음에는 모든 게 순조로웠다. 매들린은 침대에 앉아서 아래층에서 식사하는 가족의 식기가 울리는 소리를 들으며 헤더가 지닌 온갖 다양한 물건들을 관찰했다. 그러다 의자에 걸어놓은 헤더의 청바지를 보았을 때, 그녀는 주체할 수가 없어졌다. 게스 청바지가 어찌나 완벽하게 파란색이던지. 매들린은 오랫동안 청바지를 한 번 입어보기를 꿈꿔왔다.

아래층에서는 계속해서 나직한 목소리가 들려왔다. 매들린은 네 부분으로 분할된 전신거울에 비친 자신의 모습을 본 다음 재빨리 바지를 벗었다. 저 특별한 청바지를 입은 자신의 모습을 한번 보고 싶었다. 같은 반 남자애들이 말하는 걸 들은 적이 있었다. 브랜드 라벨이 붙은 바지를 입은 엉덩이가 더 멋있어 보인다고. 그래서 그녀는 조심스럽게 바지통에 다리를 넣고 엉덩이로 끌어 올렸다.

이렇게 단추가 달린 바지를 입어보는 건 처음이었다. 매들린은 놀란 채로 거울을 바라보면서 동시에 가슴속 깊은 곳에서부터 차오르는 만족감을 느꼈다. 자신과 헤더가 정말로 사이좋은 친구가 된다면, 혹시 한 번쯤은 청바지를 빌려 입고 학교에 갈 수도 있지 않을까.

이런 환상에 푹 빠졌던 매들린의 뒤에서 갑자기 못마땅한 소리가 들려왔다. 뒤를 돌아보자 헤더가 옆구리에 손을 짚은 채로 서서 이쪽을 노려보고 있었다.

매들린은 초조하게 바지를 벗고서 사과했다. 돌이켜보면 이 순간은 자신과 헤더의 관계에 치명타였다. 그때 정신을 똑바로 차리고 헤더에게 상냥하게 미소를 지으며 "나도 집에 청바지가 있긴한데, 이 크기가 더 잘 맞는지 한번 알아보려고 입어봤어"라고 말했더라면, 헤더도 어쩌면 어깨를 으쓱이며 넘어갔을 텐데.

하지만 매들린이 불안하게 청바지를 만지작대는 바람에 그들 사이에 놓인 커다란 틈은 더욱 명확하게 드러났을 뿐이었다. 다음 날 학교 복도에서 매들린을 마주친 헤더는 돌아서서 다른 방향으로 가버렸다.

매들린은 눈을 감았다. 고향을 생각하면 가슴 아픈 기억이 참 많았지만 지금은 밀크리크에서 멀리 떨어져 있다. 지금 자신이 있는 곳은 유세르고, 교회 사람들은 자신이 어디 출신인지 전혀 상관하지 않았다.

데지레는 매들린의 머리를 땋아주며 더 가까이 다가왔다. 지금은 매들린이 새로 시작할 기회였다. 이제 난 아무에게도 흥미를 주지 못하던 과거의 매들린 그레이여서는 안 돼. 지금 난 자유 교회 소속이고, 데지레는 내 친구야. 지금 뭘 해야 할지 매들린은 알게 되었다. 같이 방을 쓰는 데지레에게 함께 성가대를 지휘하지 않겠냐고 물어봐야지. 이건 참 멋진 아이디어야. 이렇게 우리의 우정은 더욱 단단해지기만 할 거야.

데지레가 다 땋은 머리를 어깨에 올려놓자 매들린은 미소를 지었다. 우리 둘 말이야. 데지레가 말한 대로 우리는 택함받은 사람들인 거야. 그러자 무언가 특별한 존재가 된 기분이 온몸을 감싸며 환희가 일었다.

16

6월 11일 화요일

주방에서 소리가 들리면서 달걀과 베이컨 향기가 호텔 곳곳에 풍겼다. 창가에 선 에리카는 자그마한 도로를 바라보며 따스한 햇살을 쬐었다.

바깥 풍경은 언제나 똑같아 보였다. 에리카는 늘어선 집들을 바라보며 30년 전이나 지금이나 저들의 겉모습이 하나도 변하지 않았음을 깨달았다. 어릴 적 그녀는 예쁘장한 덧창과 널찍한 정원 문, 자그맣고 목가적인 베란다를 갖춘 알록달록한 집들을 참 좋아했다. 에리카의 상상 속 유셰르는 동화에 나올 법한 아름다운 도시였고 집집마다 사는 사람들은 알고 보면 평범한 인간인 척하는 마법 동물이었다.

에리카는 남몰래 웃었다. 그녀가 어렸을 적엔 이 마을에도 활기가 넘쳤다. 여름이 되면 사람들로 붐볐고, 호텔은 예약이 꽉 찼으며, 관광객들은 어머니의 카페에서 커피를 마시려고 줄을 섰다. '모나의 책이 있는 B&B' 말고도 우체국이며 장식품 가게, 기념품점, 스낵 가게 등이 있었다. 여름 몇 달 동안에는 줄무늬 셔츠를 입은 10대 아이가 이 마을에서 아이스크림 트럭을 몰고 와 장사를 했는데, 지루한 기색인 그 애는 언제나 거스름돈을 잘못 주곤 했었다.

그녀는 두 손으로 커피 잔을 감쌌다. 어머니에게 호텔을 매각하자고 설득하자는 마음에 이곳에 오긴 했지만, 아직은 말도 꺼내지 못했다. 오히려 모나가 '책이 있는 B&B'를 위해서 새로운 아이디어를 내며 드러내는 열정에 휩쓸리지 않도록 항상 정신을 똑바로 차려야 했다. 모나가 어떻게 카페를 새로 칠하고 객실을 개조하고 무성하게 자라난 정원의 수목을 말끔히 가꿀지 알려줄 때면 에리카도 손이 근질근질했다. 하지만 자신이 어머니의 의견을 격려할수록 호텔을 매각하자고 설득하기가 더 어려워질 뿐이라는 걸 잘 알았다.

에리카는 휴대폰 액정을 슬쩍 바라보았다. 첫째 딸 엠마는 여름 단기 직업이 재미있는 듯했다. 딸애는 오후마다 문자를 보내서 딸기 수확이 어떻게 되고 있는지 간단하게 알려주었다. '오늘은 따뜻했어. 나 기록 세웠어! 양동이 20개나 채웠어!'

마르틴은 여전히 할름스타드에 머물며 온종일 일했다. 에리카는 여기에 온 이후로 남편과 말을 하지 않았다. 그는 주말에 몇 번 전화했지만, 그때 에리카는 리나와 함께 해변에 있어서 전화를 받지 못했다. 게다가 에리카는 여전히 마음이 상한 채여서, 마르틴과 통화하다가 나중에 후회할 말을 할까 봐 무서웠기 때문에 전화를 되걸지 않았다.

에리카는 카푸치노에 오트 우유를 탔다. 예전에는 마르틴이 당연히 언제나 함께 있어야 한다고 여겼지만, 지금은 그런 확신이 없었다.

그녀 뒤로 카페에서는 모나와 마리안네, 도리스가 앉아 여름 축제를 계획하고 있었다. 앞쪽 테이블에 책 더미를 쌓아놓은 도리스는 열심히 손짓하면서 생각해둔 전체 계획을 설명하는 중이었다.

"마리안네가 책 한 구절을 읽어준 다음 질문을 던지면 청중들이 대답하는 거야."

"그런 다음에 파이를 먹는 거야? 아니면 그건 따로 사는 건가?"

모나가 어리둥절한 채로 물었다.

"아니야. 감자 껍질 파이는 퀴즈의 한 부분일 뿐이야. 참가하는 사람들이 한 조각씩 받는 거지."

"하지만 사람들이 파이를 공짜로 받으면 다른 음식을 안 살 수도 있잖아?"

도리스는 고개를 숙이더니 다시 눈을 크게 떴다.

"그러면 퀴즈에 다른 책에 나오는 음식도 더 많이 넣자. 그러면 아예 제목을 '문학 요리 퀴즈'라고 정하고 입장료를 받을 수도 있잖아."

"난 잘 모르겠는데……."

모나가 회의적인 태도로 말했지만, 도리스는 대구하며 벌떡 일어섰다.

"내 생각엔 잘될 것 같아. 잊지 마. 우리 퀴즈의 사회자는 영화배우라는 걸."

그녀는 이렇게 덧붙이고는 마리안네를 바라보았다. 마리안네는 연기 조로 그 말을 되풀이했다.

"그래. 잊지 마."

모나는 고개를 끄덕였다.

"좋아. 하지만 이걸 다 할 수 있을 거라고 정말 확신해? 축제는 2주밖에 안 남았어."

도리스는 펜을 휘휘 돌리며 말했다.

"당연히 할 수 있지. 내가 준비할게. 너희들은 손 하나 까딱 안 해도 돼."

"그래도 리허설은 해봐야지. 그리고 조명이랑 음향 설정도 해야 해."

마리안네가 떨떠름한 목소리로 말했다.

"그래, 그건 해봐야지."

도리스는 비뚜름하게 웃으며 순진무구한 듯한 눈을 재빨리 깜빡였다.

에리카는 미소를 지었다. 그렇지 않아도 바쁜 어머니가 대체 어떻게 이 프로젝트를 할 시간을 내려고 하는 건지 찬성할 수는 없었지만, 그래도 시의회 의장에게 여름 축제를 취소하지 말라고 설득했다는 게 기분이 좋았다.

현관문의 작은 종이 울려서 돌아보자, 환한 색 머리카락을 뒤로 빗어 넘긴 커다란 남자가 들어와 독서 모임 여자들에게 인사하는 모습이 보였다.

에리카는 앞에 놓인 의자에 털썩 앉을 수밖에 없었다. 문득 아주 묘한 기분이 온몸을 확 스쳤다.

모나는 남자에게 반갑게 인사했다.

"요나스, 네가 여기 돌아와주니 얼마나 좋은지 모르겠구나. 동네에서 널 몇 번 본 적이 있어서 네가 언제나 들러주려나 싶었지 뭐니."

요나스는 미안한 듯 대답했다.

"무척 바빴거든요. 하지만 막상 여기 오니 다들 모두 바쁘신 것 같은데요."

"그래. 우리는 지금 여름 축제 준비 작업에 막 들어갔거든. 에리카도 나 보러 왔는데, 혹시 봤니?"

모나의 말에 요나스는 주위를 둘러보다 에리카를 보았다. 에리카는 숨을 헉 들이쉬고 말했다.

"안녕."

요나스가 반갑게 인사했다.

"안녕."

에리카는 의자 등받이를 꽉 쥔 손에 힘을 풀지 않고 마주 인사했다.

"이렇게 다시 보게 되는구나. 오랜만이야."

에리카는 그를 지그시 응시했다. 요나스는 그새 좀 말라서 얼굴선이 더욱 도드라져 보였고, 햇살에 탄 피부는 거무스름했지만 그것 말고는 예전과 똑같아 보였다.

그녀는 요나스와 인사하려고 손을 내밀었지만, 그는 에리카를 끌어당겨 꼭 안았다. 에리카는 무릎에 힘이 그만 풀려버리는 느낌이었으나 그 품에서 벗어나지는 않았다. 잠시 후 요나스는 그녀를 놓아준 다음 몇 걸음 물러서서 바라보며 말했다.

"좋아 보이네."

"응, 고마워."

에리카는 입고 있는 비치웨어를 매끄럽게 폈다. 요나스의 시선은 기억 속 그대로 강렬하고도 우울했다.

리나는 커피 테이블 아래에 숨어 있다가 나와서 요나스를 빤히 바라보았다.

"아저씨 정말 크네요."

아이가 단호하게 말하자, 요나스는 고개를 끄덕이며 리나에게 허리를 굽혔다.

"응, 다들 그렇게 말한다. 그런데 넌 누구니?"

"리나예요. 이름에 X나 Y는 안 들어가요."

에리카는 리나의 어깨에 손을 얹었다. 요나스는 아이의 말을 따라 했다.

"이름에 X나 Y는 안 들어가는 리나구나. 멋진데? 나는 요나스라고 해. 이름에 Z가 안 들어간단다."

리나는 웃으면서 다시 테이블 아래로 쏙 들어갔다. 요나스는 아이 쪽으로 고갯짓을 하며 물었다.

"네 딸이야?"

"응. 막내야. 다섯 살이야."

"여기 온 지는 얼마나 됐니?"

옆에서 모나가 묻자, 요나스는 햇살에 하얗게 빛나는 머리카락을 손으로 쓸어 올리며 대답했다.

"한 3주 됐어요. 엄마가 몸이 안 좋으셔서 온 거예요."

"그래, 나도 들었다. 하지만 지금은 다시 자리에서 일어나셨지?"

"네. 그렇게 빨리 쓰러지실 리가 없죠."

"넌 더 있을 거니?"

"이달 말까지는 일단 있으려고요. 여기 있으면서도 일은 몇 가지 할 수 있거든요."

모나는 고개를 끄덕였다. 에리카는 제발 어머니가 요나스에게 질문 공세를 그만해주기를 바랐다.

"그런 다음에 또 인도로 돌아가니?"

"그렇죠. 콜카타로요."

그는 에리카를 돌아보며 대꾸했다.

"나 거기서 보육원을 두 개 운영하거든."

"아, 그렇구나. 정말 흥미진진하겠네."

에리카는 사실 요나스의 삶에 대해 아주 잘 알고 있으면서도 무척 놀랐다. 모나는 에리카의 첫 번째 남자 친구 소식을 들을 때마다 계속 알려주었기 때문이다.

요나스는 에리카의 말에 어깨를 으쓱였다.

"뭐, 그런 것 같기도."

"네가 하는 일은 정말 환상적이라고 생각한단다. 그렇게 다른 사람을 돕는다는 게 너의 평생의 과업이라니. 참 훌륭한 일이야."

모나가 말했다.

"고맙습니다. 하지만 칭찬받을 일은 아니긴 해요. 전 인간이라면 마땅히 해야 할 의무를 하는 것뿐이거든요. 우리는 다들 인생에서 주어진 일이 있잖아요. 아주머니도 동네 어르신들 식사를 챙겨주고 있으시단 이야기 들었어요."

"아, 그건 네가 고아들을 위해 헌신하는 일과는 비교도 할 수 없잖니."

모나는 이렇게 대답하며 손을 내저었다.

"우리에겐 모두 각자 할 일이 주어진 거죠."

요나스는 이렇게 대답하고서는 에리카를 바라보았다.

"에리카, 넌 어때? 어떻게 지냈어?"

에리카는 눈길을 내리깔았다. 여기에 뭐라고 대답해야 하지? 응, 잘 지냈지. 고마워. 난 부족함 없이 살고 있어. 나한테 필요하지도 않은 물건을 끊임없이 사들이면서 말이야. 하지만 내가 이토록 특권을 누리며 살고 있는데도 아직도 행복하지 못하네. 난 남편이랑 별것도 아닌 일로 다투고 창문 청소는 전혀 하고 있질 않아. 이렇게 대답해야 할까.

"잘 지내고 있어."

그녀가 대답하자 갑자기 요나스가 얼굴빛을 밝히더니 대뜸 외쳤다.

"아, 너 그림 잘 그리지?"

"난 모르겠는데."

에리카는 고개를 저었다.

"아니야, 잘 그리잖아. 나 아직도 기억한다고. 혹시 나 좀 도와줄 시간 돼? 우리 교회 아이들이 보육원 지원 기금 마련 자선 행사를 준비하고 있는데, 무대 배경을 만드는 데 문제가 좀 있어서."

에리카는 얼굴이 새빨개졌다. 이제껏 행정직으로 일하다 보니 자신의 미술 능력을 발휘할 기회 같은 건 거의 없었으니까. 아주 가끔 리나가 친구 생일 파티에 초대를 받으면 축하 카드를 만들어 야 할 때나 손에 붓을 쥐었을 뿐이었다.

"내가 제대로 할 수 있을지 모르겠는데."

"네가 도와준다면 정말 큰 힘이 될 거야."

요나스는 이렇게 말하며 발끝으로 헐거운 마루 판자 모서리를 팠다. 그녀는 결국 대답했다.

"알았어. 내가 한번 들러서 무대 배경을 봐줄게."

"고마워. 네가 해준다면 정말 멋질 거야. 아직 재료를 다 모으지 는 못했지만, 다 준비하면 알려줄게."

"알았어."

둘은 휴대폰을 꺼냈고, 에리카는 그에게 번호를 알려주었다. 요 나스가 전화를 걸자 그녀의 휴대폰에 그의 번호가 떴다. 번호를 받아 든 에리카는 배 속이 울렁였다. 그의 이름을 치자 곧바로 해 서는 안 되는 일을 하는 느낌이 들었다. 에리카는 잠시 망설이고 서 그의 연락처에 '업무'라는 말을 추가로 넣었다.

요나스는 이쪽의 숨이 멎을 것 같은 눈빛으로 그녀를 바라보았 다. 에리카는 수줍게 눈길을 돌렸다. 왜 이런 반응이 나오는 건지 전혀 이해가 되지 않았다. 그가 자신의 팔을 쓰다듬자 온몸에 전 기가 오르는 것만 같았다.

"다시 봐서 참 좋네."

"응, 나도 그래."

에리카는 그를 바라보지도 않고 대꾸했다.

요나스는 허리를 굽히고는 테이블보를 들어 올렸다.

"그럼 잘 있어, 이름에 X나 Y 안 들어가는 리나."

그는 다시 일어서고서 이제는 탁자에 둘러앉은 아주머니들에게 경례를 붙이며 작별을 고했다.

"그럼 안녕히 계세요. 여름 축제 준비 잘 하시고요."

그는 에리카에게 윙크하고는 호텔을 떠났다.

에리카는 휘청인 나머지 자리에 앉아야 했다. 과열된 엔진이 된 기분으로 책을 한 권 들고서 부채질을 했다. 무심코 든 책은 그레이엄 그린의 『사랑의 종말』이었다.

딱 맞는 제목이네, 라고 생각하며 그녀는 원피스 옷자락을 잡아당겼다. 갑자기 온몸에 옷이 딱 달라붙어 보여서였다.

요나스가 유럽 여행을 하려고 유셰르를 떠난 날로부터 에리카는 그를 보지 못했다. 그때 에리카는 둘 사이가 끝날 것이라고는 생각하지 않았으니까. 언제나 그랬듯 여자 친구로서 아주 헌신적인 태도로 그녀는 요나스를 버스 타는 곳까지 배웅했고, 천천히 마을을 떠나는 버스의 더러운 차장 너머로 허공에 키스를 했다. 그리고 일주일 후 베를린 소인이 찍힌 편지를 받았다.

에리카는 살면서 그토록 많이 울어본 적은 처음이었다. 모나는 딸이 실수로 손가락을 베었다고 생각해서 주방으로 달려갔다. 거기서 에리카는 손에 구겨진 편지를 쥐고 서 있었다.

편지 한 장으로 큰 사랑을 잃어버린다는 건 이상한 기분이었다. 에리카는 답장을 썼다. 계속해서 써가는 편지에는 분노와 절망의

글이 담겼다. 자신이 얼마나 배신감을 느끼고 있는지, 또 요나스를 얼마나 사랑했는지 번갈아 글로 마음을 설명했다. 다행히도 그녀는 써놓은 편지를 어디에도 보낼 수가 없었고, 몇 달 후에는 지긋지긋했던 사랑의 고통을 극복했다. 크리스마스 무렵 새로운 남자 친구를 사귀었기 때문이다.

리나는 테이블에서 기어 나와 그녀의 원피스 자락을 잡았다.

"엄마, 놀이터 갈래."

에리카는 심호흡을 했다. 요나스가 아직도 자신에게 이런 식으로 영향을 끼칠 수 있을 줄이야. 상상해본 적 없었는데. 너무 오랜 세월이 흐르고 나서 다시 보게 되어 충격을 받은 게 분명해.

그녀는 리나의 머리를 쓰다듬었다. 딸애는 에리카의 무릎으로 올라와서는 커다란 눈망울로 그녀를 바라보았다.

"엄마, 나 그네 타고 싶어."

"그래. 하지만 엄마는 우리가 오늘 수영 연습하러 가는 줄 알았는데? 해님이 환하게 빛나고 있잖아. 물도 분명히 따뜻할 거야."

에리카의 말에 리나는 얼굴을 찌푸렸다.

"나 수영하기 싫어."

에리카는 한층 부드러운 목소리로 대답했다.

"우리 딸, 넌 수영 아주 잘할 수 있잖아. 그리고 이제는 훈련용 헬퍼 없어도 수영 잘하게 될 거야. 조금만 더 연습하면 혼자 할 수 있을 텐데."

"나 못 해!"

리나가 소리쳤다.

"아니야. 너도 기억하지? 너 자전거 연습 얼마나 많이 했는지? 그때도 갑자기 탈 수 있게 됐잖아. 수영도 자전거랑 똑같아."

"하지만 난 먼저 놀이터 갈래."

에리카는 창밖을 바라보았다. 그리고 지금 외출하면 요나스를 우연히 마주칠 확률이 얼마나 될까 궁금해하다가 이내 부끄러워졌다. 이 감정들은 현재의 것이 아니야, 라고 그녀는 속으로 되뇌었다. 이 감정은 과거의 잔재일 뿐이야. 그러니 더는 나의 것이 아니야.

17

1987년 6월 8일 월요일

매들린과 데지레는 교회 건물 창고 앞에 서서 쌀과 다진 토마토, 강낭콩을 찾는 중이었다. 저녁마다 숙련자들은 교인 몇 사람과 함께 식사를 했기에 돌아가면서 요리를 했다. 린드베리 목사 부인이 참고할 만한 조리법을 몇 가지 만들어두었고, 오늘 저녁 식사는 매들린과 데지레가 준비할 차례였다.

두 사람이 주방으로 돌아오자 아이노는 그들 뒤 현관을 지나갔다. 아이노는 헤드폰을 끼고 있어서 두 사람을 알아차리지 못했다.

매들린은 양파를 까서 잘게 썰었고, 데지레는 쌀을 계량컵에 넣었다. 데지레가 매들린에게 해준 설명에 따르면 아이노는 린드베리 목사가 가장 좋아하는 숙련자라서 다른 이들만큼 일을 많이 할 필요가 없다고 했다. 매들린은 그게 사실인지 아닌지 알 수 없었지만, 가만히 생각해보면 아이노가 주방에서 누군가를 도와준 것도 한참 전의 일이었다.

그녀는 냉장고에서 다진 쇠고기를 꺼낸 다음 가장 커다란 프라이팬을 찾아서 불 위에 놓고 카놀라유를 부었다. 오늘 저녁 식사 자리에는 여덟 명이 참석할 예정이었다. 요리는 아주 재미있긴 했어도 할 일이 정말 많은 것도 사실이었다.

"쟤 또 도망갔네."

데지레는 통조림을 열려고 하며 한숨을 쉬었다. 그녀의 고갯짓이 가리키는 방향은 현관 저쪽에 있는 아이노의 방이 분명했다.

매들린이 잘게 썬 양파를 도마에서 프라이팬으로 옮기자 기름에 튀겨지는 소리가 지글지글 났다. 그녀는 사실 남 험담을 별로 좋아하지 않았지만, 데지레가 왜 이토록 아이노에게 화를 내는지 서서히 이해하고 있었다.

"혹시 몸이 안 좋은 건 아닐까?"

매들린이 가만히 생각한 걸 말했다. 데지레는 주방에 정말로 둘뿐인지 확인하려는 듯 주위를 둘러보고는 말을 이었다.

"내가 보기엔 쟨 관심이 필요해서 그래. 린드베리 목사님이 자기랑 더 많이 있어주기를 바라는 거지. 목사님이 쟤한테 워크맨 선물해준 거 알아?"

매들린은 극적으로 입을 딱 벌렸다. 그게 얼마나 부당한 것인지 보여주고 싶어서였다.

"그거 진짜야?"

"그래. 걔가 나한테 직접 말해줬으니까. 보아하니 아이노는 워크맨이 아주 급하게 필요했던 모양이더라. 내가 진짜 급하게 필요한 게 뭔지는 아무도 관심이 없는 것 같은데."

데지레는 이렇게 말하며 한숨을 쉬었다. 그녀가 고개를 홱 젖히자 매들린은 미소 짓고 말았다.

"넌 뭐가 그리 급하게 필요한데?"

"리바이스 501 청바지랑, 댄스용 구두랑, 커다란 금귀걸이랑, 호피무늬 수영복이랑, 새 헤어스프레이랑, 하얀색 하이힐이 필요해. 계속 말할까?"

그녀는 큰 소리로 웃었다.

"또 말해봐!"

"내 생각으로는 교회에 버튼식 전화기도 사놔야 해. 저기 있는 빨간 전화기는 백 년이나 된 것 같다고. 그리고 터키석 색깔의 반짝이 아이새도랑 경주용 핸들이 달린 나만의 자전거도 있으면 좋겠지."

"교회 돈을 쓰기에 아주 합리적인 방법 같네."

매들린은 이렇게 말하며 다진 고기를 프라이팬에 넣었다. 데지레가 아주 기분이 좋은 걸 보니 매들린도 좋았다. 데지레는 그녀에게 고춧가루 통을 건네주고서 고개를 갸웃거렸다.

"있지, 방금 생각났는데 나 오늘 밤 성경 공부 시간에 읽어 가야 할 내용을 다 못 읽었어. 잠깐 나갔다 와도 될까?"

매들린은 주위를 둘러보았다. 음식은 아직 반도 요리하지 못했고, 식탁을 차려놓지도 못했고, 샐러드는 아직 시작도 안 했고, 주방은 폭탄을 맞은 것처럼 엉망이었다. 하지만 그녀는 안 된다고 하고 싶지 않았다.

매들린은 체념 조로 한숨을 쉬었다.

"알았어."

데지레는 몸을 숙이고는 그녀의 볼에 재빨리 입을 맞추었다. 이

친밀한 입맞춤에 매들린은 얼굴이 빨개졌다.

"자기야, 고마워. 너도 알겠지만 아이노가 준비를 아주 잘해 올 때마다 나는 너무너무 화가 나. 난 바보처럼 멍하니 앉아 있는데, 아이노는 무슨 질문을 하든 완벽하게 대답하는 게 정말 싫어. 저녁 먹기 전에 돌아와서 설거지할게. 약속해."

"아니야, 걱정하지 마. 우린 서로 돕고 살아야지."

매들린은 고개를 저으며 말했다.

"네가 최고야."

데지레가 자리를 뜨자, 매들린은 여전히 프라이팬에서 지글지글 튀겨지고 있는 다진 쇠고기를 바라보았다. 프라이팬을 돌리자 고기가 벌써 살짝 탄 게 보였다. 그녀는 불을 끄고서 시계를 보았다. 저녁 식사까지 30분도 채 안 남았는데 아직도 할 일이 산더미였다.

그녀는 정신없이 토마토 캔을 다진 고개에 부은 다음 덩어리를 섞었다. 그리고 샐러드를 만들 깨끗한 도마와 당근을 썰 강판을 가져왔다. 당근은 껍질을 먼저 벗긴 다음 갈아서 칠리 콘 카르네에 섞어야 했다.

음식물로 끈적해진 손가락으로 매들린은 조리법을 읽어보려 했다. 육수를 내는 양념 덩어리를 으깨서 스튜에 넣고 저으라니. 매들린은 프라이팬을 바라보았다. 그러면 다진 고기를 냄비에 옮겨 담아야 한다는 건가?

식은땀이 흘렀다. 매들린은 요리 경험이 없어도 너무 없었다. 집에서 요리를 준비하고 상에 내놓았던 건 언제나 퍼트리샤였다.

찬장에서 왼손으로 커다란 냄비를 꺼낸 그녀는 이미 꽉 찬 조리대 위에 냄비를 올려놓으며 눈으로는 정신없이 조리법을 읽었다.

'칠리 콘 카르네를 20분간 끓인다.' 매들린은 시계를 다시 보았다. 20분 동안 끓인다니, 정말이지 그럴 시간 없다고! 게다가 샐러드도 썰고 강낭콩도 씻어서 넣고 이 칠리 요리를 간도 봐야 했다.

그녀는 조리법을 다시 읽었다. 그래, 맛을 보고 양념을 하라고 적혀 있네. 이 칠리 콘 카르네라는 게 무슨 맛있지도 전혀 모르는데, 나더러 대체 어떻게 간을 보라는 거야?

불에 올려놓은 쌀이 냄비에서 솟아오르는 걸 본 순간, 요나스가 주방으로 들어왔다. 솥의 뚜껑이 화가 난 듯 덜컹거리면서 쉿 소리를 내더니 물이 레인지 위로 훅 넘쳐흘렀다.

매들린은 금방이라도 울 것만 같았다. 마음 같아서는 죄다 싱크대에 던져버리고 뒤돌아서 나가버리고 싶었다. 뜨거운 레인지 위에서 냄비를 들어 올리려고 하자마자 더 넘쳐흐르는 밥물에 매들린은 신음을 흘렸다.

"도와줄까?"

요나스는 셔츠 소매를 걷어붙였다.

"응, 아니, 모르겠어."

매들린은 중얼거리며 이마를 짚었다.

요나스는 불을 끄고 천을 가져다가 레인지 주변으로 넘친 물을 닦고서 아직 다 익지 않은 쌀을 조심스럽게 뒤에 두었다.

당혹스러운 기색으로 매들린은 그를 바라보았다.

"너는 요리를 할 수 있나 보네."

그녀가 상당히 놀랍다는 목소리로 말하자 요나스는 어깨를 으쓱일 뿐이었다.

"다진 고기를 이 냄비에 넣을 거야?"

"응."

매들린은 체념한 채 말했다.

잠시 후 상황은 다시 척척 돌아가기 시작했다. 칠리 콘 카르네는 커다란 냄비에 넣고, 요나스는 당근을 갈고 매들린은 양상추를 썰었다. 샐러드가 준비되자 매들린은 식탁을 차리면서 요나스가 주방 조리대를 닦는 모습을 바라보았다. 싱크대 주변을 행주로 닦는 그의 모습은 일을 어떻게 하는지 잘 알고 있는 듯했다.

"요리는 언제 배웠어?"

요나스는 그녀에게 미소를 지었다.

"몰라. 난 항상 요리가 멋있다고 생각했어서."

창턱에 있는 은빛 카세트 레코더에서 조용한 음악이 흘러나왔다. 처음으로 〈스타맨〉의 아코디언 소리가 들려오자, 요나스는 창문으로 다가가 음량을 높였다.

"데이비드 보위 좋아해?"

매들린이 묻자, 그는 즐겁게 대답했다.

"〈지기 스타더스트〉는 내가 제일 좋아하는 음반이야."

매들린은 요나스 옆에 서서 조리대에 등을 대었다. 만날 때마다 요나스의 말은 자신을 깜짝 놀라게 했다.

"나는 성가대랑 〈히어로즈〉를 노래해볼까 생각한 적이 있어. 혹시 바보 같은 생각일까?"

"아니야. 정말 멋질 것 같아."

매들린은 요나스가 끝까지 청소하는 모습을 계속 지켜보았다. 그와 이야기하는 게 참 좋았다. 그러다 다시 시계를 보자 몇 분만 있으면 저녁 식사를 해야 한다는 걸 깨달았다.

"도와줘서 고마워. 네가 아니었으면 난 이걸 다 할 수 없었을 거야."

그녀의 말에 요나스는 수건으로 손을 닦고서 앞에 섰다. 그가 손을 내밀어 매들린의 이마를 쓰다듬자 그녀는 움찔 놀랐다.

"토마토소스가 묻어서."

그가 중얼거리는 말에 매들린은 당황한 채 미소를 지었다.

"난 요리가 싫어."

무심코 내뱉은 자신의 말을 들은 매들린은 어떻게든 말을 수습하려고 했다.

"싫다는 말은 너무 심한 표현이긴 하지만, 난 내가 잘할 수 없는 일을 하는 걸 좋아하지 않아."

요나스는 그녀의 귓가에 대고 속삭이려는 듯 몸을 앞으로 숙였다. 어찌나 가까이 다가왔는지 뺨 위로 그의 따스한 숨결이 느껴졌다.

"난 성경 공부가 싫어."

그는 이렇게 속삭이고는 자신이 한 말이 비밀이라며 입술에 검지를 대었다. 매들린은 웃었다.

"세상에 완벽한 사람은 아무도 없는 것 같네."

"하느님이 우리를 만드신 대로겠지."

그는 이렇게 대답하며 윙크했다.

그 순간, 사람들이 저녁을 먹으러 오기 시작했다. 매들린은 다시금 요나스에게 고마움을 표하고는 음식을 차리기 시작했다. 마음속에서 퍼져 나오는 따스한 기쁨을 느끼며 그녀는 린드베리 목사의 말을 떠올릴 수밖에 없었다. 자유 교회는 한 가족이구나. 고향 같은 곳을 찾았다는 매들린의 마음은 날이 갈수록 강해져갔다.

아래층으로 내려온 퍼트리샤는 둥근 탁자에 앉은 도리스를 보았다. 그녀는 앞에 책을 몇 권 펴두고서 공책에 열심히 메모 중이었다.

"잘돼가?"

퍼트리샤는 책 쪽으로 고갯짓을 하며 물었다. 도리스는 열정적인 눈빛을 보여주었다.

"잘되고 있어. 하지만 괜찮은 부분을 찾아내는 데 시간이 많이 들어."

그녀는 퍼트리샤에게 공책을 보여주었다. 퍼트리샤는 책 목록을 슬쩍 보았다. 제목에 대부분 음식명이 들어가 있었다.

"상당히 책을 많이 모았구나. 여기서 어떻게 한 권만 고를 건데?"

그녀가 묻자, 도리스는 자랑스레 미소를 지었다.

"지금까지 나는 『백 걸음의 여행』과 어울리는 카레 요리를 준비하면 어떨까 생각했어. 그런 다음 감자 껍질 파이랑 구운 그린 토마토랑 『초콜릿』에 걸맞게 초콜릿 바도 놓는 거지."

퍼트리샤는 고개를 끄덕였다.

"그거 정말 괜찮겠다. 혹시 『시나몬과 화약』이라는 책도 읽어봤어?"

"아니? 그건 무슨 내용이야?"

"어떤 여자 해적이 유명한 요리사를 잡아다가 매주 일요일 아주 맛있는 요리를 해주는 한 살려주겠다고 하는 이야기야. 문제는 그 해적선에 요리 재료가 거의 없다는 거지."

그녀는 웃으면서 말을 이었다.

"책은 아주 재미있고 로맨틱해. 세에라자드 왕비 이야기처럼."

"알려줘서 고마워. 그런데 그 책이 스웨덴어로 나와 있을까?"

도리스가 물었다.

"안타깝게도 난 몰라."

"그럼 내가 사서한테 물어볼게. 여기에다 버지니아 울프의 『등대로』에 나오는 뵈프 앙 도브*랑 노라 에프런의 『속쓰림』에 나오는 수플레도 생각하고 있어서."

"아, 나는 주인공이 레몬 케이크 대신 블루베리 케이크를 남편에게 던지기로 했던 점이 아주 대단하다고 생각했어. 레몬보다 블루베리가 얼룩이 진하게 남으니까 말이야."

퍼트리샤가 웃었다.

"네 일은 좀 어땠어? 내가 말했던 여자들이랑 이야기해봤어?"

---

* 프랑스식 소고기 스튜.

도리스의 물음에 퍼트리샤는 눈길을 내리깔았다. 도리스가 도와준 건 무척 고마웠으나, 소개해준 이들 중에선 동생에 대해 뭐라도 이야기해준 이가 하나도 없었다.

"네 명과 다 이야기해봤어."

"와, 정말 빨리 처리했구나. 그래서 누가 계속 도와주기로 했어?"

"아니. 안타깝게도 없더라."

도리스는 기다랗게 땋은 머리를 손가락에 빙글빙글 감았다.

"매들린과 같이 성가대에서 노래했던 여자가 하나 더 있어. 그레타라는 여자인데, 오래전에 스톡홀름으로 이사 갔어. 내가 전화번호를 알아다 줄 테니까 전화해보면 어떨까. 어쩌면 그레타가 뭔가 기억할지도 모르니까."

퍼트리샤는 마른침을 삼켰다. 매일 그녀는 점점 더 긴장하기만 했다. 그토록 오랫동안 자신을 붙들고 있던 희망이 다시 피어오르기 시작했다. 유셰르를 마지막으로 방문했을 때처럼, 퍼트리샤에게 동생의 존재가 느껴지기 시작했다. 언제든 매들린이 길 건너편에서 지나가는 모습을 보거나 말하는 목소리를 들을 수 있을 것 같은 기분이었다. 그럴 리가 없다는 걸 알면서도, 매들린이 아직도 여기 어디선가 살아 있기를 바랄 수밖에 없기 때문이었다. 이제는 이 감정을 막을 수가 없었다.

"고마워. 정말 친절하구나."

그녀는 고개를 비스듬히 숙인 도리스를 바라보며 말했다.

"나는 네가 여기 와야 하는 기분이 어땠을지 감히 상상도 못 하겠어."

"말도 안 되는 기분이지. 다른 건 전부 숨을 콱 막아버릴 정도로."

매들린이 사라진 후 자신의 삶은 얼마나 많이 바뀌어버렸나. 실종 첫해는 내내 전화기 앞에서 선잠을 잤다. 전화를 못 받는 상황을 용납할 수가 없었으니까. 자신과 여동생 둘 다 어릴 때부터 집 전화번호를 외우는 훈련을 받았고, 퍼트리샤는 매들린이 언제든지 전화할 수 있다고 되뇌었다. 그 앤 누군가와 함께 휙 여행을 떠난 것뿐이라고. 그래서 지금 전화를 걸 수 없는 곳에 도착한 거라고 상상했다. 다시 문명이 있는 곳으로 돌아오기만 하면 곧바로 연락해서 감쪽같이 사라져버린 일을 어떻게든 사과하겠지. 그러면 퍼트리샤는 매들린의 부주의함을 나무랄 테지만, 그래도 둘 다 웃어넘길 수 있겠지. 하지만 전화는 오지 않았고, 갑자기 휴대폰이 상용화되자 퍼트리샤도 자신의 폰을 하나 구입했지만, 만약을 대비해서 오래된 유선 전화를 해지하지 않았다. 심지어 지금도 전화벨이 울릴 때마다 심장이 목에 콱 치받쳐 두근대는 기분이었다.

"도와줄 사람이 나타나면 정말로 좋겠는데."

도리스는 동정하는 기색으로 말했다.

"우표를 어디서 사면 되는지 알려줄 수 있니?"

퍼트리샤가 물었다. 손주인 조이와 댁스에게 각자 엽서를 보내두겠다고 약속했기 때문이다.

"그건 구멍가게에서 살 수 있어."

"고마워. 난 동네를 한 바퀴 돌고 올게. 이따 봐."

고개를 끄덕이고는 현관을 향해 돌아선 순간, 갑자기 쾅 소리가 들리더니 비명이 이어졌다. 도리스는 놀라서 주방으로 달려갔고,

퍼트리샤도 그 뒤를 따랐다.

주방 문가에서 두 사람은 우뚝 멈춰 섰다. 퍼트리샤는 호텔의 주방에 처음 와보는 것이었지만, 보는 순간 모나가 어째서 베이킹과 요리를 그토록 즐겁게 하는지 알 수 있었다. 널찍한 주방에는 벽을 따라 설치한 찬장에 수많은 원목 주방용품과 파스텔 색상의 조리 장비들이 잘 갖추어져 있었다. 한가운데 있는 널찍한 아일랜드 조리대에는 싱크대 두 칸과 커다란 가스레인지가 있었고, 라벤더색 찬장에는 작은 라벨이 붙은 상자와 유리그릇들이 가지런히 정리되어 있었다.

퍼트리샤는 깜짝 놀라 사방을 둘러보았다. 마치 프랑스식 전원주택에 들어온 느낌이었다.

대리석 조리대 위로 빛을 받은 물방울 모양 유리 장식이 은은히 반짝이며 그림자를 드리웠다. 하얀 세라믹 싱크대와 예스러운 수도꼭지, 타일 붙은 벽에 걸린 구리 냄비까지 모든 게 아주 로맨틱한 분위기를 자아내었다.

그녀는 도리스가 주방 아일랜드 뒤로 허리를 굽히는 모습을 보고 그쪽으로 천천히 다가갔다. 바닥에 엎드린 모나는 옷이 다 젖은 채로 헐거워져 물이 새는 수도관을 행주로 막으려 했다.

"물이 샜어. 그래서 구멍을 막으려 한 것뿐인데."

모나는 숨을 심하게 헐떡이며 말했다. 그리고 서랍을 가리키자, 도리스는 급히 행주를 더 가지러 갔다.

"자, 여기."

도리스가 퍼트리샤를 돌아보며 말하자, 그녀는 행주를 받아 들고서 바닥에 고인 웅덩이를 닦아내기 시작했다. 도리스는 잠시 어디론가 나갔고, 잠시 후 홍수를 낼 듯 뿜어져 나오던 물줄기가 멈췄다.

퍼트리샤는 모나에게 손을 내밀어 그녀를 일으켰다. 모나가 입은 꽃무늬 블라우스는 흠뻑 젖었고, 축축한 머리카락은 얼굴 위로 온갖 갈래를 이루며 달라붙었다. 도리스는 이윽고 주방으로 돌아와서 확실하게 말했다.

"지난번에도 말썽을 부렸던 수도관이 이번에도 또 이러네. 너 배관공 진짜로 불러야 해."

모나는 젖은 행주를 싱크대에 던지고서 한숨을 쉬었다.

"나도 알아."

"내가 대신 처리해줄까?"

"아니. 내가 알아서 할게."

모나는 급히 대답했다.

도리스는 발을 들어 바닥에 있던 행주 하나를 크게 고인 물웅덩이 쪽으로 밀었다.

"이건 수리를 맡겨야 해. 밤새 물이 샌다고 생각해봐. 온 건물이 물에 잠길 거라고."

모나는 이마를 문질렀다. 무척 지친 기색으로 그녀는 도리스를 바라보았다.

"내가 알아서 할게. 부탁인데, 에리카에게 말하지 마. 걱정 끼치고 싶지 않아."

퍼트리샤는 행주 하나를 들고서 몸을 굽히고 다시 물을 닦아내려 했지만, 도리스가 막아서더니 다정한 목소리로 말했다.

"우리가 알아서 할게. 너는 걱정하지 말고 산책 가."

"정말이야? 아냐, 나도 돕고 싶어."

"절대 안 돼. 손님이 일하게 두다니, 있을 수 없는 일이야."

모나는 이렇게 말하며 힘없이 웃었다.

퍼트리샤는 주저했지만, 도리스가 자신의 손에서 행주를 가져가자 그들의 말대로 주방을 나섰다.

퍼트리샤는 구멍가게에 가서 우표와 엽서 두 장을 산 다음 조이와 댁스에게 엽서를 써서 부쳤다. 그녀의 시선은 바다를 향했다. 해변을 따라 몇 번 산책은 해보았지만, 아직 저 아래 만까지 내려가본 적은 없었다.

그녀는 천천히 큰길을 걸었다. 눈에 들어오는 곳마다 작은 집이 보였고, 즐거운 표정의 사람들이 파라솔 그늘에 앉아 커피를 마시고 있었다. 정원에는 꽃이 만개했고, 정원 문과 시렁에는 커다랗게 피어난 클레마티스와 인동덩굴이 우거져 있었다.

어떤 노부부가 팔짱을 끼고서 그녀 옆을 지나가며 인사를 건넸다. 퍼트리샤는 모나가 해준 말을 떠올렸다. 유셰르에서는 모두들 서로를 위해준다고. 상대의 반려동물을 보살펴주고, 장보기를 도와주고, 잔디를 깎아주고, 차가 있는 이들은 일주일에 한 번씩 번갈아가며 위스타드에 가서 혼자서는 도시에 쉽게 갈 수 없는 이웃을 위해 약국과 와인 가게에 들러 물건을 사준다고. 그러니 이 아기자기하고 다정한 마을에서 매들린이 자신을 좋아하지 않는 사람을 만났을 거라는 생각은 좀처럼 들지 않았다.

퍼트리샤는 오랜 세월을 지내며 동생에게 무슨 일이 일어났을지 온갖 이론을 세워보았다. 처음에는 매들린이 어디 다친 데 없이 멀쩡하게 살아 있을 가능성을 높이려는 것처럼 다양한 시나리오를 떠올리며 희망을 품었다. 하지만 시간이 지나면서 불확실한 상태가 점점 커져갔다. 지금도 가장 힘든 것이 바로 그 불확실성이었다.

아스팔트 길이 끝나자 바다까지 이어지는 구불구불한 오솔길이 나왔다. 퍼트리샤는 부드러운 모래언덕을 하릴없이 바라보았다. 바람결에 흔들리는 갯보리의 청량한 색채에 그녀는 넋을 잃었다. 금빛 모래는 짙은 녹색과 또렷하게 대조를 이루었고, 하늘과 사파이어빛 바다 사이에는 수평선이 부드럽게 그어져 있었다. 하지만 이토록 아름다운 풍경은 또한 무언가 길들여지지 않은 거친 모습 역시 지니고 있었다.

퍼트리샤는 유셰르가 세상의 끝이라고 썼던 매들린의 편지를 떠올렸다. 지금 이곳에 서서 끝없이 펼쳐진 바다를 바라보자 그 말이 왜 나왔는지 알 것만 같았다. 이 마을은 세상으로부터 고립된 덕분에 어느 정도 무방비함을 드러내었다.

높다란 사암 바위를 본 퍼트리샤는 멈춰 섰다. 가장자리가 하얗고 날카로운 초록색 돌덩이가 바다 위로 우뚝 솟아 있는 모습에 그녀는 숨을 크게 들이쉬었다.

문득 강한 바람이 육지로 휙 불어와 퍼트리샤는 잠시 휘청였다. 유셰르에서는 모든 것이 갑자기 너무나 절실하게 인식되었다. 실은 자신이 동생의 실종을 전혀 극복하지 못했다는 걸 알고 있었다. 갓 태어난 아이와 네 살짜리 아이를 두고 어둠 속으로 침잠할 수는 없었으니까. 적어도 현실에 남아서 모든 상황을 다 제쳐둔 것처럼 살아가도록 스스로를 억눌러야 했다.

인정하기 힘들었지만, 퍼트리샤는 매들린의 시체가 발견되기를 바랐었다. 동생이 죽기를 바란 건 아니었다. 다만 매들린을 다시 볼 가능성이 극히 낮다는 걸 깨달아야 했기 때문이었다. 시체라도 있다면 퍼트리샤는 매들린을 데려와 고향 땅에 묻을 수는 있었을 것이다. 하지만 그러지 못했기에 아직도 살아서 펄떡이는 공허함을 품고 살아가야 하는 것이다.

퍼트리샤는 심호흡을 했다. 유셰르에 영원히 머무를 수는 없는 일이었다. 이제는 시간이 2주밖에 남지 않았고, 그걸로 휴가는 끝이었다. 이제야 시간이 너무나 없다는 걸 깨닫다니. 퍼트리샤는 매들린의 소식을 더 알아보려고 정말로 갖은 노력을 했다. 이 동네의 노인 주민들을 최대한 찾아 이야기를 나누었고, 수색 과정에서 독서 모임 여자들 도움을 받았으며, 심지어 위스타드의 경찰에도 연락했지만 아무런 성과가 없었다. 동생이 실종되었을 당시의 새로운 정보를 알고 있는 이는 하나도 없었다.

공황 상태가 점점 심해지는 느낌이었다. 목걸이를 보낸 사람이 유셰르에 있는 게 아니라면 어떡하지? 남자인지 여자인지 알 수 없는 발신인이 완전히 다른 곳에 살고 있다면 어떡하지? 누구인지 찾아내려고 전국을 돌아다닐 수는 없는 일 아닌가.

퍼트리샤는 필사적인 마음으로 얼굴을 찰싹 쳤다. 자신은 동생을 찾고 싶었다. 무슨 일이 생긴 건지 알아야 했다. 하지만 이제 뭘 더 할 수 있을까. 또 누구에게 의지할 수 있을까?

퍼트리샤는 벤치에 앉았다. 모든 게 너무나 절망적이었다. 아마도 포기해야 하겠지. 여기까지 온 여행길은 생각하고 싶지도 않은 사실을 받아들이라는 의미일까? 그러다 모나가 한 말이 문득 떠올랐다. 퍼트리샤에겐 아직 해보지 않은 일이 하나 남아 있었다. 효과가 있을지도 모르는 일. 지난 30년의 세월 동안 하나 배운 게 있다면, 바로 슬픔의 매커니즘이 어떻게 작동하는지, 또 얼마나 무자비하고 무감할 수 있는지였다. 그리고 같은 슬픔을 경험한 사람만이 그 본질을 이해할 수 있다는 것이었다.

어디로 가야 할지 몇 초간 생각한 후에, 그녀는 일어서서 길을 떠났다.

19

1987년 6월 13일 토요일

  매들린은 침대에 털썩 누웠다. 이번 주 내내 퍼트리샤에게 편지를 쓰려고 했지만 결국 쓰지 못했다. 드디어 여름이 되었기 때문에 그녀와 데지레는 틈이 날 때마다 해변에 놀러 가곤 했다. 성경 공부 수업이 없는 저녁이면 만에 가서 시간을 보냈다. 둘은 누가 먼저 잠수하는지, 누가 가장 멀리까지 헤엄쳐 가는지, 누가 해변에서 넘어지지 않고 코끼리 바퀴를 가장 많이 도는지 내기하며 놀았다.

  침대 옆에는 빨갛고 두꺼운 일기장이 있었다. 매들린은 일기장을 손에 들었다. 아주 어렸을 때부터 매들린은 일기를 쓰면서 온갖 일과 생각들을 기록해왔다. 줄 쳐진 얇은 종잇장은 편지지로 쓰기에도 좋았다.

  매들린은 일기장을 넘기며 빈 페이지를 찾았다. 드디어 빈 종이가 나오자마자 그녀는 곧바로 편지를 쓰기 시작했다.

  사랑하는 퍼트리샤 언니

언니가 너무 보고 싶어! 잘 지내고 있어? 아기도 잘 지내? 벌써 태어났어? 병원에 가면 꼭 전화해줘. 난 새로 태어날 조카가 너무 궁금해.

매슈는 유치원에서 어떻게 지내고 있어? 이제 휘파람 부는 법을 배웠어? 매슈에게 나 대신 인사를 전해줘. 내가 밀크리크로 돌아갈 때까지 휘파람을 불 수 있게 되면 선물을 가져가겠다고도 해줘.

나는 아주 잘 지내고 있어. 유셰르는 굉장히 멋진 곳이야. 언젠가 언니에게도 이곳을 보여줄 수 있길 바라.

지금은 물이 꽤 따뜻해서 난 거의 매일 수영하러 가. 그리고 여기 있는 사람들은 모두들 대단히 좋은 분들이야. 우리는 다 같이 아주 재미있게 살아.

내 룸메이트 데지레는 이제껏 만난 사람 중에서 제일 미친 애인 것 같아. 정말 대단한 애인데, 무슨 일이 있을 때마다 자기 생각을 꼭 말해야 하는 성미를 지녔어. 가끔 나는 데지레가 주일학교에서 아이들에게 혀를 내밀어 놀리거나 목사님 사모님을 흉내내는 것같이 도리에 안 맞는 행동을 하면 어떡하나 걱정이 돼. 하지만 지금까지 데지레는 항상 조심하고 있기는 해.

린드베리 목사님과 나는 계속 대화를 하고 있어. 이토록 현명하신 분과 대화할 수 있다니 정말 가슴이 뛰어. 목사님은 무척 바쁘셔서 나와 대화할 시간을 내주신다는 건 대단한 영광이야. 나에게 성가대를 지휘하고 싶으냐고 물어보셨을 때, 난 내가 할 수 있을 줄 몰랐어. 하지만 이제껏 성가대는 잘되고 있어. 우리는 연습도 아주 많이 해서 주일에 교회에서 성가를 부를 거야. (정말 신나!)

그런데 해럴드 목사님은 잘 지내셔? 얼마 전에 목사님에게 편지를 썼는데 답장이 안 왔거든. 무릎 수술은 잘 받으셨대? 솔직히 해럴드 목사님이 조금 그립기도 해. 이곳의 예배는 아주 진보적이고, 우리는 다 같이 참 좋은 일을 하고 있긴 하지만, 교회 생활에서 할 일이 정말 많아. 그래서 난 해럴드 목사님 말씀대로 좀 "돌아보는 시간"이란 걸 가져도 괜찮을 것 같아. 다음에 목사님을 만나면 안부 전해줘. 알았지?

이제 데지레랑 같이 주일학교 수업을 할 시간이야. 나의 포옹을 전부 받아줘. 언니 많이 사랑해. 마이클과 매슈와 새로 태어날 아기도(그리고 소들도. 하지만 소한테는 이런 말 하지 마. 괜히 말했다가 소들이 우쭐할라).

사랑과 포옹을 보내며, 매들린

매들린은 연필을 입술에 댔다. 곰곰이 생각에 잠긴 그녀는 부드러운 연필 자루를 잘근잘근 씹었다. 이번이 집으로 보내는 세 번째 편지인데도 아직 답장은 한 통도 오지 않았다. 언니가 자신에게 실망했기 때문에 아직도 화가 나 있는 것은 아닐까 걱정이 되었다.

매들린은 연필에서 떨어진 자그마한 나무 조각을 손가락으로 쓸어냈다. 가족이 운영하는 농장의 상황이 좋지 않다는 건 그녀도 알고 있었다. 아버지가 돌아가셨을 때 마이클과 퍼트리샤는 워싱턴에 막 자리를 잡은 참이었다. 마이클은 『워싱턴 포스트』에서 기자로 일했고 퍼트리샤는 법학을 전공했지만, 매들린이 학교를 마칠 때까지 있어주려고 밀크리크로 돌아왔다. 매들린은 준비가 되는 대로 농장을 인수한다는 생각을 항상 하고 있었지만, 작년에 그녀는 유세르에 있는 인턴십 자리를 신청했다. 그때 언니의 눈에 깃들었던 실망감이 아직도 기억이 났다.

그녀는 조심스럽게 일기장에서 편지를 쓴 종이를 떼어낸 다음 접어서 책상 위에 둔 봉투에 넣었다. 매들린은 1년 후에 자유 교회 인턴을 마치고 고향으로 돌아가겠다고 퍼트리샤에게 약속했다. 그게 모두에게 최선이라는 걸 알고 있다. 매들린이 농장을 인수한다면, 자매는 고향집을 팔 필요가 없을 테니. 하지만 최근에 매들린은 점점 다른 대안적 삶을 수없이 꿈꾸고 있었다. 자유 교회는 전 세계에 벌인 프로젝트들을 감독하고 있어서, 매들린은 남몰래 그런 프로젝트 중 하나를 맡아 일하면 어떨까 생각 중이었다. 아시아나 아프리카로 가서 뭔가 새로운 걸 이뤄보는 거야! 그보다 더 신나는 일이 또 있을까.

빨간 일기장 맨 뒤에는 낡아 부스러져가는 오래된 봉투가 있었다. 매들린은 봉투를 꺼내어 뒤편에 연필로 쓴 발신인 주소를 보며 미소를 지었다.

매들린이 아주 어렸을 때, 가족은 스웨덴에 있는 할머니와 편지를 주고받았다. 할머니는 딸의 가족에게 스코네의 전원 지방의 삶에 대해 긴 편지를 적어 보냈고, 어머니는 매들린과 퍼트리샤에게 편지와 함께 스웨덴 동화가 담긴 작은 책을 읽어주었다.

매들린은 스웨덴에서 소포가 올 때마다 어머니가 얼마나 기뻐했는지 기억했다. 어머니는 봉투를 뜯으면서 어린애처럼 펄쩍펄쩍 뛰었지. 때로 할머니가 보낸 편지를 읽어줄 때면 눈가가 촉촉해지기도 했다. 어머니는 퍼트리샤와 매들린에게 언젠가 고향으로 자매를 데려가서 그곳이 얼마나 아름다운지 죄다 보여주겠다고 약속했다. 하지만 그 후 어머니는 세상을 떠났고, 나비 무늬가 있는 작고 노란 편지 봉투가 오는 일도 곧 중단되었다. 매들린은 어째서 할머니가 자매에게 편지를 쓰지 않는지 이해할 수 없었다. 하지만 퍼트리샤에게 혹시 할머니와 다시 연락을 해보아야 하는 것 아니냐고 묻자, 언니는 이토록 큰 실망을 준 할머니 같은 사람 이야기는 두 번 다시 듣고 싶지 않다고 대답했을 뿐이었다.

매들린은 주소를 열심히 바라보았다. 유세르에서 인턴십 허가를 받은 이후로 그녀는 스웨덴에 있는 친척을 찾아가보면 어떨까 고려해보았다. 스웨덴까지 왔는데 찾아볼 생각도 안 한다면 바보 같은 짓이겠지. 하지만 그녀는 퍼트리샤에게 자신의 계획을 말할 엄두를 내지 못했다. 언니가 화를 내면 어떡하나, 아니면 할머니 욕을 하면 어떡하나 걱정이 되어서였다. 그런 말은 듣고 싶지 않았으니까.

그때, 복도에서 데지레의 목소리가 들렸다.

"너 어딨어?"

그녀의 목소리는 다급했다. 매들린은 일어나서 일기장을 책상 위에 놓았다.

퍼트리샤에게 쓴 편지는 나중에 보내야겠지.

"갈게."

그녀는 대답하고서 옷걸이에서 가죽 재킷을 집어 들었다.

20

6월 13일 목요일

리나는 커다란 담요를 둘둘 두른 채로 에리카의 무릎에 앉아서 몸을 덥히고 있었다. 모녀는 해변에서 일광욕 중이었다. 사실 일광욕보다는 물장구치며 노는 시간이 더 많긴 했다. 리나는 여전히 수영 훈련용 헬퍼가 없으면 물에 들어갈 용기를 내지 못했다.

에리카는 딸의 젖은 머리를 쓰다듬으며 할머니가 만들어준 핫초코의 냄새를 맡는 리나를 작은 수건으로 닦아주려 했다. 아이는 엄숙한 태도로 잔을 들어 올려 입술에 대고 음료를 꿀꺽 삼켰다.

에리카는 리나의 기다란 속눈썹에 아직도 맺힌 물방울을 바라보았다. 딸애에게 너무 엄하게 굴고 싶지 않았지만, 이 손을 놓는 순간 아이가 다시 수영하러 갈 거란 사실을 알고 있었다.

리나는 핫초코를 너무 많이 마신 바람에 기침을 했다.

"괜찮니?"

모나가 묻자 리나는 얼굴을 찌푸렸다.

"있잖아요, 나 스페인 독감에 걸린 것 같아요. 여기 반점 보여요?"

아이는 이렇게 말하며 이마를 가리키며 덧붙였다. 모나는 고개를 끄덕였다.

"그래. 우리 손주 불쌍해서 어떡하지."

"우리 빨리 구급차 타고 병원 가야 해요. 그래서 의사 선생님한테 진찰받아야 해요."

리나가 계속 말하자 에리카는 부드러운 목소리로 대답했다.

"우리 딸, 구급차는 정말 아파서 빨리 도와줘야 하는 사람들이 타는 거야."

모나는 계단을 가리키며 말했다.

"내가 몇 주 전에 벼룩시장에서 정말 멋있는 의상을 찾아냈단다. 올컷 방에 있는 커다란 여행 가방에 넣어놨어. 가서 마음에 드는지 한번 보겠니?"

그러자 리나는 어머니의 무릎에서 일어나 할머니의 목을 덥석 그러안았다.

"고마워요."

아이는 기쁘게 말하고서 계단을 뛰어 올라갔다. 동시에 마리안네가 호텔로 들어왔는데, 그녀의 뒤로 빨간 얼굴에 블루블랙색의 레게 머리카락을 한 남자애가 따라왔다. 그는 야구 모자를 쓰고 울부짖는 늑대가 찍힌 검은 티셔츠 차림이었다. 안으로 들어온 남자애는 아이패드에서 눈을 떼지 않은 채로 구석에 가서 앉았다.

"쟤는 누구예요?"

에리카가 묻자, 마리안네는 눈을 흘기면서 핫핑크 원피스의 매무새를 바로잡았다. 몸매가 강조되어 보이는 원피스에는 가느다란 하얀 리본이 달려 있었다.

"쟤는 내 손자 마르쿠스야."

"정말 많이 컸네."

모나가 깜짝 놀라 말했다.

"뭐, 매일 빵 두 덩이를 먹고 우유를 4리터나 마시는데 저렇게 클 수밖에 없지."

"쟤는 얼마나 머물 거야?"

그 물음에 마리안네는 체념한 듯 허공에 두 손을 뻗었다.

"몰라. 나도 쟤한테 물어보려고 했는데, 저 기계에서 눈을 떼질 않으니 도통 대화가 안 돼."

"본인을 앞에 두고서 그렇게 말하면 쟤가 불편하지 않겠어?"

도리스가 구석에서 책을 읽다 말고 묻자, 마리안네는 웃었다.

"아니. 쟤는 소리가 전혀 안 들릴 거야. 음악 들으려고 귀에 하얀 플러그 같은 걸 꽂고 있잖아."

그녀는 바 의자에 휙 앉으며 말을 이었다.

"칼이랑 리제테가 쟤를 여기 보냈어. 마르쿠스는 이제 고등학교를 졸업했는데, 여름방학에 아르바이트도 안 하고 직업 교육 자리도 알아보질 않았대. 여름 내내 게임이나 하고 허송세월할 거라며 부모가 아주 걱정이 많아."

"하지만 지금도 놀고 있긴 마찬가진데."

모나는 카운터를 행주로 닦으며 말했다.

"그건 그렇지. 하지만 유셰르는 인터넷 접속이 잘 안 되잖아. 이곳은 연결 신호가 너무 약해. 곧 어떻게 되나 보라고."

카운터에 모인 여자들은 마르쿠스 쪽으로 고개를 돌렸다. 그러자 그가 탁자 위에 아이패드를 던지더니 못마땅한 소리를 크게 내다가 다시 집어 드는 모습이 보였다.

마리안네는 고소하다는 듯 웃었다.

"쟤가 얼마나 견디나 보자."

"우리가 다시 젊은 시절로 돌아가서 다시 인생을 살아볼 수 있다면……."

도리스가 꿈꾸듯 말하자, 에리카는 어머니를 슬쩍 바라보면서 대답했다.

"나는 은퇴하고 연금을 받으며 살 수 있다면 너무 좋을 것 같은데요. 원하는 걸 할 수 있는 자유를 가지고 뭐든 할 수 있잖아요."

그러자 도리스가 대답했다.

"글쎄다. 난 모르겠는데. 온종일 책을 읽는 건 좋지만, 그것 말고는 은퇴해서 연금에 의지해 사는 건 너무 슬픈 일이야."

"그건 말이지, 네가 아직 해야 할 일을 찾지 못해서 그래."

모나가 말하자 마리안네도 맞장구쳤다.

"맞아. 난 지금처럼 기분이 좋을 때가 없었어. 이젠 나만 돌보면 되지, 다른 사람을 책임져야 할 필요가 없잖아. 게다가 내 삶에서 뭘 해야 할지 아주 잘 알고 있고."

그녀는 손가락에 낀 커다란 흑수정 반지를 빙글빙글 돌리며 덧붙였다.

"사람은 말이지, 예순을 넘겨서 본인이 원하는 걸 마침내 할 수 있게 되고 나서야 진정으로 잠재력을 발휘하게 되는 거라고 생각해."

"본인이 원하는 걸 모두 할 필요는 없을지도 모르지."

모나는 이렇게 말하고서 등을 쓸었다. 그러자 도리스가 물었다.

"그럼 나는 어떻게 해야 해? 난 일주일에 몇 시간 수공예 모임에 나가고, 화요일에는 길고양이 센터에 가서 봉사 활동을 하고, 목요일에는 양로원 노인들과 게임을 하면서 살고 있긴 해."

"너는 주로 다른 사람들을 위해 일하고 있잖아. 이제는 새 남자를 찾아봐야 해."

마리안네가 말하자 도리스는 커피를 마시다 말고 사레가 들렸다. 마리안네가 간접적이나마 예란의 죽음을 언급한 건 이번이 처음이었다.

"남편을 떠나보낸 지 겨우 1년밖에 안 됐어."

그녀가 숨을 헐떡이며 말하자, 모나는 찬장에서 예스럽고 묵직한 사모바르*를 들어 올리며 말을 고쳐주었다.

"1년 반 됐지. 이 주전자 어때?"

"새 거야?"

마리안네가 물었다.

"아니야. 벼룩시장에서 산 거야. 난 중고품만 사."

도리스는 다시 말했다.

"그래, 1년 반 됐지. 하지만 난 아직 새로운 사람을 만날 준비가 안 된 것 같아. 예란 말고는 다른 사람이랑 사귀어본 적도 없어.

---

*   러시아식 찻주전자.

우리는 40년 동안 부부로 지냈잖아. 그이 같은 남자를 또 찾을 수 있을 것 같지 않아."

"예란이랑 똑같은 사람을 찾을 필요는 없잖아?"

모나가 조심스럽게 말하자, 마리안네도 거들었다.

"맞아. 40년 동안 결혼 생활을 했으니 이젠 재미를 좀 볼 때도 됐지."

"나도 그렇게 생각해."

모나가 고개를 끄덕였다.

"왜 내가 '재미를 봐야' 한다고 생각해? 그러는 너는?"

도리스는 모나를 바라보며 물었지만, 모나는 걸레를 든 손을 내 저을 뿐이었다.

"나는 독신으로 지내는 게 좋아. 에리카 아빠가 죽은 다음엔 새 로 누굴 만나보는 건 하지 않기로 결심했어. 나는 호텔에 내 사랑 을 바쳤어."

"하지만 성생활은 어쩌고?"

마리안네가 물었다.

"그런 걱정은 하지 마. 하고 싶을 때는 남자를 만나니까. 그리고 성인용품도 갖춰놨어."

"설마 그것도 벼룩시장에서 사진 않았겠지?"

도리스가 걱정스레 물었다.

"거기에 대해선 긍정도 부정도 할 수 없겠는데."

모나가 웃으며 대답하자, 마리안네는 도리스를 보며 말했다.

"내가 보기엔 넌 틴더에 가입해야겠어."

"그게 뭐야?"

"괜찮은 남자를 만날 수 있는 데이트 앱이야."

마리안네의 설명에 도리스는 심하게 겁을 먹은 목소리로 소리
쳤다.

"죽어도 안 해!"

"도리스, 한번 해볼 수는 있잖아."

"너나 하지 그래."

그러자 마리안네는 한숨을 쉬었다.

"그건 안 되더라. 내가 본인 사진을 올려도 이게 진짜 나라는 걸
아무도 안 믿어줘."

그녀는 에리카를 보며 말했다.

"도리스 사진을 찍어다가 앱 설명을 좀 해줘."

"휴대폰 있으세요?"

에리카가 묻자 도리스는 망설이다 결국 구형 아이폰을 건네주
었다. 에리카가 휴대폰으로 사진을 찍으려 하자, 도리스는 어색하
게 웃었다.

"아니, 잠깐만."

도리스는 오른편 땋은 머리를 왼쪽 어깨에 올려놓고서 말했다.

"됐어. 이제 찍어도 돼."

"아주 잘될 거예요. 계정을 만들어드릴게요."

에리카가 말했다.

"그게 무슨 뜻이야?"

"이제 다른 사람들이 아주머니의 프로필을 볼 수 있다는 거예

요. 찾아보고 마음에 드는 분이 나타나면 서로 연락하고 메시지를 보낼 수 있어요."

"그게 좋은 생각인지는 모르겠는데."

도리스가 중얼거렸지만, 마리안네가 소리쳤다.

"당연히 좋은 생각이지! 두고 봐. 넌 우리에게 고마워하게 될 거야."

도리스는 쫓기는 듯한 눈빛으로 사람들을 둘러보았다.

"물론 재미있을 것 같긴 하지만, 내가 이런 짓을 한다는 걸 교회 사람들이 알면 어떻게 되겠어."

"그건 걱정하지 마. 저 늙은이들은 인터넷에 접속하는 일도 드물 테니까."

마리안네가 장담하듯 한 말에 도리스는 고개를 저었다.

"그분들에게 늙은이라고 하지 마. 게다가 그분들도 인터넷에 접속한다고. 지난주엔 너희도 다 아는 벵트의 부인 카트린이 예배 시간에 포커를 치는 걸 봤다고. 성경책 뒤에 휴대폰을 숨기려고 애는 썼지만, 이길 때마다 앉은 자리에서 엉덩이를 들썩거리기만 하더라고. 다행히도 목사님은 본인 설교가 무척 감동적이라 그런 거라고 생각했지."

"프로필은 버튼 한 번만 누르면 언제든 삭제할 수 있어요."

에리카가 설명했다.

"정말이야?"

도리스는 이렇게 물으며 의자에서 슬며시 내려왔다.

"그럼요. 프로필에 뭐라고 적어드릴까요? 어떤 남자가 연락했으면 좋으시겠어요?"

"나랑 나이대가 대략 비슷해야 해."

"그럼 68세 이상 남자를 찾는다고 할까요?"

도리스는 눈을 굴리며 말했다.

"아, 60세 이상으로 해. 아니다, 55세 이상으로 해. 그리고 75세 미만이어야 해. 대머리도 안 되고."

그녀는 모나 쪽으로 몸을 기대며 설명했다.

"난 대머리가 매력적이라고 생각해본 적이 한 번도 없어. 너무 미끌미끌하게만 보여서."

도리스는 다시 에리카를 바라보며 말을 이었다.

"운동을 즐겨야 하고, 장딴지 근육이 잘 발달해 있어야 해. 하지만 초식동물 사료 같은 거나 먹는 채식주의자는 별로야. 그러니까 이렇게 적어. '우아하고 세상 물정도 잘 알고 올바른 가치관을 지닌 휴 잭맨 스타일의 남자를 찾습니다!' 그리고 이 근처에 살아야 해."

도리스가 이렇게 덧붙이자 에리카는 눈썹을 치켜뜨며 말했다.

"알았어요. 그러면 본인 소개는 어떻게 하시겠어요?"

도리스는 어깨를 으쓱였다.

"모르겠는데."

"먹는 거 좋아하잖아. 네가 제일 좋아하는 음식이 뭐야?"

모나가 제안하자, 도리스가 말했다.

"난 해산물이 좋아. 특히 굴을 좋아하지. 그리고 속을 채운 그리스식 포도나무 이파리 요리도 좋아해. 모나가 만든 라즈베리 필링 케이크도 좋아. 그걸 먹으면 어렸을 때 갔던 제과점이 생각나거든.”

에리카는 휴대폰 자판 위로 빠르게 손을 놀렸다.

“굴과 속을 채운 포도나무 이파리, 라즈베리 필링 케이크를 좋아하는 한창때의 활기찬 여자라고 썼어요.”

모나는 빨갛고 노란 꽃무늬 블라우스를 매만졌다.

“에뷔네 옆집 사는 유수프 알지? 그 사람 정말 괜찮던데.”

하지만 도리스는 콧잔등을 찌푸렸다.

“말 꼬랑지 머리 꼴에 귀걸이 차고 다니는 남자잖아! 그런 꼴은 딱 보면…….”

“해적 같다고?”

마리안네가 불쑥 말했다.

“아, 요즘은 그런 꼴을 해적 같다고 해?”

모나는 고개를 삐딱하게 기울였다.

“너 사람을 그렇게 성급하게 판단하면 안 돼. 유수프는 아주 인기 많은 사람이야. 멋진 채소밭도 있다고. 난 언제나 유수프한테 채소를 사는걸.”

에리카는 도리스에게 휴대폰을 주었다.

“자, 여기 프로필 다 썼어요.”

“오, 정말 빠르구나.”

도리스는 당황한 기색으로 대답하며 머리카락을 귀로 쓸어 넘기더니 물었다.

“그래서 이제 어떻게 되는 거니?”

“누군가 조건에 맞는 사람이 있나 보세요.”

이때 마리안네가 끼어들었다.

"그런데 새끼 고양이나 귀여운 강아지나 소총을 들고 프로필 사진을 찍은 사람은 조심해야 해. 그리고 예전 파트너랑 찍은 사진을 잘라서 올린 사람도 조심하고. 그리고 가끔은 돈을 요구하는 사람들이 있는데, 제아무리 절박해 보이더라도 절대로 돈을 보내면 안 돼. 전처가 자기 돈을 몽땅 가져갔다는 이야기를 해대는 놈이라면, 전처의 행동에 다 이유가 있는 법이거든. 그리고 네 주소는 절대로 알려주지 마."

"나 그냥 안 하는 게 나을 것 같다."

도리스가 중얼거리자, 마리안네는 그녀의 손에서 휴대폰을 가져가며 소리쳤다.

"안 돼! 이 바깥세상에 얼마나 먹음직스러운 남자가 있는지 한번 보자고."

모나가 돋보기를 액정 화면에 들이대며 말했다.

"이 남자 멋있다. 여기 보니 자기 페미니스트라고 써놨네."

"그런 말은 다들 써. 심지어 우파 포퓰리스트들도 요즘은 본인이 여성의 권리를 지지한다고 한다니까."

"난 이게 이렇게 피곤한 일일 줄은 몰랐어."

도리스는 얼굴이 새하얘졌지만, 마리안네는 명랑한 목소리로 말했다.

"아, LA의 금요일 밤에 비하면 이건 아무것도 아니야. 제대로 된 남자를 찾으려면 노력이 좀 필요한 법이잖아."

에리카는 옹기종기 앉아 도리스의 휴대폰을 들여다보는 세 여자를 보고서 절로 웃음이 나왔다. 그런데 갑자기 그녀의 휴대폰이 진동했다. 마르틴일까? 지난 며칠간 아무런 소식을 듣지 못했는지 궁금해서 연락한 걸까?

문득 에리카는 양심의 가책에 휩싸였다. 마르틴은 전화도 걸고 문자도 보냈지만, 에리카는 연락을 무시했다. 리나와 잘 있으니 걱정하지 말라는 식의 짧은 문자 몇 통만을 보냈을 뿐, 그 외에는 아무런 답을 하지 않았다. 자신의 마음이 어떤지 정말로 알기 전에는 남편과 이야기를 할 마음의 준비가 되어 있지 않았다.

휴대폰을 본 에리카는 심하게 놀라고 말았다. 문자의 발신인은 마르틴이 아니라 '요나스 업무'였다. 그녀는 당황한 채로 주위를 슬그머니 둘러보았지만, 모나와 친구 아주머니들은 모두 도리스의 휴대폰을 보느라 정신이 없는 상황이었다. 그래서 에리카는 문자함을 열었다.

'안녕, 에리카! 다시 만나서 반가웠어. 네가 우리 무대를 도와주게 되어서 정말 기뻐. 자료를 전부 모으는 대로 연락할게. 잘 있어! 요나스.'

에리카는 문자를 되풀이해서 읽었다. 그녀와 요나스의 사이가 끝난 후로는 서로 연락을 하지 않았지만, 그래도 마음 한구석으로는 언제나 요나스를 그리워했다.

에리카의 눈앞으로 기억에 묻어두었던 장면이 떠올랐다. 그를 마지막으로 만났을 때였다. 요나스는 그녀에게 숲속 놀이터로 오라고 부탁했고, 거기서 둘은 별말 없이 그네에 앉아 있었다. 그는 봄 내내 여행을 계획 중이라고 말해다. 유럽을 인터레일로 여행하고 싶다고, 베를린부터 프라하, 파리, 로마와 바르셀로나로 갈 거라고 했다.

혹시 나도 같이 가도 되냐고, 에리카는 한 번쯤 물어보려 했다. 둘이서 배낭을 메고 이 도시 저 도시를 여행하면서 이탈리아 가정집에 방을 하나 빌려 자고, 강에서 머리를 감고, 공원에서 갓 구운 바게트를 아침 식사로 먹는 모습을 떠올려보았다. 하지만 동시에 그럴 일은 없으리란 것도 알고는 있었다. 에리카는 아직 그럴 나이가 아니었다. 고등학교 과정이 3년이나 남아 있었으니까. 그녀가 학교를 졸업할 때까지 요나스는 뭘 하고 있으란 말인가? 가만히 앉아서 빈둥거리란 말인가?

요나스의 편지를 받은 날은 에리카의 16년 인생 중 최악의 순간이었으나, 사실은 그에게 정말로 악감정을 품은 기억은 없었다. 실망하고 좌절하긴 했어도 요나스를 미워한 적은 없었다. 마음 깊은 곳에선 이미 알고 있었다. 우리 둘이 함께하는 시간은 이렇게 끝났다는 걸, 그가 자신을 떠나는 것 말고는 아무런 선택지가 없었다는 걸.

에리카는 손가락으로 휴대폰 가장자리를 매만졌다. 마음이 불안정한 10대 소녀였던 자신이 생각하기엔 이토록 잘생기고 인기 많은 남자가 자신을 알아봐주었다는 게 기적 같았고, 그래서 요나스와 함께 지내는 순간마다 마치 선물을 받은 기분이었다. 둘이 가는 곳마다 요나스는 언제나 사람들의 중심에 섰고, 교회의 모든 여자애가 그의 곁으로 우르르 몰려다니는 모습을 에리카는 보아왔다. 길을 걸어갈 때면 여자애들은 그에게 열렬한 눈빛을 보냈고, 그의 어머니 루트에게 드릴 달콤한 쿠키를 구웠다. 제아무리 아니라고 부정하려 해도 요나스는 자신이 절대로 들어갈 수 없는 세상에 속해 있었다. 교회는 하나의 자그마한 우주 같아서 동네와 동떨어져 있는 곳이라, 에리카는 그 공동체를 완벽하게 이해할 수 없을 것이었다.

에리카는 휴대폰을 내려놓고 가만히 생각에 잠겼다. 요나스가 그때 떠나지 않았다면 어떻게 되었을까. 우리 둘이 지금까지도 함께였다면, 그랬다면 현재 어떻게 살아가고 있었을까? 우리 둘은 유셰르에 살았을까? 해변에 있는 자그마한 오두막집에서? 자신은 바다를 모티브로 한 수채화를 며칠 동안 그리는 삶을 살았을까? 그중에서도 가장 중요한 질문은 아마 이것이리라. 마르틴이 아니라 요나스였다면, 나는 더 행복해졌을까?

21

1987년 6월 18일 목요일

매들린은 교회 앞에서 데지레를 기다리는 중이었다. 저녁 수영을 하기 위해 해변으로 가던 중, 데지레가 수건을 가지러 가겠다며 다시 숙소로 달려갔기 때문이다.

매들린은 데지레의 허술한 면을 생각하면 웃음이 나올 수밖에 없었다. 언제나 물건을 잃어버리고, 스웨터나 책을 기상천외한 곳에 두고 잊어버리곤 했다. 최근에는 오전 내내 그 애의 운동화가 어디 있는지 찾다가 결국 침대 아래에서 찾았다.

하지만 데지레를 좋아하지 않기란 불가능했다. 둘은 거의 매 순간을 함께 보냈고, 밤에는 침대에 누워 늦게까지 이야기를 나누었으니까.

데지레는 앞날의 계획에 대해 활기차게 털어놓았다. 그녀는 목사와 결혼해서 둘의 교회를 운영하고 싶어 했다.

"그래서 내가 항상 착하게 행동하는 거야. 교인들이 날 내보낼 수 없을 테니까."

그녀는 루트의 목소리를 흉내 냈다.

"데지레는 우리와 함께 있어야 해요. 그 애는 아주 매력적이라고요."

데지레가 목사 사모를 흉내 낼 때마다 매들린은 너무 웃어서 배가 아플 지경이었다. 그녀는 데지레의 이야기를 듣는 게 좋았고, 데지레가 자신을 절친으로 택해주어 자랑스러웠다.

매들린은 수영복과 비치 타월을 넣은 하얀 쇼핑백을 흔들면서 데지레가 어디에 있을까 생각했다. 그녀는 2분 안에 돌아오겠다고 했지만, 지금은 벌써 적어도 5분이 지난 시각이었다.

매들린은 초조하게 돌멩이를 찼다. 돌멩이는 자갈길 위를 데굴데굴 굴러갔다. 매들린은 아직도 언니에게 답장을 받지 못했다. 오늘은 혹시 편지가 왔으려나 매일 교회 사무실로 가봐도, 어김없이 빈손이기만 했다.

퍼트리샤에게 답장이 없다는 건 아직도 나한테 화가 났다는 뜻이겠지. 만약 내가 교회에서 계속 일하고 싶다고 한다면 어떻게 될까. 내가 여기서 인턴을 하는 것에도 실망하고 있는데, 한술 더 떠서 가족 농장을 절대로 물려받지 않겠다는 결정을 알려준다면 대체 언니는 어떤 반응을 보일까?

매들린은 올해 말에 스웨덴을 떠나 고향으로 돌아가겠다고 퍼트리샤에게 약속했지만, 밀크리크를 떠난 순간부터 이 농장에서 평생을 보내고 싶지 않다는 사실을 깨달았다. 아버지처럼 햄스터 쳇바퀴를 돌리듯 농장 일에 갇혀서 살고 싶지는 않았다. 돈도 한 푼 벌지 못하고 스러져가는 농장에서 아무것도 얻지 못하고, 제때 내지도 못하는 청구서 더미에 빠져 살고 싶지 않았다.

순간 건물 뒤편에서 발소리가 들려와 매들린은 언니 생각을 접었다. 그리고 데지레에게 무어라 말하려고 입을 열었다가 이내 다물었다. 데지레 말고도 누가 더 있었기 때문이다.

데지레가 이쪽으로 확 달려들었다. 둘의 눈빛이 마주친 순간, 그녀는 매들린의 눈을 오랫동안 응시했다.

"내가 요나스랑 로베르트 목사님한테 우리랑 같이 가겠냐고 물어봤어."

고개를 든 매들린은 자그마한 길을 따라 내려오는 젊은 남자들을 보았다. 둘 다 어깨에 수건을 한 장씩 걸치고 있었다.

문득 배 속이 요동치면서 기대감 어린 긴장감이 솟아났다. 요나스가 고개를 끄덕이자 매들린은 미소로 대답했다.

"알았어."

매들린은 최대한 아무렇지 않게 말하고 돌아섰다. 자신의 얼굴이 얼마나 새빨개졌는지 아무에게도 보여주고 싶지 않았다.

해변에는 모래언덕 뒤로 바람을 피할 수 있는 공간이 있었다. 요나스는 티셔츠를 벗어 모래밭에 던졌다. 그는 하늘색 수영복 차림이었다. 매들린은 수줍은 눈길로 그를 슬쩍 곁눈질했다.

"빨리 오세요."

요나스는 로베르트 목사에게 말했지만, 목사는 요나스만큼 빠르지 못했다.

로베르트 목사는 하반신에 수건을 덮고 어색하게 수영복으로 갈아입었다. 그러면서 해수욕을 하기에는 사실 너무 춥다고 불평을 해댔다.

데지레는 매들린에게 수건을 건네주고서 옷을 갈아입게 수건으로 가려달라고 했다. 매들린은 친구의 둘레를 최대한 비치 타월로 가려주었다.

"곧 따라갈게요."

데지레는 바다 쪽으로 걸어가는 요나스와 로베르토 목사에게 소리쳤다.

수건으로 몸을 가린 데지레가 낑낑대며 수영복으로 갈아입는 동안, 매들린은 왜 평소에 수줍음도 없던 애가 갑자기 몸을 가리려는 건지 궁금했다. 그녀는 조심스럽게 데지레의 어깨너머로 시선을 두었다가 그녀의 몸을 쓱 훑어보았다.

데지레는 여전히 티셔츠를 입은 채 천 아래로 제대로 맞지도 않는 듯한 수영복을 힘들게 잡아당기는 중이었다. 그런데 수영복과 티셔츠 사이로 언뜻 드러난 살갗이 눈에 들어온 순간, 매들린은 데지레의 배 가득히 수평으로 쭉 이어진 흉터를 보고 말았다. 상흔은 피부 아래로 넘실대는 자그마한 물고기 떼처럼 보였다. 고개를 든 매들린은 데지레가 자신의 시선을 느꼈음을 알아차렸다.

"미안해."

그녀가 중얼거리자, 데지레는 수건으로 몸을 둘렀다.

"사고를 당했어."

데지레가 급히 말했다. 매들린은 데지레가 수영복 끈을 어깨로 올리고 티셔츠를 벗은 다음 바다 쪽으로 걸어가는 모습을 빤히 바라보았다. 매들린은 이런 식의 상흔을 본 적이 처음이었다. 대체 어떤 사고를 당했기에 상처가 이토록 심하게 난 걸까.

저 멀리서 요나스와 목사가 파도 속으로 뛰어드는 모습이 보였다. 요나스는 이쪽을 향해 돌아서더니 두 손을 입에 모으고 소리쳤다.

"안 와?"

멍하니 생각에 잠겨 있던 매들린은 놀라서 한쪽 팔을 들어 손짓했다.

"갈 거야."

그녀는 소리친 다음 비닐봉지에서 수영복을 꺼냈다.

수건을 몸에 단단히 감은 매들린은 해변으로 내려갔다. 다른 이들이 이쪽을 돌아보자, 그녀는 모래밭에 수건을 떨어뜨리고 바다에 들어갔다.

바다에서 상쾌한 동풍이 육지 쪽으로 불어왔다. 얼음처럼 차가운 물에 피부가 따끔했다. 몸이 부르르 떨렸지만 뭍으로 나가고 싶지 않았다. 오히려 다른 이들 쪽으로 과감하게 다가갔다.

조금 떨어진 곳에서 요나스가 로베르트 목사를 물에 빠뜨리려고 했다. 데지레는 남자들을 재미있는 기색으로 지켜보았다. 요나스는 매들린이 두 팔로 몸을 감싼 모습을 알아채고는 그녀에게 미소를 지었다.

"추워?"

"으음."

"일단 물에 몸을 담그면 한결 나을 거야."

그는 장난스레 이쪽으로 물을 조금 튀겼다.

"하지 마."

말은 그렇게 했지만 진심은 아니었다.

요나스는 웃으면서 수면 아래로 풍덩 뛰어들어가 우아하게 잠수했다.

태양이 산자락 아래로 사라지면서 따스한 빛이 수면 위에 어른거렸다. 데지레는 매들린을 향해 헤엄쳐 와서는 귀에 물이 들어간 듯 보이는 로베르트 목사를 보며 깔깔 웃었다. 머리털만큼이나 곱슬거리는 목사의 가슴 털은 그가 위아래로 펄쩍댈 때마다 우습게 흔들렸다.

매들린은 데지레 옆에서 물에 몸을 담갔다.

"혹시 내가 두 사람을 불러와서 언짢은 건 아니지? 괜찮지?"

"아니야."

몇 미터 떨어진 곳에서 요나스가 숨을 몰아쉬며 몸을 일으켰다. 그는 고개를 흔들어 물방울을 사방에 튀기고는 곧바로 다시 잠수했다.

수영 동작을 몇 번 해본 매들린은 물속에서 자신의 몸이 얼마나 가벼워지는지 알게 되었다. 물살에 몸을 맡겨 흘러가는 느낌이 참 좋았다. 눈을 들어 해변의 정경을 바라보았다. 그렇게 조용히 물 위에 누워 있던 순간, 문득 다리에 무언가가 스쳤다.

"여기 물속에 뭐가 있어."

그녀의 말에 데지레가 눈을 크게 떴다.

"뭐가?"

매들린은 주변을 둘러보았다.

"모르겠어. 혹시 물고기일까?"

수면 아래로 무언가가 휙 지나가나 데지레는 날카롭게 비명을
지르며 소리쳤다.

"상어야! 물속에 상어가 있어!"

데지레는 파도 속으로 휙 들어가더니 최대한 빠른 속도로 해안
쪽을 향해 헤엄쳤다. 매들린 역시 똑같이 행동하며 그녀 뒤를 따
라가다가 잠시 후 요나스가 물에서 나오는 모습을 보았다. 그는
커다랗게 웃으며 손으로 머리카락을 넘기고는 다시 잠수했다.

데지레는 계속해서 대단히 극적인 비명을 질러댔다. 매들린은
눈길을 돌렸지만, 요나스가 그녀를 거의 따라잡자 장난에 같이 빠
져들었다.

요나스는 어두운 물속을 우아하게 헤엄쳐 들어가 이젠 눈에 보
이지 않게 되었다. 그가 매들린의 발을 잡을 때마다 그녀는 손에
서 벗어나 속력을 높였다. 쫓기는 놀이는 재미있었다. 그녀와 데
지레는 요나스를 피해다니려고 서로 다른 방향으로 헤엄쳤다.

숨이 턱 끝까지 차오른 매들린은 요나스가 자신을 따라잡기를
기다렸다. 그때 데지레가 해안으로 뛰어올라가는 모습이 보였다.
매들린은 잠깐 실망했지만, 결국 그녀를 따라가는 것 말고는 다른
방법이 없겠다는 생각이 들었다. 두 소녀는 웃으면서 시원한 모래
밭에 앉아 수건으로 몸을 감쌌다.

"겁쟁이들!"

요나스가 물속에서 이쪽으로 소리쳤다.

소녀들은 서로를 바라보았다. 이윽고 데지레가 깔깔 웃자 매들
린의 눈에서 눈물이 주르르 흐르기 시작했다. 이토록 재미있게 놀

았던 기억이 있었던가.

"너 정말로 그게 상어라고 생각했어?"

매들린이 묻자 데지레는 얼굴을 찌푸렸다.

"발트해에는 상어가 없어."

그녀는 이렇게 말하고서 젖은 머리카락을 어깨 위로 드리웠다.

매들린은 물에서 나오고 있는 요나스를 바라보았다. 수면을 뚫고 나오는 근육질의 몸 위로 젖은 수영복이 찰싹 달라붙어 있는 모습이었다. 얼마나 생각에 잠겨 있었을까. 데지레의 목소리가 들려오고 나서야 매들린은 요나스에게서 시선을 돌렸다.

"그래서 네 의견은 어때?"

매들린은 당황해서 주위를 둘러보았다. 데지레가 자신에게 뭔가 물어봤다는 것조차 듣고 있지 않았던 것이다.

"뭐를?"

둘의 시선이 마주쳤다.

"주일학교에서 의자 뺏기 놀이 하는 거 어떠냐고."

"괜찮을 것 같아."

매들린이 고개를 끄덕이자 데지레는 머리카락에서 물기를 쭉 짜냈다.

"요나스 진짜 멋있지."

매들린은 심장이 더욱 두근대는 걸 느끼고는 수건을 몸에 꼭 여몄다.

"그런 것 같아."

그녀는 이렇게 말하고 모래밭으로 눈길을 내리깔았다. 데지레의 말 때문에 당황하긴 했어도, 온몸에 파르르 울리는 행복한 기분을 주체할 수가 없었다. 그리고 잠시 후 교회 건물로 돌아오는 길에서는 미소 역시 참을 수가 없었다.

22

6월 13일 목요일

퍼트리샤는 회색 집 앞 계단에 섰다. 심장이 쿵쿵 뛰고 귓가에서 맥이 두근두근 울렸다. 지난번 에뷔를 방문했을 때는 그저 불쾌했지만, 이번에는 달라지기를 바랄 뿐이었다.

문을 두드리자 집 안에서 누군가가 움직이는 소리가 들렸다. 하지만 문이 열리지는 않았다. 퍼트리샤가 두 번째로 노크를 했을 때도 아무런 응답이 없자, 그녀는 문틈 쪽으로 몸을 굽히고는 소리쳤다.

"에뷔? 제가 또 왔어요. 퍼트리샤 슬론이에요. 당신과 이야기를 나누고 싶어서요."

그녀는 입을 다물고는 또 문을 두드렸다. 영영 이어질 것만 같은 1분이 흐르며 아무런 소리도 들리지 않았다. 하지만 집 안에서 문득 덜커덩 소리가 들렸다.

퍼트리샤는 이번엔 좀 더 도전적으로 말해보았다.

"에뷔! 문 열어주시면 안 될까요? 말씀드리고 싶은 게 있어요. 그런데 남들 다 듣는 길가에서 하고 싶지는 않아서요."

퍼트리샤는 대답을 기다렸지만 여전히 아무런 반응이 없었다. 대신 이웃집에서 어떤 남자가 나타났다. 햇살을 받아 반짝이는 올리브색 피부 위로 하얀 수염을 짧게 자른 사람이었다.

"에뷔는 누가 찾아오는 걸 좋아하지 않아요."

그의 친절한 말에 퍼트리샤는 고개를 끄덕였다.

"네, 그런 것 같네요."

남자는 집 옆에 있는 수도꼭지에 호스를 연결한 다음 정원으로 끌고 갔다. 퍼트리샤는 한숨을 쉬었다. 잠깐이라도 좋으니 에뷔와 이야기를 할 수 있기를 바랐건만.

이윽고 다시 나타난 이웃집 남자는 팔에 예쁘장한 까만 고양이를 안고 있었다. 그는 퍼트리샤에게 조용히 있으라는 뜻으로 손가락에 입술을 댄 다음, 에뷔의 현관을 두드리며 말했다.

"에뷔, 사바가 집에 들어가고 싶대요."

그는 고양이를 바닥에 내려놓았다. 고양이는 문에 몸을 기대고는 야옹 울었다. 남자는 엄지를 위로 치켜들었다.

"고마워요."

퍼트리샤가 속삭이자 남자가 손을 내밀며 말했다.

"저는 유수프라고 해요. 이럴 때는 몇 가지 요령이 필요한 법이죠."

그가 다시 정원으로 들어가자 불과 몇 초 만에 에뷔의 현관문 자물통이 돌아가는 소리가 퍼트리샤에게 들렸다.

퍼트리샤는 에뷔가 곧바로 자신을 보는 일이 없도록 옆으로 물러섰다. 에뷔는 문을 살짝 열었다가 고양이를 발견하자 완전히 열어쭸했다. 퍼트리샤는 심호흡을 한 다음, 에뷔가 놀라지 않도록 조심스럽게 손을 내밀었다.

"안녕하세요."

에뷔는 당황한 기색을 보이고는 곧바로 문을 닫으려 했지만, 퍼트리샤는 한쪽 발을 문틈에 이미 밀어 넣은 채로 말했다.

"죄송해요. 귀찮게 해드릴 마음은 없지만, 그래도 이야기를 해야 해서요."

에뷔는 증오심 가득한 눈빛을 던지며 문을 닫으려고 애썼다.

"발 치워요."

화가 나서 씩씩거리는 그녀에게 퍼트리샤는 애원했다.

"제발 부탁이에요. 몇 초면 돼요."

그녀는 이쪽을 자세히 바라보는 에뷔의 시선을 느꼈다. 짧은 회색 머리카락 아래로 보이는 얼굴은 비바람에 닳고 닳았다. 퍼트리샤는 에뷔가 지난번 방문했을 때와 똑같은 파란색 작업복 바지와 똑같은 티셔츠와 똑같은 양털 재킷을 입고 있다는 걸 알아보았다.

그녀는 최대한 빠르게 말했다.

"제가 매들린 그레이에 대해 알고 싶은 이유는 제가 그 애 언니이기 때문이에요."

에뷔는 움찔하더니 딱딱하게 굳었던 입가가 살짝 누그러진 것 같았다. 퍼트리샤는 자신이 나쁜 의도로 온 게 아니라는 걸 보여주려고 두 손을 들어 올린 다음 문에서 발을 뺐다.

"전 매들린에게 무슨 일이 일어났는지 알아보려는 마음으로 여기 왔어요. 그뿐이에요. 몇 주 전에 누가 저한테 그 애의 목걸이를 보냈어요. 그게 무슨 뜻인지는 모르겠어요. 에뷔 씨가 그 애를 아시는지도 모르고요. 하지만 교회에 있는 어떤 분이 에뷔 씨에게 가보라고 저한테 말했어요. 저는 이 마을에서 많은 사람들과 이야기를 나누었지만, 아무도 제 여동생을 기억하지 못하는 것 같더라고요. 제발 부탁이에요. 혹시 뭔가 아신다면 말씀 좀 해주세요."

그녀는 다시금 부탁했다. 잠시 두 여자는 서로를 지그시 바라보았다. 에뷔는 생각에 잠긴 듯한 얼굴로 무언가 말하려는 것처럼 입술을 살짝 떼었다.

퍼트리샤는 인내심을 갖고 기다렸다. 심장이 너무 빨리 뛰어서 숨을 쉴 수가 없었다. 에뷔는 동생에 대해 뭔가 알고 있었다. 그녀의 눈빛에서 빤히 보였다. 그래서 대체 왜 에뷔가 말을 하지 않는지 이해가 되지 않았다.

느릿느릿 흐르는 몇 초의 시간은 마치 시럽처럼 끈적였다. 퍼트리샤의 시야 끝으로 에뷔가 문손잡이로 뻗는 손이 보였다. 이제는 날 들여보내주려나. 하지만 그 생각은 틀렸다. 에뷔는 퍼트리샤를 들이는 대신 고개를 저었다.

"미안합니다."

그녀는 이렇게 말하고 문을 닫았다.

퍼트리샤는 뒤로 비틀비틀 물러섰다.

아주 잠깐이나마, 에뷔가 자신을 도와줄 거라고 진심으로 믿었다. 퍼트리샤가 모은 퍼즐 조각 같은 묘한 정보들을 하나의 큰 그림으로 맞춰줄 결정적인 단서를 에뷔가 줄 거라고 생각했었다.

좌절감으로 온몸이 아팠다. 퍼트리샤는 뭔가를 때려 부수고픈 욕구를 불쑥 느꼈다. 어떻게 이럴 수가 있지? 어떻게 매들린이 아무도 모르게 감쪽같이 사라질 수 있단 말이야?

그 긴 세월 동안 퍼트리샤는 슬프고 불행한 마음을 그저 묻어두기만 했다. 언젠가는 이 모든 마음을 다 견뎌낼 만큼 강해질 거라 여겼기 때문이다. 하지만 30년이 지났어도 여전히 처음 그날처럼 절망할 뿐이었다. 매들린이 없어졌다는 걸, 아무도 그 애가 어디 갔는지 모른다는 걸 생각하면 견딜 수가 없었다. 받아들이고 싶지 않은 생각이었다.

퍼트리샤는 얼굴을 두 손으로 쳤다. 나는 왜 유셰르로 떠날 애와 싸웠을까? 매들린이 농장을 물려받는다는 게 너무 심한 책임을 지우는 일이었음을 깨달았어야 했는데. 나는 왜 그토록 어리석었나? 왜 시간을 내서 동생에게 편지를 쓰지 않았을까?

매들린이 사라진 게 내 잘못이었다면 어떡하지?

매들린이 자신에게 화가 나서 다시는 언니를 보지 말자고 마음먹은 것이라면 어떡하지?

23

1987년 6월 23일 화요일

린드베리 목사는 언제나처럼 할 일로 분주했기에 매들린은 기
다려달라는 이야기를 들었다. 목사가 타자기로 뭔가를 치는 동안,
그녀는 맞은편에 앉아서 벽에 걸린 사진을 관찰했다. 둘 사이에
놓인 책상에는 펩시콜라 한 병과 종이컵 두 개가 놓여 있었다.

매들린은 팔을 긁었다. 오늘은 목사님과 네 번째로 만나는 자리
였고, 목사님이 자신을 집으로 초대해주셔서 기뻤다. 자유 교회의
지도자가 베푸는 영적인 보살핌을 받는다니 영광이었다.

그녀는 다른 숙련자들이 목사의 사무실로 들어가는 걸 볼 때마
다 살짝 울컥했다. 린드베리 목사님이 나를 택해주셔서 정말 영광
이라고, 가끔은 목사님과의 대화가 어렵게 느껴지기도 하지만 나
는 최선을 다하고 있다고 생각하는 마음을 그분에게 알려주고 싶
었다. 마음을 열고 자신의 가장 깊은 생각을 드러내는 건 어려운
일이었다. 감정을 통제할 수 있도록 마음 깊숙이 꼭꼭 숨겨두었으
니까.

매들린은 높다랗게 묶은 머리카락을 매만지고는 립글로스를 바

른 입술을 서로 문질렀다. 목사님과 대화하러 갈 때마다 항상 예쁘게 몸단장을 하는 데지레를 보면서 자신도 조금은 열심을 내고 싶었다.

이제까지 있었던 목사와의 만남 시간은 각기 달랐다. 처음에는 비교적 짧은 시간에 서로 다른 주제를 두고 이야기를 나누었지만, 두 번째와 세 번째 만남에서 목사는 매들린의 어린 시절에 대해서 더 알고 싶다고 요청했다. 그가 깊은 대화를 나누고 싶다고 말해서 매들린은 마지못해 부모님이 돌아가셨다고 털어놓았다.

누군가에게 자신의 사생활을 알려줄 때마다 그녀는 알 수 없는 이유로 부끄러웠다. 평범하기 그지없는 자신의 삶에 남이 관심을 가진다는 생각이 바보 같았던데다, 자신의 경험에 대해서 말한다는 게 익숙하지 않았다.

린드베리 목사는 타이핑한 종이에서 눈을 들었다. 그는 매들린의 마음을 기분 좋고 따스하게 물들이는 미소를 지었고, 그의 강렬한 눈빛이 이쪽을 집요하게 주시할 때마다 그녀는 생생하게 살아 있음을 느꼈다.

사람들이 왜 그토록 목사에게 빠지는지 매들린은 얼마든지 이해할 수 있었다. 린드베리 목사에게는 뭐라 말로 표현할 수 없는 특별함이 있었다. 남에게 쉽게 전파되는 에너지와 더불어 누가 봐도 지도자가 될 수밖에 없는 카리스마를 지닌 분이었다. 목사가 안으로 들어오는 순간 모든 사람의 시선이 그쪽으로 향하는 걸 매들린은 수도 없이 알아보았다.

그녀는 당황한 채로 스웨터를 만지작댔다. 목사는 의자에 기대앉고서 자신감 어린 목소리로 말했다.

"잘 왔어. 이렇게 또 보는구나."

"네."

"뭣 좀 마시겠니?"

"네. 감사합니다."

그녀는 사실 펩시콜라를 좋아하지 않았지만 마시겠다고 대답했다.

목사가 병을 따자 기포가 쉭 소리를 내며 올라왔다. 그는 음료수를 컵 두 개에 따랐다. 매들린은 종이컵을 들고 끈적끈적한 음료수를 급히 한 모금 마셨다. 목사 사무실에 앉아 있을 때면 언제나 너무나 긴장이 되었다.

린드베리 목사도 펩시콜라를 한 모금 마신 다음 만족스럽게 입맛을 다셨다.

"오늘은 기분이 좀 어떠니?"

그는 한층 부드러운 목소리로 물었다.

"좋아요."

"우리가 지난번에 나누었던 대화 기억하니?"

"네."

"네 아버지에 대해 이야기를 해주었지."

매들린은 목사와 눈을 마주치지 않고 고개를 끄덕였다. 보통 때였다면 소소하고 가벼운 화제들, 그러니까 로베르트 목사를 놀리거나 성가대에서 부를 노래를 고르는 등으로 대화를 시작했지만, 오늘 린드베리 목사의 나직한 목소리는 완전히 다른 식의 강렬함을 띠었다.

"그 이야기를 다시 했으면 좋겠구나."

그의 말이 둘 사이에서 맴돌았다. 매들린은 심호흡을 했다. 무슨 말을 해야 할지 알 수가 없었다.

목사는 계속 말했다.

"매들린, 네가 날 믿지 않는다면 널 도와줄 수가 없단다. 사람이 발전하는 유일한 방법은 그저 계속 나아가는 것뿐인데, 너는 아직도 과거에 갇혀 있어. 그 과거가 닻처럼 무겁게 널 묶고 있구나. 넌 그걸 풀고 전진해야 해."

린드베리 목사의 말을 들으니 자신의 모든 게 일그러진 것만 같았다. 목사님 말이 옳다는 걸, 자신은 여전히 슬퍼하고 있다는 걸 알았지만 그 감정을 전부 버린다는 게 잘 되지 않았다. 무슨 일이 있었는지 말하고 싶지 않았다. 목사님이 요구하는 건 자신에게 불가능했다.

"아버지는 어쩌다가 돌아가셨니?"

매들린은 종이컵을 내려놓았다. 이 질문에 대답할 준비가 되어 있지 않았다. 문득 일어나서 이곳을 나가고픈 충동이 들었지만 애써 참았다. 문 쪽을 슬며시 쳐다보았지만, 문은 닫혀 있었다.

"매들린."

목사가 그녀를 반복해서 불렀다. 낮은 목소리에는 어서 말해보란 기색이 깃들어 있었다. 여기 갇혀버렸다는 느낌이 들면서 공황에 휩싸였지만, 매들린은 목사의 말에 순종하고 싶었다. 나를 도와주려고 그러시는 거잖아. 말하기 정말로 싫지만, 목사님을 믿어야 했다.

"저는……."

매들린은 입을 열었지만, 목소리가 갈라지고 말았다.

"무서워할 거 하나도 없단다."

목사는 이렇게 말하며 삐걱거리는 의자 위에서 자세를 고쳐 앉았다.

매들린의 눈에 눈물이 차올랐다. 감정이 압도적으로 밀려왔다.

"아빠는 심장마비를 겪으셨어요."

그녀는 속삭여 말하고는 두 손에 얼굴을 묻었다.

린드베리 목사는 조심스러운 태도로 고개를 지그시 숙여 그녀를 바라보고는 속삭였다.

"잘 말했구나. 계속해보렴."

"아빠는 지병이 있지 않았어요. 아니, 심장에 문제가 있었는데도 우리가 몰랐던 걸 수도 있고요."

매들린은 마른침을 삼켰다. 솔직히 그 순간을 다시 떠올리고 싶지 않았다. 입에서 말이 나올 때마다 그만두고 싶은 충동이 일어서 그녀는 아주 천천히 이야기했다.

"아빠는 오래전부터 항상 스트레스를 받으셨어요. 곡물 가격이 너무 낮았고, 금리랑 유가는 치솟았거든요. 미국 농업이 위기라는 말 들어보셨죠? 저녁마다 아빠는 TV 뉴스를 보면서 한숨을 쉬었어요. 거의 매일 24시간 내내 일하는데도 어찌할 도리가 없었거든요. 아빠의 심장이 약해진 게 스트레스 때문인지는 모르겠지만, 건강에 절대로 좋지는 않았을 거예요."

그녀는 잠시 말을 멈추고는 눈가에서 눈물을 닦아냈다.

"쓰러진 아빠를 발견한 게 저였어요. 아빠는 소들 사이에 있었어요. 집에 왔는데 축사 불이 여전히 켜져 있어서 갔었죠. 처음에는 아빠를 곧바로 알아보지 못했어요. 소들이 소란을 일으키면 꽤시끄러워요. 다들 발굽을 쿵쿵대며 울고 있었어요. 그러다 전 아빠를 발견했어요. 여물통 뒤에 쓰러져 있었어요. 처음에는 소한테 밟힌 줄 알았어요."

매들린은 입을 다물었다.

"그때 넌 몇 살이었니?"

"열일곱 살이요."

린드베리 목사는 자리에서 일어나 이쪽으로 다가왔다. 그리고 매들린 옆에 서서 그녀의 손을 잡고 의자에서 일으켰다. 그녀는 아직도 차마 목사와 눈을 마주치지 못하고 그저 바닥을 응시하고 있었다.

목사는 부드러운 손길로 그녀의 몸에 팔을 두르고는 꼭 안았다. 매들린의 몸이 확 굳었지만 이내 그의 품에 몸을 맡기고 힘을 풀었다. 그리고 숨을 몰아쉬며 목사의 어깨에 머리를 기대었다.

"그래, 이렇게 하면 된단다. 다 말해보렴."

매들린의 울음이 그칠 때까지 둘은 그렇게 서 있었다. 이어서 린드베리 목사는 팔을 풀고서 그녀를 바라보았다. 마지못해 눈을 마주치자 목사의 미소가 보였다.

"잘했다. 이제 좀 기분이 나아졌니?"

그녀는 고개를 끄덕였다.

"하지만 아직 끝나지 않았어. 나에게 할 말이 더 있지 않니?"

그는 매들린의 뒤에 서서 두 손을 그녀의 어깨에 얹었다.

"아뇨."

그녀는 고저 없는 목소리로 대답했다. 하지만 린드베리 목사는 손에 세차게 힘을 주어 어깨를 아프도록 쥐었다.

"매들린."

그는 긴장이 서리다시피 힘을 준 목소리로 말했다.

숨이 너무 가빠왔다. 너무 오랫동안 물에 잠겼다가 숨을 쉬려고 다시 수면에 올라온 사람처럼 그녀는 숨을 들이쉬었다.

"말하고 싶지 않아요."

속삭이는 대답에 그는 맞섰다.

"그냥 말해봐."

매들린은 눈을 감았다. 호흡마다 가슴이 꾹 죄어들었다. 금방이라도 폐가 터질 것만 같았다.

목사의 두 손이 그녀의 몸을 쭉 미끄러져 내려가 이제는 허리를 잡았다.

"다 말해보렴."

그가 숨결 섞인 목소리를 낸 순간, 마치 댐이 무너지는 것만 같이 매들린의 입에서 말이 넘쳐흘렀다. 그녀는 중얼중얼 말했다.

"제 잘못이었어요. 전 집에 있어야 했는데 그날은 시내로 가는 버스를 타고 말았어요. 평소엔 학교가 끝나면 아버지를 도와 일했지만, 그날은 별로 하고 싶지 않았어요. 그때 제가 자전거를 타고 집에 갔었더라면, 아빠가 쓰러졌을 때 옆에 있었을 거예요. 그랬다면 아빠는 돌아가시지 않았을지도 몰라요."

방금 무슨 말을 한 건지 깨달은 순간 그녀는 주저앉고 말았지만, 린드베리 목사가 그녀를 붙잡아주었다.

매들린은 공허함을 느꼈다. 이건 아무에게도 말한 적 없던 일이었다.

린드베리 목사는 그녀를 품에 안았다. 그의 단단한 몸이 자신의 몸을 꽉 감싸는 느낌이 들었다.

"하느님께서 널 용서해주셨단다."

매들린은 숨이 막힐 것만 같았다. 무언가 목을 조르는 느낌이 들어서 그녀는 숨을 헐떡였다.

린드베리 목사의 말은 계속 이어졌다.

"그건 네 잘못이 아니야. 넌 그날 무슨 일이 있을지 몰랐어."

그 말을 듣자 온몸이 떨리기 시작했다. 린드베리 목사의 품에 안긴 그녀의 몸이 부르르 진동했다. 목사님이 자신을 안고 계셔서 다행이었다.

마음속 깊은 곳에서부터 무언가 솟아오르더니, 갑자기 매들린은 제어할 수 없는 이상한 슬픔의 소리를 내고 말았다. 그녀는 흐느껴 울며 말했다.

"내가 아빠를 죽게 둔 거예요."

"아니야. 네가 그런 게 아니야. 하느님께서 그분을 데려가신 거야. 모든 일에는 다 뜻이 있고, 너는 그걸 어찌할 수 없단다."

그의 목소리는 따스하고 고요했다. 목사의 품은 안전한 기분이 들었다. 물론 이분의 품에 안겨서 이렇게 서 있는 건 이상했지만,

일종의 해방감이 느껴졌다.

매들린은 눈을 깜빡여 눈물을 털어냈다. 그 누구에게보다도 린드베리 목사에게 마음을 활짝 열게 된 순간이었다. 목사는 그녀의 영혼을 올곧게 응시했다. 둘 사이에는 그 어떤 방해물도 없었고, 그렇게 둘은 영원히 이어지게 되었다.

그는 매들린의 팔을 위아래로 부드럽게 쓰다듬었다. 그러자 슬픔이 서서히 사라지는 느낌이 들었다. 이런 점 때문에 목사님은 특별한 분인 거구나, 하고 매들린은 생각했다. 이래서 모두들 린드베리 목사님을 만나고 싶어 하는구나. 목사님은 사람들에게 무엇이 필요한지 정확하게 아는 능력이 있으니까.

두 사람은 잠시 그렇게 서 있었다. 하지만 몇 분이 지나자 매들린은 무척 초조해지고 말았다. 목사님이 아직도 자신의 뒤에 서 있는 느낌이, 자신은 그분을 볼 수 없는 이 자세가 기분이 묘했다. 그의 짙은 숨결이 목 뒤로 느껴졌지만 매들린은 감히 움직일 수가 없었다. 이 대화를 언제 끝낼지는 자신이 정할 문제가 아니었기에, 린드베리 목사의 품에서 함부로 벗어난다면 그건 은혜를 저버리는 짓일 것이었다.

그 순간, 문에서 노크 소리가 들렸다. 하지만 린드베리 목사는 아무런 반응을 보이지 않았다. 매들린은 마른침을 삼켰다. 누군가 바깥에서 움직이는 소리가 들려오자, 매들린은 "들어오세요!"라고 소리치고 싶은 충동이 들었지만 꾹 참았다.

다시금 노크 소리가 들려왔다. 이번엔 더 크게 들리는 소리에 린드베리 목사는 못마땅한 소리를 냈다.

"네. 누구십니까?"

그는 조급하게 말했다.

"저예요."

린드베리 부인의 목소리에 방 안 분위기가 달라졌다. 마침내 목사는 매들린을 놓아주었다.

"오늘은 여기까지 하자."

그는 중얼거리며 셔츠를 매만졌다.

매들린은 문으로 다가갔다. 이어서 린드베리 부인이 들어오자 다정하게 인사를 하고 사무실을 나섰다. 머리가 어지러웠고, 울어서 눈은 부어 있었지만 그럼에도 한결 가벼운 기분이었다. 가슴을 짓누르던 무게가 사라진 지금, 마침내 데지레가 말했던 행복한 선택이 뭔지 이해할 수 있었다. 자신의 앞에 완전히 새로운 세상이 열린 기분이랄까. 린드베리 목사님이 자신의 영혼을 어루만져주자, 갑자기 온 세상이 더욱 명확한 선을 그린 듯이 보였다.

매들린은 하늘의 구름을 바라보았다. 맑고 파란 하늘과 뚜렷한 대조를 이루는 흰 구름이 마치 솜사탕 같았다. 그녀는 바다의 내음을 맡으며 참나무 꼭대기에 앉은 새의 지저귐을 들었다.

이런 행복한 기분이 그 얼마 만이던가. 이 행복은 그저 예감이 아니라 정말로 온몸을 속속들이 채우는 감정이었다. 지금 이 기분이 어떤지는 나와 비슷한 경험을 한 사람만이 알 수 있을 거야.

그녀는 태양을 향해 얼굴을 들고 두 눈을 감았다. 그리고 자신을 유셰르로 인도해주신 하느님께 감사를 드렸다. 저 지구 반대편에서 여기로 오게 해주셔서 감사합니다.

24

6월 14일 금요일

에리카는 양옆으로 쭉 자란 나무들로 둘러싸인 좁다란 길을 따라 교회의 강당으로 향했다. 어렸을 적 이 교회는 동네에서 아주 고립된 공동체여서 에리카는 이 강당에 들어간 적이 없었다. 9월의 어느 날 오후 요나스가 자신에게 말을 걸었을 때는 너무 놀라서 무슨 말을 해야 할지 알 수가 없을 정도였다. 교회에 다니는 젊은이들은 저들끼리 지내는 상황을 익숙하게 보았던지라, 요나스 같은 애가 자신에게 관심을 가진다는 사실이 그저 놀라웠었다.

사귄 지 처음 몇 주 동안 그녀와 요나스는 둘 사이를 아무에게도 말하지 않고 비밀리에 만났다. 마치 금단의 사랑처럼 이 세상 누구도 둘이 서로에게 느끼는 마음을 이해할 수 없다는 건 뭔가 매혹적이었다. 에리카는 그 열렬했던 사랑을, 행복에 취해 있던 그때의 둘을 떠올렸다. 요나스가 정말 잘생겼다고 생각했던 에리카는 그와 함께 있기 위해서라면 뭐든 할 수 있다고 생각했었다.

그녀는 눈을 내리깔았다. 울퉁불퉁한 바닥은 지난가을 떨어진 나뭇가지와 낙엽으로 뒤덮여 있어서 발을 헛디디는 일이 없도록 조심해야 했다. 요나스에게서 문자를 받은 후로 속이 설레어 미친 듯이 울렁거렸다. 보아하니 무대 배경으로 쓸 커다란 판지가 배달된 것 같았다. 에리카는 무대 배경 디자인에 조언을 해주러 가겠다고 약속했었다.

그녀는 머리를 매만지며 문득 든 생각에 미소를 지었다. 고등학교에 갔을 땐 나중에 뭔가 창조적인 직업을 가지게 될 거라고 확신했었는데.

그래서 미술에 초점을 둔 과목을 골라 들었고, 여유가 있을 때는 그림을 그리고 사진을 찍는 데 몰두했다. 위스타드에서 다녔던 학교에는 아직도 그녀가 그린 벽화가 몇 점 남아 있고, 졸업 시험을 본 후 몇 년간은 디자인과 예술을 전공하면서 동시에 경영학 공부를 병행했다. 하지만 그 후의 현실은 달라지고 말았다. 마르틴을 만나서 함께 할름스타드로 이사를 했으니까. 그곳에서 에리카는 관청에 공무원 자리를 얻어서 지금껏 일해오고 있었다.

동시에 요나스가 편지를 보냈던 일을 에리카는 떠올렸다. 그는 어느 호텔의 주소를 써서 편지를 발송했지만, 그녀는 새로운 삶을 꾸리느라 너무나 바빠서 답장하지 않았다. 하지만 이제야 그녀는 가만히 생각해보았다. 그때 요나스를 다시 만났더라면 뭔가 심오하고 의미 있는 일이 벌어졌을까.

하지만 에리카는 곧바로 그 생각을 접었다. 이런 생각을 다 하다니 정말 바보 같네. 당시의 상황과 그들의 결정은 아무런 상관이 없지 않은가. 자신은 지금 있는 그대로의 삶이 좋았다. 옳은 선택을 했으니까. 지금 내 가족이 없다면 내가 어떻게 되었겠어?

고개를 든 에리카는 교회 앞 계단에 서서 자신을 기다리는 요나스를 보았다. 그는 흰 셔츠에 연한 색 청바지를 입고 있었다. 그가 미소를 짓자 에리카의 속이 간질간질 일렁였다.

"안녕! 와줘서 정말 기쁘다."

요나스는 그녀에게 소리치며 두 팔을 벌리고는 에리카를 오랫동안 껴안았다. 그리고 그가 따스한 눈길로 이쪽을 바라보자 그녀는 다시금 열여섯 살로 돌아간 것만 같았다.

"안녕."

그녀는 인사말을 건네고 돌아섰다. 지금 얼굴이 얼마나 빨개졌는지 보여주고 싶지 않았다.

"무대는 어디에 있어?"

"들어와. 보여줄게."

요나스는 그녀를 뒷문으로 데려가서 어느 방으로 들어갔다. 그곳에는 의상과 소품, 온갖 도구가 가득했다. 어떤 의자에는 호피무늬 정장이 걸쳐져 있었고, 또 어떤 의자에는 공주풍 드레스와 종이로 만든 코끼리가 놓여 있었다. 탁자 위에는 트럼펫과 원통이 있었다.

"재미있어 보이네."

"마음에 든다니 다행이야. 애들이 뭘 하고 싶은지 스스로 결정했거든. 그래서 연극은 이것저것 섞은 형태가 될 거야. 우리 공연에 오면 정말 좋겠어. 리나를 데려와. 아마 좋아할 거야."

"고마워. 하지만 우리가 그때까지 여기 있을지 모르겠어."

"알았어. 그런데 너희 다른 가족도 유셰르에 오니?"

에리카는 어깨를 으쓱였다.

"모르겠어. 큰딸 엠마는 지금 단기 아르바이트 중이라서 바빠. 그리고 우리 남편 마르틴은 지금 회사 일에 매여 있어서."

"유셰르에서 보내는 여름휴가를 알면서도 마다하는 사람이 있다고?"

요나스는 이렇게 질문하며 두 팔을 벌렸다.

"그러게. 좋은 지적이야."

요나스는 벽에 기대어놓은 커다란 흰 판지 두 개를 보여주었다.

"이게 우리의 무대 배경이 될 거야."

에리카는 판지를 손으로 쓰다듬으며 말했다.

"알았어. 그럼 애들은 어떤 모티브를 원해?"

"정글이랑 서커스, 공주님이 사는 성이랑 도시에 대한 연극을 할 거야."

에리카는 그를 바라보다가 웃고 말았다.

"아, 그게 전부야? 과학자 실험실이나 우주 정거장은 안 나온대?"

요나스는 비뚜름히 웃었다. 그 모습을 본 에리카는 그에게 언제나 뭔가 애처로운 면이 있었다는 생각이 들었다. 언젠가 자신의 가장 친한 친구에게 그런 말을 했던 기억이 났다. 요나스는 내면에 두 가지 성격을 지니고 있다고. 어떤 때는 한없이 행복해 보이면서 말할 수 없이 즐거운 기색을 드러냈지만, 또 어떤 때는 어두운 생각에 괴로워하고 있는 것 같다고. 가끔 보면 온 세상 짐을 어깨에 다 지고 가는 사람 같다고. 세상에서 일어나는 온갖 일에 심하게 화를 내고 미래를 걱정한다고. 그때 요나스는 언제나 에리카가 어둠 속에서 빛나는 존재라는 말을 했었다. 그녀야말로 자신을 다시 행복하게 해주는 사람이라고, 그래서 그녀가 너무나 필요하다고 말이다.

"우리는 모든 장면의 배경으로 신비한 숲이 괜찮을 것 같다는 데 의견을 모았어."

요나스가 말했다.

"아하, 신비한 숲이라."

"그래. 너도 알다시피 이끼랑 넝쿨이랑 식육식물 같은 거 있잖아."

요나스는 판지를 한쪽으로 밀고 물감이 든 상자를 꺼내며 덧붙였다.

"우리에게 있는 재료는 이거야. 이것만으로도 작업할 수 있으면 좋겠는데."

"연필 가진 거 있니?"

요나스는 그녀에게 노란색 색연필을 주었다. 커다란 판지 앞에 선 에리카는 한 걸음 물러나 비율을 측정한 다음 작업을 시작했다. 익숙한 손놀림으로 숲이 시작하는 곳과 끝나는 지점을 표시한 다음, 나무 꼭대기를 스케치해나갔다. 그녀의 손은 알아서 판지 위를 스윽 움직였다. 가끔은 한 걸음 뒤로 물러나 전체적인 구도를 파악하기도 했다.

스케치를 완성한 에리카는 물감 통을 몇 개 열고서 숲의 윤곽을 그리기 시작했다. 녹색과 흰색, 검은색을 혼합해서 다양한 색상을 만든 다음 넓게 붓질을 하면서 그림을 그려갔다.

서서히 숲의 모습이 나타났다. 회색과 녹색 빛을 띤 나무들이 보랏빛 하늘을 배경으로 드러난 가운데 색색의 꽃이 그 사이에 그려졌다. 그녀는 여기저기에 신기하게 생긴 새나 나비를 그려 넣었고, 배경의 가장자리에는 서커스 천막, 그리고 높다란 탑과 총안이 있는 성벽이 딸린 성을 그렸다.

얼마나 그렸을까, 에리카는 벽시계를 보고서 움찔했다. 벌써 두 시간이 지나 있었다. 그녀는 벽에 기대어 이쪽을 바라보는 요나스와 눈이 마주쳤다.

"미안해. 시간이 가는 줄 몰랐어."

"괜찮아. 네가 일하는 거 보는 게 좋아. 완전히 몰입했던데."

에리카는 수건으로 손을 닦으며 미안한 기색으로 말했다.

"난 이제 그림을 그리는 일이 잘 없어."

"왜? 넌 진짜 재능 있는데."

"이젠 나도 예전처럼 잘하진 못해."

그녀는 아니라는 식으로 대꾸하고서 이마에 흘러내린 머리카락을 쓸어 올리며 덧붙였다.

"게다가 시간도 없어. 정규직으로 일하면서 아이 둘 키우고 집안일까지 하려면 남는 시간이 많지 않더라."

요나스는 주머니에 두 손을 꽂은 채로 무대 배경 앞에 섰다.

"그림은 남는 시간에 그리는 게 아니라 네 직업이 되었어야 했어."

"그림으로 돈 벌기란 어렵잖아."

그녀는 한숨을 쉬었다.

"이해해. 하지만 이런 재능을 낭비하다니 참 안타까워."

요나스가 이쪽으로 돌아서자 에리카는 온몸을 스치는 행복감을 느꼈다. 그러다 문득 또 궁금해졌다. 이 행복을 요나스와 함께 나눴더라면 자신의 삶은 어떻게 변했을까. 혹시 더 행복했을까?

요나스의 섬세한 얼굴선과 크고 따스한 눈망울을, 언제나 진지한 기색을 알아볼 수 있는 그 눈빛을 에리카는 가만히 바라보았다. 요나스에게 키스하면서 그 부드러운 머리카락을 손으로 쓸어봤던 기분이 어땠는지 떠올렸다. 둘은 사귄 기간 동안 서로 떨어져 있던 적이 없었고, 언제나 서로의 스웨터 아래로 손을 넣고 목덜미나 청바지 뒷주머니를 만져댔다. 그들은 10대들이 느끼는 강렬한 허기로 가득 찬 일종의 공생 관계 속에서 살았다.

그녀는 속으로 미소를 지으며 눈을 내리깔았다. 가끔은 사느냐 죽느냐로 온갖 감정이 중요했던 그 시기가 그립곤 했다. 키스마다 의미가 있었던 그때가, 단 한 번의 접촉만으로도 온 세상이 뒤흔들리던 그때가 그리웠다.

두 사람은 말없이 서로의 옆에 서서 기나긴 1분을 보냈다. 함께했던 과거로 하나가 된 고요한 시간이었다. 그러다 에리카는 한 발짝 옆으로 비켜서고는 급히 말했다.

"이제 가야겠어."

"그래. 도와줘서 정말 고마워. 이토록 멋진 무대 배경을 보면 아이들이 무척 기뻐할 거야."

"나머지 부분은 마저 그리기 어렵지 않아."

그녀는 그림을 가리키며 말했다.

"그래. 나머지는 우리가 할게."

"응, 그럼 나중에 봐."

그녀가 곧바로 문으로 향하려던 순간, 뒤에서 그의 목소리가 들렸다.

"에리카, 잠깐만."

천천히 돌아서자 요나스가 이마에 드리워진 머리칼을 쓸어 올리며 말했다.

"도와준 데 대한 감사의 표시로 내가 식사 대접을 해도 될까?"

에리카는 망설였다. 입장을 바꾸어서 만약 마르틴이 옛 여자 친구와 식사를 한다면 자신은 별로 기분이 좋지 않을 것이었다. 하지만 요나스는 그저 옛 남자 친구만이 아니었다. 그는 어릴 적 자신을 진짜로 알고 있던 소수의 지인 중 하나이기도 하니까.

"그래. 연락 줘."

"정말 기쁘다. 그럼 나중에 보자."

온몸이 파르르 떨리는 기분을 느끼며 그녀는 교회를 나섰다. 요나스와 다시 만난 게 아무 의미 없다는 건 알고 있었다. 그건 어리석은 환상일 뿐이니까. 하지만 한편으로는 에리카가 이토록 자유로움을 느낀 적 역시 참 오랜만이었다. 그래서 잠시나마 이 감정을 간직하고 싶었다.

25

퍼트리샤는 빠른 걸음으로 동네를 걸었다. 지금도 교회에 한 번 더 갔다 온 참이었다. 매들린이 사라졌을 때 그 교회에 다녔던 사람을 찾기 위해 간 것이었지만, 이번에도 실패하고 말았다.

온갖 생각이 머릿속을 스쳤다. 퍼트리샤는 한숨을 쉬었다. 난 대체 뭘 기대했던 걸까. 이토록 많은 시간이 흐른 시점인데, 정말로 뭔가 새로운 소식을 알 수 있을 거라 생각한 건가? 내가 찾고 있던 걸 찾게 될 거라고?

그녀는 좌절감을 품은 채로 갈라진 아스팔트 길 위를 껑충 내디뎠다. 30년 넘도록 퍼트리샤는 동생이 어떻게 된 건지 알아내려고 애썼다. 하지만 한 걸음 나아가나 싶다가도 다시 두 걸음 뒤로 물러서게 되는 거나 마찬가지인 상황이었고, 이제껏 그녀가 찾아낸 몇 안 되는 정보조차 조금만 조사해보면 싹 사라질 환상 같았다.

과도한 압박을 느끼며 퍼트리샤는 자신이 알고 있는 것에 초점을 열심히 맞춰보았다. 매들린은 1987년 8월 7일 금요일까지는 아직 유셰르에 있었다. 이곳은 동생이 마지막으로 목격된 곳이다.

그런데 무슨 일이 일어난 걸까? 매들린은 어디로 사라진 걸까?

퍼트리샤는 매들린이 이곳으로 떠나기 전 나누었던 대화를 떠올렸다. 동생은 스웨덴에 있는 동안 할머니를 만나러 갈까 생각했었다. 자신 역시 이곳 유셰르에 처음 왔을 땐 스웨덴의 친척들과 연락해보려고 했던 기억이 났다. 혹시나 매들린이 그들과 연락하고 지냈던 건 아닐까 싶어서였다. 하지만 그녀는 친척을 전혀 찾아내지 못했다. 혹시 다시 한번 친척들을 찾아볼 가치가 있을까? 하지만 또 생각해보면 대체 할머니가 아직도 살아 계실 가능성이 얼마나 될까?

그녀는 주머니에서 티슈를 꺼내 코를 닦았다. 애초에 유셰르에 오지 말걸 그랬을까. 어쩌면 이곳에 왔기 때문에 자신은 다시금 어두운 구멍으로 빨려들어가버릴지도 모른다. 이곳에 머문다는 건 모든 걸 영영 매듭짓는 일이다. 지금에 와서도 매들린이 어떻게 된 건지 알아낼 수 없다면, 퍼트리샤는 앞으로도 영영 알아낼 수 없을 테니까. 지금은 자신의 마지막 기회였다.

저 앞으로 노란 호텔이 보이자 그녀의 발걸음은 곧 가벼워졌다. '모나의 책이 있는 B&B'는 퍼트리샤에게 마치 고향에 온 듯한 안정감을 주었다.

도리스는 평소처럼 독서 테이블에 앉아 있었다. 퍼트리샤는 방으로 곧장 들어가고 싶었지만, 도리스가 그녀에게 손짓하더니 책을 흔들어 보이며 말했다.

"안녕. 혹시 너 『해변 길의 작은 빵집』 읽어봤어? 문학 퀴즈에 빵 종류도 하나 나오면 좋을 것 같아서."

"응. 그거 좋은 책이지. 난 새를 별로 좋아하지 않는데도 좋더라."

퍼트리샤는 애써 미소를 지어보려 했지만 잘되지 않은 것 같았다. 도리스의 눈빛에서 대번 걱정스러운 기색이 일렁였기 때문이었다.

"무슨 일 있어?"

퍼트리샤가 대답하지 않자, 도리스는 옆에 있는 빈 의자를 두드리며 말했다.

"이리 와서 내 옆에 잠깐 앉아봐."

"전혀 진척이 없어서."

퍼트리샤는 한숨을 쉬면서 의자에 털썩 앉았다. 도리스는 안경을 고쳐 썼다.

"내가 뭔가 도와줄 수 있었다면 좋았을 텐데. 그레타에게 전화를 해봤는데 받지를 않더라고. 하지만 약속할게. 당분간은 내가 계속 전화해볼게."

퍼트리샤는 앞에 있던 책 더미를 만지작거리며 나직이 말했다.

"고마워. 사실 이번에 여기 온 게 나한테 이토록 큰 영향을 끼칠 줄은 몰랐거든. 지금 난 마치 시간을 거슬러 올라온 기분이야."

"참 힘들겠구나."

퍼트리샤는 고개를 끄덕였다.

"그래. 정말 힘들어. 난 매들린이 미치도록 보고 싶어."

도리스는 믿음직스러운 목소리로 말했다.

"네가 어떤 마음인지 알아. 내 남편 예란은 1년 전에 세상을 떠났거든. 그이를 1분이라도 다시 볼 수만 있다면 난 무슨 짓이든 할 수 있어. 그이를 품에 안고 목소리를 듣고 싶어. 사랑하는 사람이 사라진 자리에 익숙해지기란 참 힘들지."

퍼트리샤가 고개를 들자, 도리스의 눈가가 촉촉해져 있었다.

"정말 마음이 아프다. 그래, 익숙해지기란 쉽지 않지. 특히 슬픔이 완전히 가시지 않으면 더 그래. 시간이 흐르면 견디기 쉬워질 거라고 많이들 생각하는 것 같지만, 그래도 언제나 공허함은 어느 정도 남아 있거든. 가끔 아침에 일어나면 몇 초간 예란이 이젠 없다는 걸 잊어버리곤 해. 그래서 남편이 있을 쪽으로 돌아서서 간밤에 무슨 꿈을 꿨는지 말하려고 하지. 하지만 알고 보면 그이가 옆에 없는 거야. 빈 침대에서 자는 건 정말 이상한 기분이야."

도리스는 웃으면서 퍼트리샤 쪽으로 몸을 숙이고 덧붙였다.

"이건 아무한테도 말하지 마. 그래서 난 침대 한쪽에다 책을 잔뜩 쌓아놨어. 그러니까 적어도 심하게 외롭지는 않더라."

퍼트리샤는 웃고 말았다. 도리스와 이야기하는 지금 같은 순간이, 그러니까 동생에 대해서 말하는 이런 순간이 참 그리웠었다. 매들린이 사라지고 나서 몇 주 동안은 수많은 사람들이 연락해 왔다. 그들은 스튜와 케이크를 들고 방문했고 조심스러운 문구의 카드를 보내주었다. 하지만 그도 잠시, 다들 매들린이 사라졌다는 걸 잊고 사는 것 같았다. 사람들은 저들의 익숙한 일상으로 돌아갔고, 퍼트리샤만이 절대로 끝나지 않을 악몽에 홀로 남겨진 기분이었다.

그녀는 손끝으로 책등을 쓰다듬으며 말했다.

"난 가끔 우리가 경험했을지도 모를 순간을 생각하곤 해. 매들린이 졸업을 하는 순간이나, 꿈에 바라던 직업을 찾는 순간이나, 처음으로 집을 마련하는 순간을 옆에서 볼 수 있었을 텐데. 동생이 우리 어머니의 웨딩드레스를 입고 교회 제단 앞에 선 모습을 너무 보고 싶었어. 그리고 그 애가 낳은 아이들을 만나고 싶었어. 동생은 훌륭한 엄마가 되었을 거야. 그건 확실한데."

그녀는 눈을 비비며 덧붙였다.

"하지만 그 애가 사라지면서 그럴 기회도 빼앗기고 말았어."

도리스는 퍼트리샤의 팔을 쓰다듬었다.

"정말 마음이 아프다."

"고마워."

"동생이 어디 있는지 모른다니 정말 끔찍한 일이야."

퍼트리샤는 창밖을 바라보았다. 밀짚모자를 쓴 남자가 지나가고 있었다. 커피 머신에서 위잉 소리가 기분 좋게 들려오고, 모나가 갓 구운 시나몬 롤 향기가 코끝을 스쳤다.

"가끔 나는 이런 생각을 해. 매들린이 머리를 다쳐서 기억상실증으로 자기가 누군지도 모르는 상태가 되었지만 어딘가에서 멋지게 살고 있지는 않을까. 나는 그 애가 하얀 나무 기둥으로 지은 집에서 살면서 정원에서 장미꽃을 꺾으며 살고 있다고 생각해. 자신을 아껴주는 남편과 딸 둘 아들 하나를 키우면서 산다고. 많이 놀러다니기도 하고, 정원에서 흥겹게 놀면서 다 같이 소풍도 하는 그런 삶을 산다고."

그녀가 계속 말하며 미소를 짓자, 도리스는 맞장구쳤다.

"멋진 삶인 것 같네."

"참 바보 같긴 한데, 나는 상상 속에서 그 애 가족이 사는 자그 마한 세상을 창조했어. 그 안에서 매들린은 마땅히 누려야 할 것 을 모두 받아 누리며 살고 있지. 솔직히 그렇게 생각하면 나는 좀 위안이 돼."

그때였다. 검은 고양이 한 마리가 그들이 앉은 탁자에 몸을 기 대더니, 퍼트리샤가 미처 알아차리기도 전에 그녀의 무릎으로 뛰 어올랐다.

"이거 에뷔네 고양이 아니야?"

그녀의 물음에 도리스는 고개를 끄덕였다.

"맞아. 애 이름은 사바야. 가끔 여기에 와."

퍼트리샤는 사바의 머리 위로 조심스레 손을 대고서 귀 뒤를 긁 어주었다. 사바는 그녀에게 몸을 기대고는 가르랑거리기 시작했 다. 퍼트리샤는 책 더미를 가리켰다.

"도와줄까?"

그녀의 물음에 도리스의 눈이 반짝 빛났다.

"좋지. 너 시간 돼?"

"나 좀 쉬어야겠어서."

퍼트리샤는 이렇게 말하며 『얼얼한 열정』이라는 책을 휙 넘겨 보았다.

"너 그 책 읽어봤어?"

도리스가 궁금한 듯 묻자, 퍼트리샤는 고개를 끄덕였다.

"난 그 음식들이 그렇게 이상한가 싶더라고."

그녀의 말에 도리스가 대답했다.

"아니, 아니야. 우리가 할 문학 퀴즈에는 그리 이상할 건 없어."

퍼트리샤는 그녀를 슬그머니 관찰했다. 도리스는 항상 한없는 기쁨을 발산하는 사람이라, 같이 이야기하고 있으면 어느새 웃지 않기가 어려웠다.

"그래, 원한다면야. 그럼 참판동고*를 넣는 건 어때?"

도리스는 눈을 커다랗게 뜨고 그녀를 바라보았다.

"참판, 뭐?"

"참판동고."

퍼트리샤가 다시 말하며 웃자, 도리스는 탁자 위로 몸을 숙였다.

"그거 아주 멋진 음식 같네! 꼭 퀴즈에 넣어야겠다."

---

* 고기에 아몬드, 호두, 양파, 치즈 등을 넣고 토르티야와 층층이 쌓아 오븐에 굽는 멕시코 전통 요리.

26

1987년 6월 25일 목요일

매들린은 피아노 앞에 앉아서 노래하는 여자들에게 맞춰 반주를 했다. 연습한 지는 몇 주밖에 안 되었지만, 합창단은 벌써 상당히 노래를 잘했다.

여러 사람의 목소리로 찬송가 〈나 같은 죄인 살리신〉의 멋진 화음이 이루어지자, 매들린은 앞줄에 있던 데지레와 만족스럽게 시선을 주고받았다.

성가대에 들어온 사람들은 저마다 다양했고, 매들린은 어서 그들의 다음 공연이 시작되기만을 바랐다. 이윽고 노래가 끝나자, 사람들은 즐겁게 목소리를 높였다. 매들린은 일어나서 성가대에게 갈채를 보냈다.

"브라보! 여러분, 참 잘하셨어요."

데지레가 몸을 굽혀 인사하자 뒷줄에서 웃음소리가 들렸다.

짧은 금발을 한 그레타라는 여자가 손을 들었다.

"다음 주 일요일 전에 다시 모여 연습할까요?"

매들린은 데지레를 잠시 바라본 후 성가대에게 고개를 돌렸다.

"시간이 되시면 토요일 아침에 모이면 어떨까요."

"난 올 수 있어요."

그레타가 미소를 지었다. 그녀는 따스하고 열린 마음을 가진 사람이었다.

다른 성가대원들도 서로 바라보면서 고개를 끄덕였다.

"좋아요. 그럼 그렇게 정해요. 11시 어때요?"

이윽고 매들린은 성가대원들과 작별 인사를 하고 그들을 배웅한 다음 다시 피아노 앞에 앉았다. 가끔은 연습 후 남아서 사람들이 다 교회를 떠난 뒤에도 연주를 하곤 했다.

하얀 피아노 앞에 놓인 의자에 앉아 고운 건반에 손을 올렸다. 교회 창문으로 비쳐드는 저녁의 햇살이 방 안을 주홍빛으로 가득 물들였다.

매들린은 눈을 감고서 두 손을 건반 위에 바르게 놓고 연주를 시작했다. 그녀가 가장 좋아하는 곡은 〈달빛〉이었다. 이 곡을 들으면 어머니가 떠올랐기 때문이다. 퍼트리샤는 매들린이 일곱 살 때 암으로 세상을 떠난 어머니 엘리너 그레이가 달 같다고 항상 말하곤 했다. 저 하늘 높이 떠 있어서 손에 닿을 수 없는 달 같다고.

그 생각이 들면 안심이 되면서도 슬펐다. 매들린은 이윽고 음악에 빠져들었다. 피아노와 하나가 되는 동안은 세상 모든 게 사라지는 느낌이 들어 좋았다. 교회는 그녀에게 항상 피난처가 되어주었다. 이곳에서는 고향에 온 듯 편안함을 느끼면서 위안과 힘을 얻었다.

연주를 마치고 건반에서 손을 떼자 벌써 바깥이 어두워졌다. 매들린은 악보를 정리해서 악보 보관장으로 갔다. 긴 시간 동안 수많은 성가곡집과 오래된 악보를 모아놓은 보관장 안에는 폴더에 분류된 악보도 있었지만 정리되지 않은 채 무더기로 아무렇게나 놓인 악보도 있었다.

매들린은 한 무더기의 악보를 들고서 무게를 가늠해보았다. 언제 시간이 나면 이걸 살펴보아서 잃어버리는 일이 없도록 잘 정리해야지.

보관장을 다시 닫으려 했을 때였다. 악보 무더기 아래에 놓인 무언가가 보였다. 그녀는 가죽 장정이 된 까만 책을 조심스럽게 꺼냈다. 악보만큼 커다란 책 표지에 새겨진 금색 기호가 등불에 반짝 빛났다.

책장을 열어본 매들린은 그것이 피아노 악보집이라는 걸 알아보았다. 첫 번째 곡은 쇼팽의 녹턴 op. 9 no. 2 악보였고, 책 아래쪽 구석에는 누군가 '아만다 L.'이라고 적어놓은 글씨가 보였다.

매들린은 이 교회에서 연주를 했을 수많은 사람들을 상상하며 미소를 지었다. 수백 명은 되었을 사람들이 이렇게 작은 기념품을 교회에 남기고 간 것이다. 하지만 이 책의 아름다운 가죽 표지를 보니 꽤 새것 같았다. 혹시 아만다라는 사람이 실수로 여기에 두고 간 건 아닐까?

매들린은 잠시 망설이다가 이내 악보집을 가방에 넣었다. 아만다가 누군지 찾아내서 돌려줄 마음이었다.

매들린은 교회 강당을 지나 떡갈나무 문으로 다가갔다.

그런데 교회 앞쪽 계단에 이르자 교회 사무실에서 커다란 소리가 들렸다. 매들린은 잠시 멈춰 섰지만, 이 대화는 자신이 들어서는 안 되는 거라고 생각했다. 그래서 최대한 조용히 아무에게도 들키지 않고 교회 별관으로 돌아가기 위해 교회를 빙 둘러 살금살금 걸었다. 하지만 모퉁이를 돈 순간, 린드베리 목사의 사무실 바로 아래에 서게 되었다. 사무실에는 요나스가 있었다.

매들린은 벽 쪽으로 한 걸음 다가섰다. 그리고 덤불 뒤에 숨자 사무실이 곧바로 보였다.

요나스의 얼굴이 붉게 달아올라 있었다. 린드베리 목사가 아들의 주위를 돌면서 걷는 동안, 요나스는 주먹을 꽉 쥐고서 미동도 없이 서 있었다. 그들은 무언가 이야기를 나누고 있는 듯 보였다. 요나스는 눈길을 내리깔았고, 목사는 고개를 들고 아들의 주위를 돌았다.

매들린은 심하게 놀란 채로 그들을 바라보았다. 그냥 가는 게 좋다는 걸 알면서도 두 사람의 자아내는 분위기 때문에 어쩐지 앞에서 펼쳐지는 광경에서 눈을 뗄 수가 없었다.

요나스가 무언가 천천히 말했다. 말이 이어질수록 목소리가 더 커졌다. 이윽고 그가 고개를 들어 아버지와 눈이 마주친 순간, 린드베리 목사는 아들의 뺨을 철썩 때렸다.

매들린은 소스라쳤다. 방금 본 광경을 믿을 수가 없었다. 그토록 따스하고 상냥하신 린드베리 목사님이! 어떻게 자기 아들을 저런 식으로 때릴 수가 있지?

요나스는 얼굴을 돌리고 뺨을 드러냈다. 이제는 목사가 발언할 차례였다. 그는 발을 쾅쾅 구르며 두 손으로 마구 손짓했다.

요나스는 고개를 저었지만 더는 반항하지 않았다. 린드베리 목사가 마침내 문을 가리키자, 요나스는 돌아서서 사무실을 나섰다.

매들린은 어쩔 줄 모르고 그저 숨어 있었다. 문으로 나오는 요나스를 보자 숨이 턱 막혔다. 요나스를 그냥 보낼 수는 없어. 괜찮은지 확인해야 해.

그는 어스름이 저물어가는 시골길을 가로질러 자그마한 소나무 숲으로 들어가 가파른 비탈을 올랐다. 매들린은 그의 뒤를 따라갔다. 무슨 말을 해야 할지 전혀 몰랐지만, 이제 와서 돌아갈 수는 없었다.

비탈은 움푹 팬 곳과 커다란 바위가 무수히 많아서 매들린은 발을 디딜 때마다 조심해야 했다. 이 비탈길은 처음 올라와보는 곳이었는데 너무나 가팔라서 깜짝 놀랐다. 불과 몇 분 후 꼭대기에 도달했지만, 막상 정상에 와보니 요나스는 온데간데없었다.

매들린은 어둠 속을 더듬더듬 나아갔다. 그러다 정신을 차려보니 낭떠러지에 서 있었다. 약 30미터 아래 바다에선 조용히 파도치는 소리가 들려왔다. 너무나 어지러워진 매들린은 한 걸음 뒤로 물러섰다.

이윽고 어둠에 눈이 익자 마침내 사람의 형체를 발견하게 되었다. 저 높은 곳에 있는 벤치에 누군가 앉아 있었다.

매들린은 천천히 나무 벤치로 다가갔다. 하늘의 구름이 살짝 걷히면서 앞에 이어진 오솔길로 달빛이 가느다랗게 비쳐들었다.

매들린이 몇 미터 안쪽까지 다가가자 벤치에 앉은 형상이 고개를 돌렸다. 어둠 속에서 번뜩이는 요나스의 눈빛이 보였다.

"매들린?"

매들린은 말없이 그에게 다가가서 벤치 옆자리에 앉았다.

"안녕."

"여기서 뭐 해?"

요나스는 아연실색한 목소리로 물었다. 그녀는 입술을 꾹 다물었다. 무슨 설명을 한다 해도 미친 소리처럼 들릴 테니까.

"나 성가대 연습을 마치고 교회를 나왔을 때 너랑 너희 아버지랑 싸우는 소리를 들었어. 그래서 네가 괜찮은지 확인하고 싶었어."

"그래서 날 따라왔다고?"

"미안해. 내가 왜 그랬는지 모르겠어. 그냥 걱정이 들어서."

"걱정할 필요 없어."

그녀는 고개를 끄덕였다.

"미안해. 하지만 가족이랑 싸우면 기분이 얼마나 나쁜지 나도 알아서, 그래서……."

그녀는 말을 끝맺지 못하고 눈을 내리깔았다. 요나스는 손으로 머리카락을 쓸어 올리며 한숨을 쉬었다.

"싸운 건 아니었어."

그는 이렇게 말하고 급하게 덧붙였다.

"게다가 난 맞을 만했어."

요나스의 목소리는 어른스러웠지만, 그는 어린애처럼 시무룩이 어깨가 처져 있었다. 매들린은 그에게 팔을 둘러주어야겠다는 필요성마저 느꼈다.

"그래."

"다 내 잘못이야."

그가 계속 말했다.

"그렇구나."

요나스는 두 손을 무릎에 툭 내려놓고 그녀를 보았다.

"정말 멍청한 짓이었어. 우리가 싸운 것도 그렇고."

"혹시 나한테 말하고 싶다면 기꺼이 들어줄게."

매들린은 이렇게 말하며 다리를 꼬고 덧붙였다.

"아무한테도 말 안 해."

요나스는 고개를 젓고는 뒤로 몸을 기댔다. 몇 분가량 둘은 말 없이 앉았다. 그러다 이내 그는 손을 흔들며 입을 열었다.

"난 여기를 무척 좋아해. 혼자서 생각하고 싶을 때마다 오는 곳 이야."

"여기 경치 정말 좋다."

"낮에 오면 더 좋아. 그걸 봐야 해."

"그래, 나중에 와서 볼게."

그녀는 미소를 지으며 재킷을 꼭 여미고는 말을 이었다.

"밀크리크의 우리 집에는 단풍나무가 자라는 언덕이 있어. 거기 꼭대기에 올라가면 샬러츠빌이 한눈에 보여."

"넌 가족이 그리워?"

요나스가 물었다.

"아니. 아니 그게 아니라…… 응, 그립긴 하지. 하지만 긍정적 인 면을 보면 그립다는 거야. 가족이 있어주어 고맙고, 집에서 날

기다려준다고 생각하면 행복해. 나한테는 조카가 있어. 이름은 매슈야. 세상에서 가장 웃긴 애지. 우리는 언제나 개 엄마가 알면 하지 말라고 할 장난을 엄청 많이 생각해내곤 해."

요나스는 웃었다.

"아, 그래? 예를 들면 어떤 장난?"

"건초 더미에서 뛰어내리거나, 손수레를 타고서 로키에게 물을 뿌리는 거지. 로키는 아주 사나운 수탉이야. 그래서 항상 농장을 따라 우리를 쫓아다니며 못살게 굴어."

"정말 아름다운 곳이겠네. 언젠가 나도 밀크리크에 널 보러 가야 하나?"

"좋지."

매들린은 신발 끝으로 벤치 앞에 있는 자갈을 툭툭 건드리며 말을 이었다.

"매슈에겐 곧 남동생이 생길 거야. 그 애가 태어나는 순간을 못보게 되어 조금 속상하지만, 어쨌든 집에 돌아가면 만날 수 있겠지. 아기들이야 뭐, 세상에 갓 태어났을 때는 뭐가 뭔지 하나도 모를 테니까."

"난 꼭 이곳을 떠나고 싶어. 아직 학교에 1년 더 다녀야 하지만, 고등학교를 졸업하자마자 여기에서 나갈 거야."

요나스의 말에 매들린은 조심스럽게 그를 바라보았다. 이런 천국 같은 곳에서 자란 사람이 이곳을 떠나고 싶어 하다니 놀랍지 않은가. 린드베리 가족의 일원인 요나스는 누구나 꿈꿀 만한 걸 모두 갖추고 있는데.

"왜?"

요나스는 어깨를 으쓱였다.

"난 내 인생의 주인이 되고 싶어. 언제나 부모님이 나에게 기대하는 것만 하지 않고, 내가 스스로 결정을 내리면서 살고 싶어."

그는 몹시 흥분하며 말을 이었다.

"가끔은 내 인생이 이미 정해진 것 같은 기분이 들어. 우리 아빠는 때때로 내가 본인처럼 되기를 바라는 듯이 말씀하시거든. 하지만 난 아빠와 완전히 다른 사람이니까 그럴 수는 없어."

"밀크리크에서는 다들 내가 누군지 알고 있어. 사실은 잘 몰라도, 어쨌든 다 안다고 생각하지. 내가 태어났을 때부터 나를 아는 사람들이 수도 없이 많아. 가끔 나도 이런 생각이 들었어. 혹시 나는 다른 이들이 생각하는 내 모습을 흉내 내면서 살아가고 있는 것은 아닐까. 그래서 난 고향을 떠나고 싶었어. 아무도 나에게 뭔가를 기대하지 않는 곳으로 가서 나는 어떤 사람인지 알아내려고 말이야."

요나스는 그녀를 바라보았다. 잠시 매들린은 그가 자신의 모습을 꿰뚫어 볼 수 있을 것 같은 기분이 들었다. 그녀는 계속 말했다.

"내년에 인턴 기간이 끝나면, 난 더 큰 프로젝트를 맡고 싶기도 해. 예를 들어서 탄자니아에 있는 학교 같은 데 가서 일하면 어떨까. 내가 필요한 곳에 가서 도움이 되고 싶어. 하지만 난 당연히 밀크리크로 돌아가게 되겠지."

요나스는 바닥에서 돌을 집어 들어 절벽 아래로 던졌다.

"우리 같이 탄자니아에 갈 수 있을까?"

매들린은 얼굴이 빨개지는 걸 느끼고는 손으로 뺨을 가렸다.

"갈 수 있지. 안 될 게 뭐야."

바다에서 차가운 바람이 불어왔다. 퍼뜩 놀란 매들린은 시계를 보았다. 10시 15분이었다. 너무 늦기 전에 이제 가야 했다.

"너랑 이야기해서 참 좋았지만, 난 이제 가봐야겠어. 여기 있다가는 얼어 죽을 것 같아."

"나도 너랑 이야기해서 참 좋았어."

"같이 갈래?"

그녀가 물으면서 일어섰지만, 요나스는 고개를 저었다.

"나는 조금 더 있다 가야겠어."

"그래. 그럼 나중에 보자."

"잘 가."

매들린은 비탈길을 내려오면서 균형을 잡으려고 팔을 뻗으면서도 옆에 있는 낭떠러지에 애써 눈을 두지 않았다. 수북한 수풀이 바위 위를 뒤덮어서 그 아래에 있는 절벽은 사람의 눈에 보이지 않게 숨어 있었다. 절벽이 얼마나 높은지 생각하자 매들린의 온몸이 부르르 떨렸다.

비록 위험한 비탈길을 내려오고 있었지만 요나스와 대화할 기회가 생겨서 참 기뻤다. 그가 했던 탄자니아 이야기를 떠올리자 미소가 나왔다. 함께 교회의 프로젝트를 맡아 일한다면 얼마나 좋을까.

매들린은 짜릿하게 느껴지는 행복에 겨워 점점 저 빠른 속도로 비탈길을 내려갔다. 황홀한 열기가 온몸에 퍼지는 기분이었다. 비록 요나스와 처음으로 막 이야기를 끝낸 참이었지만, 벌써 그가 다시 보고 싶은 마음을 참을 수가 없었다.

27

6월 17일 월요일

도리스는 구석에 앉아 책을 읽는 오랜 친구 마리안네를 홀린 듯이 바라보았다. 그녀는 얼굴 표정이 전혀 변하지 않고 자리에서 움직이지도 않은 채 한 시간째 책장을 넘겨대고 있었다.

다른 사람이 『오만과 편견』에 대해 무어라 말할지 도리스는 벌써 듣고 싶어 안달이었다. 이 책은 수도 없이 읽었지만, 읽으면 읽을수록 모든 세부 사항이 속속들이 새롭게만 다가왔다.

그녀는 앞에 놓인 공책에 짧게 메모했다. 마리안네가 가만히 앉아 있다니 별난 일이었다. 도리스만 해도 읽으면서 나오는 모든 단어에 반응하곤 했다. 웃기도 하고 한숨을 쉬기도 하고 얼굴을 찌푸리거나 이런저런 몸짓을 해댔으니까. 제일 좋은 건 침대에서 하는 독서였다. 보통 도리스는 이리저리 몸을 움직이며 온갖 앉은 자세와 누운 자세로 책을 읽었다. 한번은 브램 스토커의 『드라큘라』를 읽고 있었는데, 예란이 갑자기 방에 들어오는 바람에 도리스는 너무 깜짝 놀라 침대에서 떨어졌었다.

도리스는 웃으면서 그날을 떠올렸다. 예란은 책벌레라 할 수는 없었지만, 그녀가 책을 읽는 동안 옆에 같이 앉아 있는 걸 좋아했다. 도리스가 손가락 두 개가 부러졌던 어느 여름날, 그녀를 위해 책장을 넘겨주기도 했던 남편이었다.

도리스는 휴대폰을 바라보았다. 만약 자신이 새로운 사람을 만나고 싶어 한다는 걸 예란이 알았더라면 어땠을까. 아마도 그는 기꺼이 그러라 했겠지. 도리스의 할머니는 97세에 돌아가셨다. 도리스가 할머니만큼 산다면 죽은 남편이 혹시나 문제 삼을지도 모른다는 이유만으로 30년을 홀로 보낼 수는 없는 일이다.

하지만 수공예 모임 여자들은 아마도 상당히 다른 의견을 내겠지. 도리스는 씁쓸하게 생각했다. 그들은 자신의 계획이 부적절하다고 여길 것이다.

순간 전화벨이 울려서 도리스는 퍼뜩 놀랐다. 코끝에 걸렸던 안경을 똑바로 쓰자 액정에서 빛나는 루트의 이름이 보였다. 이윽고 그녀는 경직된 목소리로 전화를 받았다.

"네, 여보세요."

"도리스인가요?"

"네."

"도리스, 나 루트예요."

"아아, 네."

이렇게 대답한 도리스는 놀란 것처럼 목소리를 내보았다.

"이렇게 통화하게 되니 좋네요. 어떻게 지내세요?"

하지만 루트는 예의상의 대화가 나오리라고는 기대하지 않은 듯했다. 그래서 곧바로 본론으로 들어갔다.

"잘 지내요. 고맙네요. 하지만 안부나 물으려고 전화한 건 아니에요."

도리스는 심장이 한층 빨리 뛰는 걸 느끼며 가만히 생각했다. 혹시 중요한 일이 있는데 내가 잊어버린 걸까.

"그래요. 무슨 일인가요?"

루트가 목을 가다듬는 소리가 들렸다.

"당신이 오지 않았던 지난번 모임에서 우리는 여름 축제 때 활동을 하기로 결정했어요."

"참 잘됐네요."

도리스는 죄책감을 느끼며 휴대폰을 귀에 붙인 채로 고개를 끄덕였다.

"그래서 우리는 케이크 바자회를 열고 베이킹 대회를 할 거예요. 우리가 버는 수익은 후원하는 보육원에 기부할 거고요."

"아주 좋은 생각이네요."

"그래서 당신이 도와줘야겠어요."

도리스는 대답하지 않았다.

"수공예 모임 회원들은 모두 케이크 바자회에 참여해야 하고, 또 베이킹 대회도 나와야 해요. 그리고 테이블이랑 의자도 설치하고 계산대도 만들어야 하고, 플래카드도 걸고 주스 장식도 하고 참여를 홍보해야 해요."

루트의 말에 도리스가 조심스럽게 대답했다.

"제가 도와드릴 수 있을지 모르겠네요. 모나가 하는 문학 퀴즈를 제가 도와야 해서요."

그러자 루트는 한층 나직한 목소리로 말했다.

"도리스. 당신의 의무를 저버리지 않겠다고 약속했잖아요. 우리는 당신이 힘들 때 옆에 있어줬잖아요."

도리스는 움찔하고 말았다. 루트가 목소리에 경고 조를 실을 필요까지는 없지 않은가. 내가 언제 수공예 모임을 저버렸다는 건가. 그렇게 말할 수 있는 사람은 아무도 없다. 하지만 그녀는 루트의 말에 감히 반박할 수 없었다. 루트는 약속을 지키지 않는 사람에게 언제나 심하게 화를 내니까. 그리고 베이킹 대회가 문학 퀴즈와 시간이 겹치지 않는 한, 둘 다 해내야 할 것이다.

"알았어요. 최선을 다해볼게요. 하지만 내가 온종일 부스에 있을 수는 없을 것 같아요."

루트는 건조한 목소리로 대답했다.

"좋아요. 당신을 믿을게요."

휴대폰을 끈 도리스는 독서 자리에서 이쪽을 내려다보는 마리안네의 시선을 눈치챘다.

"누가 전화했어?"

"루트 린드베리."

마리안네는 고개를 끄덕이고서 말했다.

"그렇군. 유셰르의 레이디 캐서린 드 버그께서 전화하셨군."

도리스가 깔깔 웃고 있노라니, 갑자기 휴대폰이 또 울렸다.

깜짝 놀란 그녀는 액정을 슬쩍 보고서 혹시 루트가 또 문자를 보냈을지도 모른다는 생각에 무서워졌다. 하지만 알림은 틴더에서 온 것이었다. 도리스가 앱을 열자 몇 건의 매치가 와 있었다.

도리스는 마치 불에라도 덴 듯 휴대폰을 떨어뜨렸다.

"누가 나한테 연락했어."

그녀가 중얼거리자, 마리안네가 물었다.

"무슨 연락?"

"틴더로 연락이 왔다고. 내가 메시지를 받은 것 같아."

계산대 뒤에 있던 모나가 이쪽으로 달려왔다.

"대단하다. 그 남자 이름이 뭐야?"

"롤프-카사노바."

도리스는 떨떠름하게 대답했다. 그리고 휴대폰을 들어 올려 친구들에게 남자를 보여주었다. 마리안네는 눈을 깜빡였다.

"클린트 이스트우드 젊은 시절 같네."

"그렇게 생각해?"

도리스가 어안이 벙벙해진 채로 묻자, 마리안네는 중얼거렸다.

"좀 닮은 것도 같고. 그런데 이름이 롤프-카사노바라고?"

"응. 뭐, 틴더 닉네임이 그렇다고."

"그럼 진짜 이름은 뭐야? 뭐, 클라우스-볼드모트 이런 건가?"

도리스는 눈을 흘겼지만, 그때 또 휴대폰이 울렸다.

"이 남자는 지금 내가 무슨 옷을 입고 있는지 궁금하대. 여기에 뭐라고 대답해야 해?"

"어째 심하게 답답한 사람 같은데."

마리안네가 중얼거리자, 모나가 끼어들었다.

"상대방을 유혹하는 방법을 제대로 알기란 쉽지 않잖아. 그 남자는 네가 어떤 타입의 여자인지 감을 잡고 싶어서 그러는 건지도 몰라. 그러니까 솔직하게 대답해봐."

"알았어."

도리스는 고개를 끄덕이고는 답문을 치기 시작했다.

'나는 2003년에 예테보리에서 산 스웨터랑 치마를 입고 있어요. 여동생을 방문했을 때 산 건데, 가게 이름은 기억이 안 나네요. 그리고 위스타드의 스포츠용품점에서 산 레깅스랑 크록스를 신었어요. 아, 이렇게 말하면 안 되는 거네요. 슬리퍼 신었어요.'

몇 분이 지나자 또 휴대폰이 울렸다. 도리스는 신나서 소리치고는 큰 소리로 웃음을 터뜨렸다.

"아아."

그녀는 이렇게 말하며 휴대폰 액정에서 눈을 떼지 않았다.

"얘는 내 손자보다 더 심각하네."

마리안네가 한숨을 쉬었다. 그때 도리스가 눈을 휘둥그레 떴다. 또 다른 남자가 메시지를 보낸 것이다. 그녀는 문자를 여러 번 읽고는 친구들에게 조심스레 물었다.

"BDSM이 뭐야?"

마리안네는 태연하게 레몬 빛깔 재킷을 쓸어내리며 말했다.

"그건 일종의 역할극 놀이지. 채찍을 맞는 역할극을 해."

그녀가 아무렇지 않게 대꾸하자, 도리스는 불쑥 내뱉었다.

"맙소사. 이 남자는 마음에 들지 않아. 그리고 나한테 또 누가 물어봤어. 내가 탄트라에 관심이 있냐는데. 탄트라가 뭐야? 먹는 거야?"

"아니. 그건 인도의 성性 철학이야."

마리안네가 한숨을 쉬며 대답하자, 도리스는 역겹다는 표정으로 얼굴을 찌푸리고는 다시금 휴대폰을 집중해서 바라보았다. 그러다 갑자기 숨을 헐떡이거니 얼굴이 새빨갛게 변했다.

"이번엔 또 뭐야?"

마리안네가 물었지만, 도리스는 고개를 젓기만 했다.

"이게 무슨 뜻인지 하나도 모르겠어."

그녀가 중얼거리자 마리안네는 휴대폰을 보려 했지만, 도리스는 자기 폰을 내놓으려 하지 않았다.

"그냥 말하라고!"

도리스는 방을 흘끔 둘러본 다음 탁자 위로 고개를 숙이고는 마리안네의 귓가에 무어라 속삭였다. 도리스의 말을 들은 마리안네는 눈을 감고서 의자에 털썩 기대고는 격한 어조로 말했다.

"아니, 정말이지. 지금 너는 인터넷 검색법부터 배워야겠어."

28

9시가 다 되어가는 시간이었지만 아침 식사는 여전히 조리대에 놓여 있었다. 매들린은 그녀답지 않게 오늘 늦게 일어났다. 커다란 강당에 들어가자 기다란 식탁에 앉아 있는 데지레가 보였다. 강당에 혼자 앉은 그녀는 발효유 한 그릇을 휘젓고 있었다.

"안녕. 좋은 아침이야."

매들린은 손을 들어 머리카락을 쓸어 올리며 말했다.

"안녕, 좋은 아침."

데지레는 환하게 웃었다.

매들린은 먹을 것을 좀 가져오겠다는 뜻으로 주방 쪽을 가리키고는 터덜터덜 걸어갔다. 그녀는 어제 잠을 제대로 못 자고 깬 채로 이리저리 뒤척이며 요나스와 린드베리 목사를 생각했다.

피곤을 느끼며 커피 한 잔을 따르고 빵 두 조각에 버터, 치즈와 오렌지 마멀레이드를 발랐다. 이곳 유셰르에 있는 사람들은 모두 이런 식으로 빵을 먹기 때문이었다.

어제의 기억 때문에 마음은 여전히 불편했다. 요나스와 대화할 기회를 얻게 된 것은 좋았지만, 창문 너머로 본 걸 잊을 수가 없었다.

왜 목사님은 아들을 때린 걸까? 두 사람은 무슨 이야기를 나눈 걸까? 이게 처음 있는 일이었을까? 아니면 전에도 이런 일이 있었을까? 요나스는 자신이 실수한 것이라 했지만, 목사님에게 맞았을 때도 놀라지 않던데.

매들린은 실수로 조리대에 떨어뜨린 버터를 닦아냈다. 지금까지 자신은 린드베리 목사님을 좋아하고 믿어왔다. 하지만 그분이 요나스에게 한 짓을 보자 당황하고 말았다. 하지만 또 생각해보면, 두 사람의 관계가 어떤지 자신은 하나도 모른다. 요나스가 아버지에게 무슨 말을 했는지 전혀 아는 바가 없다. 어쩌면 아버지가 아들을 키우다가 그만 욱한 나머지 선을 넘어버린 순간을 때마침 목격해버린 것인지도 모른다. 하지만 그들의 대화 가운데에는 말로 표현되지 않은 무언가가 감돌기도 했다. 요나스는 무척 고분고분했던 반면, 린드베리 목사는 차갑고 딱딱한 눈빛이었다.

매들린은 한 손에 접시를 들고 다른 손으로 커피가 가득 든 잔이 넘치지 않도록 균형을 잡아 들었다. 어젯밤 잠자리에서 뒤척이는 동안, 데지레에게 어제 있었던 일을 말해야 하나 고민했었다. 데지레는 아마도 요나스와 린드베리 목사에 대해 자신보다 더 많이 알고 있을 테니까, 이 일에 대해서 납득할 만한 설명을 해줄 수 있을지도 모른다. 하지만 호기심이 제아무리 있다 해도, 요나스와의 약속을 저버리고 싶지 않았다.

매들린은 아침 식사 자리에 앉았다.

"어머나, 너 정말 피곤해 보여."

데지레는 유쾌한 목소리로 말했다. 매들린은 커피를 한 모금 마셨다.

"잠을 제대로 못 잤어."

그녀는 빵 하나를 손에 들고 베어 물고서 입을 열었다.

"나 뭐 하나 물어봐도 돼?"

매들린의 물음에 데지레는 명랑하게 말했다.

"넌 린드베리 목사님에 대해서 어떻게 생각해? 그러니까, 인간적으로 말이야."

데지레는 곰곰이 생각하는 표정이었다.

"그분은 이제껏 내가 만난 사람 중에서 누구보다도 하나님과 비슷한 분이야."

"그게 무슨 뜻이야?"

매들린은 좀 더 알고 싶었다.

"목사님에겐 내가 말로 정확히 표현할 수 없는 특별한 무언가가 있어. 그분과 가까이 있을 때마다 난 예수님의 사랑을 느끼거든."

데지레는 이렇게 말하고서 가슴에 손을 얹으며 덧붙였다.

"그분은 다른 사람과는 다른 방식으로 나를 보셔."

데지레는 눈을 반짝이더니 식탁 위로 몸을 굽혔다. 그리고 한층 나직한 목소리로 말했다.

"난 항상 기분이 좋지 않았어. 하지만 자유 교회는 마치 우리 집 같이 편안해. 여기서는 내 본연의 모습이 될 수 있어."

매들린은 커피를 한 모금 더 마시고서 데지레의 배에 난 흉터를 생각했다.

"네가 그랬잖아. 전 세계 사람들이 우리 교회에 오고 싶어 한다고. 왜 그 사람들이 우리에게 오고 싶어 한다고 생각해?"

"린드베리 목사님이 그렇게 말씀하셨으니까."

데지레는 이렇게 말하고서 다 안다는 듯 웃었다.

"그게 무슨 말이야? 목사님이 너한테 말씀해주셨다고?"

매들린의 물음에 데지레는 자리에서 일어나 한 손을 매들린의 어깨에 얹었다.

"넌 택함을 받았어. 그러니 기뻐해도 돼. 곧 하나님의 계획이 뭔지 알게 될 거야."

매들린은 컵과 접시를 가져갔다.

"난 이제 교회에 가야겠다. 주일 준비를 전부 할 차례야."

데지레는 일어서서 주방으로 향했다. 그때 매들린이 그녀의 뒤에 대고 물었다.

"알았어. 아참, 그런데 말이야. 혹시 아만다 L.이 누군지 알아?"

"응. 네가 오기 전에 걔가 성가대를 지휘했어."

매들린은 당황했다. 그 악보집이 그곳에 오래전부터 있었을 거라고 생각했기 때문이다.

"아하, 그렇구나. 그럼 아만다는 언제 떠났는데?"

"네가 오기 몇 주 전에."

"그러면 걔는 여기에 1년 있었어?"

데지레는 고개를 저었다.

"아니. 걔는 가을에 왔어. 아이노랑 나랑 같이. 하지만 병이 나서."

"아! 그래서 어떻게 됐어?"

"몰라."

데지레는 어깨를 으쓱였다.

"혹시 아이노는 뭔가 알까?"

"그럴지도. 있잖아, 나 가야 해."

데지레는 단조로운 목소리로 말했다.

"알았어. 나중에 봐."

아만다 이야기를 아무도 하지 않는다니, 매들린은 이상하게 여겼다. 만약 아만다 역시 자유 교회의 숙련자였다면, 유셰르에 머물렀다는 증거가 더 많이 남아 있을 게 분명했다.

그녀는 주위를 둘러보았다. 이곳에는 전직 인턴들의 수많은 흔적이 남아 있었다. 벽에 걸린 사진들에 교회 강대상 앞에 성가복을 입은 모습이나 연회 준비를 하는 모습의 젊은 여자들이 보였다. 그 아래에는 이름표도 꼼꼼하게 붙어 있었다. 누군가가 깜빡 잊고 두고 간 티셔츠나 책, 카세트가 있었고, 사람들은 예전에 있던 숙련자들 이야기를 자주 했다. "너 헬레나 기억 나? 걔가 진짜 맛있는 복숭아 케이크 구웠던 거 알지?"라던가 "미넬레는 저 멀리 남아프리카 출신이잖아. 그래서 멋진 춤을 출 수 있었지"라는 등의 이야기였다.

이들 숙련자들은 당연히 자유 교회의 중요한 역사이며, 교회는 이 교환 인턴 프로그램에 자부심이 있었다. 그런데도 매들린은 그 누구도 아만다의 이야기를 하는 걸 듣지 못했다. 유셰르를 떠난

지 얼마 되지 않았는데도 말이다.

그녀는 빵을 먹으며 생각했다. 아만다는 무슨 병에 걸렸기에 집으로 돌아가야 했을까. 그게 심각한 병이었다면, 아무도 그 이야기를 꺼내고 싶어 하지 않는 것도 이해는 갔다.

매들린은 빵을 마저 먹으면서 어쩔 수 없이 앤드루를 떠올렸다. 그는 매들린이 중학교 때 같은 반이었던 애로, 백혈병에 걸렸다. 바로 어제까지만 해도 매들린의 옆 책상에 앉아 있던 앤드루는 다음 날 세상을 떠났다. 그런데 모두들 머지않아 앤드루를 잊어버린 듯이 살아갔다. 다들 제정신이 아닌 것 같은 느낌이었다.

그녀는 가만히 생각에 잠겨 커피를 홀짝였다. 데지레의 말이 약간 거슬렸지만, 대체 어느 부분이 이상했는지는 정확히 짚어낼 수가 없었다.

식탁 위의 부스러기를 한 손으로 쓸어내렸다. 기회가 되는 대로 아이노에게 아만다에 대해 물어봐야지. 왜 아만다가 유세르를 떠났는지 누군가는 분명히 알고 있을 것이다. 모른다면 그거야말로 이상한 일이겠지.

29

6월 18일 화요일

바깥에서 시끄럽게 음악이 울려 퍼지는 동안 에뷔는 주방에 앉아 있었다. 커다랗고 분명하게 들려오는 음악 소리에 창유리가 진동하기 시작했다. 곧바로 이건 마리안네의 짓이라는 걸 그녀는 알 수 있었다. 또 시작이군.

구름 한 점 없는 하늘에서 태양이 빛나건만, 에뷔는 지금 화창한 날씨에 주의를 기울이지 못했다. 대신 길 건너편에서 길게 그림자를 드리운 마리안네의 흉측한 콘크리트 저택을 바라보느라 여념이 없었다. 마리안네는 자신이 가진 재산의 절반을 써서 이 괴물 같은 집을 지었음이 틀림없었다. 집주인은 이 건물을 가리켜 '현대 건축'이라 했다. 아무리 봐도 비뚜름하게 쌓아놓은 신발 상자같이 보이기만 하는데. 게다가 마리안네는 또 건물을 세우고 싶어 하는데, 이번에는 에뷔가 계산에 없던 변수가 되었다. 에뷔는 마리안네의 건축에 소송을 제기했고, 쉽사리 꺾이지 않을 작정이었다.

에뷔는 길을 건너서 높다란 울타리까지 쿵쿵대며 걸었다. 마리안네의 토지를 보호하는 동시에 이웃들의 좋은 경치를 빼앗아버린 바로 그 문제의 울타리였다. 10년 전, 마리안네가 야단법석을 떨면서 집 앞에 울타리를 치기 전까지만 해도 에뷔는 대단히 멋진 바다를 볼 수 있었다. 쌍안경으로 보면 파도가 얼마나 높고 해변에 사람이 얼마나 많은지도 볼 수 있었건만, 지금은 보이는 게 거의 없었다.

에뷔는 좌절감을 느끼며 울타리 주위를 힘겹게 걸으면서 수풀 사이로 혹시 틈이 있지는 않은지 찾아보았다. 틈새가 있다면 거기로 마리안네에게 음악을 좀 줄여달라고 소리칠 수 있으니 말이다. 그러다 마침내 오를 만한 장소를 찾아내었다. 사이프러스로 둘러싸인 울타리에 디딤판이 있었다.

에뷔는 울타리 사이에 발을 밀어넣고서 몸을 위로 올렸다. 울타리에 달린 잔가지들이 얼굴을 찔러대서, 눈에 혹여 뾰족한 잎이 들어가는 일이 없도록 눈을 질끈 감았다.

이윽고 드러난 저택 부지를 그녀는 눈으로 훑었다. 놀이공원이 떠오르는 광경이었다. 커다란 대리석 조각상 여러 개와 분수, 넝쿨이 무성하게 우거진 그늘 길로 꾸며놓은 정원이었다. 그 가운데에는 아무리 봐도 스웨덴 토착 식물이 아닌 이국적인 식물로 둘러싸인 녹슨 불상도 있었다. 수영장 옆에는 우주선 같아 보이는 바비큐 기기를 두었다. 마리안네는 정원 의자 대신에 커다란 달걀모양 고치 같은 걸 몇 개 두었는데, 제아무리 그게 좋은 것이라 해도 결국 사람이 안으로 기어들어가야 하는 물건이었다.

몇 초 후에 에뷔는 드디어 수영장의 짧은 면 옆에 있던 마리안네를 찾아냈다. 그런데 마리안네의 몸이 아주 이상한 각도로 구부러져 있었다. 잠깐 에뷔는 혹시 저 여자가 어딜 다친 건 아닌지 궁금해졌다. 머리는 땅에 닿아 있고, 팔과 다리는 공중에 사방으로 뻗어 있었으니까. 이 광경이 전부 너무나 이상했던 나머지 마리안네가 벌거벗고 있다는 걸 에뷔는 미처 알아채지 못했다. 그러다 이게 대체 무슨 광경인지 드디어 알아차린 에뷔는 그만 균형을 잃고서 울타리에서 뒤로 떨어지고 말았다.

수풀이 부스럭거렸다. 다시 일어나는 에뷔의 귓가에 정원에서 나는 날카로운 비명이 들렸다. 좌절감을 느낀 그녀는 머리카락에서 나뭇가지를 떼어냈다. 마음 같아서는 마리안네에게 그 빌어먹을 음악 소리 좀 줄이라고 소리를 지르고 싶었지만, 마리안네가 나체로 체조를 하는 걸 엿본 후라 지금은 그럴 때가 아니었다. 게다가 에뷔는 이웃집 정원에 무단 침입을 했다는 이유로 이미 시의회의 경고를 두 번 받았다. 옳은 일을 위해서라면야 그런 경고쯤이야 기꺼이 대가로 치르겠지만, 세 번째로 경고를 받는다면 투표권을 잃게 된다. 그건 에뷔가 절대로 무릅쓸 수 없는 위험이었다.

그녀는 한숨을 쉬면서 돌아섰다. 하지만 곧바로 주차 금지 구역에 서 있는 마리안네의 애스턴 마틴을 보았다. 10미터도 못 가서 교차로가 있다는 건 똑똑하지 않은 사람 눈에도 다 보이는 것 아닌가. 에뷔는 이렇게 생각하며 커다란 걸음으로 거리를 재기 시작했다. 7미터. 8미터. 9미터. 그녀는 생각했다. 문득 분노가 확 치밀었다. 마리안네가 유세르에 있을 때면 모든 게 통제 불능 상태에 빠진다. 그녀는 부유하고 유명하다는 이유만으로 자신에겐 규칙 따위가 통용되지 않는다는 듯이 죄다 위반해버리니까. 유셰르에 없을 때도 혼란을 일으키기는 마찬가지였다. 시 당국이 정한 바로는, 눈이 올 때마다 건물주는 토지 앞에 쌓인 눈을 쓸고 미끄럽지 않게 흙을 뿌릴 의무가 있었지만, 마리안네는 전혀 신경 쓰지 않았다. 겨울이 올 때마다 상황은 똑같았다. 첫눈이 내리자마자 다들 자신의 의무를 다했지만, 마리안네의 집 앞은 눈이 그대로였다.

에뷔는 가끔 궁금해졌다. 지나가던 사람이 마리안네의 집 앞에서 미끄러지면 어떻게 될까. 그녀가 신경이나 쓸까? 아마도 수표를 쥐여주면 모두 해결할 수 있을 거라 생각하겠지. 자, 여기 돈을 좀 줄게요. 아픈 데 찜질포라도 붙여요. 뻐근한 허리가 조만간 낫고 다시 다리의 감각이 회복되길 바랄게요.

에뷔는 차 앞바퀴를 발로 걷어찼다. 몇 년 동안 도시의 환경 미화 부서, 주 행정 당국, 토지 및 환경 담당 고등법원에 편지를 썼건만, 아무도 마리안네의 집 앞의 눈을 치우는 문제에는 관심이 없는 것 같았다.

그래도 에뷔는 커다란 콘크리트 덩어리 같은 집을 올려다본 다음 집으로 무거운 발걸음을 옮겼다. 대체 자신이 왜 한여름부터 눈 치우는 일을 두고 화가 나는 건지는 모르겠지만, 그 외국 여자가 자신의 현관문을 두드린 후로부터 감정을 추스르기가 힘들었다. 마치 속에서 뭔가가 부글부글 끓고 있는 느낌이었다.

이윽고 집에 도착하자 단호한 손길로 현관을 열고 안으로 들어갔다. 에뷔는 그 여자가 매들린 그레이의 언니라는 말을 듣고 심한 충격을 받았다. 퍼트리샤 슬론이 지금 유세르에 뭐 하러 온 건지 이해가 되지 않았다. 왜 매들린이 사라진 1987년에 자신을 찾아오지 않았지? 그때였다면 에뷔는 필요한 건 뭐든지 도와주었을 텐데. 그때였다면 무슨 일이 일어난 건지 알아낼 기회가 있었으니까. 하지만 지금은 너무 늦었다. 모든 게 너무 늦었다.

주방에 들어간 에뷔는 조리대 위로 슬그머니 올라온 사바를 발견했다. 겁먹은 고양이는 그녀에게 하악질을 했고, 에뷔 역시 치아를 드러내며 똑같은 소리를 냈다. 지금 일어난 일 때문에 전부 지쳐버렸다. 말하고 대답해야 한다는 게 진이 빠졌다. 애초에 자신은 이 모든 일에 왜 끼어들었을까? 다른 사람이 하듯 자신도 외면했어야 했다. 자신이 토르드와 결혼했을 때 모두가 외면하지 않았던가. 에뷔가 유세르에 처음 정착하게 된 이유도 바로 그 결혼 때문이었다.

갑작스레 떠오른 기억 때문에 그녀는 하던 일을 멈추었다. 병원에서 일한 지 불과 몇 주도 되지 않았던 어느 날, 토르드는 그녀에게 데이트 신청을 했다. 에뷔는 어떻게 대답해야 할지 몰랐지만, 다른 간호사들이 질투 어린 눈초리를 보이자 그가 좋은 사람이라는 걸 알게 되었다. 그리고 에뷔가 어머니에게 토르드와 데이트를 한다고 이야기하자 열광적인 반응이 나왔다. 어머니는 이렇게 말했으니까.

"제대로 된 옷을 입고 많이 웃어. 하지만 무슨 일이 있어도 그 못생긴 이빨을 드러내지는 마."

에뷔는 어머니를 기쁘게 해드리려는 마음으로 시키는 대로 했다. 그녀는 토르드가 가자는 대로 레스토랑에 갔고. 가슴이 깊게 파인 하나밖에 없는 원피스를 입고서 입을 꾹 다문 채 미소를 지었다.

일은 잘되어가는 것 같았다. 토르드가 그녀를 다시 만나고 싶어 했기 때문이다. 그리고 두 번째 데이트가 끝났을 때 그는 에뷔에 뺨에 키스했다. 그녀는 별로 신경 쓰지 않았지만, 직장 동료들의 반응을 보자 자신이 제대로 하고 있다는 걸 알았다. 여섯 달이 지났을 때 둘은 결혼했고, 에뷔는 토르드가 사는 방 두 개짜리 집으로 이사했다.

처음 몇 년 동안은 다 좋았다. 에뷔는 계속 일하면서도 청소와 요리를 했다. 가끔은 유부녀의 역할이라는 것은 급료를 줄 필요가 없는 가정부인 걸까 싶은 생각이 들었지만, 어쨌든 그녀는 어머니랑 같이 살 때보다 토르드와 같이 살 때 더 많은 자유를 누렸으니 괜찮았다. 게다가 다들 반응하는 걸 보면 자신이 간호학 과정을 마쳤을 때보다 결혼했을 때 몇 배는 더 기뻐하는 것 같았다. 남편감 찾을 때보다 공부할 때 훨씬 더 열심히 노력했는데도 말이다.

토르드와 그녀는 같이 시간을 보낼 때가 많지는 않았다. 남편은 보통 신문을 보거나 TV 앞에 앉아 있었다. 에뷔는 그편이 훨씬 좋았다. 둘은 서로에게 할 말이 많지 않았기 때문이다.

그러다 토르드가 일하는 공장이 문을 닫고 말았다. 토르드는 곧새 직장을 구하겠다고 해서 에뷔는 그 말을 믿었다. 에뷔는 청소와 요리를 계속해나갔지만, 토르드가 진공청소기 사용이나 스테이크 요리법을 두고 불평을 해댔기 때문에 그러기가 점점 쉽지 않았다.

남편의 기분은 마치 괘종시계의 추 같았다. 가끔 그는 너무 심하게 화를 내면서 그녀에게 소리를 질렀다. 에뷔는 남편이 직장을 잃고서 무척 좌절했다는 걸 알았지만, 정작 그녀가 남편의 마음을 이해한다고 표현하자 그는 더욱 크게 소리를 질렀다. 한번은 그녀가 실수한 적이 있었다. 토르드에게 집에만 붙어 있지 말고 가끔 밖에 나가면 새로운 직장을 찾을 기회가 분명히 많이 생길 거라고 지적했던 것이다. 그날 남편이 에뷔의 뺨을 어찌나 세차게 때렸는지 손자국이 며칠 동안이나 남아 있었다.

에뷔는 어머니에게 전화했지만, 곧 상황이 나아질 테니 그녀가 용기를 잃지 말아야 한다는 소리를 들었을 뿐이었다. 직장에서도 마찬가지의 말을 들었다. 에뷔의 손목이나 눈두덩에 난 커다란 멍을 본 동료들은 동정 어린 기색으로 고개를 끄덕이면서 그녀에게 속삭였다. 가족을 먹여 살리지 못하는 남자가 얼마나 힘들겠냐고.

이토록 많은 사람이 나의 상처를 보면서 마음을 써주다니, 에뷔는 이 상황에 매료되었다. 이웃들과 가게 점원들, 직장 상사들은 걱정스러운 미소를 짓거나 눈을 내리깔았다. 에뷔도 이런 식의 반응이 당연하리라 생각했다. 그리고 남편이 자신을 대하는 방식을 받아들였다. 달리 선택의 여지가 있을지 몰랐기 때문이다.

그러던 어느 날, 모든 게 바뀌었다. 알리세라는 이름의 나이 많은 간호사가 그녀를 불러 세워서 혹시 에뷔가 남편에게 맞았는지 물어보았다. 그녀의 얼굴에 깊게 팬 주름은 까만 머리카락을 한데 단단히 묶을 때면 더욱 깊어졌다. 다른 간호사들은 알리세를 두고 뒤에서 래치드* 수간호사라고 불렀다. 에뷔는 그게 무슨 말인지 전혀 이해하지 못했다. 하지만 알리세의 질문에 대답하는 데는 아무런 문제가 되지 않았다.

"네. 맞아요."

그녀가 대답하자, 알리세는 얼굴 표정 하나 변하지 않고서 대답했다.

"그렇다면 당신은 남편을 떠나야 해요."

"그게 무슨 말씀이시죠?"

에뷔는 당황한 채 물었다.

"짐을 싸고 귀중품을 모두 챙기라고요. 계좌에서 돈을 있는 대로 빼서 이곳을 떠나요."

"제가 왜 그래야 하는데요?"

그러자 알리세는 앞으로 몸을 숙이더니 자신의 간호사복 어깨를 쭉 당겨 커다란 흉터를 보여주었다. 어깨에서 등까지 지그재그로 길게 쭉 뻗은 흉터였다.

"안 떠나면 남편이 당신을 죽일 테니까요. 아마 내일은 안 죽이겠죠. 올해도 안 죽이고 넘어갈 수도 있겠죠. 하지만 그 남자가 너무 화가 난 나머지 자신을 통제할 수 없는 날이 올 거예요."

그 말을 남기고 알리세는 자리를 떴다.

---

* 『뻐꾸기 둥지 위로 날아간 새』에서 아무도 거스르지 못하는 권력을 휘두르며 환자들을 괴롭히는 악마 간호사.

에뷔는 알리세와 나눈 대화를 많이 생각했다. 물론 맞는 게 좋지는 않았다. 하지만 토르드는 항상 그녀가 맞을 짓을 했기 때문이라고 말했다. 감자가 너무 익어서 뺨을 맞았고, 셔츠를 다려놓지 않았을 때도 또 뺨을 맞았다. 그러다 마침내 에뷔는 생각했다. 나만 정신을 똑바로 차린다면 남편도 구타를 그치겠지. 내가 요리에 좀 더 신경을 쓰고 집안일을 우선시할 줄 안다면, 토르드가 만족할 수 있는 집안 환경을 만들게 되겠지.

에뷔는 언제나 매사 조금씩 서툴렀고, 언제나 다른 이들과 조금씩 달랐다. 그녀는 자신이 뭔가 잘못되었다는 걸 알고 있었다. 학창 시절, 언젠가 선생님이 어머니에게 전화를 걸어서 에뷔는 특별한 능력이 있으니까 월반을 하는 게 어떻겠느냐 제안한 적이 있었다. 그러자 어머니는 울면서 되물었다. 왜 우리 애는 다른 애들과 똑같지 못하느냐고. 하지만 에뷔는 다른 애들과 같을 수가 없었다. 프랑스어 문법과 수학 공식을 익히는 데는 전혀 문제가 없었지만, 인간관계의 사회적인 신호는 해독할 수가 없어서 상대가 자신에게 기대하는 게 뭔지 이해하지 못했다. 그래서 토르드가 가끔 자신에게 화를 내도 그럴 만한 것 같았다.

알리세의 말을 마음에 간직하긴 했지만, 그래도 에뷔는 남편과 같이 살았다. 달리 갈 곳이 어디일지 몰랐으니까. 게다가 토르드는 어딘가의 관리직 자리에 임시로 고용되어서 봄 내내 기분이 좋았다. 그래서 삶이 점차 견딜 만해졌을 무렵, 그만 에뷔의 생리가 그쳐서 임신했다는 걸 알았다.

그 순간, 에뷔는 곧바로 깨달았다. 이젠 토르드와 같이 살 수 없겠구나. 자기를 때리는 건 그렇다 해도, 자신의 안에서 자라나는 자그마한 아기 역시 때릴지도 모르겠구나. 그렇게 생각하니 에뷔는 심하게 겁이 났다. 그래서 짐을 싸고 귀중품을 챙기고 계좌에서 돈을 있는 대로 뽑았다.

하지만 어디로 가야 할지는 몰랐다. 떠나야 한다는 것만 알았을 뿐. 그래서 스웨덴 지도를 꺼내고 가능한 한 멀리 떨어진 곳을 찾은 다음 위스타드로 가는 기차표를 샀다.

드디어 토르드를 떠나게 된 날, 에뷔는 짐을 챙겨 기차역으로 갔다. 알리세는 이미 역에서 그녀를 기다리고 있었다. 알리세는 병원에서 누구도 토르드에게 전화를 걸어 에뷔가 출근하지 않았다는 걸 말해주지 않게 해주겠다고 약속했다. 그러니 토르드가 집에 와서 에뷔가 없다는 걸 깨달을 때까지는 여덟 시간이나 남아 있었다. 그 시간이면 충분하고도 남을 것이었다. 그리고 토르드가 무슨 수를 써서든 자신을 찾을 거라는 생각은 들지 않았다.

여행길은 길었지만, 다음 날 아침 기차에서 내린 에뷔는 얼굴에 비치는 여름날의 햇살을 느끼며 희망에 가득 찼다. 생전 처음으로 자신이 강하고 자유롭다는 기분이 들었고, 이제야 인생에서 정말 중요한 게 뭔지 알게 된 것만 같았다. 그녀는 배에 손을 얹고서 아기에게 속삭였다. 이제부턴 우리 둘뿐이야. 그런 다음 곧바로 지역 병원에 가서 이력서를 제출했다.

접수처에서 에뷔를 맞이했던 여자는 자신과 남편이 근처 작은 마을에 있는 빈집을 임대하겠다고 말했다. 그래서 에뷔와 배 속 아기는 살 곳을 찾게 되었다.

에뷔는 식탁 의자에 앉았다. 그녀는 언제나 강한 직관력을 갖고 있어서, 무엇이 맞고 틀린지를 알았다. 유세르에 처음 도착했을 때도 이곳이 자신의 정착지가 되리란 걸 알았다. 물론 삶이 항상 쉽지는 않았지만 그래도 이곳에 머물렀다. 물론 자신이 교회를 멀리하고 살면서 오로지 자기 한 몸만을 건사하며 살았다면 인생이 어떻게 되었을지 종종 궁금하기도 했다. 하지만 에뷔는 다른 이들이 고통받으며 사는 상황을 그저 방관할 수는 없었다. 그건 자신의 본성에 어긋나는 짓이었다. 알리세가 자신을 도왔던 것처럼, 자신도 남을 도울 의무가 있다는 느낌이 들었다.

그녀는 체념한 채 두 손으로 얼굴을 찰싹 쳤다. 다시는 이런 걸 생각할 필요가 없기를 바랐건만, 퍼트리샤는 지금 여기에 와버렸다. 동생에게 무슨 일이 일어났는지 알아내려고 말이다.

에뷔는 눈을 들어 전화기를 빤히 바라보았다. 이 전화를 걸면 다시는 돌이킬 수 없으리라.

머릿속이 핑핑 돌았다. 퍼트리샤가 어떤 기분일지 상상조차 할 수 없었다. 하지만 이 비밀은 에뷔의 것이 아니었기에, 타인에게 말할 권리는 없었다.

사바가 이쪽으로 다가와 에뷔의 다리를 쓰다듬었다. 그녀는 고양이를 무릎 위에 올리고는 부드럽게 꼭 안았다. 자신의 가슴 위에 몸을 웅크리며 골골대는 사바의 온기가 느껴졌다.

에뷔는 전화기로 가서 수화기를 들었다. 손에 쥔 플라스틱의 느낌이 차가웠다. 손에 쥔 내장 마이크와 스피커의 무게가 느껴졌다.

앞에 놓인 아홉 자리 숫자는 마치 리드미컬한 암호처럼 보였다.

숫자를 골라 돌리기란 어찌나 빠르던지. 오래된 상처를 다시 가르기란 어찌나 빠르던지.

아주 잠깐 에뷔는 다이얼에 손가락을 올려놓았지만, 이내 마음을 바꾸어 수화기를 내려놓고 방에서 나갔다.

30

1987년 7월 1일 수요일

오전 내내 내린 비에 마을에는 젖은 아스팔트와 갓 자른 잔디 내음이 감돌았다. 데지레는 소나무 널빤지로 만든 울타리에 앉아 풀 줄기를 잘근잘근 씹었다.

매들린은 데지레 옆에서 울타리 기둥에 기대었다. 아이노와 로베르트 목사는 지난 며칠 동안 엔셰핑에 있는 교회를 방문했다가 이제 돌아온 참이었다.

데지레는 풀 줄기를 입에서 꺼내 그걸로 매들린을 쿡 찔렀다.

"너, 아이노한테 아만다 L. 이야기를 물어봤을 때 걔가 뭐라고 했어? 뭘 좀 안대?"

매들린은 고개를 저었다. 아이노도 데지레와 마찬가지로 아만다가 병 때문에 노르웨이로 돌아간 것이라 알고 있었다.

"아니. 아무것도 몰랐어."

데지레의 눈빛이 뭔가 변했다.

"걔가 산 옷 봤어? 리본 달린 원피스 말이야. 걔는 무슨 귀여운 꼬마처럼 보이고 싶어서 안달이라도 났나 봐."

데지레가 웃었지만, 매들린은 그저 억지로 미소를 지었다. 데지레가 아이노를 이런 식으로 말하는 게 마음에 들지 않았다.

"나는 새 브래지어가 있어야겠어."

데지레는 계속 종알거리면서 두 손으로 거리낌 없이 가슴 밑을 잡고 위로 올리며 덧붙여 물었다.

"넌 왜 아만다한테 그토록 관심이 많아?"

매들린은 반박했다.

"관심이 많은 게 아니야. 교회에서 걔 악보집을 발견해서 그래. 그래서 걔가 어딨는지 궁금했어."

데지레는 다리를 위아래로 흔들었다.

"어쨌든 난 하나도 몰라. 걔가 정확히 노르웨이 어디에 사는지 모른다고. 솔직히 말하면, 걔 정말 재미없는 애였어. 네가 훨씬 좋아."

데지레는 미소를 지으면서 짐짓 허세를 부렸다. 그때 요나스가 모퉁이에서 이쪽으로 나왔다. 청바지 차림의 요나스는 하늘이 구름으로 흐렸는데도 뿔테 선글라스를 쓰고 있었다.

그는 매들린을 보자 가던 길을 멈추고 그녀를 불렀다.

데지레는 알겠다는 듯한 시선을 그녀에게 던지며 말했다.

"가봐."

매들린은 두 손을 주머니에 넣고 서 있는 요나스에게 다가갔다. 그는 평소보다 더 커 보였다. 하얀 티셔츠 아래로 떡 벌어진 어깨가 눈에 들어왔다.

"안녕!"

매들린은 입술을 지그시 깨물었다. 절벽 위에서 이야기를 나눈 그날 밤 이후로 그녀는 요나스와 대화한 적이 없었다.

"안녕! 잘 지냈어?"

그녀의 인사에 요나스는 쾌활하게 말했다.

"응. 잘 지냈어. 난 지금 일하러 가는 길이야. 코세베리아에 있는 작은 가게에서 일을 돕기로 했거든. 자전거를 타고 가려고."

"아, 정말 잘됐다."

"뭐, 정말 잘된 일인지는 모르겠지만 어쨌든 돈은 좀 벌게 됐어."

그가 웃자 매들린은 다시금 속이 파르르 떨렸다.

"있잖아, 너한테 줄 게 있어."

"뭔데?"

그는 바지 뒷주머니에 손을 넣고 카세트테이프를 하나 꺼냈다.

"내가 제일 좋아하는 노래를 녹음한 믹스테이프야. 네가 데이비드 보위를 좋아한다기에……."

매들린은 카세트테이프를 받고서 데지레를 슬쩍 보았다. 데지레는 대놓고 이 둘을 빤히 쳐다보고 있었다.

"고마워."

매들린은 그를 마주 보았다. 햇살을 잔뜩 받은 요나스의 머리카락은 평소보다 살짝 더 밝아 보였다.

"혹시 테이프를 들을 카세트가 없는 건 아니지?"

"있어. 교회 별관에서 카세트 레코더를 빌리면 돼."

그녀는 미소를 지었다. 볼이 화끈하게 달아오르는 느낌이었다.

"잘됐네. 그럼 난 가야겠다."

그는 저쪽을 가리키며 말했다.

"알았어. 나중에 보자."

요나스가 사라지자 매들린은 데지레 옆으로 돌아왔다.

"쟤가 뭐래?"

"별일 아니었어. 나한테 노래가 담긴 테이프를 줬어."

매들린은 심호흡을 하면서 울렁이는 속마음의 감정을 억누를 수 있기를 바랐다.

데지레는 손가락으로 흠잡을 데 없는 금발을 빙빙 감았다.

"너 조심해. 쟤가 여자애랑 같이 있는 걸 본 게 한두 번이 아니야."

그 말에 매들린은 뺨을 맞은 듯한 기분이었지만 애써 부정하고 서는 급히 대꾸했다.

"아, 우린 그냥 친구야."

"알았어. 네가 그렇다면야."

매들린은 머리가 어지러워서 울타리에 기댔다. 요나스에게 여자 친구가 있을 수도 있다는 생각은 한 번도 하지 못해서, 지금 닥친 감정이 주체가 되지 않았다. 지금 느껴지는 통증은 실망해서일까? 그래서 이토록 숨쉬기가 힘든 걸까?

그녀는 한숨을 쉬었다. 뭘 기대한 거지? 요나스는 나보다 어리잖아. 잘생기고 똑똑한 목사님 아들이잖아. 하지만 난…… 대체 내가 뭐라고? 버지니아에 있는 농장 출신 가난뱅이 여자애인데. 사실 이렇다 할 게 하나도 없는 애인데.

데지레는 울타리에서 뛰어내려 매들린 옆에 섰다. 반짝이는 눈빛 아래로 보이는 입가는 긴장한 기색이었다. 그리고 매들린과 팔짱을 끼고서 말했다.

"걔 생각은 하지 마. 너한텐 내가 있잖아. 나한텐 네가 있고. 그거면 됐지. 네가 여기 와서 내가 얼마나 기쁜지 알면서. 너도 날 만나서 좋잖아?"

매들린은 고개를 들었다. 그리고 무언가 대답하려던 순간, 데지레는 고갯짓으로 주차장 쪽을 가리켰다. 로베르트 목사의 하늘색 볼보가 서 있었다.

"저기 앉았군."

데지레의 말에 매들린은 네모난 상자 모양 자동차를 바라보았다. 검은색 범퍼 위로 커다란 직사각형 헤드라이트가 달린 차였다. 햇빛이 앞유리창에 반사되긴 했지만, 차 안에 앉은 목사를 알아볼 수 있었다.

데지레는 눈길을 돌렸다.

"저분은 내가 있는 곳마다 저렇게 나타나. 가끔은 혹시 나를 따라오는 건가 싶기도 해."

"정말?"

매들린의 입에서 그만 불쑥 질문이 나와버렸다. 데지레는 목을 문지르면서 덧붙였다.

"아, 내가 보기엔 저분이 나한테 좀 반한 것 같아. 소문을 듣기로는, 저 목사님이 예전 교회에서 어떤 가난한 여자애한테 치근대다가 쫓겨났다고 해. 하지만 린드베리 목사님의 신조 알잖아? 모든 사람에겐 다시 기회가 주어져야 한댔으니까."

데지레가 걷기 시작하자, 매들린은 그녀의 손목을 잡았다. 방금 데지레가 한 말은 로베르트 목사의 평소 이미지와는 전혀 맞지 않았지만, 데지레가 진실을 말한 것이라면 그냥 두고 볼 수만은 없었다.

"저 목사님이 정말로 너를 따라다니는 거라면, 누군가한테 알려야지."

하지만 데지레는 눈을 깜빡이더니, 키득키득 웃으면서 매들린의 팔짱을 꼈다.

"농담이었어. 가자!"

데지레는 매들린과 함께 교회로 가면서 〈탑건〉에서 가장 매력적인 조종사는 누구인지, 또 톰 크루즈를 언젠가 만난다면 하고픈 말이 뭔지 수다를 떨었다.

매들린은 그 말을 한 귀로 듣고 흘리면서 데지레가 해준 로베르트 목사의 소문에 대해 생각했다. 그리고 교회 별관에 도착하자 마음속 깊은 곳에서 어쩐지 불편한 기분이 들고 말았다.

에리카는 진동하는 휴대폰을 바라보았다. 마르틴의 전화였다. 또 했네. 에리카는 방을 둘러보고는 망설이다가 결국 전화를 받았다.

"여보세요?"

"안녕. 드디어 연락이 되네."

그의 말에 에리카는 우물우물 답했다.

"그러게. 미안해. 우린 이것저것 일이 많았어. 그래서 다시 전화를 못 했어."

"알겠어. 별일 없지?"

"응. 아주 잘 있어. 리나는 거의 매일 수영 연습을 하고 종종 나랑 같이 자전거도 타. 엠마는 잘 지내?"

"걔도 잘 지내. 새벽 6시에 일어나는 걸 곧바로 지겨워할 줄 알았는데, 지금까진 잘하고 있어. 최근에는 엠마가 날 깨워줘야 했지."

마르틴이 웃으며 말했다. 에리카는 입술을 깨물었다. 요나스와 저녁 식사를 하기로 했다고 남편에게 이야기해야 할까. 사실, 자신과 요나스는 옛 친구로서 오랜만에 만나는 것뿐이니 마르틴에게 설명해야 할 의무는 없었다. 하지만 한편으로는 나중에 둘이 만난 걸 마르틴이 알게 된다면 뭔가 숨기는 게 있어서 말하지 않은 것처럼 보이는 상황을 피하고 싶었다.

"그럼 언제쯤 둘이 올 것 같아?"

"유셰르에? 모르겠는데."

"하지만 엠마는 이번 주까지만 일하잖아?"

그러자 마르틴이 헛기침을 하는 소리가 들렸다.

"걔가 주말에 친구들이랑 예테보리에 가고 싶다고 해서 허락해줬어. 그리고 다음 주에도 며칠간 농장에서 더 일할 수 있을 것 같던데."

"알았어. 하지만 다음 주에는 말뫼에서 열리는 컨퍼런스에서 당신이 개회사를 하기로 되어 있잖아?"

"아니야. 그건 29일부터 시작이야."

잠시 수화기 너머로 침묵이 감돌았다. 그녀는 다시 물었다.

"그럼 어차피 남쪽으로 내려오는 길에 들르면 안 돼?"

"지금 할 일이 너무 많아. 아무것도 약속할 수가 없어."

에리카는 마른침을 삼켰다. 내 쪽에서 싸움을 시작하지는 않을 것이다. 하지만 마르틴은 대체 무슨 생각이지? 여름 내내 그 망할 놈의 사무실에서 일만 하겠다는 거야?

"하지만 당신은 항상 일만 하잖아."

그녀가 마침내 씩씩대는 목소리로 중얼거리자, 마르틴은 소리를 버럭 질렀다.

"그럼 나더러 어떡하라는 거야? 이건 내 회사잖아. 내 일을 해 줄 사람이 아무도 없잖아."

그는 길게 한숨을 내쉰 다음, 한결 부드러운 목소리로 말했다.

"오스카가 그만둬서 내가 할 일이 두 배로 늘었어. 대신할 사람을 찾고 있는데, 제대로 된 인력을 구하기가 쉽지 않다고."

"난 당신이 휴가를 내서 기분 전환도 하고 가족을 최우선으로 삼았으면 좋겠어."

"가족은 최우선으로 삼고 있어! 이 회사가 파산하면 어떻게 될 것 같아? 그럼 힘든 시기를 어떻게 극복할 건데?"

에리카는 그만 무너지고 말았다. 정말이지 이런 상황을 피하고 싶었건만.

"알았어. 그럼 맘대로 해. 난 이제 가봐야겠어."

"리나랑 통화할 수 있을까?"

"걔는 지금 여기 없어. 하지만 나중에 오면 전화하라고 할게."

에리카는 마르틴이 무어라 대꾸하기 전에 전화를 끊었다.

숨을 쉬기가 어려웠다. 남편이 전화해서 사과해주기를 내심 바랐다. 자신이 최근 결혼 생활에 얼마나 실망했는지 알아주기를, 곧 엠마와 함께 유세르로 오겠다고 말해주길 바랐다. 하지만 지금 보니 남편과 자신은 더 이상 말이 통할 것 같지가 않았다.

에리카는 거울 앞에 서서 자신의 모습을 바라보았다. 그리고 못생긴 가발과 짧은 가죽 원피스를 떠올리자 너무나 부끄러웠다. 그 날 밤을 생각하면 여전히 고통스러웠다. 마르틴의 관심 좀 끌어보겠다고 그토록 우스꽝스러운 차림을 할 준비를 하다니, 스스로가 이해되지 않았다. 대체 남편은 뭐가 문제지? 나한테 더는 매력을 못 느끼나? 그래서 날 피하는 건가?

에리카는 거울 앞에서 빙글 돌았다. 가끔 낯선 사람의 칭찬을 받을 때도 있고, 누군가 자신의 아름다운 머릿결을 칭찬하거나 귀엽다고 언급해줄 때도 있었다. 그리고 몸매도 변하지 않았다. 여전히 긴 다리와 굴곡진 허리를 가지고 있었으니까. 혹시 뭔가 변한 게 있나?

그녀는 요나스를 떠올렸다. 언젠가 그는 에리카를 아무리 봐도 변함없이 예쁘다고 말한 적이 있었다. 물론 이건 10대들이 내뱉는 바보 같은 말이었다. 하지만 에리카는 문득 궁금해졌다. 지금 요나스는 나를 어떻게 바라보고 있을까.

호텔 앞에 차가 섰다. 창밖을 내다본 에리카는 파란 마쓰다 승용차에서 자기 또래인 여자가 내리는 모습을 보았다. 그녀는 한 손에 세제가 가득 든 통을, 다른 손에는 밀대 걸레를 들고 있었다.

에리카는 다시 거울을 바라보았다. 바깥의 여자는 전화해서 부른 가사도우미였다. 이 호텔에서 머물면 머물수록, 어머니가 더는 혼자서 모든 걸 다 돌볼 수 없다는 걸 알게 되었지만, 어머니의 마음이 상할까 봐 에리카는 아무 말도 하고 싶지 않았다. 대신 가사도우미를 통해 번거로운 의무를 내려놓으면 얼마나 좋은지 모나가 직접 봤으면 하는 마음이었다.

그녀는 옷을 갈아입고 머리를 높이 묶어 올린 다음 카페로 이어진 계단을 내려갔다. 가사도우미가 일을 마친 다음에 어머니의 표정이 어떨지 어서 보고 싶었다. 1층이 반짝반짝 깨끗해진 걸 보면 어머니도 무척 기뻐하겠지.

로비에서 이상한 소리가 들렸다. 독서 모임은 평상시처럼 코너의 탁자에서 열리고 있었고, 카페의 다른 쪽에서는 사람들이 삼삼오오 모여 커피를 마셨다.

에리카는 자신을 알아보는 사람들에게 고개를 끄덕여 인사한 다음, 사바와 함께 계단 뒤에 숨어 있는 리나에게 다가갔다.

"안녕, 우리 딸. 방금 아빠랑 통화했어. 아빠가 너 잘 지내냐던데. 나중에 아빠한테 전화하자."

"응."

리나는 이쪽을 보지도 않고 말했다.

"너희 여기서 뭐 해?"

그러자 리나는 입술에 손가락을 대고 진지한 목소리로 말했다.

"쉿! 우리는 지금 잠복 중이야. 내가 잠복 잘하는 거 엄마도 알잖아."

에리카는 리나 뒤에 웅크리고 앉았다.

"잠복해서 누구를 보는 건데?"

리나는 눈에 띄지 않게 어떤 여자를 가리켰다. 여기서 조금 떨어진 탁자에 앉은 사람이었다.

"내가 보기에 저 사람은 해적 같아."

"그래? 왜 해적 같은데?"

"줄무늬 스웨터를 입었잖아. 그리고 돈을 많이 냈어."

에리카는 웃고 말았다.

"줄무늬 스웨터를 입은 사람이 모두 해적인 건 아니야."

에리카가 설명했지만 리나는 엄마 쪽을 바라보며 얼굴을 찌푸렸다.

"하지만 지갑 속에 금화가 가득했단 말이야."

"그래, 알겠어. 저분은 분명히 해적이네."

그녀가 리나의 목덜미를 간지럽히자, 아이는 웃음을 터뜨렸다.

"엄마 나갔다 올게. 친구 좀 만나러."

그러자 리나가 덧붙였다.

"식사도 하고 올 거야?"

리나가 덧붙여 물었다.

"응. 하지만 할머니가 여기 있잖아. 너랑 피자 만들겠다고 약속하셨어."

리나는 어깨를 으쓱였고, 에리카는 딸애의 뺨에 입을 맞추었다.

"좋아. 그럼 이따 밤에 보자."

"그래, 그래. 어서 가."

리나는 그녀에게 중얼거렸다.

에리카는 딸애의 머리를 쓰다듬고는 독서 모임이 열리는 모퉁이 자리로 갔다. 그런데 그곳에선 이상한 광경이 펼쳐지고 있었다. 에리카가 누군지 알아보지 못한 어떤 여자가 의자에 앉은 채로 고개를 푹 숙이고서 한쪽 발을 의자에 올려놓고 있었다. 여자는 손에 찻잔을 들고서 도리스에게 어깨 안마를 받고 있었다.

"안녕하세요."

에리카는 긴가민가한 기색으로 인사했다.

그때 모나가 우유 롤빵 한 접시를 들고 주방에서 나왔다.

"왔구나! 오늘 예쁘네!"

"고마워."

에리카는 고개를 끄덕이면서 고개를 숙이고 있는 정체 모를 여자를 가리켰다.

"그런데 이분은 누구셔?"

그녀의 질문에 모나가 속삭였다.

"이분은 안나스티나야. 청소 회사에서 온 분이야. 불쌍하게도 오늘 종일토록 힘들게 일했지 뭐니. 그래서 허리가 아프고 완전히 지쳐버렸어."

"하지만 그게 저분 직업인걸."

모나는 미소를 지으며 빵 접시를 내려놓았다.

"자, 드세요."

그리고는 안나스티나에게 물었다.

"허리는 좀 어때요?"

"한결 좋아졌어요."

안나스티나는 중얼거리면서 우유 롤빵을 크게 베어 물었다. 모나는 카운터 뒤로 가서 안나스티나가 가져온 밀대 걸레를 들고서 바닥을 문질러 닦기 시작했다.

"내가 저분에게 말했어. 청소는 내가 할 거고, 아무 문제 없을 테니 걱정하지 마시라고. 보아하니 저 회사 사장이 아주 악독한 것 같아."

"그렇지만 엄마, 내가 청소 회사에 돈을 줬어. 엄마가 일할 필요가 없게 하려고."

"아, 그렇게 힘들지 않다니까. 나 청소 참 좋아해."

에리카는 크게 한숨을 쉬었다. 그러다 호텔 쪽으로 천천히 다가오는 요나스가 보였다.

"난 지금 가야겠어. 리나가 계단 뒤에 앉아서 염탐 중이야. 알아두라고."

모나는 고개를 끄덕였다.

"재밌게 놀다 와. 우리는 여기서 잘 있을 테니까."

요나스는 느긋한 모습이었다. 편한 반바지에 구겨진 하늘색 셔츠 차림을 하니 그의 눈동자 색이 더욱 도드라져 보였다. 곱슬머리 위로 각진 선글라스를 올려놓았는데, 어릴 적 쓰고 다니던 것과 똑같아 보였다. 팔에는 바구니를 걸고 있었다.

"안녕."

그는 인사를 건네며 머리카락을 쓸어 올렸다.

"안녕. 이건 뭐야?"

에리카는 미소를 지으며 바구니를 가리켰다.

"깜짝 선물."

그녀는 바구니 안이 안 보이게 덮인 천에 손을 뻗었지만, 요나스가 한발 빠르게 바구니를 슬쩍 돌리고는 웃었다.

"지금은 안 돼! 어림없지! 너는 항상 호기심이 과했어."

"네가 항상 비밀이 많아서 그런 거잖아. 나는 어쩔 수 없었다고."

둘 사이에 잠시 침묵이 흘렀다. 에리카는 그의 시선을 피해 아스팔트 바닥을 발로 하릴없이 긁었다.

"그럼 갈까?"

요나스는 고갯짓으로 해변 쪽을 가리키며 물었다. 그녀는 고개를 끄덕이며 대답했다.

"그래. 하지만 길을 알려줘야 해. 난 어디로 가야 하는 건지 모르니까."

그들은 천천히 바다를 향해 걸었다. 요나스는 에리카에게 무대 배경을 본 아이들이 무슨 말을 했는지 알려주었다.

"다들 무대를 대단하다며 칭찬했어. 하지만 엘사란 애만 성이 너무 작다고 말했지."

에리카는 짐짓 눈을 흘겼다.

"뭐, 그럼 처음부터 다시 그려야겠네."

"아냐, 그럴 필요 없어. 내가 엘사의 남동생도 무대에 올라가도 된다고 하니까 아주 만족해하더라고. 남동생이 걔 백마 역을 할 거래."

"아, 동생은 그러라고 있는 거구나! 동생이 있으면 뭐가 좋은지 항상 궁금했는데 이제 알겠다."

"그래. 우리 외둥들은 알기 쉽지 않지. 우리가 모르는 게 너무 많아."

요나스는 방파제를 보여주며 덧붙였다.

"우리가 언제나처럼 여기에 앉을 수 있으면 좋겠다고 생각했어."

"그 언제나라는 것도 옛날이지. 30년 전 이야기잖아."

에리카가 그의 말을 고쳐주자 요나스가 한숨을 쉬었다.

"세월이 정말 그렇게 흘렀나? 난 내가 아직도 스무 살인 것 같은데."

에리카는 그를 슬쩍 훔쳐보았다. 팔에는 힘줄이 불거졌고 피부는 살짝 그을리긴 했어도, 요나스는 여전히 젊고 활기찬 기운을 뿜어내고 있었다. 그가 자신을 보는 눈빛에는 어렸을 때와 똑같은 도발적인 느낌이 있다는 게 보였다.

요나스는 그녀를 방파제로 데려가서 둘이 예전에 자주 앉았던 바로 그 자리에 피크닉 매트를 깔았다. 에리카는 신발을 벗고서 바위 아래로 다리를 살며시 내밀어 발끝을 물에 담갔다.

"물이 차지 않아?"

그녀는 고개를 저었다.

"전혀 안 차가워. 난 여기에 앉는 게 좋아."

그녀는 이렇게 말하고서 태양 쪽으로 얼굴을 들었다. 비록 요나스를 수십 년 동안 보지 못했지만, 그의 앞에서 에리카는 놀랍도록 편안했다. 이제껏 흘렀던 세월 따위는 없었다는 듯, 헤어졌던 그 순간에서 다시 삶이 시작되는 것만 같았다.

에리카는 눈을 감았다. 마르틴과 나눈 대화를 생각하지 않기가 참 어려웠다. 한편으로는 남편에게 일이 많은 걸 자신이 싫어하는 것이 정말 잘못일까 궁금했다. 그 회사는 남편이 언제나 꿈꾸어왔던 과업이고, 본인 회사를 운영하는 데는 시간이 많이 든다는 것도 알고는 있다. 어쩌면 자신이 본인 직업에 그만한 열의가 없기 때문에 그를 질투하는 걸까? 하지만 또 한편으로는, 5년 후엔 마르틴의 회사가 알아서 잘 굴러갈 수 있을 거란 생각도 들었다. 에리카가 보기에는 솔직히 남편이 자신과 아이들을 의도적으로 무시하는 것 같았다.

"와인 한잔 마실래?"

요나스가 묻자, 에리카는 고개를 들었다.

"응, 좋지."

그는 에리카에게 화이트와인을 따른 플라스틱 컵을 주었다. 그녀는 잔을 부딪쳐 건배하면서 요나스의 셔츠 사이로 불쑥 나온 나무 구슬 목걸이를 보았다.

"이건 백단향이야."

그는 목덜미에서 목걸이를 빼며 말을 이었다.

"프리샤라는 소녀한테 받은 거야. 그 애는 내가 일하는 보육원에서 자랐어. 여자 몇 명이 태어나자마자 쓰레기장에 버려진 프리샤를 찾아다가 우리에게 데려왔어. 지금 그 애는 공학을 전공하기 시작했지."

"정말 놀랍다."

"응, 인도는 아주 흥미진진한 나라야. 거기서는 무슨 일이든 일어날 수 있어."

에리카는 감격한 채로 고개를 끄덕였다. 아예 다른 문화권의 나라에서 산다는 건 어떤 느낌일까. 그녀는 전 세계를 여행하고픈 꿈이 있었다. 대학생 시절 살았던 룬드의 방에는 자신이 가보고 싶은 장소를 표시해놓은 세계 지도가 있었다. 리스본, 마드리드, 베네치아, 이스탄불, 카이로, 방콕, 싱가포르, 상하이, 서울, 도쿄, 시드니, 호놀룰루, 샌프란시스코, 멕시코시티, 하바나까지. 표시한 도시들은 마치 목걸이에 꿰인 진주처럼 지도를 따라 가지런하고 길게 이어져 있었지만, 에리카가 정작 방문한 곳은 한 군데도 없었다. 사실, 그란 카나리아로 갔을 때 비행기가 연료를 넣으려고 리스본에 착륙한 적은 있었다. 하지만 그때 말고는 에리카의 꿈이 실현된 적은 없었다.

에리카는 와인을 마시고는 요나스가 채워주는 두 번째 잔도 받아 들었다. 어릴 적 그녀는 언제나 자신이 용감하다고 생각했었다. 어릴 적 아이들끼리 모여 누가 햇볕에 말린 소똥 위에 맨발로 오래 서 있나 내기를 했을 때, 자신은 언제나 용감하게 마지막까지 남아 있었다. 황소의 등에 타기도 하고, 건초 더미에서 뛰어내리기도 하고, 나무 꼭대기에 오르기도 하고, 포르세밀라 폭포에서 가장 커다랗고 이끼가 잔뜩 낀 바위를 올라가기도 했다. 그럴 때마다 에리카는 전혀 무섭지 않았다. 그래서일까? 그래서 이토록 단조롭고 틀에 박힌 삶에 좌절을 느끼는 걸까?

요나스는 바구니 안에 든 내용물을 피크닉 매트에 늘어놓은 다음 그녀에게 접시를 건네주었다. 에리카는 요나스에게서 눈을 떼기가 힘들었다. 그의 입술은 30년 전과 똑같아 보였으니까. 정말 당황스럽게도 둘이 나누었던 길고 부드러운 키스가 죄다 떠오르고 말았다.

"자, 이게 뭐냐면, 탄두리 치킨과 라이타야. 라이타는 요거트와 민트가 들어간 샐러드지."

그는 이렇게 말하며 에리카를 따스한 눈빛으로 바라보았다. 그녀는 감탄했다.

"와, 정말 맛있어 보인다. 이걸 피타에 넣어서 먹으면 돼?"

요나스는 고개를 끄덕이고는 그녀에게 빵을 건네주었다.

함께 인도식 피크닉 음식을 맛있게 먹으면서 그는 콜카타에서 살아가는 이야기를 해주었다.

"엄마는 내가 다시 여기로 돌아오면 더 좋아하겠지."

요나스는 피타를 베어 물며 말했다.

"나도 이해해. 우리 엄마도 내가 이토록 멀리 사는 걸 탐탁지 않게 여겼으니까. 그래도 난 사실 몇 시간이면 유셰르에 오긴 하지."

"모나 아주머니는 요즘 어떻게 지내셔?"

요나스가 묻자, 에리카는 접시를 앞에 내려놓았다.

"잘 모르겠어. 지난 1년 동안 난 엄마를 좀 걱정했거든."

"그래? 왜?"

"엄마는 일을 너무 많이 하는 것 같아. 호텔을 꾸려나가면서 동시에 온갖 일을 벌여놓고 집중을 하다 보니 스트레스가 많지. 너무 무리해서 걱정이야."

"그 맘 알아."

요나스는 이렇게 말하며 와인을 한 모금 마셨다.

"작년 겨울에는 엄마가 무척 아팠어. 그리고 말이지, 엄마는 쉽게 받아들이고 싶지 않겠지만, 난 엄마가 금전적으로 가계를 꾸려나가기 어려울 거라고 생각해."

그는 고개를 끄덕였다.

"부모님이 갑자기 연로해지셔서 이제 부모 자식 역할을 바꿔야 한다는 건 쉽지 않지. 다른 사람 감정을 상하게 하고 싶지 않고 너무 간섭하고 싶지도 않은 게 사람 마음이니까."

"바로 그거야. 하지만 엄마를 정말로 도와주어야 하는 단계가 되었는지는 어떡하면 알 수 있을까?"

"모나 아주머니는 뭐라고 하셔? 본인이 은퇴하는 걸 생각해보시기는 해?"

에리카는 눈을 내리깔았다.

"그건 생각도 안 해봤지. 엄마는 죽을 때까지 그 오래된 집을 유지하고 싶어 해."

"결국 중요한 건 모나 아주머니가 행복하고 건강하셔야 한다는 거지."

요나스는 이렇게 말하며 앉은 자세를 바꾸었다.

"나도 그런 생각이야. 문제는 과연 행복이 무엇이냐는 건데."

"사람들한테 물어보면, 대부분 식탁에 먹을 게 있고 머리 위에 비 피할 지붕이 있으면 행복이 따라온다고 말하지 않을까."

그는 이렇게 대답하고는 백단향 목걸이를 하릴없이 만지작거렸다.

"물론 그렇지. 하지만 난 사람들이 그러다가 언젠가는 안전함 속에서 너무 안일해지는 건 아닐까 싶기도 해. 스스로 뭔가를 경험하지는 않고, 그저 다른 사람들이 뭘 하나 보고만 있는 삶을 살잖아."

에리카는 두 팔을 벌리며 말을 이었다.

"그러니까 내 말은, 나를 좀 봐. 나는 평생 아무것도 경험해본 적이 없어. 여행도 안 했고, 세상에 의미 있는 일을 한 것도 없어.

예술가로 살겠다는 꿈이 있었지만, 그걸 추구하지도 않았어. 가족을 먹여 살리려고 관공서에서 무시무시하게 지루한 일을 하고 있잖아."

에리카는 입을 다물었다. 방금 한 말이 곧바로 후회되어 부끄럽다는 생각에 눈을 내리깔았다. 요나스는 조심스레 그녀의 말에 대답했다.

"하지만 너는 세상에 의미 있는 일을 한 게 확실한데? 어쨌든 아이를 둘 낳고 키웠잖아. 네 아이는 하나밖에 못 만났지만, 그 애는 아주 잘 배웠고 걱정할 거 하나 없는 아이였어."

"그렇지."

에리카는 고개를 끄덕이면서 손에 쥔 컵을 빙글빙글 돌렸다. 요나스는 말을 이어갔다.

"인생은 절대로 마음먹은 대로 되지 않아. 지금 생각해보면 후회스러운 짓을 난 많이 했거든. 좋은 일을 하면서 내 실수를 만회하려고 노력은 하는데, 절대로 벗어날 수가 없더라고."

그의 얼굴에 잠시 어두운 그림자가 스쳤다. 그는 말을 이었다.

"인생은 고통의 연속이야. 매일 우리는 보육원의 문을 걸어 잠가야 해. 우리가 도와줘야 할 애들이 거리에 넘쳐나는데도 말이야. 병들어 버려진 어린애들을 끔찍하리만큼 수없이 봤어. 돌봐줄 사람 하나 없는 애들이지. 지구 반대편에는 달랑 판지 한 장 깔고서 얼어 죽어가는 애들이 있다는 걸 아는데도 어떻게 밤에 두 다리 뻗고 잠을 자겠어? 내가 아무리 노력해도 충분하다고 할 수가 없어. 내가 아이 하나를 도와준다고 하면, 아무도 도와주지 않아서 죽어가는 아이는 만 명이나 있어."

요나스는 이마를 문질렀다가 중얼대며 사과했다.

"미안해. 이토록 우울한 소리를 할 마음은 아니었어."

"괜찮아."

에리카는 안심하라는 기색으로 말했다.

"콜카타 거리에서 떠돌며 사는 아이들은 내 삶의 큰 부분이 되었어. 그 애들을 저버리기가 난 너무 어려워. 사실, 난 원래 1년만 머무르려고 했어. 하지만 일단 관여하기 시작하니까 그 상황에서 죄다 등을 돌려버리기란 불가능해."

요나스는 에리카를 곁눈질로 바라보며 말을 이었다.

"솔직히 말해서, 난 정돈된 일상을 살면서 잘 굴러가는 가정을 꾸려낸 사람들이 부러워. 난 그렇게 살고 싶었어."

에리카는 무척 놀란 눈빛으로 그를 바라보았다. 자신 같은 사람의 삶이 다른 사람이 그토록 바라는 꿈이 되리라고는 전혀 생각지도 못했기 때문이었다.

"다른 집 잔디가 언제나 더 파릇파릇해 보이는 법이잖아."

"맞아. 그렇다고 생각해. 너는 예술과 디자인을 더 공부해볼 생각은 없었어?"

"응. 사실은 없었어. 직장을 구해서 오히려 안심했지."

"그럼 지금이라도 다시 해보는 건 어때? 그림 그리면서 아주 재미있어하던걸."

"모르겠어. 너무 늦은 것 같은데."

에리카는 하얀색 운동화 끈을 만지작거리며 대답했다. 그러자 요나스는 믿을 수 없다는 듯 되물었다.

"너무 늦었다고? 이제껏 살아온 날만큼이나 앞으로 살 날이 남았잖아. 네가 원한다면 당연히 공부할 수 있지."

"그래. 바보 같은 소리로 들리겠지만, 사실 나는 무서워서 그래. 알고 보면 재능이 그렇게 많은 건 아닐까 봐."

에리카는 속내를 인정하고서 지금 앉아 있는 바위를 손으로 쓰다듬었다. 햇살을 받아서 바위는 따뜻했다.

그녀는 이 말에 요나스가 반박하면서 뭔가 감성적인 말로 응수할 거라 생각했다. "무슨 소리야, 넌 재능이 많은데" 같은 말 말이다. 하지만 요나스는 그저 고개를 끄덕일 뿐이었다. 그는 무릎을 모으며 말했다.

"바보 같은 소리 아니야. 네가 무슨 말을 하는지 나도 잘 알아. 하지만 너희 큰딸이 자신에게 맞는 진로가 뭔지 고민하면서 이런 의심이 있다고 말한다면, 넌 걔한테 무슨 충고를 할 거야?"

에리카는 입을 삐죽였다.

"그런 의심 때문에 불안해하면 안 된다고 말하겠지."

그녀는 휴대폰을 꺼내 요나스에게 홈페이지 하나를 보여주었다.

"이건 그래픽 디자인 온라인 교육 과정이야. 종일은 아니고 반나절 과정이지."

"여기에 지원했어?"

그녀는 고개를 저었다.

"마르틴한테 말도 못 했어."

요나스는 그녀를 바라보았다. 이쪽을 꿰뚫어 보는 듯한 눈빛에 속이 심하게 울렁거렸다.

"지원해. 세월은 금방 가버리잖아. 너는 눈 한 번 깜빡였는데 32년이 지나 있었으니까."

1987년 7월 3일 금요일

　목소리들이 서서히 잦아들었다. 매들린은 〈섬웨어 오버 더 레인보〉의 마지막 마디를 연주했다. 그러면서 목 뒤에 솜털이 바짝 섰다. 이 노래를 연습한 게 이번이 네 번째였는데, 드디어 여러 목소리가 균형을 잡아갔다.

　시야 끝으로 교회에 들어오는 루트가 보였다. 그녀는 뒷좌석 쪽에 서서 박수를 보냈다.

　매들린은 성가대원들에게 말했다.

　"모두들 잘하셨어요. 소리가 정말 좋아요."

　"고마워요. 오늘은 여기까지 하죠."

　데지레가 미소를 지으며 말했다. 이윽고 루트가 피아노에 앉은 매들린 쪽으로 다가왔다.

　"성가대가 노래를 참 잘 부르네."

　"고맙습니다. 그렇죠, 저희는 서서히 성가대의 모습을 갖춰가고 있어요."

　매들린은 이렇게 중얼거리고는 교회를 떠나는 성가대원들에게 잘 가라는 인사를 했다.

데지레는 나가는 문에 서서 그녀를 기다렸지만, 매들린이 가방을 들자 루트는 손을 들어 그녀를 저지했다.

"잠깐 이야기를 하고 싶어서 왔어. 우리 둘이서만."

매들린은 데지레와 오랫동안 눈빛을 교환했다.

"먼저 가 있어. 금방 갈게."

루트는 긴 의자 하나를 가리켰다.

"앉아."

매들린은 그녀의 지시대로 앉았다.

"지금도 우리랑 같이 있는 게 좋니?"

루트의 질문에 매들린은 고개를 끄덕였다.

"네. 좋아요."

"잘됐구나. 그럼 유세르에서 1년 있은 다음에는 또 다른 계획이 있니?"

매들린은 스웨터에서 보이지도 않는 먼지를 떼어냈다.

"아직 모르겠어요."

"하지만 네가 자유롭게 앞날을 선택할 수 있다면, 뭘 하고 싶니?"

"제가 자유롭게 앞날을 선택할 수 있다면, 저는 탄자니아에 가서 우리 교회가 짓는 학교에서 일하고 싶어요. 아니면 그 비슷한 일을 하거나요."

"알겠다."

루트는 이렇게 대답하고서 특유의 눈빛으로 그녀를 빤히 바라보며 말을 이었다.

"아마 우리는 내년 봄에 탄자니아에 대표단을 보낼 거야. 내가 린드베리 목사님에게 말해둘게. 네가 우리랑 같이 가고 싶어 한다고."

매들린은 자리에서 벌떡 일어섰다.

"네, 꼭 가고 싶어요."

"잘됐구나."

루트는 안심한 기색으로 말을 이었다.

"하지만 그 답례로 내가 부탁하고 싶은 게 있는데."

"네? 뭔가요?"

루트는 목을 가다듬었다.

"네가 아만다에 대해 묻고 다닌다는 말을 들었어."

매들린은 온몸이 바짝 굳고 말았다. 아만다 이야기를 했던 사람은 아이노와 데지레밖에 없는데. 그 둘이 루트에게 이야기를 했다니, 상상이 가지 않았다.

"저는 아만다의 악보집을 찾았어요. 그래서 주인이 누군지 궁금했어요."

루트는 두 손을 무릎 위로 깍지 끼고서 말했다.

"아만다는 너의 전임 숙련자였지만 안타깝게도 유셰르에 도착하자마자 병이 났단다. 린드베리 목사님은 언제나 영혼이 병든 사람들에게 귀를 기울여주셨지만, 아만다는 우리가 뭘 도와줄 수 없을 정도로 상태가 좋지 않았어. 상태가 좋지 못했기 때문에 우리는 그 앨 집으로 돌려보내야만 했지. 하지만 지금 아만다는 가족과 함께 머물면서 필요한 도움을 받고 있어."

그녀는 매들린을 진지한 눈빛으로 바라보았다.

"아만다 이야기를 더 한다면 그 애에게 실례가 될 것 같으니, 이제 그만 이야기하도록 하자. 알았니?"

"네, 그럼요."

"좋아. 그럼 그렇게 합의한 거다."

매들린은 자세를 똑바로 했다.

"혹시 우리가 그 악보집을 보내줄 수 있을까요?"

"그건 별로 좋은 생각이 아닌 것 같구나. 여기서 있었던 일을 아만다가 떠올리게 되면 좋지 않다는 게 내 생각이다. 게다가 우리는 그 애 주소를 몰라."

"정말요?"

매들린은 깜짝 놀라 물었다. 루트의 얼굴이 굳어졌다.

"그러니까, 주소가 어딘가에 있기야 있지. 네가 그 악보집을 처리하고 싶다면, 내가 알아서 해주마."

매들린은 가방을 남몰래 곁눈질하며 말했다.

"지금은 가져오지 않았어요. 제 방에 있거든요. 악보집을 찾으면 제가 교회 사무실에 갖다놓을게요."

"그러렴."

루트는 이 말을 남기고서 자리에서 일어섰다. 하지만 강당을 떠나기 전, 다시금 뒤돌아서서 말했다.

"시간 내서 이야기해주어 고맙구나."

"별말씀을요."

매들린은 루트를 바라보다가 어안이 벙벙해진 채로 널찍한 교회에 들어갔다. 생각해보면 교회 측에서 아만다의 병 이야기를 하고 싶어 하지 않는 것도 이해가 갔다. 정말 상태가 나빠졌을 때 결국 집으로 가야 했으니까. 하지만 또 한편으로는 호기심을 억누를 수가 없었다. 이 이야기에는 뭔가 석연찮은 점이 있었다. 어째서 루트는 아만다에게 악보집을 보내기 싫어하지? 그걸 보낸다고 해서 건강이 나빠질 리가 없는데 말이다. 그리고 어째서 교회에 아만다의 주소가 없지?

가만히 생각에 잠긴 매들린은 가방에 손을 넣어 가죽 장정된 악보집을 꺼내고 첫 페이지를 펼쳐보았다. 아만다의 이름이 잉크로 쓰여 있었다. 매들린은 그 각진 글자들을 부드럽게 쓰다듬었다.

퍼트리샤는 손에 사진을 들었다. 매들린이 유세르로 떠나기 몇 주 전에 찍은 사진이었다. 그녀는 동생의 얼굴을 조목조목 살폈다. 밀크리크 집의 거실에 있는 오래된 피아노 앞에 앉은 매들린. 행복에 겨워 빛나는 두 눈은 카메라를 똑바로 바라보고, 자그마한 은색 음표 펜던트를 목에 건 내 동생.

퍼트리샤는 동생이 낡은 농장을 두고 했던 계획을 떠올렸다. 그녀는 농장에서 음악 학원을 열고 동네 아이들에게 피아노 레슨을 하려고 했었다.

"버지니아 출신의 재능 있는 애들을 위한 수업이야. 사람들은 나에게 레슨을 받으려고 줄을 서게 될 거야. 두고 봐. 시간문제라니까!"

퍼트리샤는 사진을 다시 가방에 넣고 호텔 로비를 둘러보았다. 마리안네는 독서용 탁자에 앉아서 책을 읽는 중이었고, 주방에서는 연달아 달그락거리는 소리가 났다. 모나는 점심으로 내놓을 감자 팬케이크를 요리하느라 바빴다.

마리안네는 책을 놓고 자리에서 일어섰다. 그리고 카페를 한 바퀴 돌더니 마침내 퍼트리샤 앞에 와서 섰다.

"엘리자베스의 절친인 샬럿이 콜린스 복사랑 결혼한다는 거 알고 있었어?"

그녀가 분노하며 물었다.

"안타깝게도 알고 있어."

퍼트리샤가 고개를 끄덕이자, 마리안네는 불쑥 내뱉었다.

"이럴 수가…… 이럴 순 없어! 불쌍한 여자애 같으니. 자기 삶을 자기가 정할 수 없다니, 난 참을 수가 없어."

둘의 뒤에서 모나가 나타났다. 그녀는 십분 이해한다는 듯이 고개를 끄덕였다.

"이 소설의 배경이 되는 시대는 지금과 삶이 무척 달랐잖아. 물론 나도 그렇다는 사실을 항상 잊어버리긴 하지만. 재정적인 어려움을 헤쳐나갈 수 없다는 걱정이 항상 있으면 정말 무서웠을 거야. 만약 베넷 씨가 죽기라도 하면, 나머지 가족들은 집을 잃어버리는 거잖아!"

"맞아. 이때도 이미 여성운동은 나름대로 많은 진척이 있었지."

퍼트리샤가 이렇게 말하고 있는데, 도리스가 호텔 안으로 들어왔다. 여자들은 다들 도리스를 등지고 있었다. 곧장 카페에 슬그머니 들어온 그녀는 보드라운 버건디색 벨벳 모자를 귀 바로 위까지 푹 눌러쓰고 있었다.

"도리스! 데이트 준비를 했어?"

모나가 명랑하게 부르는 소리에 도리스는 눈을 휘둥그레 뜨고 그녀를 바라보았다.

"아니."

도리스가 한숨 쉬듯 말하자 마리안네가 물었다.

"그런데 왜 모자를 쓰고 있어? 바깥은 25도인데."

도리스는 잠시 머뭇거리다가 모자를 벗었다. 모자 아래로 기다란 연보라색 머리카락이 굽슬굽슬 드러났다. 방 안에는 한참 동안 정적이 흘렀다. 그러다 마리안네가 입 앞에서 손뼉을 짝 쳤다.

"이게 어떻게 된 거야?"

도리스는 얼굴을 찌푸렸다.

"네가 그랬잖아. 머리 좀 어떻게 해보라고."

"나는 머리 좀 자르라고 했지, 염색하라고는 안 했는데."

도리스는 모자로 얼굴을 가리면서 말했다.

"사고가 있었어. 난 그냥 살짝 머리색을 바꾸려고 했는데…… 이젠 무슨 펑크족이 돼버렸어."

그녀는 막힌 코로 숨을 가쁘게 쉬었다. 모나는 도리스의 어깨를 토닥여주었다.

"도리스, 뭐 어때. 염색했다고 세상이 끝난 것도 아니잖아."

"멋있는데. 그러니까…… 색다르게 보인다고."

퍼트리샤의 말에 도리스는 한숨을 쉬었다.

"하지만 난 색달라 보이고 싶지 않아. 그냥 내 모습에서 15년만 젊게 보이고 싶다고."

그때 현관의 종이 울리더니 유수프가 들어왔다.

"안녕하세요, 여러분."

그가 허리를 굽혀 인사하자 모나가 인사를 받았다.

"안녕, 유수프. 잘 지냈어요?"

"네, 잘 지냈어요. 흰무늬노랑들명나방이 내 라즈베리밭에 군락을 이룬 모양이더라고요. 그래서 지금 싹이 많이 시들었지만, 그것 말고는 작물은 잘되고 있어요."

"힘내세요. 곧 좋아질 거예요. 내가 당신 밭에서 나는 과일이랑 채소라면 기꺼이 산다는 거 아시죠."

"그럼요. 난 모나를 위해서 최선을 다해 일하고 있어요."

그는 진열대 뒤에 있는 보관소를 가리키며 물었다.

"이거 해초 빵이에요?"

모나가 고개를 끄덕였다.

"맞아요. 하나 줄까요?"

"좋죠."

모나가 빵을 포장하는 동안, 유수프는 도리스를 바라보았다.

"머리 멋지네요."

그의 말에 모나는 민망함을 느끼며 머리를 잡았다.

"아, 정말요? 고마워요."

"연보라색이네요. 숲속 히아신스 같아요."

유수프는 이렇게 말하고선 빵을 받아 들고 계산했다.

"고마워요. 루콜라와 순무를 수확하는 대로 알려줄게요."

유수프가 떠난 다음, 모나는 도리스에게 갔다.

"너 아주 멋있어 보여. 이제 데이트 즐겁게 해."

그녀의 말에 도리스는 고개를 끄덕였다.

"나 정말 긴장돼. 예란 말고 다른 사람과 데이트해본 적이 없어. 서로 할 말이 없으면 어떡하지?"

"아, 할 말은 분명히 있을 테니 걱정하지 마."

마리안네가 안심하라는 듯 말하자, 모나도 제안했다.

"예순이 넘어서 좋은 점엔 뭐가 있는지 말해보면 어때. 20대나 30대의 삶과 비교해서 이제 우리에게 어떤 자유로움이 있는지 생각해봐. 그땐 남들이 날 어떻게 생각할까, 아니면 어떻게 하면 먹고살 수 있을까 걱정했잖아. 하지만 이제는 다른 사람의 의견이 어떻든 아랑곳하지 않을 수 있지. 왜냐하면 우리 같은 늙은 아줌마들이 삼삼오오 뭘 하든 신경 쓰는 사람이 없거든. 우리는 원하는 건 뭐든 할 수 있어. 한낮에 영화관에 가도 되고, 점심에 케이크를 먹어도 되고, 건방진 10대 애들한테 소리를 질러도 되지."

마리안네가 덧붙여 말했다.

"우리가 그간 경험한 것도 정말 많다는 건 두말하면 잔소리고. 넌 67년 동안 보라색으로 머리를 염색하는 게 어떤 기분인지 모르고 살았지만, 이제는 알게 됐잖니."

도리스는 떨떠름하게 웃었지만, 눈까지 웃지는 않았다.

"너희 말이 맞아."

그녀가 한숨을 쉬자 마리안네는 명랑하게 말했다.

"우리는 항상 맞는 말만 하잖니. 게다가 너 말이야, 자기를 카사노바라고 소개할 정도로 자신만만한 남자를 흔히 볼 수 있는 줄 아니?"

"혹시 말만 그렇고 알고 보면 완전히 다른 남자면 어떡해?"

도리스가 불안하게 묻자, 모나가 되물었다.

"어디서 만나는데?"

"위스타드 항구의 작은 카페에서."

"괜찮네. 적어도 주변에 둘만 있는 건 아닐 테니."

"혹시 호신용으로 뭘 가져가야 할까?"

"밀대 어때?"

모나가 제안했다.

"안 돼. 가방에 안 들어가."

"아, 좋은 게 있어!"

모나가 이렇게 소리치더니 주방에 가서 노란색 유리병을 갖고 왔다.

"이건 내가 직접 만든 칠리 오일이야. 아주 맵지. 롤프-카사노바라는 놈이 허튼짓하면 눈에 냅다 뿌려버려."

"고마워. 그럴게."

도리스는 진지한 얼굴로 고개를 끄덕이고는 까만 벽시계를 슬쩍 바라보았다.

"이제 가야겠다. 이러다 버스 놓치겠어."

"내가 같이 안 가도 정말 괜찮아? 나 옆 테이블에서 신문 읽고 있으면 되는데."

모나의 말에 도리스는 고개를 저었다.

"아냐, 그럴 필요 없어. 이건 나 혼자 해야겠어."

모나는 도리스의 어깨를 쓰다듬고 롱 원피스 자락을 펴주었다.

"그 롤프-카사노바라는 놈은 본인이 얼마나 운이 좋은지 모를 거야."

"고마워."

도리스는 나직하게 감사를 표하고는 퍼트리샤를 바라보았다.

"그런데 말이야, 내가 그레타네 집에 계속 전화를 하는데도 받질 않네."

"혹시 번호가 바뀌었을까?"

하지만 도리스는 고개를 저었다.

"내가 안내소에 물어봤는데 그 번호가 맞댔어."

"아니면 내가 그냥 차를 타고 직접 찾아가서 이야기를 나눠볼까."

퍼트리샤가 가만히 생각하며 말했다.

"그래, 안 될 거 없지."

이렇게 말하던 도리스는 심호흡을 하고서 퍼뜩 정신을 차렸다.

"이젠 정말 가봐야겠다."

"재미있게 놀다 와."

모나는 미소를 지으며 그녀를 배웅했다. 도리스가 호텔에서 나가자, 모나는 점심 준비를 했다. 그동안 다른 이들은 저마다 자리에 앉았다. 그러다 전화벨 소리를 들은 퍼트리샤는 재빨리 폰을 꺼냈다.

"우리 아들이야."

그녀의 말에 모나가 물었다.

"너는 애가 몇이야?"

"아들 둘. 막내 저스틴은 뉴욕에 살면서 증권회사에서 일해. 매슈는 리치먼드에 살고. 샬러츠빌에서 백 킬로미터 정도 떨어진 곳이지."

그녀가 설명하는 동안, 리나가 계단에서 뛰어내려와 할머니를 꼭 안았다.

"할머니, 안녕."

"안녕, 우리 귀염둥이. 오늘은 어떻게 지냈어?"

꼬마는 모나의 무릎에 올라앉아 활짝 웃었다.

"녹색 방에 있는 커다란 가방은 해적 가방 같아요."

"그래? 왜 해적 가방 같은데?"

"그 안에 쌍안경이랑 기다란 나무 막대기가 있어요. 그거 목발로 쓰던 거였어요."

"정말 재미있겠네. 혹시 보물 지도는 없었어?"

그러자 리나는 잠시 생각하다가 모나의 무릎에서 다시 내려가며 말했다.

"가서 볼게요."

아이는 쏜살같이 계단을 또 올라갔다. 퍼트리샤는 모나에게 말했다.

"참 좋은 아이야. 손녀딸과 이토록 오랫동안 같이 지낼 수 있다니 너는 운이 참 좋구나."

"맞아. 애들이 날 보러 와주어서 참 좋지. 너는 손주가 있어?"

퍼트리샤는 모나에게 휴대폰 사진을 보여주었다.

"조이와 댁스야. 조이는 네 살이고 댁스는 두 살이야."

"정말 귀엽네!"

모나는 감탄하며 기분 좋은 기색으로 두 손을 맞잡았다. 하지만 퍼트리샤는 한숨을 쉬었다.

"그래. 귀엽지. 하지만 난 애들을 자주 볼 수가 없어."

마리안네는 독서용 안경을 벗으며 물었다.

"왜 못 봐?"

"말했듯이 애들은 나랑 백 킬로미터 떨어진 곳에 살거든."

"네가 걔들 근처로 이사하면 안 돼?"

"안 돼. 나는 가족의 농장에서 살거든."

퍼트리샤의 대답에 모나는 조심스럽게 물었다.

"그거 팔 수 없어?"

"없어. 난 못 팔아."

"왜?"

"모르겠어. 난 농장을 팔기가 힘들어. 거기서 평생을 살았어. 농장은 우리 가족의 추억이 가득한 곳이야. 특히 이젠 이 세상에 없는 사람들의 추억이 깊이 배어 있어서."

퍼트리샤의 말에 마리안네는 귀걸이 한쪽을 빙글빙글 돌리며 말했다.

"그게 얼마나 어려운지 알아. 나도 오랜 세월이 지나서야 부모님이 살던 집과 끝낼 수 있었거든. 하지만 마침내 집을 없애버리기로 결심한 다음에 불도저로 집을 밀어버리는 모습을 보니까 정말 말 그대로 해방감이 들더라고. 지금은 옛 집터에 테라스 두 개와 바다 전망과 명상용 정원과 수영장이 딸린 아주 멋진 집을 지었어. 이제 트레이닝 룸과 손님용 침실이 들어가는 풀빌라를 하나 더 짓고 싶은데, 에뷔가 건축 계획에 소송을 멈춰줘야 시작이 될 거야."

"손주들이 그렇게 그립다면 한번 생각해볼 수도 있지 않을까? 그러니까, 집을 완전히 허물지는 말고 그냥 이사만 하라는 거지."

모나는 이렇게 제안하면서 마리안네에게 몰래 눈짓했다.

"솔직히 말해서, 나는 걔들이 내가 가까이 사는 걸 바라긴 하는지 확신이 서질 않아. 아들이야 반대하지 않겠지만, 며느리인 데니스는 분명히 생각이 다를 거야."

"아, 하지만 말이야, 첫째로 네가 어디 사는지 정하는 건 걔들이 결정할 일이 아니야. 더욱이 나는 누가 도와준다는데 마다한다는 게 도무지 이해가 안 가. 애 딸린 부모가 도와준다는 걸 왜 거절하겠어?"

모나가 반박했지만, 마리안네는 마르쿠스를 가리켰다. 그 애는 카페 저 뒤쪽 구석에 앉아서 휴대폰을 정신없이 쳐다보고 있었다.

"애들은 금방 커버려. 눈 깜짝할 새에 반쯤은 어른이 되어서 대화하기조차 쉽지가 않다니까."

퍼트리샤는 고개를 끄덕였다. 조이와 맥스를 보고픈 마음에 리치먼드에 정착하면 어떨까 생각해본 적이 있었지만, 자신이 밀크리크 농장을 떠난다면 무슨 일이 벌어질까 언제나 두려웠다. 게다가 만약 매들린이 언젠가 자신을 찾으러 돌아온다면 그때를 위해 농장에 붙어 있어야 한다는 바보 같은 생각이 항상 머릿속을 맴돌았다.

그녀는 휴대폰을 다시 꺼내어 매슈에게 문자를 보냈다.

'내가 리치먼드로 이사하면 어떨 것 같니?' 사실, 이런 문자를 보낸다는 건 멍청한 짓이었다. 그녀는 밀크리크를 떠날 수가 없었기 때문이다. 하지만 한편으로는 아들이 대답해주기를 초조하게 기다렸다. 만약 매슈가 여기에 찬성한다면, 자신이 필요한 추진력을 받을 수 있을 테니. 일단 리치먼드에서 시간제 일자리를 구하고, 작은 거처를 빌려서, 거기 사는 게 어떤지 알아볼 수 있지 않을까.

그녀는 용기를 끌어모아 '전송' 버튼을 눌렀다. 문자가 전송되었다는 표시가 뜨면서 위쪽으로 말풍선이 올라가자 갑자기 취소 버튼을 누르고 싶어졌지만, 때는 이미 늦었다. 그래서 문자를 또 하나 보냈다. '미안해. 내가 생각이 짧았어. 너도 알잖아. 나는 농장을 떠날 수가 없구나.'

퍼트리샤는 휴대폰을 내려놓고 자신의 집을 생각했다. 내 인생의 대부분을 보냈던 오래된 집을. 농장을 떠나 여기서 머무는 건 생각했던 것만큼 심하게 무섭지는 않았다. 지금은 동생과 가까이 있다고 여길 수 있는 곳에 와 있으니까. 하지만 농장을 아예 팔아버린다는 건 다른 일이다. 집 마룻바닥을 다시는 밟지 못하게 된다니, 애들이 매년 얼마나 컸는지 새겨놓은 문틀을 다시는 볼 수 없게 된다니, 아직도 매들린이 떠났을 때와 다름없는 그 애 방에 다시는 들어갈 수 없게 된다니 생각만으로도 몸이 아팠다.

퍼트리샤는 재빨리 생각을 접었다. 이제 자신에게 남은 것은 그 집뿐이라, 거기서 떠나고 싶지 않았다. 댁스와 조이를 더 많이 보고 싶다는 마음도 자신에게 남은 걸 죄다 잃어버리게 될 거라는 두려움에 빛이 바랬다. 지금 유일하게 자신을 붙잡고 있는 것은 매들린이 남긴 여전한 공허함이었다. 그 공허함이 없다면 자신은 과연 어떤 사람일지 퍼트리샤는 알지 못했다.

34

에리카는 시나몬 롤과 초코 케이크를 각각 종이봉투에 넣고서 티셔츠와 반바지 차림의 남자에게 건네주었다. 남자의 두 아들은 아빠 주위를 빙빙 돌았다.

"여기 있습니다. 해변에서 즐거운 시간 보내세요."

"그럴게요. 감사합니다!"

남자는 애들을 잡으려고 애썼지만, 아이들은 자꾸만 아빠를 피했다. 남자의 쾌활한 목소리가 점차 엄해졌다.

"애들아, 가자. 안 그러면 케이크 안 준다!"

에리카는 미소를 지으며 아이들에게 윙크한 다음 계산대 옆의 유리 진열장을 바라보며 재빨리 재고를 파악했다. 케이크와 빵은 아주 잘 팔리고 있었다.

그녀는 언제나처럼 구석 자리에 앉은 마리안네의 손자를 몰래 바라보았다. 그 애는 탁자 위에 아이패드와 휴대폰을 두고 있었다. 이곳의 인터넷 속도는 마리안네의 집보다 빨랐지만, 그래도 스톡홀름의 속도에는 전혀 미치지 못했다. 그래서 아이는 가끔 혼자서 못마땅한 소리를 중얼거렸다.

에리카는 고개를 저었다. 자신도 엠마와 말다툼을 벌이긴 하지만, 그래도 내 딸은 액정 화면만 뚫어지라 들여다보지 않고 다른 데 열의를 보이며 열심히 일하고 있어서 다행이었다.

그녀는 장부를 손으로 쓰다듬었다. 호텔은 여름 내내 예약이 꽉 차다시피 했지만, 이것만으로도 정말 괜찮은지 궁금했다. 오늘 아침에는 디킨스 방의 욕실장이 벽에서 떨어져서 에리카는 어머니와 함께 고생 끝에 간신히 장을 다시 달았다.

어딜 봐도 에리카의 눈엔 수리해야 할 곳 천지였다. 비록 자신이 이런 수리에 능숙하다지만(마르틴은 뭐가 부서질 때마다 무조건 테이프를 붙이면 된다고 믿는 사람이었다. 그는 심지어 자동차 범퍼도 테이프로 다시 붙였다. 그래서 둘의 집 수리 담당은 에리카였다) 물건이란 대부분 무한정 수리할 수만은 없기에 결국은 교체해야 하지 않던가.

모나는 커다란 상자를 세 개 들고 왔다. 그녀는 동네 어르신들에게 줄 뿌리채소 닭고기 스튜를 요리하고, 호텔 손님들에게 제공할 저녁 식사를 준비하고, 이달 치 회계 결산을 할 계획이었다. 에리카는 최대한 어머니를 도왔지만, 그래봤자 별 차이가 없어 보였다. 딱 봐도 어머니는 일이 너무 많았다.

모나는 카운터를 향해 몇 걸음 걷다가 갑자기 멈춰 서더니 큰 소리로 신음을 흘렸다.

"아이고."

에리카는 얼른 어머니에게 달려가 그녀를 소파에 앉혔다.

"엄마, 괜찮아?"

모나는 얼굴을 찌푸렸다. 누가 봐도 고통스러운 얼굴이었다.

"아니, 안 괜찮아."

그녀는 이를 악물고서 말했다.

"또 허리가 아파?"

"여기가 쑤셔."

모나는 꼬리뼈 위를 주무르며 말했다.

"엄마는 좀 쉬어야 해. 일을 너무 많이 한다고."

"저 닭 냉장고에 넣어야 하는데."

모나가 신음하며 말했다. 에리카는 상자를 들고서 주방으로 옮겼다.

"왼쪽 냉장고에 넣어둬. 그리고 뿌리채소는 조리대 바로 옆에다가 놔줘. 껍질 벗겨야 하니까."

모나가 뒤에서 소리치자, 에리카는 한숨을 쉬었다. 엄마는 정말로 아무 일도 아니라는 것처럼 계속 일하려는 생각인가?

"거기 영수증 있는 장부 좀 갖다줄래? 사무실에 있어."

모나의 말에 에리카가 대답했다.

"알았어."

모나의 사무실은 주방 옆에 있는 작은 방이었다. 안으로 들어간 에리카는 너저분한 책상에 있는 장부를 곧바로 발견했다. 장부를 집어 든 그녀는 연필을 찾으려고 책상 위를 살펴보았다. 음식 레시피로 가득한 공책 아래에 비죽 나온 연필이 보였다. 그런데 공책을 옆으로 치우자 채권 추심 사무소에서 온 봉투가 떨어졌다.

에리카는 너무 놀라 얼어붙고 말았다. 엄마가 고지서를 내는 걸 잊어버린 건가? 봉투를 들어보니 아직 뜯지도 않았다.

급히 로비로 돌아온 에리카는 자신을 기다리고 있는 어머니에게 다가갔다.

"고마워."

모나는 영수증이 든 장부를 향해 손을 뻗었다. 에리카는 장부를 건네준 다음 어머니 눈앞에 봉투를 들어 보였다.

"이게 뭐야?"

"아무것도 아니야."

"아무것도 아닌 게 아니잖아. 이건 채권 추심 통지서잖아. 그런데 열어보지도 않았잖아!"

모나는 못마땅한 소리로 말했다.

"이건 전기 요금이야. 왜 이렇게 요금이 많이 나왔는지 모르겠어. 겨울에 난방을 거의 안 했는데도 수천 크로네나 내야 한다고."

"그럼 총 얼마를 내야 하는데?"

에리카가 묻는 순간, 마리안네가 호텔로 들어왔다.

"안녕, 우리 손자."

그녀는 명랑하게 인사말을 건네며 마르쿠스에게 손을 흔들었다. 그리고 모나를 발견하고는 즉시 이리로 다가왔다.

모나는 에리카에게 의미심장한 눈빛을 보였다.

"나중에 이야기하자."

"이 시간에도 넌 그냥 앉아 있는 법이 없구나. 이번엔 또 무슨 일이야?"

마리안네가 물었다.

"그냥 허리를 좀 삐었어. 하지만 그렇게 심한 건 아니고. 잠깐 몸을 추스르면 돼. 그런 다음에 감자 껍질을 벗기고 닭 손질을 할 거야."

에리카와 마리안네는 서로 눈빛을 교환했다.

"좀 쉬는 게 좋을 것 같은데."

"쉰다고? 미쳤니? 그럼 음식은 누가 하고? 껍질 벗겨야 하는 감자가 몇 킬로그램이나 있는데."

"내가 도와줄게."

에리카가 말하는 순간, 리나가 계단을 뛰어내려왔다. 아이는 체리 무늬가 있는 하늘색 수영복을 입고 허리에 빨간 튜브를 끼고서 이마에 물안경을 쓴 채였다.

"엄마, 이제 가자!"

"잠시만 있다가 가자, 우리 딸. 지금은 할머니를 빨리 도와드려야 해."

에리카의 말에 모나는 눈썹을 치켜떴다.

"너 닭을 손질하는 법을 알기는 해?"

"아니. 잘은 몰라."

에리카는 솔직히 말한 다음 마리안네를 바라보았다.

"요리할 줄 아세요?"

그러자 마리안네는 명랑하게 대답했다.

"칵테일은 만들 줄 알아. 알 파치노는 내가 만든 진 토닉이 최고라고 했었지."

"내일 동네 어르신들에게 점심 식사로 진 토닉을 주면 시 의원들이 안 좋아할 것 같은데."

모나가 한숨을 쉬면서 말했다.

"어떻게든 방법을 찾을게."

에리카가 말하는 동안에도 리나는 엄마의 옷을 잡아끌었다.

"얼른 가자, 엄마! 수영하러 갈래."

아이는 연습한 팔 동작을 해 보였다.

"제가 닭 손질할 줄 알아요. 감자 껍질도 벗길게요."

갑자기 누군지 모를 이의 목소리가 들렸다.

세 여자가 고개를 돌리자, 놀랍게도 마르쿠스가 보였다.

"네가 할 줄 안다고?"

마리안네는 믿을 수 없다는 듯 말했다.

"할머니, 나 호텔이랑 레스토랑에서 일하는 요리사 되려고 직업 고등학교 다녔잖아. 알면서."

마리안네는 얼빠진 표정을 지었다.

"아니, 난 이제 말해줘서 알았는데. 하지만 우리 사랑하는 마르쿠스, 나를 할머니라고 부르지 말아줄래. 너무 늙은 사람 같잖니. 그냥 마리안네라고 이름 불러."

마르쿠스는 모자를 벗고서 헝클어진 머리를 빗어 넘겼다. 그리고 어깨를 으쓱이면서 말했다.

"지금은 인터넷 연결도 안 돼서 할 게 없네요. 주방이 어디죠?"

무척 놀란 모나는 마르쿠스를 빤히 바라보다가 어쩔 수 없다는 듯 한숨을 내쉬었다.

"먼저 닭을 데쳐야 해. 그런 다음 껍질을 벗기고 뼈를 발라내. 뼈는 버리지 말고 모아놓고."

"물론이죠. 그걸로 나중에 육수를 낼 수 있으니까요."

마르쿠스가 대답하자, 모나는 당황했다.

"그렇지. 감자랑 뿌리채소는 조리대 옆에 있어."

에리카는 마르쿠스에게 주방을 보여준 다음 필요한 걸 모두 찾아주고 나서 리나에게 돌아왔다.

"그래, 엄마. 그럼 우리는 해변에 갔다 올게."

그녀는 몸을 숙여 모나를 안아준 다음 마리안네와 눈빛을 교환했다. 마리안네는 고개를 끄덕였다.

"너희가 나갔다 올 동안 내가 다 지켜보고 있을게."

에리카는 엄마를 바라보며 말했다.

"엄마는 좀 쉬고 있어. 그런 다음에 그 편지 이야기를 좀 하자."

35

1987년 7월 7일 화요일

매들린은 교회 사무실 복도를 지나가며 인그레인 벽지를 손가락으로 쓸었다. 손끝에 걸리는 자그마한 돌기들이 간지럽게 느껴졌다. 머리 위로 형광등이 초조한 듯 깜빡였다.

아이노는 매들린에게 와서 린드베리 목사님이 사무실로 오라고 하셨다는 말을 전했다. 목사님이 대체 매들린을 무슨 일로 부르는지는 설명하고 싶어 하지 않았다. 이제 그녀는 온몸이 긴장감으로 파르르 떨렸다.

그녀는 천천히 하늘색 리놀륨 바닥을 걸어가면서 벽에 걸린 사진들을 보았다. 행복한 교인들의 모습이 담긴 사진이 끝없이 이어졌다. 아프리카와 아시아의 보육원에서 보낸 다양한 자선 활동의 모습, 성찬식 동안 제단 앞에 앉은 목사님의 모습, 그리고 수많은 성탄절 행사의 광경이 담긴 사진들이었다.

이윽고 그녀는 린드베리 목사의 사무실 앞에 섰다. 지난번 대화 이후로 수많은 일이 일어났기에, 목사님과 단둘이 있어야 한다는 생각에 두려웠다.

매들린은 손가락으로 머리를 쓸었다. 내가 아만다에 대해 물어봐서 린드베리 목사님이 날 꾸짖으시려나 봐. 그 생각에 몸이 부들부들 떨렸지만, 이제 와서 어쩌란 말인가? 목사님을 만나는 걸 거부할 수는 없는걸.

그녀가 꼭 쥔 손으로 문을 두드리자, 안에서 목소리가 들렸다.

"들어와."

매들린은 문을 열었다. 린드베리 목사는 평소처럼 책상 앞에 앉아 있었다. 그녀를 본 목사는 손짓하며 문을 닫으라 했다.

그녀는 앉아서 눈에 띄지 않게 목사를 지켜보았다. 그는 서류에 몰두하고 있는 듯했다. 수레국화 색깔 셔츠를 입어서 눈동자 색깔이 돋보이는 모습이었다. 그녀는 목사에게서 따스한 부성애의 광채를 느꼈다. 이분을 볼 때마다 언제나 카리스마에 감동하게 된다. 마침내 이쪽을 올려다본 목사가 미소를 짓자, 이제껏 느꼈던 불안함이 살짝 가라앉은 매들린은 몸에서 긴장을 풀었다.

"매들린. 이렇게 보게 되어 좋구나."

그는 특유의 굵은 목소리로 말했다.

"저도요."

그는 서류를 옆으로 치우고는 그녀를 찬찬히 바라보았다.

"네가 성가대 지휘를 어찌나 잘하던지 정말 감탄했단다. 주일에 했던 공연은 뭐랄까……."

그는 잠시 말을 멈추고는 생각에 잠겼다가 힘주어 말했다.

"아주 강렬했단다."

"감사합니다. 저도 기분이 참 좋았어요."

린드베리 목사는 그녀를 격려하듯 고개를 끄덕였다.

"자, 요즘 잘 지내고 있니?"

"네. 좋아요."

그녀는 이렇게 대답하고서 귀 뒤로 머리카락을 넘겼다. 방 안에는 침묵이 감돌았다. 매들린은 어디다 눈을 두어야 할지 몰라서 진한 붉은색 카펫 위 얼룩을 하릴없이 바라보았다.

"그런데 말이다. 내가 린드베리 부인과 이야기를 했는데."

갑자기 나온 목사의 말에 매들린은 심장이 목구멍으로 콱 치받쳐 올라오는 느낌이었다. 그래서 간신히 속삭였다.

"네?"

"네가 탄자니아에 같이 가고 싶다고 했다면서."

"맞아요."

"참 좋구나. 그래서 내가 널 명단에 올렸단다. 가고 싶어 하는 사람은 많지만, 네가 잘만 하면 그곳에 가게 될 좋은 기회를 얻게 될 거다."

목사는 이렇게 말하고 윙크했다.

"아아."

그녀는 영문을 모른 채 대답하고는 입을 다물었다.

린드베리 목사는 팔꿈치를 책상 위에 올려놓고 앞으로 몸을 숙였다.

"너에겐 잠재력이 많다는 걸 난 알아볼 수 있단다, 매들린. 내가 보니 너는 좋은 일을 많이 하고 싶어 하지만, 아직은 너무 어리기 때문에 조심해야 해. 너를 잘못된 길로 이끌어가려는 사람은 언제나 있기 마련이니까."

집요한 목사의 시선에 매들린은 마른침을 삼켰다.

"누구 말씀이신가요?"

"누구를 믿고 싶은지는 네가 결정해야 하는 문제란다. 때로 사물은 보이는 것과는 다른 법이야. 가끔은 그저 믿어보는 수밖에 없어."

목사는 손을 내밀어 탁자 위에 가만히 놓았다.

"넌 날 믿니?"

매들린은 목사를 바라보고서 창문 너머로 봤던 장면을 떠올렸다. 내가 전부 잘못 알고 있는 걸까? 그녀는 불안한 기색으로 목사의 손에 자신의 손을 얹었다. 두 손이 닿자 그녀의 온몸에 소름이 끼쳤다. 그래서 숨을 헐떡였다.

목사는 그녀의 손가락을 감싸 쥐었다.

"좋아. 그럼 지금부터 잘 들어주길 바란다. 아만다 말인데, 너도 그 애 이야기를 들었다는 걸 알고 있다. 아만다는 지난가을 우리에게 왔어. 하지만 몇 달 후에 병이 났지. 그 애에게 악마가 들어 있다는 걸 알고 있었지만, 우울증이 그토록 심해질 줄은 몰랐어. 그 애는 잠도 못 자고, 귀신을 보기 시작하고, 있지도 않은 일에 화를 냈어."

린드베리 목사의 이맛살에 주름이 깊게 잡혔다.

"그 애가 얼마나 나쁜 상태인지 몰랐던 내 탓이었단다. 정신 질환은 생명을 위협할 정도로 심각한 병이니, 내가 더욱 주시했어야 했는데 그러지 못했어. 아만다의 경우는 상황이 너무 심각해서 우리는 결국 그 애를 집으로 돌려보내야 했단다. 아만다를 위해서라도 이건 더는 말하고 싶지 않구나. 다만 우리가 그 애를 위해 문제를 다 처리했다는 걸 알아주길 바란다."

부끄러움에 온몸이 확 얼어서 매들린은 눈을 감았다. 목사의 따스한 목소리가 위안이 되었다. 그녀는 아만다 이야기를 하지 않는 게 얼마나 중요한지 잘 알고 있었다. 교회는 단지 그 애를 보호하려는 것이었다.

매들린은 얼굴이 빨개지는 느낌을 받았다. 어쩌다 내가 이토록 상황을 의심하게 되었을까?

"죄송해요. 몰랐어요."

그녀의 말에 린드베리 목사는 고개를 끄덕였다.

"이해한단다. 넌 이제 다 알게 되었구나. 그러니 불쌍한 아만다 이야기는 이제 안 해도 되겠지?"

"그럼요!"

목사는 매들린의 손을 꼭 잡더니 다시 놓아준 후 말을 이었다.

"좋아. 우리는 너를 믿고, 너는 우리를 믿는 거다. 우리는 그저 네가 부모님의 자랑스러운 자녀가 되기를 바랄 뿐이야."

목사가 마지막으로 한 말이 마치 명치를 세게 친 것 같았다. 상반신의 근육이 수축한 나머지 매들린은 호흡조차 어려워졌다. 가슴에 칼을 꽂은 마냥 눈을 내리깔고 하릴없이 앉아 있는 그녀를 두고 목사는 별생각 없이 책상 위에 널린 종이 더미에 관심을 기울였다.

"그럼 잘 가거라."

그는 고개도 들지 않고 중얼거리며 작별 인사를 했다.

매들린은 일어서서 불안정한 다리로 비틀비틀 사무실을 나섰다. 목사님의 말이 마음속에 울려퍼졌다. 만약 부모님이 살아 계셨더라면, 나에게 실망하셨을까?

목사 사무실 앞에 있는 의자에 매들린은 털썩 앉았다. 어머니인 엘리너 그레이에 대한 기억은 습자지만큼이나 얇았고, 구멍이 숭숭 뚫린 흐릿한 것뿐이었다. 기억들은 어머니가 존재하는 편린이었다. 그녀는 어머니가 존재하던 순간을 수도 없이 머릿속으로 떠올린 나머지 급기야는 그게 진짜 있었던 일인지조차 분간할 수가 없었다. 베어낸 건초를 모으던 무더운 늦여름날의 기억이랄까. 모두들 건초를 모은 다음 가져온 음식을 들판에서 먹었다. 매들린이 눈을 감으면 건초 더미에서 노는 동안 들려오던 어머니의 웃음소리가 아직도 들렸다. 하지만 오래되어 노랗게 변색된 가족 앨범을 보면, 어머니가 아이들과 함께 풀밭에 앉아 있는 사진이 있었다. 머리를 파란색 천으로 둘둘 감고 목젖을 한껏 드러내며 웃는 모습이었다. 매들린은 가만히 생각했다. 자신은 무슨 근거로 스스로 기억하는 늦여름날의 기억이 사실이라고 확신한 걸까? 혹시 이 사진을 보고 지어낸 기억은 아닐까? 어쩌면 자신은 어머니에 대한 기억이 아예 없었던 건 아닐까. 그렇다면 자랑스러운 딸은 대체 어떻게 되는 것일까?

매들린은 스웨터의 목깃을 잡아당겼다. 마치 그러면 숨이 더 잘 쉬어진다는 듯이 말이다. 어머니는 생전에 믿음을 중요하게 생각하셨다는 걸 그녀는 알고 있었다. 그 믿음은 어머니와 자신을 서로 연결해주는 것이었다. 만약 지금 엘리너가 매들린과 대화할 수 있다면, 그녀는 분명히 딸에게 목사님 말씀을 들으라고 말했을 것이다. 그리고 어머니 말은 옳았을 것이다. 매들린이 왜 어머니 말에 반기를 들겠는가?

그렇게 린드베리 목사의 사무실 앞에 앉아 있던 매들린은 이윽고 정신을 차렸다. 자신은 이곳 유셰르가 고향처럼 느껴졌고, 자유 교회에서 존경받는 위치가 되었다. 그러니 우스꽝스러운 생각 때문에 탄자니아에 갈 기회를 놓칠 수는 없었다. 린드베리 목사님의 말씀대로, 교회 사람들은 자신을 믿어주니까 자신 역시 그분들을 믿어야 했다.

그녀는 은색 목걸이의 자그마한 펜던트를 만지작거렸다. 자신은 살면서 아주 많은 걸 이뤄내고 싶었고, 다른 사람을 도와준다는 것은 당연히 중요한 목표였다.

"탄자니아."

그녀는 가만히 읊조렸다. 솔직히 매들린은 탄자니아도, 교회가 그곳에 세웠다는 학교에 대해서도 전혀 몰랐다. 다만 그게 자신의 일부가 되기를 바라고 있다는 것만 알았다. 아프리카를, 그곳에 있을 자유를 갈망했다.

린드베리 목사님은 자신이 하는 일을 정확하게 아는 분이라고 매들린은 생각했다. 그분은 아주 인기 많은 교회를 운영하며 자선 사업을 벌이는 분으로 전 세계에 유명하잖아. 내가 여기에 올 수 있었다는 것도 감사해야지. 아만다 일은 잊는 게 좋겠어. 지금부터는 아무것도 의심하지 않을 거야. 주어진 일을 경건하게, 또 순종하는 마음으로 하자고 그녀는 마음먹었다. 호기심을 가져봤자 그저 해롭기만 하다는 걸 매들린은 아주 잘 알고 있었기 때문이다.

36

6월 24일 월요일

퍼트리샤는 작은 창문 앞에 서서 바다를 바라보았다. 물결치는 파도와 목 놓아 우는 갈매기를 바라보고 있는 이 순간이 어쩐지 마법에 걸린 것만 같았다.

'모나의 책이 있는 B&B'에서 또 환상적인 아침 식사를 할 채비를 마친 그녀는 다시금 빠르게 머리를 빗었다. 매일 아침 모나는 오븐으로 폭신폭신한 호밀빵을 갓 구워내어 그 위에 버터를 발라 사르르 녹인 다음 시럽과 등자 열매, 크림치즈, 홈메이드 마멀레이드를 같이 내놓았고, 거기다 시장에서 방금 사 온 훈제 고등어와 이웃 농장에서 조달한 커다란 갈색 달걀도 곁들여 아주 멋진 아침상을 차렸다.

퍼트리샤는 휴대폰을 충전기에서 분리한 다음 가방에 넣었다. 매슈는 아직도 문자에 답이 없었지만, 그녀는 답을 안 받는 편이 낫다고 생각했다. 퍼트리샤 자신도 대체 뭘 원하는지 모르는데 불쌍한 아들 녀석이라고 딱히 답이 있을까?

그녀가 계단을 내려오자 언제나처럼 본인이 앉는 탁자에 자리

잡은 모나가 보였다. 마리안네는 아침 뷔페를 차려놓은 곳에 서 있었다. 매일 아침 무지방 요구르트 한 그릇만 먹는 마리안네가 퍼트리샤는 불쌍하지 않을 수 없었다.

"안녕."

"안녕, 좋은 아침이야."

마리안네와 모나는 한목소리로 퍼트리샤에게 인사했다. 그들 앞 탁자에는 마리안네의 책이 놓여 있었다. 퍼트리샤는 『오만과 편견』을 턱짓으로 가리키며 물었다.

"콜린스 씨 때문에 받은 충격은 극복했어?"

마리안네는 자리에 앉으며 말했다.

"아니, 전혀 극복하지 못했어. 그리고 어째서 다아시 씨가 이토록 짜증 나는 인물로 나오는지 이해가 안 가. 난 다아시 씨가 엘리자베스를 구해줄 왕자일 줄 알았는데!"

그녀는 고개를 저으며 덧붙였다.

"그래도 다행히 아직 멋진 남자가 하나 더 있더라. 위컴 대위."

퍼트리샤와 모나는 말없이 시선을 교환했다.

"그래, 참 다행이지."

둘 다 긴 말 없이 이렇게만 대꾸했다. 이윽고 현관 종이 울리더니 도리스가 들어왔다. 보라색 머리를 평소처럼 땋은 그녀의 얼굴은 심하게 우울해 보였다.

"어땠어?"

모나가 호기심을 드러내며 물었다.

"별로 안 좋았어."

도리스의 대답에 마리안네가 물었다.

"그래? 난 네가 어젯밤 집에 안 들어왔을 거라고 생각했는데?"

"아니야. 난 일찍 집에 와서 벤 앤 제리랑 침대에 일찍 들었어."

"벤 앤 제리가 누구야?"

모나가 묻자, 도리스는 커피를 한 잔 받아 들며 대답했다.

"아이스크림 이름이야."

"아."

모나는 우물거리며 대답하더니 도리스 쪽으로 빵 바구니를 밀고서 덧붙였다.

"어쨌든 앉아서 이야기해봐."

도리스는 소파에 털썩 주저앉고는 빵을 하나 가져다가 주의를 기울여 버터를 발랐다.

마침내 모나는 참을 수가 없어졌다.

"빨리 말해! 내가 걱정돼서 미쳐버리기 전에!"

"끔찍했어."

도리스는 단조로운 목소리로 말했다.

"혹시 그 남자, 불쾌한 사람이었어?"

퍼트리샤가 묻자, 도리스는 고개를 저었다.

"아니, 꼭 불쾌한 건 아니었어. 하지만 뭐랄까……."

그녀는 적당한 말을 찾다가 이렇게 대꾸했다.

"……어쩜 이럴 수가 있나 싶을 만큼 지루하더라고."

"아하. 혹시 그 남자가 긴장해서 그런 건 아니었을까?"

마리안네의 물음에 도리스는 한숨을 쉬었다.

"긴장하진 않았어. 그 남자 보험회사 직원이었거든."

"그러니까 카사노바는 아니었다는 거지?"

모나가 조심조심 물었다.

"당연히 아니었지. 그 남자를 사기죄로 고발해야겠어. 자기 일 이야기만 하더라고. 세 시간 동안 쉬지 않고 나불대면서도 나한테는 질문을 하나도 하질 않더라. 그러다 마침내 내가 그 남자한테 좋아하는 책이 있느냐고 물어봤더니, 글쎄 독서 같은 건 시간 낭비라고 생각한다지 뭐야. 게다가 제일 나빴던 건, 내가 마지막까지 희망을 가졌다는 거야. 혹시 뭐 좋은 점이 나오지는 않을까 하고 말이야."

도리스는 두 손으로 얼굴을 가볍게 찰싹 때렸다.

"도리스, 이번이 처음이었잖아."

모나는 그녀를 달래며 팔을 둘렀다. 하지만 도리스는 대꾸했다.

"처음이자 마지막이야. 난 다시는 데이트 안 할 거야. 그냥 여생을 혼자 지내는 게 낫겠어."

"넌 혼자가 아니야. 우리가 있잖아."

모나의 말에 도리스는 숨을 폭 내쉬었다.

"고마워. 나 너무 실망했잖아. 본인을 카사노바라고 하는 사람이 정말 여자를 홀릴 줄 알 거라 생각했거든. 예란은 모든 면에서 아주 좋은 남자였지만, 딱히 로맨틱한 적은 없었어. 난 예란이 내 생일을 잊지 않아줘서 기뻤지. 그리고 주유소에 딸린 편의점에서 뭔가를 사줬을 땐 훨씬 기뻤고. 한번은 남편이 나한테 승용차 핸들 커버를 선물한 적이 있었어. 물론 운전할 때 손이 시리지 않아서 좋긴 했지만, 난 언제나 제대로 된 호사를 누려보기를 꿈꿨거든. 소설에 나오는 것처럼 말이야. 영화 〈노트북〉의 주인공 노아나 『폭풍의 언덕』에 나오는 히스클리프 같은 남자를 만나고 싶어. 나를 미치도록 사랑해서 강렬한 시선으로 쏘아보며 열정적인 키스를 해주는 남자가 좋다고. 예란은 TV 보다가 내가 방해했을 때만 날 쏘아봤었다고."

그러자 모나가 애타는 눈빛을 하며 말했다.

"난 『아웃랜더』에 나오는 제이미가 너무 좋더라. 그 있잖아, 클레어가 과거로 간 이야기 말이야. 제이미는 아주 거칠고 강하면서도 부드러운 남자야. 난 그 책을 절대로 잊을 수가 없을 것 같아."

퍼트리샤가 말했다.

"『시간 여행자의 아내』 읽어봤어? 정말 로맨틱한 이야기야. 그리고 여주인공 때문에 너무 슬퍼. 난 그 책 읽고 아이처럼 엉엉 울었어."

"로맨틱한 남자는 유니콘보다 더 희귀하지."

마리안네는 의자에 몸을 기대며 말했다. 모나는 친구들에게 커피를 따라주면서 물었다.

"그 롤프라는 남자도 혹시 경험이 없었던 건 아닐까? 대화란 둘이서 주고받을 때가 더 좋다는 걸 모르는 남자일 수도 있잖아?"

그러자 도리스는 구겨진 봉투에서 작은 황금색 장난감 트로피를 꺼내 탁자 위에 놓았다.

"이게 뭐야?"

"그 남자가 나 주려고 가져온 선물이야."

"좀 귀여운데!"

"카드를 읽어봐."

도리스는 떨떠름하게 말하며 봉투를 가리켰다. 마리안네는 봉
투 안에서 찢어진 종잇조각을 꺼낸 다음 소리 내어 읽었다.

"축하합니다. 저와의 데이트에 당첨되셨습니다."

모나는 한숨을 쉬었다.

"그래, 정말 아무런 가망이 없는 남자네. 너 정말 불쌍하다. 뭐
맛있는 거 만들어줄까?"

도리스는 눈을 비비며 말했다.

"난 집에 가서 폴 뉴먼 나오는 영화나 몇 편 봐야겠어. 충격을
받았으니 매력적인 남자를 봐야 균형이 맞을 테니까. 하지만 지금
은 아몬드 케이크를 먹으면 좋을 것도 같고."

"알겠어."

"그리고 슈크림볼도. 너만큼 슈크림볼을 맛있게 만드는 사람이
없잖아, 모나."

도리스가 덧붙여 말하자 마리안네는 퍼트리샤에게 설명했다.

"슈크림볼은 생크림으로만 이루어져 있다고 보면 돼. 누가 그
런 걸 먹는지 이해가 안 가."

"슈크림볼 위에는 꼭 슈거파우더를 뿌리도록 해."

도리스가 꿈꾸는 듯한 눈빛으로 말하자, 모나가 끄덕였다.

"그럴게."

도리스는 핸드백을 열고서 잠시 어수선한 안쪽을 뒤지다가
찾고 있던 걸 발견했다. 그리고 퍼트리샤에게 작은 카드를 내밀

었다.

"이거 받아. 그레타의 주소와 전화번호야. 혹시 그레타를 찾아 가보고 싶을까 봐 가져왔어."

"고마워. 내가 전화해보고 안 되면 스톡홀름에 갈게."

퍼트리샤는 카드를 받아 들며 말했다.

그때 짧은 금발의 남자가 호텔 문으로 들어와 모두 그쪽을 바라보았다. 파란색 작업 바지와 검은 티셔츠 차림의 남자를 본 모나는 급히 일어섰다.

"안녕하세요. 배관 수리 회사에서 오셨죠?"

"네. 문제가 있다고……."

"네, 파이프에 문제가 있어요. 주방으로 가시죠."

모나는 남자의 말을 가로막고서 그를 주방으로 데려갔다.

배관공이 호텔을 떠나자, 도리스는 재빨리 모나에게 다가갔다. 카운터 뒤에서 허리를 문지르고 있는 모나에게 도리스가 물었다.

"좀 어때?"

"괜찮아. 허리가 계속 뻐근하긴 해."

"불쌍한 내 친구. 배관공이랑은 이야기 잘 마쳤어?"

"그렇게 잘 마친 건 아니야."

모나는 다른 사람들이 이야기를 듣지 못하도록 도리스를 한쪽으로 데려갔다.

"뭐가 안 좋은데?"

"파이프를 여러 개 교체해야 한대. 배관 시스템이 전체적으로 손상됐고, 온수 보일러도 상태가 안 좋아. 하지만 난 전체적인 수리를 할 여력이 없어."

모나가 한숨을 쉬었다.

"은행에서 대출을 좀 받을 수 있지 않아?"

"알아봤는데 거절당했어. 대출받을 담보가 없어."

모나의 눈빛이 그렁그렁해졌다. 도리스는 두 손을 꼭 쥐었다.

"나한테 돈 좀 빌릴래? 내가 돈이 많은 건 아니지만, 예란이 저축 계좌에 돈을 넣어놔서 우리가 약간 여유는 돼."

"말이라도 고마워. 하지만 그럴 수는 없어. 네가 얼마나 적은 연금으로 사는지 내가 다 안단 말이야."

"그러면 마리안네에게 물어봐. 쟤는 분명히 너 도와줄걸."

도리스는 내색하지 않고 아침 식사 자리를 가리켰다. 하지만 모나는 단호하게 거부하며 뺨을 붉게 물들였다.

"죽어도 싫어. 너 쟤한테 아무 소리 하지 마. 그리고 에리카한테도. 딸애가 걱정하는 거 바라지 않아."

"그래, 알았어."

도리스가 약속하자, 모나는 의자에 털썩 앉아 깊은 한숨을 쉬었다. 그리고 손을 마구 휘저으며 말했다.

"이제 어떡해야 할지 모르겠어. 이 집은 백 년 넘도록 우리 가문 소유였는데, 좀 있으면 포기해야 할 것 같다."

"우린 해결책을 찾게 될 거야."

도리스는 그녀를 위로했다. 자신의 친구가 이토록 약한 모습을 보이기는 처음이었다.

"호텔이 없어지게 되면 난 어떡해야 하지. 이건 내 인생이나 마찬가지인데. 난 이 호텔의 내 전부를 바쳤다고. 내 시간과 내 사랑을 다 쏟으며 이곳을 위해 돈 한 푼 안 쓰며 살았어. 이 호텔이 없으면 난 아무것도 안 남아."

"네가 지금 어떤 마음인지 알아. 하지만 곧 다 해결될 거야."

도리스가 말했지만 모나는 한숨을 푹 쉬었다.

"어떻게 해결될까? 이 몇 년 동안 난 이 호텔에 좀 부족한 점이 있어도 그게 이곳의 매력이라고 착각하며 살았어. 부서진 마룻바닥이랑 나오다 말다 하는 수도꼭지가 이 호텔의 특징이라고 애써 위안했지. 하지만 이제 더는 스스로를 속일 수가 없어. 이 호텔은 수리를 해야 해. 그건 확실해. 그래서 수리 자금을 모아보려고 갖은 애를 쓰고 있지만, 아무리 노력해도 부족하기만 해. 이제 온수 보일러가 완전히 고장 나고 지붕에서 비가 새는 건 시간문제야."

고개를 든 모나의 눈빛에서 도리스는 절망을 보았다. 그녀는 조심스럽게 모나에게 팔을 둘러 포옹하고 속삭였다.

"이 모든 건 너 혼자만 애쓰지 않아도 돼. 나도 널 돕기 위해 최대한 노력할 거야. 일단 문학 퀴즈부터 해보자. 내가 광고를 제대로 해줄게. 사람들이 많이 와서 돈을 내고 가도록 말이야."

모나는 코를 훌쩍이며 말했다.

"호텔 앞에 가판대를 설치하고 지나가는 사람들한테 커피와 케이크를 팔아볼까? 어때?"

도리스는 고개를 끄덕였지만, 순간 루트가 여름 축제에서 케이크를 팔고 싶어 한다는 사실이 떠올랐다. 하지만 애써 그 생각을 무시하며 대답했다.

"그러면 정말 좋겠지. 근데 지금 나는 가봐야겠어."

"알았어."

모나는 일어섰다. 도리스는 그녀의 뺨을 쓰다듬었다.

"우리가 함께 해결하는 거야."

"고마워. 내가 정말 너한테 얼마나 감사한지 꼭 알아줘."

모나가 미소를 지었다. 도리스는 그녀의 손을 잡고서 고개를 끄덕였다.

"알아. 일단 심호흡을 해봐. 넌 이 호텔을 절대로 잃어버리는 일 없어. 내가 그렇게 놔두지 않을 거라고."

37

1987년 7월 9일 목요일

　매들린은 해변을 따라 둘러 있는 나지막한 담에 앉아 데지레가 수영복을 물에 헹구고 오기를 기다리고 있었다. 오늘 날씨는 화창했다. 구름 한 점 없는 하늘에서 태양이 빛나는 가운데 제비들이 하늘 높이 날아갔다.

　저 멀리서 어선의 뱃고동 소리가 들려왔다. 올해 처음으로 해변에 관광객이 가득했다. 해변에 모여서 파라솔을 설치하고 격자무늬 매트를 바닥에 깔아놓은 사람들의 무리가 약 스무 그룹 정도 되었다. 이제껏 이 해변에 놀러 오는 사람들은 주로 현지민들이었지만, 이곳이 머지않아 관광객의 눈에 들어올 날이 오리라고 매들린은 예상했다. 유세르는 천국 같은 곳이라서 더 많은 사람들이 이곳에서 살지 않는다는 게 놀라울 정도였으니까.

　그때 조금 떨어진 곳에서 어디론가 향해 모래밭 위를 달리는 작은 남자애가 보였다. 그 애는 매슈보다 컸지만 똑같은 금발에 나이대도 같아 보였다. 한 손에는 빨간 플라스틱 양동이를 들고 다른 손에는 작은 갈퀴와 삽을 잡고 있었다. 소년의 자그마한 손아 귀에 갈퀴와 삽자루가 딱 들어왔다.

매들린은 소년이 멈춰 선 곳을 보았다. 그 애는 뭔가를 눈치챈 것 같더니, 곧 둥근 돌을 모아서 힘겹게 양동이에 넣었다.

고개를 든 소년과 눈이 마주치자, 매들린은 아이에게 미소를 지어주었다. 매슈와 퍼트리샤가 자신을 보러 스웨덴에 와준다면 얼마나 좋을까. 매슈는 이 해변에서 놀고 싶어 할 텐데. 물속을 첨벙이고 조개껍데기와 반짝이는 돌을 모으며 무척 기뻐할 텐데.

소년이 양동이를 위아래로 어찌나 심하게 흔들었던지 양동이가 손에서 벗어나 옆으로 떨어지면서 안에 든 것들이 우르르 쏟아졌다. 아이가 몸을 구부려 쏟아진 걸 모으려 하자 손에서 삽이 떨어졌다. 매들린은 그쪽으로 다가가서 바닥에 흩어진 돌들을 양동이에 같이 넣어주었다.

"돌이 정말 예쁘다."

그러자 소년이 신나게 대답했다.

"나 스물두 개나 모았어. 사실 스물세 개 모았는데 하나 잃어버렸어. 다행히도 다른 돌을 또 찾았어. 안 그랬으면 스물한 개밖에 없었을 거야."

"잘했네."

매들린이 말했다. 그때 참새 한 마리가 날아와 담에 앉더니 고개를 한쪽으로 휙 돌렸다. 그 모습을 본 소년은 웃기 시작했다. 아이의 치아는 매슈처럼 작고 둥글었으며 간격이 널찍했다.

"난 맛스야. 네 살이야. 하지만 11월에 다섯 살이 되고 그러면 가을이야."

"나는 매들린이야. 나는 스무 살이야."

"스무 살? 나이 많다."

아이가 단호하게 말했다.

그때 뒤편에서 누군가의 목소리가 들렸다. 매들린은 꼬마에게 완전히 정신을 쏟고 있던 나머지 처음에는 그 목소리를 제대로 인식하지 못했지만, 잠시 후 어떤 여자가 빠른 걸음으로 그녀에게 다가왔다. 그래서 매들린은 그녀가 꼬마의 엄마이며, 아들을 찾고 있었다는 걸 눈치챘다.

둘의 옆으로 다가와 숨을 헐떡이며 여자는 꼬마의 어깨에 손을 얹었다.

"너 도망가면 어떡하니! 이렇게 사라지면 엄마가 걱정하잖아."

그녀는 아들에게 비난의 눈초리를 한 다음 매들린에게 손을 내밀며 말했다.

"난 에뷔라고 해요. 우리는 처음 보는 것 같은데요."

"매들린이에요. 전 유셰르에 온 지 얼마 안 됐어요."

"당신, 자유 교회 교인이군요."

여자가 바지에서 모래를 털면서 지나가듯 말했다.

매들린은 고개를 끄덕였지만, 여자의 반응을 보니 자유 교회 교인인 자신을 별로 마음에 들어 하지 않는 것 같았다. 여자가 맞스의 등에 손을 얹어 본인 쪽으로 끌어당기며 말했다.

"이제 집에 가야 해."

꼬마는 얼굴을 찌푸렸다.

"하지만 나 아직 놀고 싶은데."

소년은 양동이를 잡더니 돌 하나를 골라서 매들린에게 주었다.

"이거 받아. 줄게. 이제 스물한 개밖에 없지만 난 괜찮아."

매들린은 돌을 받았다. 아이의 어머니는 애써 미소를 지었다.

"그럼 가봐야겠어요. 도와줘서 고마워요."

그녀는 갈퀴와 삽을 들고 맛스의 손을 잡은 다음 마을로 이어지는 길로 끌고 가다가, 다시금 매들린과 눈을 마주치고서 말했다.

"조심해요."

그 순간, 매들린은 데지레의 목소리를 듣고서 그쪽을 돌아보았다. 그러다 다시 길을 바라보았지만 에뷔와 맛스는 이미 사라져 있었다.

데지레는 아직도 젖어 있는 머리카락을 묵직하게 등에 드리운 채였다. 옷을 갈아입은 상태였지만, 그 위로도 다시 수건을 두르고 있었다.

"저 사람이 뭐래?"

매들린은 어깨를 으쓱였다.

"저분 아들이 나한테 말을 걸었어. 저분 누군지 알아?"

"다들 에뷔가 누군지는 알고 있어."

데지레가 이렇게 말하며 젖은 수영복을 짜자 바닷물이 모래 위로 후두둑 떨어져 내렸다. 그녀는 눈길을 돌렸다.

"그게, 나는 에뷔랑 말해본 적은 한 번도 없어. 그런데 듣기로는 우리 교회를 못마땅하게 생각한다나 봐."

"아, 정말? 왜?"

"뭔가가 이상하다고 생각한대."

데지레는 이런 말과 함께 수영복을 비닐봉지에 넣었다.

"뭐가 이상한데?"

"그 이야기는 별로 하고 싶지 않아."

데지레는 몸을 부르르 떨더니 갑자기 눈이 생기 넘치도록 반짝 빛났다.

"아이스크림 먹을래? 위에 토핑 뿌려서?"

"그래."

매들린은 고개를 끄덕였지만, 내심 에뷔라는 여자에 대해 더 알고 싶었다. 그러나 데지레는 이미 아이스크림을 사러 떠나서, 이 주제로는 이제 대화할 수 없겠다고 매들린은 생각했다.

둘은 소프트 아이스크림콘을 하나씩 들었다. 데지레는 로베르트 목사 이야기를 했지만, 매들린은 한 귀로 흘려들을 뿐이었다. 아직도 에뷔가 한 말이 계속 떠오르기만 했다. 조심하라니. 그게 무슨 말이지?

매들린은 햇볕에 녹아내리는 바닐라 합성 향신료 맛 아이스크림을 핥았다. 그녀는 작은 마을에서 자랐기 때문에 상상만으로 날조한 거짓 소문이 얼마나 퍼지기 쉬운지 잘 알고 있었다. 자유 교회를 아는 사람이라면 이곳이 얼마나 멋진 곳인지 모를 리가 없는데. 이 교회가 유셰르 주민들에게 얼마나 중요한지, 또 이 교회를 통해 공동체가 얼마나 잘 형성되고 있는지 매들린은 매일 보고 있었다. 그런데도 그녀는 에뷔의 말을 곰곰이 생각하지 않을 수가 없었다.

"아, 모르겠어. 넌 어떻게 생각해?"

데지레가 손에 든 아이스크림을 빙글빙글 돌리며 물었다. 매들린은 당황하며 웃었다.

"뭐를?"

그러자 데지레는 한숨을 쉬었다.

"내 머리카락 말이야. 이 말 꼬랑지 같은 머리를 자를까, 말까?"

"넌 어떤 머리든 다 잘 어울려."

매들린의 대답에 데지레는 만족한 듯 보였다. 그녀가 계속 새로운 헤어스타일 이야기를 하는 걸 매들린은 애써 경청하려 했지만, 자꾸만 생각이 다른 곳으로 튀었다. 교회에서 인턴 기회를 준 데 대한 고마운 마음이 있었고, 교회에 충성하고 싶었지만, 그래도 아만다에게 일어난 일은 뭔가 이상하다는 생각이 들었으니까.

데지레가 여전히 자기 머리카락 이야기를 하는 동안, 매들린의 생각은 하염없이 흘러갔다. 이 생각을 멈출 수 있다면 얼마나 좋을까. 하지만 제아무리 애를 써도, 무언가가 잘못되었다는 다급한 느낌에서 벗어날 수가 없었다.

바람을 타고 뭍으로 날아온 모래가 앞으로 이어진 길을 뒤덮어 도리스의 신발 밑창에서 바스락거리는 소리가 났다. 그녀가 어릴 적엔 여름마다 맨발로 걸어다녔다. 햇살에 따스해진 아스팔트의 온기가 발에 닿았고, 풀잎이 발가락 사이를 간지럽혔던 그때의 느낌이 아직도 생생하기만 했다.

도리스는 휴대폰을 만지작대면서 가만히 생각해보았다. 루트가 이번 여름 축제 때 케이크 바자회를 하지 않고 다른 활동을 할 가능성은 얼마나 될까. 자신이 아는 한, 교회에서 이런 식으로 돈을 벌려고 한 적은 없었는데.

루트가 어떻게 나올지 생각하자 불편한 마음이 온몸에 퍼졌다. 도리스는 그녀와 말싸움하고 싶은 의도가 추호도 없었지만, 모나가 여름 축제 때 매출을 잘 내는 게 얼마나 중요한 일인지 알고 있었다. 여기서 교회와 경쟁하게 되는 일은 결코 있어서는 안 된다.

그녀는 루트의 전화번호를 눌렀다. 그녀의 이름은 화면에서 빛나는 글자만큼이나 각져 보였다. 도리스는 심호흡을 하고 녹색 통화 버튼을 눌렀다.

몇 번 신호음이 울린 후에 드디어 루트가 전화를 받으면서 달각 연결음이 들렸다.

"네. 루트 린드베리입니다."

"루트, 안녕하세요. 도리스예요."

"아, 무슨 일이죠?"

그녀는 중요한 일을 하다가 도리스의 전화로 방해를 받았다는 듯이 다급하게 물었다.

도리스는 목을 가다듬었다.

"저기, 내가 생각해봤는데요. 우리는 여름 축제 동안 케이크가 아니라 수예품을 팔아야 할 것 같아요."

그녀가 이렇게 말하자 수화기 너머로 루트가 내는 못마땅한 소리가 들렸다.

"한여름에 수예품이라고요? 정말로 사람들이 7월에 뜨개 모자를 살 거라고 생각해요?"

그래도 도리스는 다시금 설득해보았다.

"하지만 우리는 자수 십자가도 만들잖아요. 티폿 워머랑 예쁜 양말도 있고요."

"모든 의견을 들어보긴 해야 하겠지요."

루트는 중얼거린 다음 다시 목소리를 높였다.

"의견 내주어서 고마워요, 도리스. 하지만 우리는 케이크를 팔 거예요."

"정말로 그렇게 생각해요? 왜냐하면⋯⋯."

하지만 도리스가 미처 말을 끝맺기도 전에 루트는 전화를 끊어 버렸다.

도리스는 액정을 노려보다가 휴대폰을 다시 핸드백에 넣었다. 모나가 눈앞에 떠오르자 너무 걱정되어 속이 뒤집혔다. 모나가 호텔을 계속 소유할 수 없다면 어떻게 될지 감히 상상이 되지 않았다. 게다가 유셰르는 또 어떻게 될 것인가. 이 동네는 주민들이 외로울 때나 좋은 커피를 마시고 싶을 때 찾아올 만남의 장소가 필요한데.

도리스는 자그마한 주택 사이를 정처 없이 거닐면서 꽃이 활짝 핀 정원을 바라보았다. 유셰르의 주민들은 겨울마다 다른 곳에 가서 지내는 이들이 많았지만, 봄볕이 비치고 튤립이 피기 시작하자마자 돌아와 정원 가구를 닦고 목재 테라스를 장식하고 바비큐 불판을 밖으로 내놓았다.

도리스는 옆길로 꺾어 들어갔다. 제발 모나를 도울 수 있었으면 좋겠건만. 듣자 하니 모나에겐 돈이 많이 부족한 것 같았다. 문학 퀴즈에서 충분한 수익을 얻지 못할 수도 있겠지만, 그래도 그걸 시작으로 잘해볼 수 있지 않을까.

그녀는 친구를 도와줄 만한 돈이 없다는 사실에 한숨을 쉬며 속상해했다. 안타깝게도 유치원 교사 일은 그리 수입이 좋지 않았다. 심지어 예란은 도리스와 동료 교사들이 이토록 돈을 적게 번다는 게 유감이라고까지 말했다.

도리스는 달리 돈을 벌 방법이 있었으면 했다. 복권에 당첨될 확률은 아주 낮겠지만, 어쩌면 유튜브에서 운을 시험해볼 수도 있겠지. 도리스는 신문에서 유튜버가 돈을 많이 번다는 기사를 읽었다. 기사에 따르면 별로 어려운 것도 아니라 했다. 그저 자신이 말하는 걸 촬영하면 된다는 것 같았다. 도리스도 예란의 낡은 컴퓨터를 켜는 방법만 안다면 그렇게 할 수 있을 거라 생각했다.

시원한 바람이 한 줄기 불어왔다. 문득 도리스에게 아예 다른 생각이 번쩍 들었다. 만약 모나가 '책이 있는 B&B'의 소유권을 포기한다면, 유셰르를 떠나기로 결정할 수도 있겠구나. 친구가 여길 떠나면 나는 어떡하나? 모나 없는 삶이라니, 도리스는 상상하고 싶지도 않았다.

하얀 공으로 장식한 나무 기둥을 중심으로 구불구불 이어진 하얀 나무 울타리를 따라 도리스는 천천히 걸었다. 근심을 떨쳐버리려고 그녀는 태양을 향해 자라난 화려한 수국 덤불을 가만히 바라보았다. 달콤한 향기를 짙게 풍기는 수국은 분홍색부터 진한 빨강까지 다양한 빛깔이었다.

도리스는 멈춰 서서 꽃향기를 맡았다. 그러다 허리를 굽혔을 때, 수국 덤불 반대편에 서 있는 사람을 발견했다.

"안녕하세요. 여기서 우연히 뵙게 되다니 반갑네요."

유수프가 명랑하게 말했다.

"안녕하세요."

도리스는 깜짝 놀라 대답했다. 혼자만의 생각에 너무 깊이 빠져 있던지라 어디로 가고 있는지 전혀 알아채지 못했구나.

"참 아름답네요."

그녀는 고갯짓으로 꽃을 가리키며 말했다.

"고맙습니다. 제가 수국을 무척 좋아해요."

유수프의 말에 도리스는 고개를 끄덕였다.

"저도 그래요. 우리 집 정원에 수국을 키우고 싶어요."

"제가 심는 거 도와드릴 수 있어요. 전혀 어렵지 않아요."

"정말 친절하시네요. 네, 그래주시면 좋죠."

잠시 두 사람은 말이 없었다. 그러다 유수프가 발끝을 하릴없이 털면서 말했다.

"저기, 제가 드릴 게 있어요. 잠깐 뒤로 오시겠어요? 보여드릴 게요."

도리스는 한 걸음 옆으로 물러섰다. 여기에 뭐라고 대답해야 할까. 유수프는 아주 친절해 보였지만, 지금은 그 누구와도 대화를 나눌 기분이 아니었다.

"제가 오늘은 몸이 좀 안 좋아서요."

말은 이렇게 했건만, 동시에 마음이 확 흔들리기도 했다.

"그러시다면 잠깐 들어와서 앉았다 가셔야겠는데요."

도리스는 주위를 둘러보았다. 몇 분만 가면 집이었지만 무릎에 힘이 빠져 넘어질까 봐 무서웠다.

"알았어요."

그녀는 힘없이 말하고는 주저하는 발걸음으로 울타리를 따라 걸어갔다.

커다란 정원 한가운데에는 떡갈나무 널빤지로 만든 목조 주택이 있었다. 유수프가 많은 시간을 보내며 많은 사랑을 쏟아부은 공간이었다. 집 뒤편에는 석조 테라스가 있었는데, 티타임 용으로 귀여운 탁자와 의자를 두었다. 그 자리에 앉으면 옹기종기 모인 과실수와 화분, 작은 온실이 자아내는 아름다운 경치를 볼 수 있었다. 도리스는 놀라서 주위를 둘러보았다. 거리에서는 아무것도 보이지 않아서 저택 뒤에 이런 보물 같은 장소가 숨어 있으리라고는 전혀 짐작할 수 없었으니까.

유수프의 반려견인 북슬북슬한 닥스훈트 멜케르가 터벅터벅 걸어와 반겨주었지만, 개는 곧 그늘에 놓인 자기 자리로 금방 돌아갔다.

유수프는 도리스가 의자에 앉도록 도와준 다음 본인이 키우는 사탕무밭으로 가서 무언가를 꺾었다. 잠시 후 그는 자그마한 보라색 꽃다발을 가지고 돌아왔다.

"나비난초예요."

그는 도리스의 머리카락을 가리키며 말했다.

"고마워요."

도리스는 꽃다발을 받아 들었다.

"지금은 몸이 좀 나아졌나요?"

"아까는 혈압 때문에 잠깐 나빴나 봐요."

그녀는 괜찮다며 손을 내저었다.

"혹시 뭘 좀 드시겠어요?"

유수프의 얼굴이 밝아지더니 고갯짓으로 도리스 뒤쪽의 집 벽을 가리켰다. 그곳에는 벽에 설치한 격자 틀을 따라 토마토가 높이 덩굴 지어 자라고 있었다.

"올해 첫 수확물이죠. 드셔보세요."

그는 자랑스럽게 말하면서 빨갛게 빛나는 방울토마토를 땄다.

도리스는 작은 방울토마토를 집어 입에 넣었다. 햇살에 따스하게 달구어진 열매에서는 새콤한 맛이 났다.

"정말 맛있네요."

그녀는 우물우물 토마토를 씹으며 중얼거렸다. 유수프는 작은 유리그릇에 방울토마토를 담아 탁자 위에 놓았다.

"몇 개 더 드세요. 이왕 이렇게 오셨으니 커피도 한잔 드릴까요? 아니면 갓 짠 당근과 비트 주스도 있어요. 그거 정말 맛있거든요."

도리스는 열심히 말하는 그의 모습에 미소를 짓고 말았다. 누가 봐도 이 남자는 정말로 자기 정원을 사랑하고 있었다.

"고마워요. 참 친절하시네요."

집으로 들어간 유수프는 곧바로 주스 두 잔을 들고 돌아왔다. 그는 도리스 옆에 앉아서 긴장한 모습으로 그녀가 주스를 마시는 모습을 지켜보았다. 도리스는 조심스럽게 한 모금을 삼킨 다음 주스가 생각보다 훨씬 달콤하단 걸 깨달았다.

"이거 직접 만드셨어요?"

유수프는 미소를 지었다.

"그럼요. 하지만 솔직히 말하자면 채소는 가게에서 샀어요. 내가 키우는 당근은 아직 다 자라지 않아서요."

"채소 키운 지는 얼마나 되셨나요?"

도리스는 호기심이 들어 물었다.

"우리 아버지는 고향인 튀르키예에서 정원사셨어요. 그래서 어릴 적에 나도 많이 배웠죠. 하지만 내가 스웨덴으로 이사한 다음엔 정원 딸린 집을 마련할 여유가 없었어요. 우리 애들을 말뫼에 있는 10층짜리 아파트에서 키웠죠. 물론, 베란다에서 가능한 한 식물을 많이 키웠지만요."

도리스는 고개를 끄덕였다.

"그럼 왜 유셰르로 이사 왔어요?"

그 질문에 유수프가 조용히 말했다.

"제 아내가 아파서요. 자연에서 살면 아내에게 좋을 거라고 애써 생각했어요. 그래서 우리는 여기로 이사 와서 채소를 재배하기 시작했죠. 이제 와 생각하면 그건 이 모든 상황을 우리가 회피한 방식이었죠. 할 일이 많으니 병에 대해 계속 생각하지 않게 됐거든요. 채소를 재배하는 농부는 언제나 바쁜 법이잖아요. 모종을 키우고, 옮겨 심고, 기르고, 가지를 치고, 물을 주고, 작물을 수확하고, 씨를 모으고, 남은 걸 베어낸 다음 다시 처음부터 시작하는 거죠."

고개를 든 유수프는 한숨을 쉬었다. 도리스는 그의 눈빛에서 슬픔을 알아보았다.

"집에서 직접 기른 각종 베리들과 꽃과 채소가 있으면 아내가 기운을 차릴 거라고 생각했어요. 물론 아내는 이곳을 마음에 들어 했죠. 하지만 병에 차도는 거의 없었어요. 엘리프는 유셰르에서 맞은 두 번째 겨울에 세상을 떠났어요."

도리스는 주스를 한 모금 마셨다.

"정말 마음이 아프네요. 내 남편 예란이 죽은 지는 1년 반이 다

되어가요. 평생 함께했던 사람을 잃어버리니 몸이 잘려 나간 느낌이에요."

"나는 시의회에서 예란과 몇 번 만난 적이 있어요. 언제나 아주 친절한 분이었죠."

"네, 그이는 친절한 사람이었죠."

유수프는 잔을 들고서 건배했다.

"우리가 그리워하는 이들을 위하여."

그의 말에 도리스는 잔을 들어 부딪쳤다.

잠시 말없이 나란히 앉아 있던 둘은 이윽고 서로 눈을 마주 보았다.

"모나가 그러는데, 다 같이 독서 모임을 하신다면서요."

"네. 맞아요. 저는 책을 무척 좋아해서요."

도리스의 말에 그는 미소를 지었다.

"나도 좋아해요. 혹시 튀르키예 작가가 쓴 책을 읽어본 적 있으세요?"

"아뇨. 아직 없어요."

"그럼 나한테 아주 멋진 책이 있는데요. 빌려드리고 싶네요."

유수프는 일어서서 집으로 들어가더니 곧 책을 들고 돌아왔다.

"『내 이름은 빨강』이란 책이에요."

그는 도리스에게 책을 건네주었다.

"흥미로운 제목이네요."

도리스는 책날개를 읽어보더니 덧붙여 말했다.

"오르한 파묵이 노벨문학상을 수상했네요?"

유수프는 신난 목소리로 대답했다.

"네. 2006년에 탔죠. 그때 우리는 집에서 성대한 파티를 열었어요. 말하자면 튀르키예식 노벨상 만찬이었죠."

도리스는 웃고 말았다. 유수프가 드러내는 즐거움에는 전염성이 있었다. 어느새 자신은 그의 우스꽝스러운 포니테일에 대해서도 전혀 생각하지 않고 있다는 걸 깨달았다. 유수프는 계속 말을 이어갔다.

"여기 와주셔서 정말로 기쁘네요. 내가 지금 튀르키예식 고기 완자를 만들고 있었거든요. 그리고 올해 처음으로 수확한 감자로 샐러드도 만들 거고요. 아마 둘이 먹기에 충분할 거예요. 같이 드시겠어요?"

도리스는 가만히 생각에 잠긴 채로 보랏빛 댕기 머리를 어깨 위로 당겼다. 어제는 데이트를 했지만 심하게 망한 나머지 다시는 남자랑 엮이지 않겠다고 결심하긴 했었다. 하지만 이건 완전히 다른 상황 아닌가? 게다가 지금 별다른 계획도 없잖아.

당황한 도리스는 유수프의 눈길을 마주 보았다. 그리고 이렇게 말하며 웃었다.

"너무 좋죠."

39

에뷔는 집 안의 자그마한 주방을 이리저리 서성였다. 그때 자유 교회에서 벌어진 일이 언젠가는 죄다 밝혀지리라는 사실을 알고 있었는데도, 자신은 여전히 마음의 준비가 되지 않은 기분이었다. 옛 기억을 다시 떠올린다고 생각만 해도 숨이 막혀왔다. 마치 빠르게 걸으면 그 생각에서 벗어날 수 있다는 듯 점점 발걸음에 속도가 붙을 뿐이었다.

그 여자애들을 도와주려 하지 않았다면 자신의 삶은 어떻게 흘러갔을까. 에뷔는 문득 궁금해졌다. 자신과 맛스는 다른 사람의 눈초리를 받지 않고 안전하게 살았을까? 쫓겨나는 상황을 피할 수 있었을까? 증오로 가득 찬 협박을 받지 않을 수 있었을까? 무엇보다도, 다른 남자애들이 제 갈 길을 가기 전에 맛스가 뭍에 안전하게 오기까지 기다리며 신경 써주었을까?

마지막 생각을 떠올리자 에뷔의 온몸에 고통이 느껴졌다. 그녀는 가만히 서서 벽에 몸을 기댔다. 그날을 기억하고 싶지 않았다. 생각할수록 마음이 찢어지는 것만 같았으니까.

그녀는 진녹색 전화기를 다시 바라보았다. 에뷔는 맛스가 항상 전화기 다이얼을 갖고 놀던 걸 기억했다. 아이는 이런저런 번호를 골라 돌려보곤 했고, 다이얼 판이 거꾸로 돌아가며 내는 딸각 소리를 좋아했다. 가끔 그 애는 좋아하는 사람, 그러니까 할머니나 산타클로스나 타잔에게 전화하는 척하며 놀았다.

그녀는 수화기를 잡고 들어 올렸다. 사실은 이러고 싶지 않았다. 그냥 그 사건을 계속 애써 잊을 수만 있다면 그러고 싶었다. 하지만 이젠 불가능했다. 매들린의 언니는 마땅히 대답을 들어야 했으니.

그녀는 천천히 아홉 개의 숫자를 골랐다. 신호음이 갔다. 한 번, 두 번, 세 번, 네 번이 되어서야 마침내 전화가 이어졌다.

"네, 여보세요?"

연결된 목소리는 너무나 쉬어서 공기 소리인가 싶을 정도였지만, 독특한 억양은 틀림없이 그 사람이었다. 에뷔는 마른침을 삼켰다.

"안녕하세요. 나예요."

"안녕하세요, 에뷔."

"잘 지냈어요?"

"언제나 똑같죠. 무슨 일 있어요?"

"그 사람이 왔어요."

"응? 누구요?"

"퍼트리샤."

연결된 전화에서는 정적이 내려앉았다. 그러다 족히 몇 분은 지나서야 상대방의 목소리가 울렸다.

"그 이야기를 나한테 왜 하죠?"

"그 사람이 미국에서 여기까지 날아왔으니까요. 내 생각엔 당신이 그 사람을 만나봐야 할 것 같아요."

"아뇨. 못 해요. 난 모든 일을 다 잊었다고요. 더는 예전의 내가 아니에요."

에뷔는 입술을 깨물었다. 그 사건을 잊고 싶어 하는 사람은 자신만이 아니었구나.

그녀는 애원 조로 말했다.

"부탁할게요. 그 사람이 이제껏 겪어온 일을 생각해보라고요. 당연히 진실을 알 권리가 있다는 생각이 안 들어요?"

수화기 너머에서 무거운 숨소리가 들려오더니, 연결이 탁 끊어지면서 그렇게 대화도 끝나버렸다.

40

1987년 8월 6일 목요일

루트는 데지레에게 수예 모임 준비를 도와달라고 부탁했다. 그래서 매들린은 오늘 밤 혼자 방에서 시간을 보냈다. 주전자에 차를 끓여서 주방에 있던 카세트 레코더와 함께 가져와 침대에 누운 그녀는 요나스가 준 카세트테이프를 반복해서 들었다.

이건 처음으로 선물받은 믹스테이프였다. 특히 자신을 위해 특별히 녹음했다는 걸 알자 더욱 감회가 새로웠다. 요나스는 모든 노래를 직접 골라서 제대로 순서를 잡으려고 이리저리 들어봤겠지. 그리고 노래 제목을 자그마한 테이프 커버에 조심스럽게 적었겠지. 다 나만을 위해서 말이야.

눈을 감은 매들린은 보노의 노랫소리를 들었다. '아일 쇼 유 어 플레이스, 하이 온 더 데저트 플레인, 웨어 더 스트리츠 해브 노 네임I'll show you a place, high on the desert plain, where the streets have no name.' 그러면서 요나스와 단둘이 있었던 순간을 떠올렸다. 자신과 요나스 사이에는 뭔가 있다는 게 느껴졌다. 하지만 이게 사랑이라는 걸까? 게다가 요나스는 이미 다른 여자애들도 만나고 있는걸. 적어도 데지레의 말에 따르면 그랬다.

매들린은 다리에 이불을 덮었다. 데지레는 절대 거짓말은 안 하는 애잖아? 하지만 요나스가 정말로 자신에게 관심이 없다면, 테이프는 왜 준 거지? 이건 순수한 인간적 호감의 표시라고 보기에는 너무 번거롭게 손이 많이 가는 일이잖아.

그녀는 침대에 몸을 더 깊숙이 묻고서 베개에 머리를 얹었다. 모순적인 감정들에도 불구하고 요나스와의 상상을 안 할 수가 없었다. 두 팔로 나를 감싸 안고, 날 품에 끌어당기고, 고개를 숙여 귓가에 속삭여주고, 그의 뺨이 내 뺨에 닿는 그런 상상들.

그의 손길마다 몸이 파르르 떨려왔다. 환희의 떨림이었다. 요나스의 목소리는 자신감 넘치고도 부드러웠다. 꿈속에서 들려오는 그의 목소리. '매들린, 네가 좋아.' 이어서 부드러운 키스가 시작되고 더 진한 키스가 이어지는 그 꿈은 너무나 실감 나서 그녀는 정신이 혼미해졌다.

매들린이 깨어났을 때 방은 어두웠다. 눈을 미처 다 뜨지도 못한 채로 주위를 둘러본 그녀는 두 손으로 몸 위를 쓸어보았다. 그런 다음 눈을 비벼 잠기운을 떨쳐냈다. 옷을 입은 채로 잠들었구나. 시곗바늘은 11시 15분을 가리키고 있었다.

데지레의 침대를 보니 비어 있었다. 다시금 피곤해서 눈을 깜빡였다. 데지레는 왜 자리에 없지?

문득 두려움이 확 덮쳤다. 데지레가 이토록 늦게까지 안 자고 있을 때는 전혀 없었다. 심지어 이곳의 모든 사람은 10시 반이면

자야 한다는 기숙사 내 규칙도 있었다. 혹시 데지레에게 무슨 일이 생겼나?

이런저런 생각이 머릿속을 맴돌아서 몇 초간은 정말로 걱정이 들었던 것도 잠시, 매들린은 누군가의 말소리를 들었다. 불분명한 목소리가 벽을 타고 들려왔다.

매들린은 천천히 일어나 문을 향해 뚜벅뚜벅 걸어갔다. 그리고 문을 살짝 열자 강당에 불이 켜진 게 보였다. 그녀는 사방을 둘러보다가 데지레를 발견했다. 그녀는 주방에 서서 누군가를 안아주고 있었다.

그게 누군지는 몇 초 후에 알아냈다. 아이노가 생기가 전혀 없다시피 한 몸을 데지레의 팔에 축 늘어뜨리고 고개를 그녀의 어깨에 기대고 있었다. 너무나 기이한 광경이라서 매들린은 아직도 꿈을 꾸나 싶었다.

훌쩍이는 소리가 들렸다. 아이노는 울고 있었다. 매들린이 복도에서 한 걸음 더 나아가자 이제는 루트와 로베르트 목사도 보였다. 그들은 두 소녀에게서 조금 떨어진 곳에 서서 대화하는 중이었다.

매들린은 두 사람이 무슨 이야기를 하는지 들리도록 그곳으로 슬그머니 다가갔다. 로베르트 목사는 심각한 표정이었다. 두 뺨이 시뻘겋게 달아오른 그는 마구 손짓하며 말했다.

"이건 잘못된 겁니다. 교회 지도부에 연락해야 하는 일입니다."

그가 중얼거리자 루트가 맞받아쳤다.

"이건 그냥 실수일 뿐이라니까요. 내가 알아서 처리할 거라고 했잖아요."

"그래도 난 저 애 부모님에게 연락할 겁니다."

그러자 루트가 씨근대었다.

"안 돼요. 아무에게도 연락하지 말아요. 린드베리 목사는 아픈 분이라 도와줘야 해요. 이 사실이 알려지면, 교회가 과연 어떻게 되겠어요?"

그때, 눈길을 든 데지레가 매들린을 똑바로 쳐다보았다. 매들린은 그림자 속으로 한 발짝 물러섰지만, 이미 때는 늦었다. 다른 이들 역시 매들린을 발견해버렸다. 루트와 로베르트 목사는 입을 다물었다.

데지레는 아이노를 놓고서 매들린에게 다가갔다.

"무슨 일이야?"

"아무 일도 아니야."

그녀는 매들린의 물음에 속삭여 대답하고는 루트를 바라보고선 덧붙였다.

"가서 다시 자. 내일 아침에 다 설명할게."

매들린은 주저했다. 방으로 돌아가고 싶지 않았다. 하지만 루트의 엄한 시선을 마주하자 결국 그 말대로 하고 말았다. 그래서 문을 닫고 잠옷으로 갈아입은 다음 침대에 들어갔다.

잠시 더 바깥 상황을 엿들으려 했지만, 지금은 아무 소리도 들려오지 않았다. 매들린은 눈을 감았다. 혹여 잠들기 어려우면 어떡하나 걱정했던 것도 잠시, 정말 놀랍게도 눈꺼풀이 정말 무거워졌다.

노랗게 바랜 벽지가 붙은 벽으로 몸을 돌렸다. 머릿속엔 생각이 꼬리에 꼬리를 물었지만, 정확히 이해가 되지는 않았다. 대체 무슨 일인지 추측하는 건 의미가 없다고 매들린은 생각했다. 무슨 일이 있었든, 데지레가 내일 말해주겠지.

다음 날 아침, 매들린이 깨어났을 때 데지레는 아직 침대에 누워 있었다. 아직도 졸린 기운이 가시지 않은 매들린은 눈을 비볐다. 그러다 벌써 9시라는 걸 알고서 화들짝 놀랐다.

목을 펴고서 마른침을 삼키려 했지만, 누가 목에 자갈이라도 던져 넣은 것처럼 입이 바짝 말라 있었다. 뭔가 마실 것이 있나 돌아보던 매들린은 다시금 왜 아이노가 그토록 슬퍼했던 건지 궁금해졌다.

방에는 물이 없어서 매들린은 침대 가장자리로 다리를 내밀었다. 그러다 아직 침대 앞 바닥에 놓아둔 카세트 레코더를 쓰다듬었다. 옷장에서 세면도구가 든 가방을 꺼내고 문 안쪽에 걸린 수건을 집어 든 그녀는 방에서 슬그머니 빠져나갔다.

욕실로 가던 매들린은 아이노의 방문이 열려 있는 걸 보자 걸음을 멈췄다.

아이노는 바닥에 앉아 두 팔로 몸을 감싸고 있었다. 침대는 깔끔하게 정돈된 채였다. 레몬색 면 시트는 구김살 없이 펴져 있었고 베개 두 개는 더없이 가지런히 놓였다.

매들린이 문틀을 두드리자 아이노는 움찔 놀랐다.

"안녕. 잘 잤어?"

그녀의 속삭이는 인사말에 아이노는 대답하지 않았다.

"어제 네 목소리를 들었어. 슬픈 목소리던데. 무슨 일 있었니?"

매들린이 계속 물었지만 아이노는 공허한 눈빛으로 벽을 응시하다가 중얼거렸다.

"아무 일도 없었어."

"정말? 나한테 전부 말해도 돼."

아이노는 고개를 돌려 매들린을 바라보았다. 그리고 힘없이 웃으며 대답했다.

"고마워. 하지만 난 괜찮아."

"그래도 말하고 싶으면 언제든 알려줘."

"그래."

대답을 들은 매들린은 다시 욕실로 갔다. 아이노에게 무슨 일이 일어난 걸까 알고 싶었지만, 그래도 그 애에게 부담 주고 싶지 않았다.

일을 마치고 방으로 돌아온 그녀는 잠에서 깬 데지레를 보았다. 데지레는 침대 머리에 기대어 담요를 턱까지 끌어올리고 있었다.

"안녕."

매들린은 조심스럽게 말하고는 문을 닫았다.

"안녕."

데지레는 그녀에게 대답하고서 커다란 녹색 눈동자로 이쪽을 바라보았다.

매들린은 침대 모서리에 앉아 세면도구 가방을 옆으로 치웠다.

"이제 설명해줘야지. 어제 무슨 일이었는지."

"알았어."

대답하는 데지레의 뺨은 분홍빛으로 물들어 있었다. 그녀는 신중하게 숨을 쉬며 덧붙였다.

"하지만 우리 둘만 알고 있기야."

"당연하지."

"너 혹시 들어본 적 있는지 모르겠네. 린드베리 목사님의 아버지가 건강이 별로 안 좋으시다는 거."

매들린이 고개를 젓자, 데지레가 이어서 설명했다.

"나도 루트가 이야기해줘서 알았어. 들어보니 곧 돌아가실 것 같더라. 당연히 린드베리 목사님은 그 때문에 심란하셔."

데지레는 머리를 살짝 뒤로 젖히며 말했다.

"어젯밤에 목사님은 아이노랑 대화를 하려고 하셨어. 그러다 무슨 일이 일어난 건지는 나도 정확하게는 모르겠는데, 목사님이 무척 화가 나셔서 아이노한테 소리를 지르셨나 봐."

그녀는 목소리를 낮추고서 몸을 숙여 소곤댔다.

"목사님이 걔를 만진 것 같기도 해. 좀 웃긴 방식으로 말이야. 그래서 걔가 불편했나 봐."

매들린은 마른침을 삼켰다. 목사님이 자신에게 아주 가까이 다가왔던 날이 다시금 떠오르고 말았다.

"그렇구나."

"뭐, 그래서 루트가 방 안으로 들어왔대. 그러니까 아이노가 불안해서 울기 시작했어. 아까도 말했지만 내가 무슨 일인지 전부 들은 것은 아니야. 하지만 아이노는 가끔 아주 예민해질 때가 있

391

거든."

매들린은 데지레를 빤히 쳐다보았다. 지금 이 애는 어제 아이노한테 일어난 일이 전혀 문제가 되지 않는다는 것처럼 아주 태연하게 말하고 있구나.

갑자기 매들린은 젖은 머리카락의 물이 바닥으로 뚝뚝 떨어지고 있다는 걸 깨달았다. 데지레는 침대에서 슬며시 내려와 수건을 건네주었다.

"고마워."

매들린은 중얼중얼 대답하고서는 허리를 굽혀 바닥에 고인 물을 닦았다.

데지레는 무릎까지 내려오는 스누피 잠옷을 입고 있었다.

"불쌍한 아이노. 의사랑 상담을 좀 하는 게 좋을 것 같아."

매들린의 말에 데지레가 대답했다.

"아니야. 그럴 필요는 없을걸. 루트와 내가 아이노랑 이야기를 해봤는데, 루트가 설명해줬어. 목사님 건강이 안 좋다고. 그래서 목사님은 잠시 휴가를 가실 거야. 루트는 그동안 자리를 대신할 목회자를 구하셨댔어."

매들린은 고개를 끄덕였다.

"그래도 아이노가 너무 절망적인 상태가 되어서 너무 마음이 안좋아."

데지레는 고개를 끄덕이면서도 눈썹을 치켜떴다.

"그렇지. 하지만 그게 아이노의 본모습이긴 해. 우리는 모두 저마다 아픈 부분이 있잖아."

그 말에 매들린은 눈에 힘을 주고 그녀를 바라보았다.

"그게 무슨 말이야?"

"우리는 저마다 나름의 일을 겪어온 사람이라는 거야. 그래서 린드베리 목사님이 우리를 택하신 거지. 그분은 우리를 치유하고 싶어 하셔."

"목사님이 너한테 그렇게 말씀하셨어?"

데지레는 손으로 머리를 쓸어 올렸다. 그녀가 잠에서 깬 지 몇 분 만에 이토록 생기 있는 모습이 되다니, 정말 놀라웠다. 얼굴 위로 대단히 아름답게 드리워진 금발과 장밋빛 뺨 덕분에 데지레는 무척 활기차 보였다.

"우리는 모두 깨진 그릇 같은 존재야. 목사님은 우리라는 그릇에 하나님의 사랑을 채워주고 싶어 하셔."

그녀는 꿈꾸듯 말했다. 갑자기 매들린은 마음이 불편해졌다. 그 누구도 자신에게 너는 받아들여졌다고 말해주지 않았으니까. 그녀라는 그릇엔 깨진 부분이 있었기 때문이다. 그렇다면 목사님은 내 안에서 그 틈을 본 걸까? 그래서 내가 택함을 받았나?

그녀는 최대한 빠르게 옷을 입었다. 어디로 가고 싶은 건지는 알 수 없었지만, 어디론가 나가고 싶은 마음뿐이었다.

"뭐 하려고?"

"아무것도 안 해."

매들린은 데지레의 시선을 애써 피하며 덧붙였다.

"그냥 산책 좀 하고 오려고."

청바지 단추를 막 채웠을 때, 뭔가 딱딱한 것이 다리에 느껴졌다. 바지 주머니를 보니 매끄러운 돌이 들어 있었다.

매들린은 주머니에 손을 넣어 시원하고 부드러운 돌멩이의 표면을 만지고는, 가죽 재킷을 휙 집어 들고 방을 나섰다.

"파이에 달걀이 들어가?"

도리스는 돌아서서 모나와 눈을 마주쳤다.

"응. 당연히 그렇지."

"하지만 그렇게 당연한 건 아니야. 이건 비상 상황에서 만드는 파이라고. 독일군 점령 기간 동안 사람들이 구운 거야. 잠깐만."

도리스는 이렇게 말하고 앞에 쌓여 있는 종이 더미를 뒤지기 시작했다. 그러다 찾던 쪽지를 발견하고 의기양양하게 치켜들었다.

"여기 레시피가 있어."

모나는 절뚝이며 이쪽으로 다가와서 쪽지를 휙 잡았다.

"허리는 좀 어때?"

도리스가 묻자, 모나는 콧잔등을 찌푸리며 대답했다.

"아직 아프긴 하지만 곧 낫겠지. 나는 할 일이 좀 있어. 문학 퀴즈에 내놓을 요리를 하고, 정원에서 열리는 바자회에 낼 빵이랑 케이크를 굽고, 어르신들 드릴 점심 준비하고, 내일 아침에 손님들에게 내놓을 식사를 요리해야 해."

도리스는 모나를 빤히 바라보았다. 모나가 너무 과로하는 건 아닌가 하는 걱정이 서서히 들기 시작했다. 알다시피 퍼트리샤는 재료 구입을 같이 하겠다고 약속했고, 자신은 주방에서 모나를 기꺼이 도와줄 마음이 있었다. 그러니 다 잘되겠지. 하지만 도리스는 지금껏 문학 퀴즈에 참가 등록을 한 사람이 거의 없다는 게 약간 마음에 걸렸다. 유수프는 본인이 아는 사람마다 문학 퀴즈 이야기를 하겠다고 했지만, 도리스가 보기엔 과연 그걸로 충분할까 싶었다. 이제야 그녀는 퀴즈가 있다고 동네방네 떠들고 다니지 않았던 게 후회가 되었다.

도리스는 종이 더미를 훑어보며 말했다.

"다른 레시피도 있어. 여기 커리랑 초콜릿 케이크랑 수플레랑 그린 토마토 튀김이랑 소고기 스튜 레시피야."

모나는 나머지 종이를 받아 들고 카운터에 앉았다.

"사람들이 얼마나 올 것 같아?"

그러자 도리스가 명랑하게 말했다.

"네가 베란다에 만들어둔 작은 도서관에 참가 신청서를 놔뒀어. 지금까지 등록한 사람은 스무 명쯤 되는데, 내가 보기엔 더 올 것 같아."

"등록비가 150크로네라고도 써놨어?"

모나가 물었다.

"응. 그리고 커피랑 다양한 맛보기 음식이 제공된다고 써놨지."

"알았어. 그럼 내가 장보기 목록을 적어줄게."

도리스는 고개를 끄덕이고는 퀴즈 참가자들이 작성해야 하는 설문지를 꺼내어 본문을 다시금 꼼꼼히 읽었다. 마리안네는 설문지를 가지고 시청에 가서 복사본을 만들어오겠다고 약속했다.

도리스는 시계를 보았다. 자신은 퍼트리샤와 장을 보고 돌아오자마자 주방에서 일을 해야 하겠지. 시간이 얼마나 많이 남았는지 계산해보았다. 밖에 붙여놓은 종이에는 문학 퀴즈가 12시에 시작된다고 써놓았다. 그건 마리안네의 아이디어였다. 그때쯤이면 사람들이 배가 고플 테니 퀴즈에 참가하면서 점심으로 소소한 먹거리를 더 주문하게 될 거란 계산이었다.

도리스는 설문지를 다시 뒤적거렸다. 퀴즈 대화가 얼마나 오래 걸릴지 감이 서지 않았다. 다만 마리안네가 너무 빨리 문제를 진행하지 않아주기를 바랄 뿐이었다. 그렇다고 대화를 세월아 네월아 늘어지게 하지는 않아주기 역시 바랐다.

그 순간, 휴대폰이 울려서 도리스는 전화를 받았다.

"여보세요."

그녀는 퀴즈에 쓸 책을 모으려 하면서 대답했다. 도리스가 보기에 그 책들은 마리안네 옆 탁자에 놓아야 했으니까.

"도리스, 루트예요."

도리스는 책을 다시 놓았다.

"안녕하세요, 루트. 잘 지내셨나요?"

"난 수다 떨 시간이 사실 없어요."

"알겠어요. 왜 전화하셨어요?"

도리스는 상냥한 목소리를 냈지만 짐짓 눈을 흘겼다.

"당신이 베이킹 경연 대회에서 어떤 걸 가져올지 궁금해서요."

도리스는 몸이 확 굳어버렸다. 케이크 바자회에 쿠키를 기부하는 걸로 충분할 거라고 생각했는데. 그래서 가장 인기 좋은 핀란드식 아몬드 쿠키를 가져가기로 했다. 그건 냉장고에 반죽을 잔뜩 쟁여두고 있으니까. 오늘 밤에는 해동시킬 작정이었다. 하지만 도리스가 미처 대답하기도 전에, 루트가 말을 이었다.

"초코, 당근, 바나나, 레몬, 아몬드, 사과, 배, 라즈베리 케이크는 이미 다른 사람이 가져오기로 했어요. 그러니 뭔가 다른 걸 가져와봐요."

"내가 과연 시간이 있을지 모르겠어요. 하지만 바자회에는 내가 맛있는 핀란드식 아몬드 쿠키를 가져갈 거예요. 네 봉지 만들어서요."

도리스가 조심스럽게 설명했지만 루트의 목소리는 점점 험악해졌다. 그녀는 단호하게 말했다.

"시간을 내요. 보육원 생각을 좀 하라고요. 늦어도 11시까지는 우리 쪽으로 케이크를 갖고 와요. 그리고 우리는 경쟁을 한다는 걸 잊지 말아요. 당신이 제빵사처럼 케이크를 잘 만들지는 못한다는 거 알아요. 그래도 좀 예쁘게 꾸며서 가져오도록 해요."

"네, 그럴게요."

"낮에도 당신이 와서 좀 도와주길 바라요. 문학 퀴즈를 몇 시간씩 하진 않겠죠?"

"최선을 다해 시간을 내볼게요. 하지만 준비할 게 꽤 많아요. 그리고 브리트가 그러는데, 거기는 이미 충분히 사람이 많다고⋯⋯."

도리스는 중얼거렸지만, 루트가 이미 전화를 끊어버렸다는 걸 알아채고는 입을 다물었다.

그녀는 한숨을 쉬었다. 루트가 시키는 대로 하지 않으면 자신을 절대로 용서하지 않겠지. 그건 안다만, 이젠 대체 뭘 구워가야 하지? 자신이 가장 잘 굽는 케이크는 라즈베리 케이크와 호두를 넣고 설탕을 입힌 바나나빵인데. 하지만 둘 다 이미 다른 사람이 하기로 했는걸.

기진맥진한 도리스는 잠시 생각을 접었다. 오늘 밤 집에 가면 그냥 되는대로 아무거나 만들어야지.

그때 퍼트리샤가 계단을 내려와서 도리스는 손을 흔들었다.

"잔뜩 장 볼 준비 됐어?"

"당연하지."

"고마워. 누구든 도와주면 정말 좋을 상황이라서."

"일이 그렇게 많아?"

퍼트리샤의 물음에 도리스가 대답했다.

"응, 꽤 많아. 지금 당장은 과연 다 할 수 있을지 모르겠지만, 어떻게든 되겠지."

도리스는 목소리를 낮추어 말을 이었다.

"이번 행사는 반드시 성공해야 해. 지금 모나가 호텔을 혼자 운영하기가 어렵거든. 그래서 추가 수익을 반드시 내야 해."

퍼트리샤는 고개를 끄덕였다.

"알겠어. 나도 할 수 있는 만큼 기꺼이 도와줄게."

"고마워. 그런데 그레타랑은 연락이 닿았어?"

"아니, 안 됐어. 하지만 스톡홀름행 비행기표를 예매했어. 내일

낮에 떠날 거야."

"문학 퀴즈를 못 보고 가다니 안타깝네."

"그러게. 정말 유감이야. 하지만 이틀 후에 미국으로 돌아가야 하는 일정이라, 안타깝게도 가만히 앉아 기다리기만 할 수는 없어서. 매들린을 아는 사람과 이야기할 기회가 생긴다면 반드시 잡아야 해."

"당연하지."

그때 호텔 문이 열리더니 유수프가 들어왔다. 도리스는 그를 보고 깜짝 놀랐다. 그녀를 알아본 멜케르는 꼬리를 흔들며 이쪽으로 오려고 끈을 당겼다.

"안녕하세요."

유수프가 인사를 건넸다.

"안녕하세요! 여긴 어쩐 일이에요?"

그러자 유수프는 도리스를 빤히 바라보았다.

"우리 같이 점심 먹기로 했잖아요."

도리스의 뺨이 새빨갛게 달아올랐다. 유수프와의 약속을 까맣게 잊고 있었구나.

"미안해요. 우리는 여름 축제 준비가 아직 한참 남았어요. 오늘 같이 식사를 못 할 것 같아요."

그녀의 말에 유수프는 미소를 지었지만, 도리스는 그의 눈빛에서 실망한 기색을 느낄 수 있었다.

"알겠어요. 내일 모두 계획대로 잘 이루어지기를 바라요. 여러분이 퀴즈 대회를 연다고 내 친구들에게 다 이야기해났거든요."

도리스가 그에게 고맙다고 이야기하려던 찰나, 마리안네가 호텔로 요란하게 들어왔다. 그녀는 연극을 하듯 손에 쥔 대본을 허공에 흔들어댔다.

"이렇게는 안 돼."

그녀는 버럭 소리치며 주먹으로 탁자를 내리쳤다. 도리스는 걱정스레 물었다.

"왜 그래?"

"이거 대사가 너무 많아. 내일까지 절대로 다 못 외워."

도리스는 고개를 절레절레 저었다. 시야 끝으로 호텔을 떠나는 유수프가 보였다. 그녀는 여전히 그쪽으로 손을 흔들어 인사하려고 했지만, 마리안네가 앞을 가려버렸다.

"전부 다 외울 필요는 없어. 무대에 쪽지를 가지고 올라가서 보면 되잖아."

도리스가 설명했지만 마리안네는 계속 불평했다.

"그뿐만이 아니야. 이 'Quetzalcóatl'이라는 단어를 어떻게 발음하는 건지 모르겠어. 초콜릿 케이크에 붙인 이름 말이야."

"아, 그건 아무도 몰라."

도리스는 웃으면서 말했지만 마리안네는 표정을 풀지 않았다.

지쳐버린 도리스는 퍼트리샤를 바라보았다. 아직도 할 일은 너무나 많았지만, 마리안네가 없다면 문학 퀴즈를 아예 할 수가 없었다. 그래서 그녀에게 물었다.

"장은 좀 나중에 봐도 될까?"

"그럼."

도리스는 마리안네에게 고개를 끄덕였다.

"이리 와. 같이 대본을 쭉 훑어보자. 그리고 이 'Quetzalcóatl' 이라는 멕시코 신의 이름을 어떻게 발음하는지 알아보자고."

42

1987년 8월 7일 금요일

매들린은 바지 주머니에 손을 넣고서 구멍가게 앞에 섰다. 가게 주인은 지금 막 문을 연 참이었다. 하늘은 흐렸다. 먹구름이 마을 위로 낮게 드리운 가운데 날은 쌀쌀했다.

배 속이 꼬르륵거렸지만, 그녀는 배가 고파서 가게에 온 건 아니었다. 가게 주인은 자유 교회 교인이 아니기 때문에 매들린은 그에게 에뷔가 어디 사는지 묻고 싶었다.

어떤 노인이 개를 데리고 길을 지나자, 매들린은 눈에 띄지 않도록 얼굴을 가렸다.

간밤엔 과연 무슨 일이 벌어졌던 걸까. 아직도 정확히 알 수는 없었다. 아이노는 자기 입으로 괜찮다고 말했다. 그리고 데지레가 한 말도 맞았다. 매들린도 쉽지 않은 삶을 살아왔다는 것 말이다. 린드베리 목사님은 비극적인 과거를 살아온 사람들을 받아주는 분이일지도 모른다. 다만 지금 언짢으셔서 그런 것이다. 하지만 매들린은 요나스의 뺨을 때리던 목사의 모습을 다시 떠올렸다. 그건 그저 좌절감을 표현한 것뿐이었을까?

지금 요나스와 이야기해볼 수 있다면 좋을 텐데. 매들린은 목걸이에 걸린 자그마한 은제 음표 펜던트를 만지작거렸다. 믹스테이프에 대한 답례로 요나스에게 뭔가 선물하고 싶었다.

마침내 구멍가게 주인이 문을 살짝 열었다. 매들린은 자신이 찾아온 이유를 그에게 설명했다. 주인은 커다랗고 숱 많은 콧수염을 지닌 남자로, 말을 할 때마다 수염이 파르르 떨렸다. 그는 잠시 생각하더니 손을 들어 큰길을 가리키고는 콧수염 아래로 중얼중얼 대답했다.

"파란색 창문 달린 회색 집이요."

매들린은 에뷔의 집으로 빠르게 다가갔다. 본인도 왜 그런지 알 수 없었지만, 누구의 눈에도 띄지 않기를 바라서였다. 이윽고 자그마한 집 앞에 선 매들린은 꼭 쥔 손으로 문을 세차게 두드렸지만, 아무런 반응이 없었다.

잠시 창문을 들여다보자 소박한 가구가 비치된 서재가 보였다. 바퀴 달린 회색 사무용 의자가 소나무 코너 책상 앞에 놓여 있었다. 지금 에뷔가 집에 없는 거라면, 어디로 가서 찾아야 할까.

아만다를 두고 이루어졌던 대화가 머릿속에 떠올랐다. 루트는 물론이고 린드베리 목사가 이 문제를 그냥 덮었으면 좋겠다고 자신을 설득했던 말도 떠올랐다. 정말로 아만다를 생각해서 그런 말을 한 걸까? 아니면 뭔가 다른 이유가 있는 걸까?

그녀는 재킷을 몸에 꼭 여미고 다시금 문을 두드렸다. 에뷔는 반드시 집에 있어야 했다. 해변에서 그녀가 한 말이 뭔지 매들린은 반드시 알아야 했기 때문이다.

시간이 꽤 흘렀지만, 결국 문을 여는 소리가 들렸다.

현관을 열고 나타난 에뷔는 처음에 매들린을 알아보지 못하는 것 같았다. 하지만 이어서 나타난 맷스가 그녀에게 반갑게 인사하면서 빨간 플라스틱 소방차를 번쩍 들어 올렸다. 소방차 지붕에 사다리가 완전히 삐뚤게 달려 있었다.

"안녕하세요. 저를 기억하시겠어요?"

"들어오세요."

에뷔는 대답하고서 문을 열어주었다. 매들린은 아무것도 달라고 한 적이 없었지만, 배가 고파 보인 모양이었다. 에뷔가 차를 끓이고서 혹시 샌드위치를 먹고 싶은지 물었기 때문이다.

처음에는 서로 별말이 없었다. 맷스만이 소방차를 바닥에 굴리면서 계속 종알종알 떠들어댔다.

이윽고 차가 다 준비되자, 에뷔는 매들린과 식탁에 마주 앉았다. 그녀는 진지한 눈빛이었다. 에뷔는 맷스의 머리를 쓰다듬고서 레고를 갖고 놀고 싶지 않느냐고 아들에게 물었다. 아이는 고개를 끄덕이고는 다른 방으로 떠났다.

매들린은 따뜻한 잔을 손으로 감싼 채 차를 마셨다. 에뷔가 빵 바구니를 주자, 그녀는 한 조각 집어다가 버터를 바른 다음 허겁지겁 먹었다.

에뷔는 매들린이 왜 여기를 찾아왔는지 이미 아는 것 같았지만, 오히려 매들린은 무슨 말로 시작해야 할지 알 수가 없었다. 그래서 입술을 깨물고 정확히 뭘 물어봐야 하나 고민하고 있는데, 에뷔가 먼저 말을 건넸다.

"잘 지냈어요?"

매들린은 이 상황에서 자신의 존재가 중요해지리라고는 생각해본 적이 없었다.

"네."

에뷔는 말없이 그녀를 빤히 쳐다보았다. 매들린은 다시금 힘주어 대답했다.

"전 잘 지냈어요. 사실 저는 여쭈어보고 싶은 게 있어서 왔어요."

"그래요."

에뷔는 고개를 끄덕였다.

"지난번에 해변에서 만났을 때요. 제가 좀 이해 못 할 말씀을 하셨잖아요."

"조심하라는 말 말인가요?"

의자에 등을 기댄 에뷔는 매들린의 시선을 피하지 않고 받았다.

"네, 바로 그 말씀이요."

에뷔는 찻잔을 내려놓고 식탁으로 눈을 내리깔았다. 골똘히 생각에 잠긴 그녀의 이마에는 주름이 깊게 잡혔고, 긴장한 표정 탓에 얼굴이 엄해 보였다.

"나는 유세르에서 산 지 5년 됐어요. 그동안 젊은 아가씨들이 그 교회에 오는 걸 많이 봤죠."

매들린은 앉은 자세를 바꾸었다. 그녀가 앉은 푹신한 소파는 마치 19세기에 제작된 것처럼 낡아 보였다.

"네, 국제 교환 프로그램이 있거든요."

"그래요."

에뷔는 이렇게 말하고 입을 다물더니 손에 든 찻잔을 빙글빙글 돌렸다. 그러다 다시금 고개를 들고서 말을 시작했다.

"내가 무슨 뜻으로 그런 말을 했다고 생각해요?"

매들린은 마른침을 삼켰다. 마치 몸속에 들어찬 거대한 거품이 금방이라도 터질 것만 같았다.

"혹시 아만다가 누군지 아세요?"

그녀의 물음에 에뷔가 대답했다.

"아뇨. 몰라요. 하지만 데브라라는 아가씨는 알아요. 4년 전에 유셰르에 온 사람이었죠. 난 우연히 데브라를 마주쳤어요. 맛스가 아직 아기였을 때는 잠들기 힘들어해서 나는 유모차를 끌고 종종 밖에 나갔거든요. 그러던 어느 날, 데브라가 해변에 혼자 앉아 있는 걸 봤어요. 그래서 괜찮으냐고 물어봤더니, 갑자기 쓰려져서 울기 시작했죠. 임신해서 어떡해야 할지 모르겠다고 하더군요."

"임신이라니! 누구 애를요?"

매들린이 불쑥 물었다. 에뷔는 모랫빛의 짧은 머리카락을 쓸어 올렸다.

"처음에 데브라는 나한테 말하고 싶어 하지 않았어요. 모든 사실이 밝혀진다면 무슨 일이 일어날까 상상만 해도 너무 무섭고 공포스러웠기 때문이었죠."

"그럼 교회 분 중 하나의 아이라는 말씀이신가요……."

매들린은 말하다가 입을 다물었다. 에뷔는 무미건조한 목소리로 말을 이었다.

"내가 그 후로도 계속해서 알게 된 사실은요, 여기에 오는 사람들은 종종 아픈 과거를 지녔다는 거였죠. 언제나 예민하고 다루기 쉬운 젊은 아가씨들이었어요."

매들린은 두 손을 들어 올리며 항의하듯 말했다.

"아뇨, 그건 사실이 아네요. 우리가 여기 온 건 그래서가 아니라고요. 린드베리 목사님은 우리를 도와주시려는 분이에요."

입에서 마구 말이 흘러나왔지만, 동시에 그녀의 눈빛은 의심에 휩싸였다.

에뷔는 고개를 비스듬히 숙였다. 그녀의 얼굴은 이제 조금 더 부드러운 기색을 띠었다.

"가해자인 남자들은 희생자들이 자기를 믿도록 만드는 재능이 있는 경우가 많아요. 그래서 피해자들이 가해자의 행동에 뭔가 저항하기가 어렵게 되죠. 데브라는 나한테 자기가 그분과 사랑에 빠졌다고 말했어요. 그분이 아내를 떠나서 자신과 함께 새 삶을 시작할 거라고 생각했죠."

매들린은 한숨을 쉬었다. 에뷔는 교회에 반기를 든 사람이라고 했던 데지레의 말이 떠올랐다. 하지만 마음속에서 자라는 상반되는 감정들을 제아무리 애써 없애려 해도 그럴 수가 없었다. 속마음 어딘가 깊숙하게 이미 뿌리내린 감정이었기 때문이다.

그녀는 덜덜 떨기 시작하면서 자신의 몸을 두 팔로 감싸 안았다. 온몸이 뻣뻣하고 꽁꽁 얼어버린 것만 같았다. 에뷔는 주방에서 나가더니 담요를 가지고 돌아와 그녀의 어깨에 덮어주었다.

매들린은 손톱을 물어뜯었다. 어떻게 그걸 간과했지? 어떻게 난 이토록 멍청할 수가 있지?

그날 밤 루트가 로베르트 목사에게 했던 말이 떠올랐다. 그저 실수였다고 했지. 하지만 에뷔가 한 말이 사실이라면, 그 일은 이미 일어나버린 것 같았다. 그래서 아만다가 집으로 가버린 거야? 피해자가 되어버려서?

린드베리 목사를 떠올리자 온몸에 소름이 쫙 끼쳤다. 매들린은 숨을 삼키기조차 어려워졌다. 심한 배신감이 느껴졌다. 교회는 믿을 만한 곳이라고, 목사님은 믿을 만한 분이라고 생각했는데. 루트 역시도.

그녀는 덜덜 떨면서 몸에 두른 담요를 여몄다. 온몸이 이곳에서 떠나야겠다고 아우성을 쳐댔다. 집에 가자. 밀크리크로 가자. 그리고 다시는 돌아오지 말자.

"얼마나 많이들 그랬나요?"

매들린이 고개도 들지 못하고 묻는 말에 에뷔는 대답했다.

"그건 나도 몰라요. 린드베리 목사는 70년대부터 해외 교환 프로그램을 시작했죠. 그때부터 유셰르에 수많은 여자들이 오고 가는 걸 봤어요."

매들린은 은빛 펜던트를 손으로 꼭 감쌌다.

"사실인지 아닌지 확신할 수 없는 말을 하시면 안 되죠."

그녀의 말에 에뷔는 진지한 눈빛으로 대꾸했다.

"그렇죠. 하지만 사실이라는 걸 알면서도 아무것도 하지 않는 것이야말로 훨씬 더 나쁘죠."

"그럼 교인들과 이야기해본 적이 있으세요?"

에뷔는 창밖을 바라보며 대답했다.

"여러 번 해보려고 했지만, 아무도 듣고 싶어 하지 않았어요."

매들린은 온몸의 힘이 빠져버리고 말았다. 목사와 만났던 자리에서 그가 자신의 허리를 팔로 감싸고 아버지에 대해 말해달라고 부탁했던 게 떠올랐다. 만약 그 순간 아무런 방해를 받지 않았다면, 과연 무슨 일이 벌어졌을까?

그때 맛스가 건넛방에서 부르는 소리에 에뷔는 아들을 보러 갔다. 매들린은 눈을 감았다. 피로가 온몸을 덮치면서 어둠이 밀려드는 느낌이었다. 그렇게 천천히 그녀는 소파에 몸을 기대다가 결국 커다란 담요 아래로 스르르 미끄러졌다.

집으로 돌아갈 방법을 찾아내야 해. 비행기표가 비싸다는 건 안다. 하지만 교회에 도움을 요청할 수는 없겠지. 그런데 내가 교회를 떠나면 데지레와 아이노는 어떻게 될까? 그 애들도 여기서 나가야 하는데.

어지러운 생각 때문에 한층 피곤해졌다. 저 멀리서 들려오는 맛스의 명랑한 목소리를 들으며, 그녀는 천천히 깊은 잠에 빠졌다.

43

6월 28일 금요일

퍼트리샤는 여행 가방을 들고서 계단을 내려왔다. 지난 24시간 동안 이 호텔에는 참 많은 일이 있었다. 도리스는 주방과 카페 사이를 분주히 오가며 가설무대 주변에 의자와 탁자를 놓았다. 퍼트리샤는 도리스가 어젯밤에 집에 가기는 했는지 궁금했다.

마르쿠스는 바닥에 누워 케이블을 서로 연결하고 있었다. 스피커 두 개가 무대 오른쪽과 왼쪽에 놓여 있었고, 마리안네는 마이크 스탠드 앞에 서서 목을 풀면서 스탠드 높이를 조절하려 했다.

"케찰코아틀Quetzalcoatl, 참판동고champandongo."

마리안네는 기묘한 동작의 체조를 하면서 단어를 끊임없이 읊조렸다.

모나는 카운터 뒤에 서서 받침대에 케이크를 놓고 접시에 과자를 올렸다. 에리카는 과자 세는 것을 도왔다. 리나와 에리카는 호텔의 케이크 판매대를 맡기로 한 듯했다. 리나가 꽃과 환한 태양을 그려 꾸민 명패 위에 에리카는 글씨를 썼다.

"잘되어가?"

옆을 지나가는 도리스에게 퍼트리샤가 인사를 건넸다.

"뭐, 좋아."

도리스는 시계를 잠깐 보며 대답했지만, 모나가 중얼중얼 덧붙였다.

"조금 스트레스 받긴 해. 모든 걸 완벽하게 준비해놓고서 정확한 시각에 시작할 거라서."

그러자 도리스가 덧붙였다.

"우린 할 수 있어. 내가 빨리 가서 교회의 케이크 대회에 호박 오렌지 케이크를 갖다주고 올게. 거기 갔다 오면 우리가 만든 음식을 조금씩 나눠놓을게."

"사람들이 몇 명이나 올 건지 알아?"

퍼트리샤가 궁금해서 묻자, 도리스와 모나는 서로를 쳐다보고는 고개를 저었다.

"어젯밤까지 명단에는 스물다섯 명이 신청했어."

"내가 밖에 나가서 확인해볼게요."

에리카가 말하자 모나가 퍼트리샤에게 물었다.

"네 버스는 언제 와?"

"20분 후에."

도리스는 고개를 끄덕였다.

"잘되길 바랄게. 정말로 그레타를 찾아내서 뭐라도 이야기를 들을 수 있었으면 좋겠어. 그래야 네가 여기까지 헛걸음한 게 아니게 될 테니까."

"고마워."

퍼트리샤가 대답했다. 오늘처럼 중요한 날 여기 남아서 행사를 보고 싶기도 했지만, 그레타와 이야기할 가능성이 있다면 잡아야 한다는 것 역시 알고 있었다. 내일 밤엔 밀크리크로 돌아가야 하니 말이다.

테라스에 갔던 에리카가 돌아왔다. 그런데 얼굴이 새하얗게 질려 있어서 모나는 딸에게 물었다.

"왜 그러니? 너 무슨 유령이라도 본 얼굴이네."

"명단에 사람들이 너무 많아."

에리카는 힘없는 목소리로 대답했다. 그러자 도리스가 신나서 물었다.

"아, 그래? 얼마나 많은데?"

"117명."

모나는 웃기 시작했다.

"하하. 재미있는 소리를 하네. 자, 어서 명단에 정말로 몇 명이나 참가 신청을 했는지 말하라니까?"

"엄마, 이거 농담 아니야. 정말로 백 명 하고도 열일곱 명이 신청했다고."

에리카가 명단을 들어 올리며 말하자, 도리스는 그녀의 손에서 명단을 뺏어다가 이름을 세어보았다.

"아니, 이거 큰일 났네. 우린 이만한 사람을 앉힐 자리가 없는데."

도리스가 모나를 돌아보며 말했다.

"이제 우리 어떡하지?"

"혹시 퀴즈를 1부와 2부로 나눌 수 있을까?"

"그러면 어떻게 되는데?"

그 질문에 모나는 어깨를 으쓱였다.

"어쨌든 난 요리를 더 준비해야겠네. 안 그럼 모자랄 테니까."

모나는 주방으로 사라졌지만, 도리스는 그 자리에 뿌리박힌 듯이 서 있었다. 휘둥그레 뜬 눈 아래로 뺨이 새빨갛게 달아오른 얼굴이었다.

"괜찮아?"

퍼트리샤가 묻자, 도리스는 숨을 헐떡이면서 목을 문질렀다.

"응, 괜찮아. 그냥 숨쉬기가 너무 힘들 뿐이야."

퍼트리샤는 사귄 지 얼마 안 된 친구를 걱정스레 쳐다보았다. 하지만 뭐라 말을 걸기도 전에 주머니 속에서 휴대폰이 진동했다.

"어서 가 봐. 걱정하지 말고."

도리스의 말에 퍼트리샤는 현관으로 향했다. 여기 남아 도울 수 있으면 참 좋으련만. 하지만 스트루프 공항에 제시간에 도착하려면 지금 출발해야 했다.

그런데 주머니에서 꺼낸 휴대폰 액정에는 데니스의 이름이 깜빡이고 있었다.

퍼트리샤는 당황했다. 며느리는 보통 자신에게 전화하지 않으니까. 그녀는 잠시 망설였지만, 가방을 버스 정류장 쪽으로 끌고 가면서 전화를 받았다.

"여보세요, 퍼트리샤입니다."

그녀는 주저하면서 말했다. 순간 리치먼드는 분명히 지금쯤 아주 이른 새벽이라는 생각이 스쳤다.

"안녕하세요, 어머니. 저 데니스예요."

"그래, 안녕. 잘 지냈니?"

"네, 잘 지냈어요. 좀 피곤하긴 하지만, 그거야 늘 그렇죠. 조이가 밤새 성장통 때문에 잠을 못 잤어요. 그래서 저도 잠을 잘 수가 없어서, 전화를 드려야겠다고 생각했어요."

"아이고, 안됐구나."

퍼트리샤는 데니스가 목을 가다듬는 소리를 들었다.

"아, 걱정하지 않으셔도 돼요. 어머니는 잘 지내세요? 거기 일은 어떻게 되어가나요?"

"잘되어가."

그녀는 짧게 대답했다. 이윽고 둘 사이에는 침묵이 흘렀다.

잠시 후, 마침내 데니스가 입을 열었다.

"저기, 어머니. 제가 드릴 말씀이 있어요."

퍼트리샤는 조용히 한숨을 쉬었다. 데니스는 이제 뭘 바라는 거지? 가족과 더 멀리 이사 갈 계획인가? 아니면 벌써 크리스마스 일정을 이야기하려나? 퍼트리샤는 데니스만큼이나 세세하게 미리 계획을 세워놓는 사람을 본 적이 없었다. 나무 장식 하나도 무슨 군사 훈련을 하듯이 했으니까. 모든 장식품은 제자리가 있었고, 그중 하나라도 잘못되는 날에는 아주 난리가 났다. 또한 크리스마스 전체 주말 일정표를 짜서 메일로 보냈는데, 그 일정은 한 치의 변동도 없이 지켜져야 했다. 아이들은 가급적 역겨운 맛이 나는 유기농 사탕만을 먹어야 했다(애들에게 단 걸 주는 건 할머니의 기본적인 의무란 말이다!). 게다가 칠면조는 데니스의 집안에서 내려오는 요리법대로만 구울 수 있었다(퍼트리샤가 도와주 겠다고 했을 때, 데니스는 감히 시어머니의 손길을 거절했다. 왜 냐하면 본인이 "말씀은 감사합니다만 제가 전부 알아서 할게요" 라는 태도를 고수했기 때문이다).

"그래?"

퍼트리샤는 건조한 목소리로 말했다.

"매슈에게 보내신 문자 말인데요."

"응?"

이렇게 대답한 퍼트리샤는 곧바로 기절할 뻔했다. 매슈가 데니 스에게 문자를 보여줬다고?

"저는요, 매슈가 어머니에게 뭐라고 대답해야 할지 모르고 있다 는 걸 알려드리고 싶었어요. 어머니가 밀크리크 농장을 팔면 기분 이 어떠실지 매슈가 걱정하고 있거든요. 하지만 제가 보기에는 좋 은 생각 같아요."

퍼트리샤는 움찔 놀랐다.

"아, 정말로 그렇게 생각하니?"

"어머니가 거기서 이사하시는 게 좋을 거라고 전 확신하고 있어 요. 전 이미 여러 번 말씀드려보려고 했지만, 매슈는 어머니 마음 이 상할까 봐 그러지 못했죠."

데니스는 한숨을 쉬고서 말을 이어갔다.

"어머니가 리치먼드에 오시면 저희는 무척 기쁠 거예요. 제가 회사에 일자리를 어떻게든 마련해드릴 수 있어요. 저희 회사는 안 내데스크에 항상 사람이 필요하거든요."

퍼트리샤는 무슨 반응을 보여야 할지 알 수가 없었다. 내가 리치먼드로 이사하기를 데니스가 바라고 있다고? 그러자 고개를 저을 수밖에 없었다. 혹시 내가 이제껏 며느리를 오해했던 걸까?

"아."

퍼트리샤는 마침내 힘겹게 입을 열었지만, 그 한마디로도 데니스에겐 충분한 반응이 되었는지 그녀는 다시 말을 시작했다.

"아이들도 무척 좋아할 거예요. 하지만 아직 애들한텐 아무 말도 안 했어요. 그리고 혹시 도움이 필요하시다면, 저희가 기꺼이 밀크크리크로 가서 그 집을 페인트칠할 거예요. 그러면 집이 좀 더 쉽게 팔리겠죠."

퍼트리샤는 얼굴을 찌푸렸다. 무슨 소리야? 그 집은 지금 상태로도 아주 좋다고! 그녀는 데니스가 방금 무슨 의견을 내놓았는지 깨닫자마자 가족 농장을 지켜야겠다는 마음이 절로 솟았다.

"참 친절한 제안이구나."

"네. 저희는 어떤 일이 있더라도 어머니 의견을 지지해요. 돌아오시면 같이 전부 이야기해봐요."

"알았다. 그럼 이만 난 가봐야겠다. 전화 줘서 고마워. 매슈와 아이들에게 안부 전해주렴."

퍼트리샤는 전화를 끊었다. 너무 지쳐버린 나머지 이 전화를 어떻게 받아들여야 할지 알 수가 없었다.

그녀는 어찌할 바를 모르고 주위를 둘러보았다. 유셰르 버스정류장은 50미터 앞에 있었다.

하지만 퍼트리샤는 그 자리에서 움직이지 않았다. 혹시 내가 잘

못 들은 건가? 아니면 데니스가 방금 나한테 리치먼드로 이사 오라고 부탁하는 전화를 건 게 맞나?

그녀는 고개를 돌려 노란 호텔을 보았다. 자신은 스톡홀름에 반드시 가야 했다. 그레타를 찾아서 혹시 매들린이 실종되었을 때의 상황을 기억하고 있는지 물어봐야 했다. 하지만 퍼트리샤는 알고 있었다. 분명히 그레타 역시 다른 이들과 똑같은 대답을 할 거란 사실을 말이다. 너무 오래전에 있었던 일이라고, 그날 무슨 일이 일어났는지는 아는 게 없다고. 그것도 일단 그레타를 만났을 때의 일이다. 퍼트리샤는 그녀와 연락이 닿지도 않은 상태고, 미국으로 돌아가기 전 노부인을 찾아낼 기한은 단 몇 시간뿐이었다.

마음속에서 무언가 오그라들었다. 퍼트리샤는 마른침을 삼켰다. 모나가 자신을 얼마나 따스하게 맞아주었는지 떠올랐다. 자신을 도와주려고 온갖 애를 써준 도리스도 떠올랐다.

큰길을 따라 버스가 덜컹대며 달려왔다. 지금 정류장으로 간다면 버스를 딱 잡아탈 수 있을 것이다. 하지만 그녀는 돌아서서 호텔로 향했다.

호텔 앞으로 긴 줄이 늘어섰다. 도리스는 심호흡을 했다. 사람들 앞에 서서 말하는 건 정말 꺼려졌지만, 이제는 이 행사를 시작해버렸으니 돌이킬 수 없었다.

그녀는 천천히 베란다로 간 다음 목을 가다듬었다.

"여러분, 안녕하세요. 올해 '모나의 책이 있는 B&B'에서 열리는 문학 퀴즈에 오신 것을 환영합니다. 많은 분께서 등록해주신

관계로, 저희는 퀴즈를 1부와 2부로 나누어서 진행하도록 하겠습니다. 1부 퀴즈는 지금 시작할 것이고, 2부 퀴즈는 오후 2시부터 시작합니다. 1부에 참여하지 못하시는 분들은 우리 호텔의 정원에서 편안히 쉬시면서 커피와 케이크를 즐기시거나, 아름다운 우리 동네를 산책하시면서 오늘 다른 곳에서 열리는 멋진 행사가 또 무엇이 있는지 살펴보시면 좋겠습니다."

그때 체크무늬 모자를 쓴 남자가 손을 들었다.

"마리안네 스탠퍼드가 퀴즈 대회 사회를 본다는 게 진짜입니까?"

"네, 그렇습니다."

그러자 군중 사이로 중얼대는 소리가 퍼졌다. 도리스는 지금 상황을 한눈에 보려고 발끝으로 섰다가 모나의 이웃인 리셀로트에게 손짓했다. 다른 이웃 사람들과 마찬가지로 리셀로트는 모나에게 자신의 정원 의자와 탁자를 빌려주었다. 삼삼오오 모인 사람들은 벌써 의자나 벤치에 자리를 잡았고, 케이크가 놓인 탁자 주변에 모인 사람들은 벌써 많이들 빵을 먹고 있었다.

리나는 도리스에게 달려왔다.

"치즈 샌드위치가 더 있어야 해요."

신나게 소리치는 아이에게 도리스는 미소를 지었다.

"잘하고 있구나. 가서 할머니에게 알려드리렴."

이윽고 손목시계를 본 도리스는 이제 퀴즈를 시작할 때가 되었음을 깨달았다.

호텔은 평소보다 훨씬 왁자지껄했다. 무대 앞 의자가 거의 다 찬 가운데 도리스는 64명의 손님들을 세었다.

퍼트리샤가 가지 않고 있어준 건 정말 행운이라 할 만했다. 주방에서 그녀가 도와주지 않았더라면, 또 마르쿠스가 계산대에 있어주지 않았더라면 이 대회를 결코 성사시킬 수 없었을 테니까.

도리스는 주위를 둘러보았다. 퀴즈 참가자들은 다 준비되었고, 주방에서는 모나와 퍼트리샤가 두 번째 코스 요리를 준비하는 소리가 들렸다. 하지만 아직까지 어디에도 나타나지 않은 단 하나의 사람이 있었으니, 바로 마리안네였다.

도리스는 카페를 빙 둘러보았다. 그러다 마침내 모나의 사무실에서 마리안네를 발견했다. 그녀는 문을 등지고 서 있었다. 도리스가 안으로 들어가자, 마리안네는 움찔 놀랐다.

"안녕. 이제 곧 시작이야."

도리스의 말에 마리안네는 고개를 끄덕였다. 그녀는 나풀거리는 반팔 소매가 달린 코발트빛 원피스를 입고 자그마한 보석으로 장식한 하얀 하이힐을 신었다.

"알았어."

마리안네는 이렇게 대답하고서 사회자용 대본 카드를 만지작거렸다.

도리스는 마리안네가 제정신이 아니라는 걸 알아보고는 문을 닫은 다음 친구에게 다가갔다.

"괜찮아?"

마리안네는 바닥을 빤히 바라보다가, 이마에 송송 맺힌 땀을 닦으며 대답했다.

"그저 그래."

도리스는 깜짝 놀라서 그녀를 바라보았다. 유명한 영화배우가 자그마한 동네 호텔에서 열리는 문학 퀴즈 때문에 긴장하다니, 도리스는 전혀 이해가 되지 않았다. 하지만 마리안네의 정신없는 눈빛을 보자, 어쩐지 마음이 아주 따스해졌다.

"다 잘될 거야."

그녀는 격려하는 목소리로 말했다. 그러자 마리안네는 변명하는 어조로 중얼거렸다.

"나 무대에 안 선 지도 꽤 됐어."

"긴장할 필요 없어. 내가 무대 바로 옆에 서 있다가 네게 도움이 필요할 때마다 도와줄게. 약속해."

"내가 혹시 잊어버렸을 때를 대비해서 네가 그 신의 이름을 대신 기억해줄 수 있어?"

"당연하지. 어쩔저쩔 신 아니었나?"

도리스의 말에 마리안네는 웃었다.

"내가 발음한 것보다 훨씬 더 괴상한 이름인데."

잠시 두 사람 사이에 침묵이 흘렀다. 그러다 도리스는 이내 기지개를 켰다.

"여기선 우리가 같이 하는 거야."

그녀는 이렇게 말하며 마리안네의 손을 잡았다. 그러자 마리안네는 미소를 지었다. 하지만 도리스가 문으로 가려고 하자, 마리안네는 그녀를 불러 세웠다.

"있지, 너한테 해야 할 말이 있어."

"그래? 뭔데?"

도리스는 고개를 돌리며 물었다. 마리안네는 도리스와 눈을 마주 보며 말했다.

"내가 좋은 친구가 아니었다는 거 알아. 난 항상 내 생각만 하면서 살았지."

도리스는 움직이다 말고 굳어버렸다. 정말이지 이런 말을 들을 마음의 준비는 되어 있지 않았으니까. 그러나 마리안네는 계속 말했다.

"예란이 죽은 다음에 너한테 전화했었어야 했는데. 이건 정말 변명의 여지가 없어. 하지만 난 그때 무슨 말을 해야 할지 몰랐어. 우리는 서로 오랫동안 대화가 없었잖니."

도리스는 눈을 깜빡이며 중얼거렸다.

"괜찮아."

"아니야. 괜찮을 리가. 너는 인생에서 가장 소중한 사람을 떠나보냈잖아. 그런데 난 전화기를 들지도 못했어."

마리안네의 눈빛이 흔들리더니, 이내 말이 이어졌다.

"그런 내가 부끄러워. 용서해줘."

"괜찮아."

도리스는 안심하라는 듯 말하며 미소를 지었다. 마리안네의 얼굴이 밝아졌다.

"우리는 아직 친구 맞지?"

"그래. 우리는 친구지. 하지만 지금은 정말로 시작해야 해. 벌써 12시가 넘었어."

그녀는 문 쪽으로 고갯짓을 하며 물었다.

"준비됐어?"

마리안네는 팔다리를 쭉 뻗어 기지개를 켰다.

"케찰코아틀."

그녀는 단호하게 대답했다.

에리카는 카페의 소파 위에 리나를 눕히고 재웠다. 오늘은 참 온갖 일이 벌어진 하루였다. 에리카는 공허한 눈빛으로 의자에 털썩 주저앉은 어머니를 바라보았다.

"좀 어때?"

"기진맥진한 상태야."

모나가 숨을 푹 내쉬자, 마리안네가 끼어들었다.

"하지만 우리가 해냈잖니. 그리고 넌 틀림없이 엄청난 돈을 벌었을 거야."

모나는 고개를 끄덕였다.

"아직 현금인출기를 열어보지는 않았지만, 어쨌든 최고 판매 기록을 확실히 깨긴 깼을 거야."

"케이크 테이블을 치우면서 보니까 거의 남은 게 없더라고요. 문학 퀴즈도 대성공이었죠?"

에리카의 말에 도리스는 커다랗게 미소를 지으며 대답했다.

"그래. 다들 고마워. 마리안네는 진행을 대단히 잘해주었어. 그리고 모나의 맛보기 음식도 상당히 훌륭했지. 사람들이 쇠고기 스튜와 그린 토마토 튀김을 맛보면서 감탄하는 소리를 너희도 들었어야 했는데."

다음으로 도리스는 퍼트리샤를 돌아보았다.

"네 도움 역시 얼마나 고마웠는지 몰라. 우리 때문에 여행을 취소하다니, 어쩜 그럴 수 있었니."

"너희를 도와서 나도 즐거웠어. 무엇보다도 그 요리를 다 맛볼 수 있었으니 말이야. 그거 다 너의 아이디어였잖아."

"이토록 책을 많이 읽은 게 도움이 되긴 된 것 같네."

도리스는 겸연쩍어하며 대꾸했다.

"그럼 이제 우리 와인을 실컷 마셔볼까."

모나는 이렇게 말하며 일어서다가 도중에 멈춰 허리를 짚었다.

"아직도 아파?"

에리카가 걱정스레 물었다.

"아니야, 그냥 좀 결려서."

어머니의 말에 에리카는 일어서며 대꾸했다.

"와인은 내가 가져올게. 원하는 술 있어?"

"응, 그 포르투갈산 와인으로 가져와. 일단 두 병 따자. 치즈랑 비스킷도 갖다줄래? 그리고 내가 만든 해초 넣은 과자도 가져와."

이윽고 에리카는 와인과 한 입 거리 안주를 얹은 쟁반을 가져왔다. 마리안네는 병을 따서 모든 이들에게 술을 따라주었다. 잔을 든 퍼트리샤는 한숨을 쉬었다.

"이제 유셰르에서 보내는 마지막 밤이라니, 믿을 수가 없네."

도리스는 그녀의 팔에 손을 얹었다.

"동생에 대해 새로운 소식을 알아내지 못해서 유감이야."

"그래. 하지만 고향으로 돌아가는 것도 괜찮을 거야. 여기 온 이후로 매들린 생각이 머릿속을 계속 맴돌고 있거든. 난 잠시 생각을 접어두어야 해."

그러자 마리안네가 말했다.

"네 마음이 어떤지 나도 정확히 알아. 우리 엄마가 돌아가셨을 때가 꼭 그랬어. 난 그때 영화 촬영 중이었는데, 엄마가 파티를 마치고 내 방에 와서 무슨 일이 있었는지 전부 이야기해주었던 순간만 계속 떠오르는 거 있지. 심지어 난 촬영하다가 어떤 장면에서는 동료 배우를 엄마 이름으로 불렀다니까."

모나도 이야기에 불쑥 끼어들었다.

"아, 너희 어머니 기억이 아직도 생생해. 언제나 탈색한 머리카락에 빨간 립스틱을 바르고 다니셨던 세련된 분이셨잖니. 난 언제나 너희 어머니가 마릴린 먼로를 닮았다고 생각했어."

마리안네가 설명했다.

"우리 엄마는 폴란드인이었거든. 그래서 스웨덴 기준에 맞춰 살기를 거부하셨지. 엄마는 집에서 나갈 때마다 머리끝에서 발끝까지 차려입었어. 나를 학교에서 데리고 올 때는 나들이 복장에다 모피 코트를 걸치고 왔고."

"나 아직도 너희 어머니가 너한테 만들어준 코트가 기억나. 분홍색 모피 칼라가 달린 검붉은색 코트 알지? 난 그 옷이 미치도록 부러웠어. 우리 엄마는 나한테 그런 옷을 입히고 내보내질 않아서 말이야."

도리스가 웃으며 말하자, 모나도 거들었다.

"네가 항상 입고 다니던 황금색 원피스도. 그거 정말 환상적으

425

로 예뻤는데."

마리안네는 고개를 끄덕였다.

"우리 엄마는 정말 대단한 분이었지. 그런데 말년이 정말 힘들었어. 사람들을 죄다 괴롭히셨잖아. 엄마가 돌아가시기 전 마지막 1년 동안 난 간호사를 스물일곱 번이나 고용해야 했어. 다들 못 참고 나가버려서."

"우리 어머니들을 위하여."

모나는 건배사를 하며 잔을 들었다.

"이제 우리도 어머니들 뒤를 따라갈 거라고 생각하니 기분이 이상해."

도리스가 중얼거리자 마리안네가 대뜸 말했다.

"그런 이야기는 너 혼자서나 해. 난 이 세상에 있는 온갖 치료법을 다 써볼 거야. 영원히 살 거라고!"

"넌 믿을 수 없을 정도로 젊어 보여. 네 얼굴이 얼마나 고운지 이게 진짜인가 싶다니까."

퍼트리샤가 솔직히 말하자 도리스가 끼어들었다.

"마티니를 많이 마시면 피부에 좋은 게 확실한가 봐."

그러자 마리안네가 빈정대는 어조로 대꾸했다.

"정말 웃기네. 있잖아, 솔직히 말하면 난 최근에 누구씨께서 우리 유수프네 집에 가는 걸 봤지 뭐야? 잘되어가고 있어?"

"그건 계획에 없던 일이었어. 우연히 지나가다가 그렇게 됐던 거라고."

도리스가 맞받아치자 마리안네가 비꼬았다.

"우연히 지나가다가 그렇게 되셨군요. 하지만 너도 네 말이 믿기지 않지?"

"남편과 결혼 생활은 얼마나 했어?"

퍼트리샤가 묻자 도리스가 대답했다.

"40년."

"와! 대단하다!"

마리안네는 눈썹을 치켜뜨더니 웃었다.

"대단한 건 맞지. 난 남편들이랑 몇 년씩 살아보니 더는 못 살겠더라고. 내 아이들 말고는, 오랫동안 같이 살았던 건 프랑스 불독뿐이었어. 불독 이름은 레이아 공주였지. 우리 레이아 공주는 내 전남편들을 전부 합친 것보다 훨씬 더 똑똑했는데. 게다가 코도 덜 골고."

에리카는 미소를 지었다. 어머니 친구들의 사는 이야기를 듣는 게 참 좋구나.

"오랫동안 결혼 생활을 유지하는 비결이 있으세요?"

에리카의 물음에 도리스는 가만히 생각에 잠긴 채 말했다.

"내가 보기엔 힘든 시기를 견뎌내는 게 비결인 것 같아. 물론 둘 중 하나가 일방적으로 힘든 관계를 애써 유지하라는 말은 아니야. 하지만 좋은 결혼 생활이라도 나쁠 때가 있기 마련이거든. 부부가 함께 그 시기를 이겨낸다면, 사랑과 신의와 동지애가 따라오게 되지."

에리카는 휴대폰을 하릴없이 만지작거렸다. 그렇다면 자신과 마르틴은 현재 둘이 함께 이겨내야 하는 힘든 때를 거치고 있는 걸까?

"이혼하고 싶었던 적은 없으셨나요?"

도리스는 웃었다.

"있지 왜 없어. 자주 있었지. 하지만 우리 둘 다 동시에 이혼하고 싶었던 적은 없었어. 나는 대부분 결혼이란 애써 유지할 가치가 있다고 믿어. 특히 아이가 있다면 말이야."

그녀의 말에 마리안네는 자그마한 은색 손거울을 들고서 진한 빨간색 립스틱을 입술에 바르며 말했다.

"내가 애들 아빠랑 같이 살 수 있었다면 좀 쉽게 살아갈 수 있었을 텐데. 하지만 그랬다면 배우 경력은 없었겠지. 그러니 난 후회하지 않아!"

그녀는 이렇게 말하며 손을 내저었다.

에리카는 리나를 바라보았다. 마르틴과 이혼하는 상상을 하자 속이 확 오그라들었다. 자신의 아버지는 어렸을 적 돌아가셨기에, 어린 시절의 에리카는 가끔 부모님 두 분과 함께 사는 모습을 꿈꾸곤 했다. 그래서 엠마와 리나에게 부모가 모두 있는 삶을 주고 싶었다.

마르틴은 공인회계사 사무실을 내고 입지를 다지기 위해 정말 열심히 일했다. 분명히 그는 본인이 얼마나 많이 일하는지, 그래서 가족들에게 어떤 영향을 주고 있는지 전혀 모르고 있겠지. 에리카가 남편에게 화가 난 건 이번이 처음이 아니었다. 하지만 그는 에리카가 왜 이러는지 이해하지 못했다. 마르틴은 눈치라고는 멀뚱히 걸린 벽걸이 카펫만큼이나 없었으며, 가끔은 다른 사람들의 감정이 어떤지 정말로 모르는 것 같았다. 에리카는 이 상황을 더는 참을 수가 없다는 걸 그에게 하나하나 가르치듯 설명하고, 이 문제를 함께 풀어갈 수 있다고 찬찬히 설득하여 끌고 가야 하는 게 아닐까 싶었다.

에리카는 마르틴과 더는 열띤 논쟁 따위 하고 싶지 않았다. 그래서 자신이 어떻게 느끼는지 설명하는 문자를 그에게 보내기로 했다. 그녀는 휴대폰을 꺼내 자판을 치기 시작했다. 마르틴이 회사에서 스트레스를 많이 받는다는 걸 이해하고 있다고, 하지만 그의 행동은 마치 자신을 거절하는 것 같은 느낌이라고 썼다. 또 가족이 함께 보내는 여름휴가가 자신에게 큰 의미가 있다고, 그래서 올해도 남편과 함께 보내고 싶었다고 썼다. 그리고 마침내 자신 역시 경력을 개발하고 싶다고 썼다. 마르틴이 회사의 기반을 다지는 동안 자신은 아이들을 돌보고 집안일을 하는 데 더 큰 책임을 항상 져왔지만, 이제는 좀 쉬고 싶다고, 또다시 공부하고 싶다고도 썼다.

혀끝을 입가에 댄 채로 에리카는 길고 긴 문자를 쭉 훑어본 다음 전송 버튼을 눌렀다. 문자를 보내고 나니 기분이 좋았다. 이제 공은 마르틴 쪽으로 넘어갔다.

에리카는 휴대폰을 내려놓았다. 모나는 딸에게 치즈 접시를 내밀었다.

"와서 좀 먹어. 브리 치즈가 아주 많이 남았어."

마리안네는 치즈 한 조각을 작게 잘랐다. 도리스는 그녀의 옆구리를 찔렀다.

"그건 누구 코에 붙이려고? 쥐한테 던져줄 거니?"

그러자 마리안네가 한숨을 쉬었다.

"미안하지만 나는 그렇게 많이 먹을 수가 없어. 너희도 알아둬. 나는 토스트 조각처럼 비쩍 마른 여자들이랑 경쟁하면서 한평생을 보냈단 말이야."

"사랑하는 사람이 굶는 걸 보고 있으면, 이상적인 몸매라는 것도 그다지 바람직해 보이지 않아."

도리스가 걱정스러운 얼굴로 말하자 에리카도 말을 보탰다.

"가끔 전 그런 생각을 해요. 우리는 칼로리를 따지고 청소하는데 인생의 절반이나 쓰고 있는데, 그 시간을 뒀다가 잘 쓰면 얼마나 많은 걸 더 이뤄낼 수 있을까요."

"난 수십 년 동안 배고픈 채로 살았어."

마리안네는 한탄하면서 브리 치즈를 좀 더 크게 잘라냈다. 모나는 안쓰러운 듯 말했다.

"불쌍한 내 친구. 먹는다는 건 세상에서 제일가는 즐거움인데 말이지. 난 토실토실한 내 몸이 인생을 즐기고 있다는 증거라 생각하거든."

도리스가 덧붙여 말했다.

"내 몸이 움직여야 하는 대로 제대로 움직이는 한 나는 감사하며 살 거야. 매일 아침 일어나면 오늘은 또 몸 어디가 말썽일까 싶거든."

"그러게, 혈압이나 관절에 문제가 없으면 기억력이 감퇴되어 있지."

모나가 말하자 도리스는 한숨을 쉬며 말을 이었다.

"몸조심하면서 가능한 오래오래 인생을 즐기며 사는 게 중요해. 나는 해보고 싶은 게 아직도 너무 많지만, 우리 나이대의 여자들에겐 꿈이 뭔지, 앞으로의 계획은 뭔지 물어보는 사람이 아무도 없어. 다들 우리가 집에 죽치고 앉아서 뜨개질이나 하는 줄 알지."

"도리스의 꿈은 뭔데?"

퍼트리샤가 미소를 지으며 묻자, 도리스는 저 먼 곳을 바라보며 말했다.

"여행하는 거야. 난 세상을 더 보고 싶거든."

"그럼 미국에 놀러 와!"

"아주 좋지."

"그런데 유수프는 언제 또 만나?"

모나가 물었다.

"어제 점심 먹기로 했는데 취소할 수밖에 없었어. 그래서 유수프는 실망했지."

마리안네는 힘주어 말했다.

"약속을 또 잡으면 되지."

"그건 별로 좋은 생각이 아닌 것 같아. 유수프는 정말 너무나 친절한 사람이지만, 내가 새로운 관계를 시작할 여력이 있는지 모르겠어."

"왜 안 돼?"

모나가 묻자 도리스는 식탁보를 긁으며 대답했다.

"그러다 내가 그리던 대로 상황이 진행되지 않을까 봐 무서워.

유수프가 내가 생각했던 사람과는 다르면 어떡하느냐고. 아니면 유수프 쪽에서 나를 그렇게 생각할 수도 있겠지."

마리안네는 탁자 위에 있던 휴대폰 하나를 들고서 도리스에게 물었다.

"이거 네 거야?"

도리스는 고개를 끄덕였다가 갑자기 벌컥 소리를 질렀다.

"아니, 너 그걸로 뭐 하려고?"

"나만 믿어봐."

마리안네는 중얼거리면서 문자를 치기 시작했다.

"유수프, 난 당신이 계속 생각나는데 어떡하죠."

도리스는 그녀의 손에서 휴대폰을 뺏으려 했지만, 마리안네는 친구를 피해 일어섰다.

"온몸으로 당신을 그리워하고 있어요."

그녀는 이렇게 말하며 새빨개진 얼굴로 달려드는 도리스를 흘겨보았다.

"너 그거 보내기만 해!"

도리스가 씨근거리던 순간, 휴대폰에서 문자가 발송되었다는 소리가 울렸다.

"이게 무슨 짓이야?"

도리스는 입을 딱 벌리고 마리안네를 노려보았다.

"그러니까 휴대폰에 잠금 설정을 해뒀어야지."

마리안네는 기분 좋게 대꾸했다. 다시금 도리스의 폰이 울리자, 그녀는 마리안네의 손에서 휴대폰을 낚아챘다.

이윽고 그녀는 뻣뻣한 표정으로 문자를 읽었다. 궁금해진 모나는 그녀의 어깨너머로 액정을 바라보았다.

"뭐라고 답이 왔어?"

"내일은 시간이 없지만, 일요일에는 얼마든지 집으로 와도 좋대. 너 말은 그래도 문자는 다르게 보냈구나?"

도리스가 한숨을 쉬면서 물었다.

"당연하지. 아까 그 말은 농담이었어."

마리안네는 이렇게 대꾸하며 와인을 한 잔 더 따랐다.

"다시는 이러지 마."

도리스가 나지막하게 투덜대면서 가슴을 부여잡자, 모나가 킥킥 웃었다.

"그래, 그거 하나도 안 웃겼다고."

그때 리나가 잠에서 깨어 임시로 만들어놓은 침대에서 기어 내려왔다. 아이는 토끼 인형을 팔에 안고서 언니에게 물려받아 너무 긴 잠옷을 입고 있었다.

"엄마, 엄마랑 같이 있을래."

아이는 잠기운이 그득한 목소리로 말했다. 에리카는 고개를 끄덕이고 아이를 자기 옆에 앉혔다. 리나가 와인 잔에 손을 댔지만, 에리카가 다행히도 제때 잡아서 와인이 살짝 흘렀을 뿐이었다.

"조심해야지."

에리카가 마음먹은 것보다 살짝 엄한 기색으로 주의를 주자, 리나는 에리카의 품에 얼굴을 묻었다. 그 모습을 본 퍼트리샤가 꿈꾸듯 말했다.

"아, 난 아직도 어린 시절이 생생하게 기억나. 아이들도 언젠가 자라서 어른이 된다는 게 참 상상하기가 어렵지. 내 무릎에 앉아서 손을 잡아달라고 말하던 애들인 갑자기 나 없이도 잘 지낼 만큼 커버리는 거야. 숙제를 도와주거나 머리를 감겨줄 필요가 없을 만큼."

퍼트리샤는 코를 문지르며 말을 이었다.

"처음에는 내가 없으면 아무것도 못 해서 힘들었는데, 조금 있으면 내가 필요 없어져서 또 힘들어지지. 최악은 뭔지 아니? 내 아이와 이렇게 지내는 게 언제가 마지막일지 전혀 알 수가 없다는 거야. 어느 날 갑자기 일어나 보니 옆에서 자던 따뜻하고 자그마한 내 아이가 곁에 없는 거지."

그녀는 혼자 미소를 지었고, 에리카는 리나를 한껏 껴안았다.

퍼트리샤의 말이 옳았다. 엠마가 갑자기 자신에게서 떨어져 나갔을 때 에리카는 큰 충격을 받았으니까. 그건 마치 자고 일어났더니 별안간 일어난 일인 것만 같았고, 리나도 곧 이럴 날이 오겠구나 싶은 깨달음이 고통스럽게 다가왔다. 리나는 아직 에리카의 품에 머리로 파고드는 껌딱지 같은 딸이지만, 전혀 예상치 못한 순간에 코 피어싱을 하고 나타날 때가 오겠지. 농장에 들어가서 오렌지를 따는 아르바이트를 하고, 크롭 티셔츠를 입고, 책상에 콘돔 한 상자를 어설프게 숨겨두고, 콘서트에 가고 싶어 하겠지. (그래, 솔직히 말하자면 에리카는 엠마가 잠가둔 가방을 열어보긴 했다. 하지만 그건 여름방학에 아르바이트를 할 동안 술을 몰래 가져가는 일이 없도록 확인차 점검한 것이었다.)

에리카는 리나의 목덜미에 코를 대고 깊이 숨을 들이마셨다. 그러는 동안 귓가에 어머니의 웃음소리가 들렸다. 친구들에게 둘러싸인 모나는 행복해 보였지만, 에리카는 어머니가 여전히 아프다는 걸 안다. 높은 선반에서 물건을 꺼내거나 허리를 굽혀야 할 때마다 힘겨워하는 모습을 지켜보았으니까. 에리카는 한숨을 쉬었다. 이 호텔을 매각하자고 다시 말해야겠지. 그리고 아직 성수기인 동안 일을 진행시켜야 한다.

에리카는 자신의 어깨의 기대어 잠든 리나의 이마에서 머리카락을 쓸어 올려주었다. 어떻게든 이 문제를 해결하고 싶었다. 어머니가 유세르에서 사는 걸 무척 좋아한다는 건 알지만, 혼자서 호텔을 계속 운영할 수는 없었다. 그건 아무리 봐도 불가능했다.

"너희들이 있어서 얼마나 기쁘고 감사한지 모르겠어."

모나의 말에 마리안네는 고개를 끄덕이면서 세 잔째 와인을 마셨다.

"그래. 그리고 보아하니 나도 조만간 여기서 살게 될 것 같아."

"너 영화 이젠 안 찍어?"

도리스가 묻자 마리안네가 투덜댔다.

"안 찍게 될 것 같아. 난 더 이상 배역을 못 맡아. 내가 아무리 좋은 배우라고 해도 못 맡는 건 마찬가지야. 감독들은 내가 너무 늙었다고 생각해."

"말도 안 되는 소리. 넌 스타잖아."

모나가 불쑥 말했다.

그러자 마리안네는 솔직하게 인정했다.

"이제는 아니야. 내가 피어스 브로스넌의 아내 역을 맡은 것도 25년 전이지. 지금은 기껏해야 그의 죽어가는 어머니 역을 맡을 수나 있을걸."

"난 네가 스필버그 감독의 대본을 기다리고 있다고 생각했는데?"

도리스가 물고 늘어졌다.

"그거 내가 거짓말한 거야."

"가엾은 내 친구."

모나는 심하게 안타까워했다. 마리안네는 어깨를 으쓱일 뿐이었지만, 친구들은 그녀가 내심 아주 상심했다는 걸 알아차렸다.

"이런 상황이 좋지는 않지만, 난들 어쩌겠어? 자연의 이치가 자꾸만 나를 저버리는걸."

그녀는 와인 잔을 다시 채우며 말을 이어갔다.

"하지만 결국 이렇게 될 줄 언제나 알고는 있었어. 이젠 새롭게 할 일을 구해야 할 것 같아. 도리스처럼 코바늘뜨기를 시작해볼 수도 있겠지."

"아니, 너무 부당하잖아. 그 감독들이 너랑 일하고 싶어서 서로 싸워야 하는 건데 말이야."

도리스는 마리안네의 어깨에 의미심장하게 손을 얹으며 말을 이었다.

"그래도 너한테는 우리가 있어. 우린 절대로 네가 늙었다고 생각 안 해."

모나 역시 맞장구쳤다.

"절대로 그렇게 생각 안 하고말고. 근데 말이야, 이걸 완전히 잊고 있었네."

그녀는 뚜껑을 열고 해초 스낵을 꺼내 그릇에 담았다.

"이거 먹어봐."

마리안네는 스낵을 하나 집어 씹기 시작했다.

"정말 맛있다. 이게 뭐야?"

"바다포도야."

"몸에도 아주 좋겠는데."

모나는 고개를 끄덕였다.

"맞아. 비타민과 미네랄이 듬뿍 들었지. 게다가 항산화물질도 많이 들었어."

"이거야말로 진정한 영약이지. 이것도 파는 거야?"

"그냥 그래볼까 하는 생각이 막 들었지."

마리안네는 바다포도 스낵을 한 조각 더 집으며 말했다.

"이건 팔면 정말 잘 팔릴 수 있어. 너 이거 인터넷으로도 팔아."

"내가 하는 법만 안다면야 당장에라도 그러겠는데."

마리안네는 모나를 빤히 쳐다보았다.

"마르쿠스에게 물어보자! 쟤는 분명히 홈페이지를 만들어줄 거야. 그러고서 멋진 라벨을 디자인하면 돼."

도리스가 물었다.

"오늘 마르쿠스는 어땠어? 걔가 주방 일을 도와줬다면서? 그리고 오늘은 계산대를 맡았던데."

"아주 유능하더라."

모나가 고개를 끄덕이자, 마리안네가 제안했다.

"쟤를 고용할 마음 없어?"

"그러고야 싶지만, 내가 사람을 쓸 여유가 없어서."

그때 에리카가 끼어들었다.

"엄마에겐 투자자가 필요해요. 그리고 도와줄 사람도요. 엄마 혼자서 호텔을 경영하기엔 너무 벅차요."

에리카는 말을 내뱉자마자 자기가 너무 나갔다는 걸 깨닫고 말았다. 잠시 모나는 딸과 눈을 마주하더니 이내 눈길을 내리깔았고, 둘러앉은 탁자에는 침묵이 내려앉았다.

"미안해. 엄마 마음을 언짢게 하고 싶지는 않지만, 엄마는 정말로 누가 도와주어야 해. 혼자서는 이거 다 못 해. 엄만 아프잖아. 난 엄마한테 혹시라도 무슨 일이 생길까 봐 걱정이란 말이야."

"나는 이 일을 30년이나 했어. 그러니 당연히 지금도 할 수 있다고."

모나가 중얼거리자 에리카는 불쑥 내뱉었다.

"엄마, 이젠 엄마가 30년 전 같지가 않다고. 그때만큼 많은 일을 하면 위험하다는 걸 제발 알아줘."

"내가 무슨 백 살 먹은 노인네인 것처럼 말하는구나."

모나가 반항하며 팔짱을 꼈다. 에리카는 다른 사람들의 못마땅한 시선을 느꼈지만, 이제 더는 참을 수가 없었다.

"그래, 엄마가 백 살이 아니라는 건 알아. 하지만 예순여덟 살이잖아. 주방에 불을 내놓고서 소방차가 올 때까지도 모르고 있거나, 지붕에 올라갔다가 떨어지면 어떡하려고?"

"너 지붕에 올라갔었니?"

도리스가 충격 어린 목소리로 물었다.

"새가 혹시 굴뚝에 들어간 게 아닐까 보려고 올라가봤어. 그랬는데 내려오질 못하겠더라고. 어쨌거나 무사히 해결되었잖아."

모나의 말에 에리카는 눈썹을 치켜뜨며 대꾸했다.

"옆집 분이 엄마를 보고 사람을 불러서 도와주었기 때문이잖아."

"그럼 나더러 어쩌라는 거니? 이 호텔을 팔까? 그건 못 하겠다. 난 여기서 살면서 일하는 게 좋아."

"그럴 수야 없지. 넌 호텔을 파는 게 아니라 확장해야 해."

마리안네의 말에 모나가 건조한 목소리로 물었다.

"확장이라니, 상상이 안 되는데?"

"마르쿠스를 고용해서 훈련을 시켜. 마르쿠스에게 줄 월급은 내가 부담할게. 그리고 우린 그 해초 스낵 판매를 시작하는 거야."

"진심이야?"

마리안네는 고개를 끄덕였다.

"당연히 진심이지. 이 호텔은 있는 그대로도 정말 멋있어. 여기다 가구만 약간 새로 들이면 돼."

그녀는 텅 빈 바다포도 스낵 접시를 두 손으로 돌리며 말을 이었다.

"난 이게 좋은 사업이 될 수 있을 거란 느낌이 들어. '마리안네의 해초 스낵' 어때?"

그녀는 허공에 보이지 않게 글씨를 써 보였다.

"'모나의 해초 스낵'이겠지."

도리스가 말을 바로잡았다.

"그래, 알았어. 그건 나중에 이야기를 좀 해보자."

모나는 축하하듯 잔을 들어 올리며 소리쳤다.

"정말이지 대단히 멋진 생각이야! 이 세상 최고의 독서 모임을 위하여 다시 건배하자! 이번 여름 축제에 다들 도와줘서 무진장 고마워. 너희들이 없었다면 난 아무것도 해내지 못했을 거야."

도리스가 잔을 들었다.

"이 세상 최고의 독서 모임을 위하여! 그런데 말이야, 『오만과 편견』은 어디까지 읽었어?"

그러자 마리안네가 말했다.

"나 그 위컴 씨의 정체를 모두 알게 됐어. 이젠 위컴 씨도 다아시 씨만큼이나 싫어."

"오, 저런. 일단 계속 읽어봐. 네가 다 읽은 다음에 독서 토론을 하도록 하자."

모나가 중얼거렸다. 에리카는 탁자에 둘러앉은 여자들과 건배했다. 어머니에게 솔직하게 진심을 털어놓을 수 있어서 기뻤다. 마리안네의 개입이야말로 모나에게 지금 필요한 도움이었다. 그래서 에리카는 이번 기회를 잡아서 어머니가 채권 추심을 비롯한 여타의 문제를 모두 해결하기를 바랐다.

그녀는 와인을 한 모금 더 마셨다. 오늘 참 힘든 하루였구나. 에리카는 뼛속까지 지쳐버렸다. 이윽고 그녀는 주머니에서 천천히 휴대폰을 꺼냈다. 마르틴에게 모든 감정을 다 표현했으니, 이제는 답을 얻는 게 훨씬 중요했다. 하지만 화면에는 새 문자가 왔다는 표시가 없었다. 그녀는 휴대폰을 끄고 내려놓았다. 마르틴은 분명 휴대폰을 충전하려고 어디에 두고 못 봤을 거야. 그러니 아직 답이 없는 거야. 그녀는 애써 생각했다. 내 문자를 읽었더라면 곧바로 반응이 있었을 거야.

분명히 그런 걸 거야. 에리카는 이렇게 생각하며 리나의 머리에 볼을 대었다. 설마 마르틴이 일부러 날 무시하기라도 하겠어?

44

1987년 8월 7일 금요일

잠에서 깨어난 매들린은 여기가 어딘지 알 수가 없었다. 하얀 플라스틱 전등갓이 천장에 달려 있었다. 매들린은 우두커니 전등을 바라보다가, 이곳이 에뷔의 주방이라는 사실을 기억해냈다.

그녀는 멍하니 일어나 앉았다. 식탁은 치워져 있었지만, 누가 물 한 잔을 두고 가서 매들린은 잔을 단번에 비웠다.

이윽고 에뷔가 문 앞에 나타났다. 옷을 갈아입은 그녀는 지금 하늘색 간호사 재킷과 그에 어울리는 면바지를 입고 있었다.

"좀 어때요?"

그녀는 문틀에 몸을 기댄 채로 물었다. 매들린은 한숨을 쉬었다. 이 질문에 뭐라고 대답해야 할까.

"난 지금 일하러 갈 거예요. 하지만 여기 있고 싶으면 더 있어도 돼요."

매들린이 주위를 둘러보자, 에뷔는 비뚜름한 미소를 지었다.

"맷스를 찾는 거라면, 걔는 지금 베이비시터 집에 가 있어요."

"지금 몇 시인지 궁금해서요."

"2시 반이요. 여기서 몇 시간 잔 거예요. 심한 충격을 받은 후에 잠드는 건 아주 정상적인 반응이죠."

매들린은 자리에서 일어섰다. 에뷔는 벽에 걸린 진녹색 전화기를 가리켰다.

"가족에게 전화하고 싶으면 해요."

매들린은 망설였다. 퍼트리샤의 목소리를 들으면 얼마나 좋을까 싶었다. 하지만 불필요한 일로 언니를 괴롭히고 싶지도 않았다. 집에 갈 계획을 구체적으로 세운 다음에 전화하는 게 좋겠지.

"정말 감사합니다. 하지만 전 소지품을 먼저 챙기러 가야겠어요. 그리고 이야기해봐야 할 사람이 몇 명 있고요."

에뷔는 고개를 끄덕였다.

"알겠어요. 하지만 나중에 다시 와줄 거죠?"

"네."

매들린은 담요를 개킨 다음 현관으로 갔다. 그런데 에뷔가 그녀를 멈춰 세웠다. 그리고 매들린의 팔에 손을 얹더니 진지한 눈빛으로 그녀를 바라보며 쪽지를 건네주었다.

"부디 몸조심하겠다고 약속해줘요. 이건 우리 집 번호랑 직장 번호예요. 무슨 일이 생기면 전화해요. 오늘 밤에 나는 늦게까지 일하지만, 10시쯤엔 집에 있을 거예요."

매들린은 쪽지를 받아 바지 주머니에 넣었다.

"알겠어요. 정말 감사합니다."

그녀는 인사를 한 후 가죽 재킷을 입고 자그마한 집을 나섰다.

바깥은 여전히 흐리고 구름은 비를 잔뜩 머금고 있었다. 매들린은 부들부들 떨면서 재킷을 여민 채 해변으로 걸어갔다. 지금은 혼자서 생각을 하고 싶었다.

그녀는 바다로 내려가는 좁다란 길을 밟았다. 들장미가 피어난 덤불과 해변의 풀들이 아스팔트 길 주변에 예쁜 장식처럼 자라나 있었다.

매들린은 아무에게도 방해받지 않고 앉아 있을 만한 장소를 찾아보았다. 먼저, 누구와 대화를 할 수 있는지 생각해봐야 했다. 눈앞에 로베르트 목사의 얼굴이 떠오르면서 언제든 자신을 보러 오라고 했던 말을 되새겨보았다.

매들린은 바지 주머니에 손을 넣었다. 로베르트 목사는 좋은 사람이라는 느낌이 본능적으로 들었지만, 그건 린드베리 목사에 대해서도 마찬가지로 했던 생각이었다. 정말 내가 사람 보는 눈이 이다지도 형편없었던 걸까?

팔짱을 낀 여자 둘이 이쪽으로 산책을 왔다. 그들과 마주친 매들린은 재킷을 여미고는 고개를 끄덕여 인사했다. 이윽고 그들이 보이지 않게 되자마자 매들린은 모래언덕을 지나 해변 북쪽으로 향했다. 그곳 방파제에는 벤치가 하나 있었다. 교회로 돌아가기 전, 그곳에 잠시 앉아 힘을 얻고 싶었다.

한줄기 눈물이 뺨을 타고 흘러내려서 매들린은 급히 눈물을 닦았다. 이러려고 유셰르에 온 게 아니었는데. 이젠 요나스와 함께 탄자니아에 가볼 기회 같은 건 없겠지.

세찬 바람이 얼굴을 때리면서 매들린의 눈을 억지로 감기려 했다. 문득 아까 집에 전화하지 않았던 게 후회가 되었다. 언니에게 무슨 일이 있었는지 말했어야 했다. 퍼트리샤라면 어떻게 해야 할지 알고 있을 텐데.

매들린은 이마를 문지르면서 바다를 바라보았다. 힘들겠지만, 어서 돌아가서 아이노와 데지레에게 자신이 들은 걸 말해주어야 한다. 하지만 그 전에 먼저 미국으로 돌아가는 방법을 생각해야 하리라.

45

6월 29일 토요일

퍼트리샤는 커피 잔을 들고 유리 베란다로 나갔다. 싱그러운 초록빛 식물이 가득한 공간 안으로 어두운 구름을 뚫은 햇살 몇 줄기가 들어와 돌바닥을 비추었다.

다른 사람들은 벌써 은회색 양모를 깔아둔 라탄 의자에 앉아 있었다. 퍼트리샤는 그들 옆에 앉았다.

"자, 이제 다 읽었어."

마리안네는 『오만과 편견』을 탁자에 올려놓으며 말했다. 그러자 모나가 궁금한 듯 물었다.

"어땠어? 아주 재밌었지?"

"좀 더 열정적인 장면이 있으면 어땠을까 싶더라. 책 안에 섹스 장면이 좀 있어도 괜찮았을 텐데."

도리스가 불쑥 끼어들었다.

"그런 말 마. 그때는 사람들이 서로의 몸에 손대는 장면도 쓸 수 없던 시절이었는데, 섹스 이야기를 어떻게 쓴단 말이야."

"그래도 다아시 씨랑 엘리자베스 사이에 긴장감이 느껴지는 게 정말 좋더라고. 둘은 키스도 거의 안 했는데."

모나의 말에 도리스는 계속 주장했다.

"내가 재미있다고 생각한 점은, 작가인 제인 오스틴이 결혼의 사회적 구조를 비판하면서도 제인과 엘리자베스의 결혼을 이상적으로 설정했다는 거야."

그 말에 모나는 반박했다.

"하지만 정말 작가님이 일부러 그랬겠니? 사랑에 빠진 남자들이 부자인 걸 어떡하라고."

"빙리와 다아시에게 제인과 엘리자베스가 끌린 게 두 남자의 재산과 정말로 아무런 상관이 없었다고 생각해?"

"절대 없었다고 생각해."

퍼트리샤는 모인 이들을 하나씩 바라보면서 언젠가 이 대화를 그리워하게 될 거란 생각이 들었다. 오늘은 유세르에서 보내는 마지막 날이었다. 저녁이 되면 퍼트리샤는 비행기를 타고 고향으로 갈 것이다. 마음 한구석으로는 귀향길이 기대되기도 했다. 조이와 댁스가 보고 싶었고, 자신의 반려견 배리는 톰과 유니스의 집에서 어떻게 지냈을까 궁금했다. 하지만 그녀의 가슴에는 불안한 마음이 요동치고 있었다. 아무런 답도 얻지 못한 채로 유세르를 떠난다니 정말 끔찍하지 않은가. 비행기에 타는 순간 매들린이 어떻게된 건지 알아낼 마지막 기회를 잃어버리게 될 테니까.

그때, 현관에 단 종이 울려서 모나는 호텔 현관 쪽을 들여다보았다.

"누가 왔는지 보고 올게."

모나가 말했지만 굳이 가볼 필요는 없었다. 에뷔가 베란다 문 앞에 나타났기 때문이다.

퍼트리샤는 움직이다 말고 온몸이 굳고 말았다. 그녀는 단호하게 서 있는 에뷔를 빤히 바라보았다.

"안녕하세요. 여기서 보다니 참 반갑네요. 커피 한잔할래요?"

모나가 당황한 채 인사를 건넸다. 하지만 에뷔는 대답 대신 퍼트리샤에게 고개를 돌려 흔들림 없이 바라보았다.

"매들린 그레이가 당신 동생이라고 했죠?"

그녀가 묻는 말에 퍼트리샤는 고개를 끄덕였다.

"네, 동생이에요."

베란다 안에 조용해졌다. 에뷔의 고양이 사바가 뒤편에서 나타나더니 벽을 따라 살금살금 걸으며 호기심 어린 눈초리로 사방을 둘러보았다. 이윽고 고양이는 빈 의자 중 하나에 뛰어올라 양모 깔개 위에 편안하게 자리 잡았다.

"여기서 기다려요."

에뷔는 으름장을 놓고는 사라졌다. 퍼트리샤는 무슨 일인가 싶어 다른 이들을 쳐다보았지만, 에뷔가 뭘 하려는 건지 아는 것 같은 사람은 없었다.

"정말 저 여자답네."

마리안네는 한숨을 쉬면서 눈을 흘겼다.

그런데 다시 온 에뷔는 혼자가 아니었다. 그녀의 뒤로 포니테일 머리를 한 여자가 커다란 선글라스를 낀 채로 유리 베란다에 따라 들어왔다.

퍼트리샤는 순간 심장이 덜컥 내려앉고 말았다. 마치 의자에 얼어붙은 것처럼 온몸을 움직일 수가 없었다. 자신이 그녀를 빤히 바라보고 있다는 게 들통났는데도 차마 시선을 돌릴 수가 없었다.

그녀는 매들린처럼 키가 크고 늘씬했다. 하지만 그렇다고 매들린일 리가 있을까?

잠시 시간이 멈춘 것 같았다. 퍼트리샤는 본인의 숨소리를 들으면서 대체 무슨 일이 벌어지고 있는 건지 파악해보았다. 아니야, 매들린의 머리카락은 저것보다 더 짙은 색이었어. 하지만 염색을 했을 수도 있잖아?

포니테일 머리 여자는 조심스럽게 돌바닥 위로 몇 걸음 내디뎠다. 그녀의 걸음걸이는 꼭 매들린 같았고, 풍기는 분위기 역시 퍼트리샤가 보기에는 매들린이 연상되었다. 물론 얼굴은 선글라스에 가려져 있어서 실제로 어떤 얼굴인지는 알 수 없었다.

퍼트리샤는 탁자 아래로 손을 내리고서 꼭 맞잡았다. 그리고 도리스에게 물었다.

"저 사람은 누구야?"

"모르겠는데."

그때 에뷔가 말했다.

"당신이 대화하고 싶어 할 것 같은 사람을 데려왔어요."

온몸에 소름이 쫙 끼친 퍼트리샤는 자리에서 일어났다. 머릿속에 온갖 생각이 맴돌았다. 애써 생각을 정리해보려 했지만 그럴 수가 없었다. 저 여자는 대체 누구고 왜 이리 낯익어 보이지? 공기 중에 긴장감이 어찌나 강하던지 그 느낌이 만져질 것만 같았다.

퍼트리샤는 무게중심을 한 발짝씩 옮겼다. 가만히 서 있기가 너무나도 어려웠다. 온몸이 기대감에 부들부들 떨렸다.

낯선 여자는 천천히 선글라스를 벗더니, 나지막한 목소리로 말했다.

"안녕하세요. 당신이 매들린의 언니인가요?"

퍼트리샤는 고개를 끄덕였다. 전에 이 여자를 본 적이 있었지만, 누구인지 알아볼 수가 없었다.

"당신은 누구시죠?"

여자의 눈빛이 흔들렸다.

"저는 아이노라고 해요. 매들린과 함께 자유 교회에서 인턴을 했어요. 매들린이 실종되기 전에요."

탁자에는 그저 정적이 흘렀다. 모나는 케이크를 내놓았지만 아무도 손대는 이가 없었다.

"매들린이 실종되기 전에 대화를 했다는 말씀이시죠?"

퍼트리샤의 질문에 아이노는 고개를 끄덕였다.

"네. 매들린은 여기서 떠나려고 했어요. 그리고 내가 자기랑 같이 가야 한다고 했죠."

"그럼 어디로 가고 싶어 했나요?"

"어디든 상관없다고 했어요. 어쨌든 교회에서 나오는 게 중요하다고요."

아이노는 어깨를 가볍게 으쓱였다.

"하지만 왜 교회에서 나오려고 했죠?"

퍼트리샤가 묻자 아이노와 에뷔는 서로 눈빛을 나누었다.

"그 전날에 일이 있었어요. 목사와 연관된 일이었죠. 우리는 항상 목사와 개인적으로 대화를 나누곤 했어요."

"그래, 맞아요. 영적 조언으로요."

아이노는 고개를 끄덕였다.

"하지만 그날 목사가 나를 불렀을 때부터 난 이미 뭔가 이상하다는 걸 알고 있었어요. 린드베리 목사는 보통 저녁에 우리랑 약속을 잡지 않거든요. 가보니 목사는 무척 격양되어 있었어요. 방 안을 마구 왔다 갔다 하면서, 내가 자기의 조언을 마음 깊이 새기지 않았다고 말하더라고요. 당연히 난 슬퍼하면서 아니라고 말했어요."

아이노는 받아 든 커피를 스푼으로 젓더니, 미안한 기색으로 말했다.

"이걸 어떻게 설명해야 할지 모르겠네요. 정말 다 바보 같은 소리라서."

"아니에요. 절대 바보 같지 않아요."

에뷔가 반박하자, 아이노는 탁자를 빤히 바라보며 말을 이었다.

"린드베리 목사는 나에게 눈을 감고서 용서를 구하라고 했어요. 그리고 내 뒤에 서서 교독문을 암송하기 시작하더니 두 손을 내 가슴에 얹었어요. 목사는 내가 깊은 어둠을 품고 있다면서, 자기가 그 악을 물리칠 수 있도록 기꺼이 도와주겠다고 했어요. 그러더니 나를 만졌어요. 다리 사이에 손가락을 넣더니 아플 정도로 상당히 세게 눌렀죠."

그녀는 고개를 저었다.

"얼마나 오랫동안 그러고 있었는지 모르겠는데, 갑자기 문이 벌컥 열렸어요. 목사 사모인 루트가 갑자기 나타난 거예요. 나는 너무 놀라고 겁에 질려서 울기 시작했어요."

퍼트리샤는 앉은 채로 입을 벌리고 말았다. 지금 무슨 말을 해야 할까. 다른 사람들도 말을 잃은 채로 탁자에 빙 둘러앉아 있었다. 도리스는 두 팔로 몸을 감쌌고, 모나는 고개를 떨구었다.

"그래서 어떻게 됐나요?"

퍼트리샤가 물었다.

"루트는 날 옆으로 데려갔어요. 난 죽을 만큼 무서웠고, 이젠 루트가 나에게 심하게 화가 났다고 생각했죠. 하지만 루트는 날 위로하며 목사님이 지금 상태가 좋지 않다고 설명했어요. 목사님의 아버지가 너무 편찮으셔서 곧 돌아가실 것 같다며, 그래서 목사님이 '균형을 잃고 말았다'고 했죠."

"매들린도 그때 일을 알고 있었나요?"

퍼트리샤가 물었다.

"네. 매들린은 내가 누군가에게 이걸 이야기해야 한다고 생각했어요."

"하지만 그러고 싶지 않으셨군요?"

아이노는 고개를 들고서 퍼트리샤를 마주 보았다.

"네. 나는 여기가 아니면 어디로 가야 할지 몰랐거든요. 매들린처럼 집으로 그냥 돌아갈 수는 없었어요. 교회가 제 집이었고, 루트는 다시는 이런 일이 없을 거라고 약속해줬어요."

"알았어요. 그러면 매들린이 어디로 갔는지는 아시나요?"

퍼트리샤가 묻자, 에뷔가 대답했다.

"매들린은 나한테 왔었어요."

"당신한테요? 왜요?"

퍼트리샤가 깜짝 놀라서 묻자 에뷔의 눈빛이 어두워졌다.

"우리는 그 일이 일어나기 몇 주 전에 해변에서 인사를 나눴어요. 매들린이 내 아들 맛스와 이야기를 주고받았거든요. 그러다 헤어질 무렵 내가 돌아가는 길에 매들린에게 조심하라고 말해줬어요. 그땐 매들린이 내 말뜻을 아직 이해하지 못했던 게 분명해요. 하지만 아이노에게 일어난 일을 알게 되자 나한테 찾아왔죠. 나는 목사가 선을 넘은 게 이번이 처음이 아니라고 말해줬어요."

"그게 무슨 말인가요? 그런 일이 이미 있었다는 건가요?"

도리스가 불안한 기색으로 묻자, 에뷔가 설명했다.

"그래요. 난 몇 년 전에 다른 여자애를 집에 돌려보내준 적이 있었어요. 목사는 그 애를 임신시켰죠."

도리스는 숨을 헉 들이쉬었다. 말이 불쑥 입에서 흘러나왔다.

"정말 끔찍하네. 난 전혀 몰랐어요."

"이걸 다른 사람들에게도 말한 적이 있어요?"

모나가 묻자, 에뷔는 고개를 끄덕였다.

"있어요. 나는 경찰과 교회 대표들에게 말했죠. 하지만 소용이 없었어요. 아무도 내 말을 들어주지 않더군요. 매들린이 실종되었다고 신고한 것도 나였지만, 그때도 별 차이는 없었어요."

그녀는 씨근거리며 테이블보를 바라보더니 말을 이었다.

"그 후 나는 불가촉천민으로 낙인찍혔죠. 마을에서 나와 마주친 사람들은 발길을 돌렸어요. 내가 교회를 음해하려고 온갖 이야기를 지어냈다고 여겼죠."

"그러면 매들린이 실종되기 전에 마지막으로 있던 곳이 당신 집이었던 거군요?"

퍼트리샤가 묻자 아이노가 고개를 저었다.

"아니에요. 매들린은 다시 교회 별관에 와서 나를 설득하려고 했어요. 자기와 같이 여기서 떠나자고요. 교회에서 나오면 에뷔가 우리를 도와줄 거라고 말했지만, 난 같이 가지 않았어요."

"난 그날 밤늦게까지 일했어요. 매들린은 내 야간 근무가 끝난 후에 돌아오겠다고 약속했지만, 나타나지 않았죠."

에뷔의 설명에 퍼트리샤는 주저하며 물었다.

"그러면 그 애는 어디로 갔을까요?"

대답은 아이노가 했다.

"안타깝게도 난 모르겠어요. 하지만 루트는 매들린이 집에 가려고 버스를 탔다고 했어요. 그 말을 믿지 않을 근거는 없었어요."

퍼트리샤는 이마를 꾹꾹 눌렀다. 대체 왜 매들린이 짐을 싸서 교회를 떠났던 건지 궁금했다. 하지만 자신이 유셰르를 처음 방문했을 때 루트는 린드베리 목사에 대해서 일언반구도 없었다. 막연한 좌절감이 온몸을 덮쳤다. 이 사실을 미리 알았더라면 좋았으련만. 그러다 갑자기 퍼뜩 닥친 생각에 퍼트리샤는 아이노를 바라보았다.

"린드베리 목사가 그 애에게도 손을 댔나요?"

아이노는 커피 잔을 잡은 손에 더욱 힘을 주었다.

"매들린은 나한테 아무 말도 하지 않았어요. 하지만 그 애에게도 린드베리 목사가 개인 상담을 하고 한 적이 있어요."

그녀가 몸을 움츠리자 순간 아주 왜소해 보였다.

"난 자유 교회에 오기 전에 보육원에서 자랐어요. 우리 부모님은 약물중독자여서 어렸을 때 끔찍한 일을 겪었거든요. 린드베리 목사는 내 과거에 아주 관심이 많았어요. 그래서 나한테 그때의 경험을 자세히 말해주길 바랐어요."

아이노는 어깨를 으쓱이고는 말을 이어갔다.

"나는 올바른 인간관계가 어때야 하는지 잘 몰랐어요. 이미 인간관계에 대해 상당히 왜곡된 가치관을 갖고 있었으니까요. 그래서 목사를 믿었죠. 이웃에게 정을 베풀기로 유명한 사람이 일부러 이런 행동을 할 거라고는 생각하지 않았어요."

"내가 그자를 막을 수 있었다면 얼마나 좋았을까."

도리스가 중얼거리며 고개를 저었다. 하지만 아이노는 조용히 대꾸했다.

"아뇨. 당신도 목사의 정체를 전혀 알 수 없었을 거예요. 그러다 내가 마침내 지금 무슨 상황에 처했는지 깨닫게 되자, 매들린의 충고를 받아들여서 에뷔에게 갔어요. 에뷔는 내가 교회에서 벗어날 수 있도록 도와줬어요."

"나는 그자를 막기 위해 최선을 다했어요. 하지만 죄다 헛수고였죠. 그러다 린드베리 목사는 뇌출혈로 죽었어요. 그 후론 교회가 변했고, 국제 교류 프로그램을 중단했죠."

에뷔의 말에 도리스가 물었다.

"하지만 루트는 그 긴 세월 동안 무슨 일이 벌어졌는지 이미 알고 있었잖아요?"

아이노는 고개를 끄덕였다.

"맞아요. 루트는 이 일이 전부 아버지 때문에 린드베리 목사가 슬퍼해서 벌어진 일이라고 확신하는 것 같았어요. 그래서 도움을 받아가며 슬픔을 추스르게 되면 다시는 이런 일이 없을 거라고 말이죠. 하지만 이게 처음이 아니라는 걸 루트도 이미 알고 있었을 거예요. 만약 진실이 밝혀진다면 교회가 어떻게 될지 무서워했기 때문이라고 생각해요."

아이노는 커피 잔을 들여다보며 계속 말했다.

"매들린이 어떻게 된 건지 내가 더 잘 알고 있었다면 얼마나 좋았을까요. 나도 언제나 그 애가 어디로 갔는지 궁금했어요."

퍼트리샤가 말했다.

"여기까지 와서 전부 설명해줘서 고마워요. 그런데 내 동생이 말뫼로 가는 버스를 타는 걸 누가 봤는지 아세요?"

"아뇨. 안됐지만 몰라요."

도리스는 눈시울을 붉히며 온몸을 부들부들 떨었다.

"난 이런 일이 벌어진 교회를 지지해왔었구나. 난 언제나 린드베리 목사가 좋은 사람이라고 생각했었어. 심지어 그자의 장례식에서 노래도 불렀다고."

"혹시 나 하나만 도와줄 수 있어?"

퍼트리샤의 부탁에 도리스는 고개를 끄덕였다.

"뭐든 말해. 언제든 도와줄게."

"내 동생이 버스에 탄 걸 본 사람이 누군지 루트에게 물어봐줄 수 있을까?"

그녀가 말하자마자 도리스는 휴대폰을 꺼내 들었다.

"당장 할게."

도리스는 눈가에서 눈물을 닦으며 대답했다.

퍼트리샤는 초조함에 파르르 떨었다. 마침내 유세르에서 매들린이 마지막 날 뭘 했는지 알게 되는구나. 그 긴 세월 동안 어째서 동생이 짐을 챙겨 사라졌는지 궁금했었다. 혹시 나와 말다툼했기 때문이었을까. 그래서 집에 오고 싶지 않았던 걸까. 그 생각에 머리가 터질 것만 같았다. 동생의 편지에 한 번도 답장을 하지 않아서, 자신이 그 애를 얼마나 사랑하고 그리워하는지 알려주지 못해서 정말 후회했었다. 아무것도 알 수 없던 지난날이 무섭도록 퍼트리샤를 좀먹어 들어갔는데, 이제야 참으로 오랜만에 자유로이 숨 쉴 수 있게 된 기분이었다.

도리스는 통화 연결음이 울리는 동안 휴대폰을 귀에 대고 조바심을 내며 유리 베란다를 서성였다. 마침내 누군가가 전화를 받는 소리가 들리자 퍼트리샤는 고개를 끄덕였다.

"안녕하세요. 나예요, 도리스."

그녀는 자신감 있게 말문을 열었지만 루트의 목소리를 듣자 얼굴 표정이 변했다.

"아, 그래요. 아뇨. 그것 때문에 전화한 건 아니에요. 뭐, 당연히 화야 나겠지만 내가 뭘 더 할 수는 없었다고요. 그러니까, 가장자리에 호박 슬라이스를 붙이면 참 좋겠다는 생각이 들었어요. 아, 그렇게들 말했다니까요."

퍼트리샤는 마른침을 삼켰다. 도리스가 남에게 주눅 들 사람 같아 보이지는 않았지만, 루트가 얼마나 권위적으로 상대를 대하는지 자신도 알고 있었기 때문이다. 이어서 루트가 언짢아하며 꾸짖는 목소리가 휴대폰에서 들려왔다. 그래서 도리스가 마음을 먹기까지는 몇 분 더 걸렸다. 이윽고 그녀는 루트의 말을 끊었다.

"루트, 물어봐야 할 게 있어요. 아니, 난 지금 케이크 경연 대회 이야기를 할 시간이 없다고요. 정말 더 중요한 일이 있다니까요."

도리스는 이쪽을 바라보며 격려하듯 고개를 끄덕이는 모나에게 시선을 돌렸다.

"매들린 그레이가 사라졌던 날, 그 여자애가 말뫼로 가는 버스를 타는 걸 본 사람이 누구예요?"

퍼트리샤는 의자에 앉아서 몸을 이리저리 움직였다. 도리스는 휴대폰에 대고 반박했다.

"아니, 당신이 잘 알고 있잖아요. 지금 어서 이야기해요. 안 그럼 우리가 교회로 달려갈 테니까!"

도리스는 이제 휴대폰에 고함을 지르더니 심각하게 얼굴을 찌푸리고는 되물었다.

"무슨 소리예요? 나는 배신자가 아니라고요. 너무 심한 말을 하네요, 루트. 난 항상 교회 편이었는데."

도리스는 의자에 털썩 앉았다. 루트의 목소리가 날카롭게 울리자 퍼트리샤는 도리스에게서 휴대폰을 받아다 루트에게 버럭 소리를 지르고만 싶었다.

도리스는 당황한 듯 보였지만, 모나가 다가가서 어깨에 손을 얹어주자 이내 그녀의 불안한 기색이 사라졌다.

"이제 그쯤 해요. 난 당신이 세운 온갖 규칙이 아주 지긋지긋하니까. 당신이 보기엔 하나님이 권력을 내려주셨으니까 다른 사람을 본인 뜻대로 할 수 있을 것 같죠? 언제든 남을 쥐고 흔드는 게 당연해 보이죠? 하지만 이제 그것도 끝이에요. 매들린이 그 버스에 타는 걸 누가 봤는지 당장 말해요. 안 그럼 린드베리 목사가 무슨 짓을 했는지 온 동네에 다 말해버릴 테니까."

도리스는 시뻘겋게 달아오른 채로 가쁘게 숨을 쉬었다. 퍼트리샤는 도리스가 이런 말까지 하리라고는 전혀 생각하지 못했다.

"뭐라고요? 정말로? 알았어요. 고마워요, 루트."

도리스는 이렇게 말하고서 전화를 끊었다.

"누가 봤대?"

퍼트리샤가 묻자 도리스가 떨떠름하게 대답했다.

"로베르트 목사. 80년대 말에 교회 부목사였어. 그 후엔 교회를 떠났지."

"그래, 웃긴 스웨터 입고 다니던 분이었지. 여기서 이사 간 게 분명한데. 못 본 지 꽤 됐으니까."

모나가 확실하게 말했다. 퍼트리샤는 단호하게 대답했다.

"그 사람과 대화를 해봐야겠어. 혹시 어디로 이사 갔는지 아는 사람 있어?"

"내가 알 것 같아. 하지만 차를 타고 가야 해."

도리스가 중얼거리자 마리안네가 열쇠를 들었다.

"내 차를 타고 가자. 같이 갈 사람?"

"나는 점심 준비를 해야 해. 너희는 차를 타고 잘 다녀와."

모나가 한숨을 쉬며 말하자, 도리스는 퍼트리샤를 보았다. 그녀는 고개를 끄덕였다.

"좋아. 그럼 가자."

46

1987년 8월 7일 금요일

    교회로 다가갈수록 매들린은 목구멍이 꽉 막히는 기분이었다. 가슴이 쿵쿵 뛰는 가운데, 그녀는 천천히 건물 뒤로 걸어갔다.

    날이 저물어가면서 하늘이 점점 어두워졌지만, 창문에서 어서 오라는 듯 따스한 불빛이 흘러나왔다. 유리창 너머로 움직이는 사람들이 매들린의 눈에 들어왔다.

    그녀는 아무도 모르게 복도로 이어지는 뒷문 쪽으로 슬그머니 다가갔다. 속으로는 제발 문이 잠겨 있지 않기를 빌었다. 손잡이를 아래로 밀자, 다행히도 문이 열렸다.

    매들린은 아이노의 방문을 곧바로 바라보며 앞으로 향했다. 지금 복도에는 아무도 없었다. 걸음을 재촉하며 아이노의 방문 앞에 도착한 다음, 조심스럽게 문을 열고 들어가 닫았다.

    침대에 앉아 있던 아이노는 매들린이 나타나자 깜짝 놀랐다.

    "안녕."

    매들린은 인사를 건네고서 손가락을 입술에 댔다.

    "안녕. 그런데 여기에 왜 왔어?"

아이노는 속삭이듯 말했다.

아이노의 눈빛은 아까보다 또렷했다. 매들린은 숨을 깊이 들이쉬었다.

"할 말이 있어."

아이노는 기지개를 켜고서 미소를 지었다.

"어제 일 때문이라면, 걱정할 필요 없어. 그 이야기 더는 안 해도 돼."

매들린은 한숨을 쉬었다. 에뷔에게서 들은 걸 어떻게 말해야 할지 알 수가 없었다.

"하지만 걱정돼서 그래. 린드베리 목사님이 한 행동은 옳은 게 아니야."

그녀의 말에 아이노는 반발했다.

"목사님은 아버지 병환 때문에 심신이 안 좋으셨던 거야. 게다가 겉보기는 그래도 그렇게 나쁜 일은 아니었어. 내가 과민 반응을 했어."

매들린은 한 걸음 가까이 다가갔다.

"네가 과민 반응 한 게 아니야. 너만 그런 짓을 당했던 게 아니라고. 린드베리 목사님은 이미 다른 여자애들과도 이런 짓을 했어. 심지어 그중에는 임신한 여자도 있었어. 난 여기서 나갈 거야. 같이 가자."

그녀는 아이노에게 손을 내밀었지만 아이노는 고개를 저을 뿐이었다.

"난 여기서 살고 싶어. 그리고 루트는 내가 원한다면 여기에 계속 있어도 된다고 약속했어."

그때 강당에서 목소리가 들려왔다. 20분 후에 저녁 식사 준비가 다 될 거라는 루트의 소리였다. 매들린은 주위를 둘러보았다. 저녁 먹기 전에 데지레와도 이야기를 하고 싶었다.

"제발, 잠깐이라도 좋으니까 나랑 같이 가자. 내가 만난 사람이 있어. 너는 상상도 못 할 린드베리 목사님의 정체에 대해서 알고 있는 사람이었어."

"싫어. 난 못 가."

아이노는 눈길을 돌렸다. 매들린은 말없이 그녀를 바라보았다. 아이노가 같이 가기를 원치 않는다면, 강요할 수는 없었다.

그녀는 조심스럽게 방문을 열고 복도를 보았다. 아직 아무도 복도에 없는 걸 본 매들린은 데지레를 찾으려 옆방으로 갔다.

책상에 앉아 있던 데지레는 그녀에게 물었다.

"너 어디 갔다 왔어?"

"밖에 나갔다 왔어. 생각할 시간이 필요해서."

매들린은 이렇게 대답하고서 문을 닫았다.

"걱정했잖아."

"미안해."

매들린은 데지레에게 다가가서 그녀의 손을 잡아 자신에게 끌며 말했다.

"너한테 말할 게 있어."

"그래? 뭔데?"

데지레는 조바심을 내며 물었다.

"너 몇 주 전에 나랑 해변에서 이야기를 나누었던 여자 기억나?"

"응. 에뷔였잖아. 약간 이상한 여자."

"에뷔가 나한테 그랬어. 린드베리 목사님이 누군가에게 손을 댄 게 이번이 처음이 아니라고."

데지레의 눈빛이 순간 흔들렸지만, 이내 그녀는 고개를 저었다.

"그건 거짓말이야. 루트가 나한테 말했어. 이런 일은 전에 한 번도 없었다고. 린드베리 목사님은 요즘 상태가 안 좋으시다고 내가 말했잖아. 그러니 목사님 잘못이 아니야."

"아니야! 목사님 잘못이야! 심지어 임신을 시킨 여자애도 있었어. 그 사람들 말을 믿으면 안 돼."

그녀는 데지레를 물끄러미 쳐다보았다. 그러나 데지레는 겉으로 태연해 보이는 모습으로 대꾸했다.

"아니야. 난 그분들을 믿어. 사람이라면 상대방을 믿으며 살 줄 알아야지. 그리고 난 우리 교회가 좋아."

"정신 차려, 데지레! 넌 여기서 무슨 일이 일어나는지 너무나 잘 알고 있잖아!"

그 말에 데지레는 눈을 내리깔고서 대답했다.

"너랑 나랑 보는 시각이 다르다니 안타깝네."

매들린은 마른침을 삼켰다. 임신했던 여자애 이야기를 듣는다면 데지레도 나처럼 깜짝 놀랄 줄 알았는데 전혀 아니라니. 그녀는 데지레를 한동안 바라보다가 결국 깨닫고 말았다. 데지레를 떠나는 것밖에 선택지가 없구나. 그러자 고통이 느껴졌다.

"난 여기 있을 수 없어."

매들린의 중얼거림을 들은 데지레는 한 발짝 다가오며 얼른 말했다.

"매들린, 부탁이야, 가지 마. 난 너 없인 견딜 수 없단 말이야."

"그럼 나랑 같이 가자. 어디론가 가면 되잖아. 다른 교회에서 할 일을 찾아보자."

매들린이 속삭였지만, 데지레는 반대로 부탁했다.

"루트랑 이야기해보면 안 돼? 네가 생각하는 게 다 맞는 건 아니잖아. 루트가 우리에게 모두 설명해줄 거야."

매들린은 고개를 저었다. 아만다를, 또 에뷔가 이야기해줬던 데 브라를 떠올리며 그녀는 말했다.

"그럴 순 없어. 이건 옳지 않은 기분이야. 하지만 널 여기에 혼자 남겨두고 가고 싶지 않아."

맞잡은 데지레의 두 손에 점점 힘이 들어갔다. 둘은 서로 손깍지를 꼭 끼고 있었다.

"가지 마. 내 곁에 있어줘."

매들린은 데지레의 눈을 마주 보았다. 친구에게 작별을 고하고 싶지 않았다. 이 애를 여기에 두고 가고 싶지 않았다. 하지만 달리 방법이 있나? 이젠 린드베리 목사에 대해 들은 이야기를 잊을 수가 없었다. 그자를 마주친다는 생각만으로도 속이 뒤집혔다.

"그럴 순 없어."

그녀는 이렇게 대답하며 데지레의 손길에서 벗어났다. 그리고 자그마한 여행 가방을 꺼내어 침대 위에 올려놓았다.

"루트는 네가 돌아오면 알려달라고 했어. 네가 이곳을 떠나는 걸 막으라고 했고."

데지레가 건조하게 말했다. 매들린은 그녀를 곁눈질로 바라보고는 서랍장을 열고 자신의 소지품을 꺼내 가방에 넣었다. 이윽고 짐을 다 싸서 가방을 닫고 있노라니, 루트 특유의 목소리가 다시금 강당에 울려퍼졌다.

"5분 뒤에 저녁 식사가 시작됩니다."

데지레는 얼어붙은 듯 가만히 서서 매들린을 바라보았다.

"정말로 나랑 같이 갈 생각 없니?"

매들린이 다시 묻자, 데지레는 고개를 끄덕이더니 매들린의 품으로 확 뛰어들어 목덜미를 꼭 그러안고서 속삭였다.

"네가 산책하러 나갔다고 말해뒀어. 하지만 저녁 식사 시간에도 나타나지 않는다면 분명히 루트는 의심을 품을 거야."

매들린은 눈물이 내려는 걸 꾹 참았다.

"내가 뒷문으로 나가도록 도와줄게."

데지레가 이렇게 말하자마자 문을 두드리는 소리가 들렸다. 분명하게 세 번 두드리는 소리였다.

"데지레? 매들린은 돌아왔니?"

루트의 목소리가 들렸다. 두 사람이 포옹을 풀자 매들린은 몇 걸음 뒤로 물러났다. 데지레는 정신없는 눈빛으로 그녀를 빤히 바라보고선 소리쳐 대답했다.

"아뇨. 아직 안 왔어요."

문밖에서 루트의 한숨 소리가 들렸다.

"문을 열어주겠니. 너한테 할 말이 있다."

데지레가 문으로 다가가자, 매들린은 당황한 채로 주위를 둘러보았다. 아주 잠깐, 데지레가 루트를 안으로 들이려나 싶었지만, 아니었다. 데지레는 문 잠금쇠를 위로 들어 올려 잠갔다.

"창문."

데지레는 그녀에게 나직히 말하며 고갯짓으로 책상을 가리켰다.

매들린은 여행 가방을 급히 들고서 창문으로 가서 잠금쇠를 풀었다. 창문을 어찌나 세게 밀어 올렸던지 창틀이 벽에서 우지끈 소리를 냈다. 그녀는 최대한 빠르게 책상 위로 올라갔다. 무릎 위에 놓은 가방은 부피가 컸지만, 어찌어찌 창문을 통해 바깥으로 밀어낼 수 있었다. 가방은 둔탁하게 턱 소리를 내면서 건물 바깥에 떨어졌다.

창밖으로 다리를 내민 매들린은 현기증이 났다. 지금 이렇게⋯⋯ 이런 식으로 교회를 떠나버린다면 다시는 돌아올 수 없겠지.

천분의 1초도 안 되는 찰나 동안 그런 생각이 머릿속을 스쳐갔지만, 그래도 매들린은 지금 뭘 해야 할지 알고 있었다. 여기서 나가야 해.

그녀는 돌아서서 마지막으로 데지레를 바라보았다. 친구는 따스한 미소를 지어주었고, 미소를 받은 매들린은 온몸으로 퍼지는 차분함을 느꼈다. 그렇게 그녀는 창밖으로 몸을 내밀어 거의 2미터나 되는 높이에서 뛰어내렸다.

바닥에 세차게 부딪힌 것도 잠시, 매들린은 이내 몸을 가누었다. 방문이 열리는 소리가 들리더니 루트의 매서운 목소리가 창밖으로 흘러나왔다. 매들린은 가방을 들고 망설이며 몇 걸음을 걷다가 이내 그곳에서 빠르게 벗어났다.

교회 건물 뒤편에 있는 자그마한 숲으로 달려간 그녀는 나무 사이로 들어갔다. 빽빽한 덤불이 손을 할퀴었지만 걸음을 멈추지 않았다.

마음 한구석으로는 아이노와 데지레를 남겨두고 와서 후회가 일었다. 그 둘을 생각하면 언제나 마음이 불안하겠지. 하지만 자신에게 선택의 여지가 있었던가? 결국 다른 숙련자들에게 자신을 따라오라고 강요할 수는 없는 노릇이었다.

아직 6시도 안 된 시각이라 매들린은 에뷔가 집에 올 때까지 기다려야 했다. 아주 오랫동안 매들린은 유세르의 텅 빈 거리를 여기저기 스치고 지나갔다. 무서웠지만, 동시에 가슴속에서 느껴지는 해방감이 있었다. 다리 근육에 경련이 느껴졌지만, 걷고 또 걸은 끝에 매들린은 저 아래 바다까지 내려갔다.

자갈길 위를 달리는 차바퀴 아래로 돌멩이가 서걱거렸다. 퍼트리샤는 차창 너머를 바라보았다. 지금 그들은 푸른 들판 한가운데 외따로 자리 잡은 농장으로 가는 중이었다. 길가에는 군데군데 양귀비꽃이 피어 있었다. 외스텔렌은 대단히 아름다운 지역이구나.

몇 킬로미터나 뻗은 목초지 위로 햇살이 내리쬐었고, 부드러운 풀들이 파도치듯 휘날렸다. 저 멀리 바다의 파도 소리도 들려왔다.

그들은 외벽이 하얗고 나지막한 집들을 지나쳤다. 자갈을 깔아 놓은 앞마당이 딸린 집 중 몇 군데는 농장에서 나온 작물을 팔고 있다는 간판을 걸어두기도 했다. 가게들은 울창한 활엽수들 뒤에 반쯤 가려져 있었다. 퍼트리샤가 물었다.

"저 가게들은 뭘 팔아?"

"뭐든 다 팔아. 직접 양조한 맥주부터 효모 빵까지 다양하지. 어떤 가게에서는 과일과 채소를 팔고. 라즈베리부터 루바브, 허브 등등 많아. 직접 만든 치즈나 공예품이나 꿀을 팔기도 하고."

퍼트리샤는 고개를 끄덕였다. 수평선에 내려앉은 먹구름이 흔

469

들리는 모습이 보였다. 들판에 서서히 드리워지는 그림자는 어쩐지 불길했다.

그녀는 마리안네 옆의 조수석에 앉은 도리스를 바라보았다.

"로베르트 목사에 대해서 뭘 알고 있어?"

퍼트리샤가 조심스레 묻자, 도리스는 잠시 생각에 잠겼다가 그녀를 돌아보았다.

"그 목사님이 교회에 재직한 기간은 몇 년밖에 안 됐어. 내 생각으로는 린드베리 목사가 자기 수하에 두었던 것 같아."

"그러면 왜 그 사람이 교회를 떠났는지 알고 있어?"

"아니. 몰라. 하지만 그때 좀 이상하다는 생각을 했던 기억은 나. 그 목사님은 린드베리 목사와 아주 가까이에서 일했거든. 그래서 그만둔다고 했을 때 사람들이 많이들 놀랐지."

"그 후에도 그 사람과 연락한 적 있어?"

"없어. 하지만 셰르네호브에 있는 농장에서 산다는 말은 들었어. 저기 오래된 전분 공장 뒤편에 있는 곳이야."

도리스는 차창 밖을 가리키며 단호하게 덧붙였다.

"저기가 틀림없어."

일행은 스러져가는 빨간 집 앞으로 난 자갈길로 차를 몰았다. 집 주위에는 덤불이 무성했고, 옆에 있는 헛간 역시 집과 마찬가지로 무너져가고 있었다. 집과 헛간 사이에는 쓰레기가 산더미처럼 쌓여 있었다. 낡은 쉐보레 승용차 부품 옆으로 부서진 옷장과 녹슨 가스레인지, 타이어 더미에 더해 가득 찬 검은 쓰레기 봉지가 어마어마하게 놓여 있었다.

퍼트리샤는 미심쩍은 태도로 차에서 내렸다. 농장은 말 그대로 쓰레기장이나 다름없었다. 도리스가 집으로 향하자 퍼트리샤와 마리안네는 그 뒤를 따랐다. 시멘트 블록을 쌓아 얼기설기 만들어 놓은 계단을 올라간 도리스는 퍼트리샤에게 의미심장한 눈빛을 보이고는 문을 두드렸다.

"로베르트, 집에 계세요?"

아무런 대답이 들리지 않아서 도리스는 다시 문을 두드렸다.

"로베르트?"

그녀는 한층 부드러운 목소리로 이름을 부른 다음 다시 노크를 했다.

"나예요, 도리스. 나 기억나요?"

열려 있는 창문 틈으로 TV 소리가 들렸다. 마리안네는 시멘트 블록 계단을 올라 도리스의 옆에 서서 큰 소리로 외쳤다.

"저기요! 아무도 없어요?"

그래도 여전히 아무런 반응이 없자, 그녀는 문손잡이를 잡고서 아래로 내렸다. 문은 스르르 열렸다.

"뭐 하는 거야?"

도리스가 심하게 놀라서 묻자, 마리안네는 아무렇지 않게 대답했다.

"문을 열었는데? 저 안 어딘가에 분명히 있을 거야."

현관 안으로 들어가자 달콤한 향기가 훅 풍겨왔다. 바닥에는 더러운 싸구려 옷과 온갖 쓰레기가 수북했다.

주방으로 간 퍼트리샤는 본능적으로 코를 막았다. 가스레인지 위에 빈 맥주병이 쌓여 있었고, 싱크대엔 더러운 접시가 가득했다. 식탁 위에서는 파리들이 남긴 음식 위를 빙빙 돌고 있었다.

도리스는 얼굴이 창백해졌다.

"우리 여기 막 들어오면 안 돼."

그녀가 중얼거리는 말에 마리안네가 큰 목소리로 외쳤다.

"안녕하세요 로베르트! 문을 안 열어주어서 우리가 알아서 들어왔어요."

세 사람은 반응을 기다리며 귀를 기울였다.

"무슨 소리 들려?"

도리스가 겁먹은 기색으로 물었다. 마리안네는 고개를 끄덕이고는 옆방으로 들어갔다. 퍼트리샤는 그녀의 뒤를 따라갔다. TV 소리가 조용히 흘러나왔다. 앞쪽에는 하늘색 천을 씌운 안락의자가 두 개 있었지만, 자리에 물건이 한가득 얹어져 있어서 앉을 수가 없었다. 등받이에는 옷가지와 담요가 쌓여 있었고, 앞에 놓인 탁자에는 온갖 잡동사니가 놓여 있었다.

"로베르트?"

마리안네가 다시 이름을 부르자, 긴 소파에서 무언가가 움직였다. 도리스는 더럭 겁이 났다. 이윽고 잔뜩 쌓아둔 담요 아래로 커다란 신음이 들리자, 퍼트리샤는 한 걸음 물러섰다.

부숭부숭한 하얀 턱수염을 기른 남자가 일어나 앉았다. 그는 탁한 눈빛으로 눈을 깜빡였다.

도리스는 앞으로 몸을 숙였다. 입에서 말이 저절로 튀어나왔다.

"로베르트. 잘 지냈어요?"

"별로 잘 지내진 못했습니다."

그가 신음을 흘리며 말하자, 마리안네가 말했다.

"내가 물을 한잔 가져올게. 깨끗한 컵을 찾을 수 있다면 말이야."

소파에 앉은 남자는 얼굴을 문질렀다. 빨갛게 부어오른 얼굴 아래 더러운 티셔츠가 불룩한 배 위로 팽팽히 늘어났다.

"여기요."

도리스는 이렇게 말하며 그에게 안경을 쓰라고 주었다.

로베르트는 모인 이들을 하나씩 쳐다보았다. 이윽고 마리안네가 물을 한잔 가져다주자 컵을 받아 든 그는 꿀꺽꿀꺽 마셨다.

"당신들은 누구십니까?"

그는 어리둥절한 기색으로 물었다.

"난 도리스예요. 80년대에 우리 같이 교회를 다녔잖아요. 자유교회요. 기억나요?"

"아, 네. 그래서 왜 왔습니까?"

그가 한숨을 쉬었다.

"나 기억나요?"

"네, 네. 이제 왜 왔는지 말해요."

"내 친구 퍼트리샤와 마리안네는 그때 매들린 그레이에게 무슨 일이 일어났던 건지 알고 싶어서 왔어요. 매들린은 1987년에 교회에서 인턴으로 일하다가 8월쯤에 갑자기 교회를 떠난 사람이에요."

"기억나요."

로베르트가 걸쭉한 목소리로 대답하자, 도리스는 고개를 끄덕였다.

"잘됐네요. 나 방금 루트 린드베리와 통화를 했는데, 매들린이 사라진 날 밤에 그 애가 말뫼행 버스에 탄 걸 본 사람이 당신이라고 하던데요."

로베르트는 안경을 벗고서 눈을 비비더니 투덜대는 목소리로 말했다.

"아니, 그건 내가 아닙니다."

"하지만 루트는 당신이라고 했어요."

도리스가 재차 말하자 로베르트는 고개를 젓고는 안경 유리를 가만히 바라본 다음 티셔츠에 닦았다.

"그럼 루트가 거짓말을 한 겁니다."

"정말이에요?"

퍼트리샤가 집요하게 물었다. 로베르트는 안경을 다시 쓴 다음 그녀를 바라보았다.

"네, 정말입니다. 나는 매들린이 버스에 타는 걸 본 적이 없어요. 그리고 루트가 말도 안 되는 소리를 해대는 것도 전혀 놀랍지 않습니다."

도리스의 이마에 한 줄기 주름이 잡혔다.

"왜 그렇게 생각해요?"

"우리는 싸우고 사이가 나빠졌으니까요."

로베르트는 이렇게 말하고서 등을 소파에 기댔다.

"왜요?"

그는 하얀 턱수염을 손으로 쓸어내리더니 창밖으로 시선을 던졌다.

"루트의 남편인 린드베리 목사 때문이었습니다. 그자는 숙련자에게 부적절한 행동을 했죠. 내가 그에 대해 이야기를 하려고 하자, 목사는 나에게 소리를 질렀습니다."

로베르트는 어깨를 으쓱이고는 말을 이었다.

"루트는 앞으로 다시는 이런 일이 일어나지 않을 거라고, 이건 모두 목사의 아버지가 편찮으시기 때문에 일어난 일이라고 나를 설득하려고 했지만, 난 그게 사실인지는 현재까지도 알 수 없다고 생각합니다. 난 목사가 앞으론 그 자리에 있으면 안 된다고 생각했지만, 루트는 그저 잠시 쉬기만 하면 된다고 주장했죠. 몇 주 후 그는 아무 일도 없다는 듯이 복귀했고, 나는 교회를 그만두었습니다."

그는 무겁게 숨을 내쉬었다.

"하지만 나는 그때 일을 훌훌 털어버릴 수가 없었습니다. 자유교회에서 일했던 첫해에 그토록 많은 숙련자가 이유도 없이 교회를 떠난 데는 다 이유가 있다는 이야기가 자꾸만 돌았지만, 루트와 린드베리 목사는 그건 다 간악한 자들이 지껄여대는 헛소리일 뿐이라고 단단히 말했죠. 두 사람 다 나에게 무척 친절했고, 내가 달리 앞길이 보이지 않을 때 교회에 기꺼이 날 받아들여서 일하게 해주었습니다. 하지만 아이노에게 그런 일이 벌어지자 갑자기 상황이 달리 보이더군요. 지금 와서 생각하면 내가 계속 남아 모든 걸 폭로하지 않고 그저 교회를 떠나버려서 무시무시한 죄책감이

듭니다."

그의 말에 퍼트리샤는 초조하게 물었다.

"그럼 매들린은요? 그 애가 버스에 타는 걸 본 사람이 또 있을 까요? 혹시 아세요?"

로베르트는 고개를 저었다.

"그건 안됐지만 모릅니다."

퍼트리샤의 가슴이 심하게 쿵쿵 뛰었다. 어떻게든 제대로 숨을 쉬어보려고 했지만 곧 속이 터져버릴 것 같은 느낌이었다. 마침내 제대로 된 실마리를 찾아 왔다고 생각했건만.

"나 바람 좀 쐬어야겠어."

그녀는 거실을 나섰다.

하늘에 먹구름이 점점 낮게 드리워졌다. 태양은 이제 자취를 감 추었고, 바람은 헛간 벽을 부술 듯이 때려대서 함석판이 마구 울 렸다. 퍼트리샤는 발목을 딱 붙였다. 매들린이 유세르를 떠났다는 소식을 처음 들은 이후로 그게 정말일지 언제나 궁금했었다. 하지 만 경찰의 말이 너무나 설득력이 있어서 퍼트리샤는 자신의 직감 을 접어두어야 했다.

눈물이 차오르는 채로 그녀는 집 외벽에 기대섰다. 왜 루트는 거짓말을 했을까? 왜 자신은 1987년에 처음 왔을 때 스스로의 직 감을 믿지 않았을까? 뭔가 이상하다는 걸 그때 깨달았어야 했는 데. 이런 감정이 너무 견딜 수가 없는 나머지, 도리스가 이쪽으로 다가와 위로를 건네자 퍼트리샤는 그녀의 품 안에 안겨 무너지고 말았다.

"그 애가 버스에 타지 않았다면 대체 어디로 간 거지? 난 알아야겠어. 어서 빨리 알고 싶어 참을 수가 없어."

마리안네도 둘 옆에 나타나서 퍼트리샤의 등에 손을 얹었다.

"정말 미안한데, 이제 우리 돌아가야 해. 폭풍이 올 것 같아."

도리스는 퍼트리샤를 차로 데리고 갔다. 이윽고 세 사람이 모두 차에 타자, 마리안네는 시동을 걸며 질문을 던졌다.

"저 사람 말을 믿어?"

퍼트리샤는 도리스를 바라본 후 고개를 끄덕였다.

"나도 믿어."

마리안네는 이렇게 대답하고는 기어를 1단으로 올렸다.

"하지만 이해가 안 돼. 왜 루트는 우리에게 거짓말을 했을까."

도리스가 중얼거리자 마리안네가 대답했다.

"가서 물어보자고."

48

호텔로 돌아올 무렵부터 비가 내리기 시작했다. 처음엔 가랑비였던 빗줄기는 어느덧 기둥처럼 굵어져서 바람에 휘날렸다. 에리카와 모나는 카운터 뒤에 서서 다 씻은 커피 잔을 쌓으며 이야기 중이었다.

"어떻게 됐어?"

마리안네는 목에서 스카프를 풀며 대답했다.

"로베르트는 매들린이 버스에 타는 걸 본 적이 없대."

모나는 앞치마에 손을 닦으며 되물었다.

"그러면 루트가 거짓말을 한 거야?"

"그런 것 같아."

도리스가 고개를 끄덕였다.

"아니, 왜 거짓말을 했을까?"

퍼트리샤는 가슴께에 팔짱을 꼈다. 눈이 피로해진 그녀는 고개를 떨구었다.

"모르겠어."

"어쩌면 제대로 기억을 못 하는 건지도 몰라. 가서 다시 물어봐."

모나가 카운터에서 나오며 제안했지만, 마리안네가 받아쳤다.

"그런데 또 거짓말을 하면 어떡해?"

"하지만 뭔가 아는 사람이 있다면, 그건 당연히 루트일 거 아냐."

모나의 대답에 퍼트리샤는 고개를 저었다.

"나는 이미 루트와 두 번이나 이야기했어. 하지만 매들린의 실종 사건에 대해서 아무것도 모른다고만 하더라."

그녀는 벽시계를 향해 고갯짓을 하고서 한숨을 쉬었다.

"난 이제 몇 시간 후면 떠나야 해. 이젠 아무것도 알아낼 수 없을 거야."

도리스는 그녀를 꼭 안아주었다.

"우리가 도와줄 수 있다면 얼마나 좋을까."

에리카가 행주를 넌 다음 이쪽으로 다가와 제안을 했다.

"제가 요나스에게 부탁해보면 어떨까요? 다시 루트와 이야기를 해보라고요. 요나스라면 분명히 우리를 도와줄 거예요. 만약 루트에게서 뭐라도 캐낼 수 있는 사람이 있다면 그건 요나스일 테니까요."

"그럴까?"

퍼트리샤의 말에 에리카는 휴대폰을 꺼내며 말했다.

"그럼요. 제가 지금 전화해볼게요."

에리카는 휴대폰을 귀에 댔다. 이윽고 벨이 울렸지만, 계속 울리기만 할 뿐 상대는 받지 않았다. 결국 음성 연결이 시작되었다.

퍼트리샤의 눈에서 희망이 점차 사라지는 모습이 보였다.

"안 받네."

퍼트리샤가 맥없이 중얼거리자, 에리카가 대답했다.

"걔는 지금 자선 행사 준비로 바쁠 거예요. 제가 빨리 교회에 가서 있나 보고 올게요."

그때 리나가 계단을 뛰어내려왔다. 아이는 스타킹과 티셔츠 위로 물방울무늬 수영복을 입고 배에는 튜브를 끼고 있었다. 리나는 엄마를 부르며 에리카에게 달려왔다.

"엄마! 이제 수영하러 가자!"

에리카는 딸을 품에 안고 말했다.

"우리 딸, 비가 오기 시작한 거 보이지? 날씨가 맑아질 때까지 기다려야 해. 그리고 엄마는 지금 할 일이 있어."

리나는 부루퉁한 얼굴이 되어 엄마의 품에서 빠져나가며 투정을 부렸다.

"간다고 약속했잖아!"

에리카는 마른침을 삼켰다. 리나가 주방에서 엄마를 도와주는 대가로 끝나면 바로 수영하러 가자고 약속한 걸 똑똑히 기억하고 있었으니까.

"미안해. 하지만 날씨가 갑자기 변할 줄 몰랐어."

"엄마가 말했잖아. 나 수영 연습해야 한다고. 안 그럼 수영 못 배운다고."

리나가 발을 마구 구르며 하는 말에 에리카는 고개를 끄덕였다.

"그래, 연습은 할 거야. 하지만 해님이 다시 나온 다음에 하자.

약속할게."

그녀는 딸을 다시 품에 안으려고 했지만, 아이는 엄마를 피해 계단을 올라갔다.

"엄마가 갔다가 돌아오면 같이 재미있는 거 하자."

에리카는 딸에게 소리쳤지만, 리나는 톡 쏘아붙였다.

"난 재미있는 거 지금 할 거야."

에리카는 보온병을 채우고 있는 모나에게 부탁한다는 눈초리를 보냈다.

"난 지금 점심을 배달해야 해."

모나는 이렇게 속삭이며 계단 아래에 서 있는 도리스 쪽으로 고 갯짓을 했다.

"우리 그동안 같이 재미있는 거 할까? 혹시 커다란 공룡 퍼즐 같이 맞출래?"

하지만 리나는 고개를 저었다.

"엄마는 세상에서 제일 바보야!"

아이는 이렇게 소리치고는 위층으로 사라졌다. 도리스는 에리 카에게 고개를 돌렸다.

"잘 다녀와. 우리는 여기서 자리를 지키고 있을게."

에리카는 잠시 주저했다. 양심의 가책이 느껴졌기 때문이다. 하 지만 퍼트리샤의 조심스러운 미소를 보자, 그녀는 재킷을 입고서 비 내리는 바깥으로 나갔다.

교회 문은 잠겨 있지 않았다. 에리카는 안으로 들어갔다.

"저기요?"

그녀가 소리를 높였지만 대답하는 이는 아무도 없었다. 그녀는 몇 걸음 안으로 들어가 주위를 둘러보았다. 무대가 있는 강당이나 소품실의 불은 꺼져 있었지만, 의자에 놓인 요나스의 스웨터가 보였다.

에리카는 옆문을 열고 커다란 강당으로 들어갔다. 주방을 들여다보고 복도도 이쪽저쪽 가보았지만 사람 하나 보이지 않았다.

그녀는 좌절감을 느끼며 다시금 요나스에게 전화를 해보았지만, 그는 받지 않았다. 에리카는 한숨을 쉬고서 창가 옆에 섰다. 더욱 거세진 빗발이 창틀을 마구 때려대고 있었다. 창틀에 몸을 기대자 조금 떨어진 곳에 있는 린드베리 일가의 집이 어슴푸레 보였다. 지난 세기부터 있었던 초록색 저택이었다.

에리카는 휴대폰을 재킷 주머니에 도로 넣고서 높다란 울타리를 바라보았다. 한때는 여기서 요나스를 기다리며 몰래 서성이곤 했었다. 그가 자신을 그의 아버지와 어머니에게 소개하기까지도 참 오랜 시간이 걸렸고, 막상 만난 자리에서도 그다지 환영받지 못한다는 기분이 들었다. 에리카의 친구들은 저마다 남자 친구네 집에서 저녁 식사를 할 때가 자주 있었지만, 에리카는 린드베리 가족의 식사 자리에 한 번도 초대받은 적이 없었다. 오히려 요나스는 에리카를 부모님에게 보여주지 않으려는 것 같다는 느낌마저 받았다.

에리카는 요나스가 아버지와 말싸움을 할 때 얼마나 심하게 화를 냈는지 떠올렸다. 그녀는 목사가 아들을 심하게 대한다고 굳게 믿었다. 그녀가 문 앞에서 요나스를 기다리고 있노라면, 목사가 아들에게 고함을 지르는 소리가 들려올 때가 많았다.

나중에야 에리카는 요나스가 유셰르를 떠나고 싶어 하는 이유를 깨달았다. 틀림없이 그의 아버지 때문이었다. 두 사람은 에리카의 집에서 몇 번 잔 적이 있었는데, 그때 요나스는 악몽에 시달리다가 깨어나곤 했다. 가끔은 비명을 지르며 잠에서 깨어나 침대에 일어나 앉았지만, 그는 에리카에게 무슨 일인지 말하고 싶어 하지 않았다. 그리고 가끔 그는 어디서 생긴지 알 수 없는 상처를 달고 나오곤 했다. 찰과상이나 멍, 얼굴 붓기 같은 것들이었다. 그는 축구공에 맞았다, 밖을 돌아다니다가 철조망에 걸렸다 등등 언제나 그럴듯한 이유를 둘러댔다. 하지만 에리카는 그 말을 다 믿은 적은 없었다.

그녀는 모자를 쓴 다음 다시금 커다란 저택을 바라보았다. 지금쯤 요나스는 틀림없이 자기 어머니와 함께 집에 있겠지. 그래서 문으로 돌아서려는 순간, 무언가 움직이는 게 보였다. 빗발이 내리치는 유리창에 가까이 다가간 그녀는 움직임의 정체를 알아냈다. 요나스였다. 그가 나무 사이로 사라지는 모습을 본 에리카는 움찔했다.

그녀는 교회 건물에서 나와서 자그마한 소나무 숲으로 달려갔다. 나무 꼭대기를 뒤흔드는 바람에 가지가 이리저리 심하게 흔들렸다.

"요나스!"

하지만 소리 높여 외쳐도 그는 이미 시야에서 벗어날 정도로 멀어져서 목소리를 듣지 못한 것 같았다.

에리카는 얼굴에 비를 맞지 않으려고 재킷을 더욱 꼭 여몄다. 솔직히 그냥 포기하고 호텔로 돌아가고픈 마음이 굴뚝같았지만, 퍼트리샤의 여동생에게 무슨 일이 일어난 건지 알아낼 마지막 기회라는 것도 잘 알고 있기에 그럴 수가 없었다.

그녀는 요나스를 따라 숲으로 들어갔다가, 마침내 요나스와 가끔 만남의 장소로 썼던 자그마한 숲속 오두막에 다다랐다. 에리카는 잠시 망설였지만 이내 곧바로 오두막으로 달려갔다.

요나스는 오두막 처마 아래에 앉아 있었다. 그는 에리카를 보고 깜짝 놀랐다.

"안녕. 여기서 뭐 해?"

에리카도 빗줄기를 피하려고 처마 아래로 몸을 웅크렸다.

"나도 같은 질문을 하려고 했거든? 지금은 숲속을 산책하기에 딱 좋은 날씨는 아니잖아."

"난 집에서 나와서 생각을 좀 해야 했거든."

요나스는 이렇게 말하며 바닥으로 눈길을 내리깔았다. 에리카는 고개를 끄덕였다.

"네 말뜻이 뭔지 잘 알아. 우리는 1년에 고작 몇 주만 여기 머물 뿐인데도, 그 짧은 시간 동안 우리 엄마는 나를 완전히 돌아버리게 몰아갈 수 있더라. 이 세상을 산 지도 벌써 68년이나 되셨는데, 아직도 느긋하게 쉬는 법을 배우지 못했어."

에리카는 웃으면서 말을 이었다.

"나는 언제나 무슨 일이 일어나는 삶을 살도록 정해져 있나 봐.

조용히 신문을 읽거나 그냥 소파에서 낮잠을 자고 싶으면 하느님께 은혜를 내려주십사 빌어야 할 정도야."

요나스는 미소를 지었지만, 에리카는 그가 어딘가 평소와 다르다는 걸 눈치챘다. 언제나 항상 자신에게 가까이 다가오는 듯한 분위기를 주었던 남자였는데, 지금은 이쪽을 외면하고 있었으니까.

"있잖아."

그는 이렇게 운을 떼고는 발 앞에 있는 막대기를 들어 올리며 말을 이었다.

"너한테 할 말이 있어."

"응."

그는 오두막의 썩은 기둥에 막대기를 꽂더니, 나지막한 목소리로 말했다.

"나 그때 이후로 유셰르에 온 건 이번이 처음이야."

"아, 그건 몰랐어."

"나는 여기서 아주 오랫동안 떠나 있었어. 아버지 장례식에도 안 왔었고."

그는 중얼거리며 말하고는 에리카를 잠깐 쳐다보았지만, 이내 얼굴을 돌리며 말을 이어갔다.

"그때는 보육원에서 홍역이 유행하던 시기라서 내가 떠날 수가 없었어. 그게 집에 오지 못한 유일한 이유는 아닐지 몰라도 말이야. 어쨌든 나는 엄마에게 확실하게 설명했어."

그의 말에 에리카는 조심스럽게 물었다.

"그래서 후회하니?"

요나스는 고개를 저었다. 그리고 눅눅한 기둥에서 막대기를 뽑아내며 말했다.

"아니. 후회는 안 해. 그리고 후회하는 건 따로 있어. 예를 들어 내가 너와 헤어졌던 방식 같은 걸 후회해. 그건 너무했지."

그는 이마에 드리워진 머리카락을 쓸어 올리더니 그녀를 곁눈질로 바라보았다. 에리카는 웃으며 말했다.

"아니야. 너무하고 말고 따질 필요 전혀 없어. 그때 일이 평생 상처로 남긴 했지만 말이야."

요나스는 똑바로 섰다. 그는 방금 에리카가 한 농담을 이해하지 못한 것 같았다.

"농담이야. 나한텐 다 지난 일이야. 하지만 사과해주어서 고마워."

에리카의 말에 요나스는 고개를 끄덕였다.

"난 그저 유세르에서 벗어나고 싶었어. 너한테서 벗어나고 싶었던 게 아니야. 난 과거에서 벗어날 수 있다고 생각했고, 모든 힘든 일들을 뒤로하고 다른 곳에서 다시 시작할 수 있다고 믿었어. 하지만 지금 와서 보니 소용이 없더라고. 일어난 일은 엄연히 존재하고, 모든 건 다 나에게 돌아오게 되더라."

"정말 안타까워. 내가 널 도와줄 수 있었다면 좋았을 텐데. 너한테 뭔가 어려운 일이 있다는 건 눈치채고 있었어. 하지만 무슨 일이었는지는 전혀 몰랐어."

에리카는 이렇게 말하면서 그에게 다가갔다. 요나스는 눈을 비볐다.

"고마워. 하지만 이건 나만이 바로잡을 수 있는 일이야."

그는 무겁게 한숨을 내쉬었고, 에리카는 그의 옆에 쪼그려 앉았다. 지금은 그 옛날의 실종 사건에 대해 질문할 때는 아닌 듯했지만, 시간이 없었다.

"너한테 물어볼 게 있어."

"뭔데?"

요나스는 그녀를 슬쩍 바라보았다.

"지금 이런 이야기를 꺼내서 미안한데, 혹시 매들린 그레이라는 여자애 기억나? 미국에서 온 애고, 교회에서 인턴을 했었어. 그러다 몇 달 후에 사라졌다고 해."

"으음."

요나스가 중얼거렸다.

"그 여자애의 언니인 퍼트리샤라는 분이 매들린의 행방을 알아내려고 여기 와 있어. 누군가 그분에게 우편으로 목걸이를 보냈나 봐."

"그분이 여기 있다고?"

에리카는 고개를 끄덕였다. 요나스의 눈이 휘둥그레져 있었다.

"그분 어디 있어?"

"호텔에. 하지만 몇 시간 후에 비행기로 돌아갈 거야."

"그분을 만나야겠어."

요나스는 벌떡 일어섰다.

"왜?"

에리카도 질문을 던지며 같이 일어섰다. 하지만 요나스는 대답하지 않았다. 그저 돌아서서 길에 들어섰을 뿐이었다.

아스팔트 위로 빗물이 천 개의 바늘처럼 따갑게 쏟아졌다. 에리카는 손으로 얼굴을 가려 비를 막으려 했다. 요나스는 벌써 호텔에 도착했지만 문 앞에서 들어가지 못하고 마음을 가다듬고 있었던지라 에리카는 그를 따라잡을 수 있었다. 둘 다 온몸이 흠뻑 젖었고, 요나스는 몸에 스웨터가 찰싹 달라붙은 꼴이었다.

안에 들어가자 모나는 카운터 뒤에 서서 빈 보온병을 설거지하고 있었다. 퍼트리샤와 마리안네는 그 맞은편에 앉은 채였다.

"이분이야?"

요나스가 물었다. 에리카는 숨을 가쁘게 쉬며 생각했다. 요나스의 행동이 이상했다. 눈빛은 굳어 있었고 안절부절하지 못하는 게 보였다.

"응."

그녀가 짧게 대답했다. 퍼트리샤는 둘을 보자 바 의자에서 내려왔다.

"매들린의 언니 되십니까?"

요나스는 이렇게 물으며 젖은 머리카락을 손으로 쓸어 올렸다. 퍼트리샤는 고개를 끄덕였다.

"네. 혹시 매들린을 아시나요?"

"우리는 친구였습니다."

퍼트리샤는 미소를 지었지만, 그녀가 한 걸음 다가가자 이상하게도 요나스는 그녀를 피해 마치 벽을 치듯 두 손으로 앞을 가로

막았다.

에리카는 그를 빤히 바라보았다. 이 상황이 전혀 이해되지가 않았다.

"그 목걸이, 제가 보낸 겁니다."

그의 말에 퍼트리샤는 어리둥절한 기색으로 말했다.

"뭐라고요? 왜요?"

"그건 선물이었습니다. 매들린이 저에게 준 거였어요. 제가 그걸 갖고 있다는 걸 잊어버리고 있었는데, 유셰르에 돌아와서 보니 소지품 중에 있더라고요. 그래서 당신이 간직하시라고 보내드린 겁니다."

퍼트리샤는 믿을 수 없다는 눈초리로 그를 바라보았다.

"그랬군요. 그럼 내 동생에게 무슨 일이 일어났는지 알고 계신가요?"

방 안에 어마어마하게 무거운 침묵이 내려앉았다. 에리카는 요나스를 응시했다. 어째서 매들린과 알고 지냈다는 말을 내겐 한 번도 하지 않은 거지?

영원히 이어질 것 같던 고요함 끝에 요나스는 고개를 끄덕였다. 퍼트리샤는 그만 휘청이고 말았고, 모나가 얼른 다가와 그녀를 잡아주었다.

그는 천천히 고개를 들었다. 붉어진 눈시울에서 눈물이 주르르 흘러내렸다. 어깨를 축 늘어뜨린 요나스의 모습은 실제보다 훨씬 작게만 느껴졌다. 에리카는 그에게 손을 내밀어주고 싶었지만, 그저 꼼짝도 못 한 채로 서 있을 따름이었다.

그는 갈라진 목소리로 말했다.

"네. 매들린이 어떻게 됐는지 압니다. 그건 다 제 잘못이었어요."

49

1987년 8월 7일 금요일

매들린은 절벽으로 올라가 그곳에 있는 벤치에 앉았다. 이제 바람이 잦아든 덕분에 더는 얼 것처럼 춥지는 않았다. 날이 저문 지도 꽤 되었지만 아직도 앞은 환했다. 산자락 뒤로 서서히 저물어 가는 태양을 잿빛 구름이 뒤덮고 있었다.

그녀는 시계를 보았다. 에뷔가 직장에서 돌아오는 대로 그 집에 가서 계획을 세워야지. 퍼트리샤에게 전화를 걸어서 모두 다 설명하고, 교회를 떠나기로 한 결정에 동의를 얻을 예정이었다. 집에 갈 방법을 찾아낼 때까지 머무를 곳을 내준 에뷔에게 너무나 고마웠다.

무릎에 놓인 일기장의 종이 위로 연필이 맴돌았다. 모든 일을 다 적어서 생각을 한곳에 모아 정리할 수 있다는 데서 해방감이 느껴졌다.

일기장 뒤에는 퍼트리샤에게 쓴 편지가 있었다. 매들린은 아직 편지를 보내지 못했다. 언니를 생각하면 미소가 절로 나왔다. 곧 있으면 가족을 다시 만나게 되겠지. 어쩌면 조카가 태어났을 때

딱 맞추어 집에 가게 될지도 모른다. 유셰르를 떠나는 건 안타깝지만, 그래도 기쁘게 기대할 무언가가 있으니까.

자유 교회에서 무슨 일이 벌어진 건지는 알 수 없었다. 만약 다른 사람에게 도움이 된다면야 자신의 경험을 이야기할 마음이었지만, 에뷔의 말을 들어보면 그런 말을 듣고 싶어 할 사람이 있을 가능성은 낮았다. 어쨌든 그녀는 해럴드 목사에게 이야기할 것이었다. 그래서 매들린이 다니는 버지니아의 교회에서 유셰르로 인턴을 가는 여자애들이 없도록 할 작정이었다.

고개를 들자 끝없이 펼쳐진 바다가 보였다. 안 좋은 일이 있었지만 그래도 이곳을 잊기란 쉽지 않겠지. 마치 집처럼 느껴지던 곳이었고, 자신의 마음을 끌어당기는 친밀함이 내포된 곳이었으니까.

다시 일기장의 종이 위에 연필을 대고 있는데 어딘가에서 나뭇가지 부러지는 소리가 들렸다. 매들린은 천천히 고개를 돌려보았다. 처음에는 데지레가 자신을 찾아왔다고 생각했지만, 이윽고 낯익은 얼굴을 보자 온몸에 소름이 돋았다.

요나스가 몇 미터 떨어진 곳에 서서 손을 들어 인사했다. 청재킷 단추를 목덜미까지 채운 차림 위로 놀란 얼굴이 보였다.

"안녕."

요나스는 매들린에게 인사하며 헝클어진 머리카락을 손으로 쓸었다.

"안녕."

요나스는 잠시 망설이는 듯 보였지만 이내 한 걸음 옆으로 비켜

섰다.

"혼자 있고 싶은 거라면 난 다시 갈게."

매들린은 입술을 깨물었다. 마음 한구석으로는 요나스를 보게 되어 기뻤다. 자신의 마음을 이해하는 사람과 대화하고 싶은 마음이 간절해서였다. 하지만 또 생각해보면 대체 요나스에게 얼마나 말할 수 있을지 감이 서지 않았다. 그러다 마침내 매들린은 옆에 앉아도 좋다는 손짓을 해보였다.

요나스는 벤치에 앉았다. 그리고 가슴에 달린 주머니에서 존 실버* 한 갑을 꺼내 그녀에게 담배 한 대를 주었다.

매들린은 담배를 받아 입술에 물었다. 땅거미가 지는 가운데 라이터의 불이 반짝 켜졌다. 요나스는 바람을 막으려고 불 앞을 손으로 가렸다.

그들은 말없이 앉아 담배를 피웠다. 자그마한 담배 연기를 허공으로 불고 담뱃재를 바닥에 털면서 요나스와 그저 같이 앉아 있는 느낌이 좋았다.

곁눈질로 옆에 앉은 요나스를 바라보며 매들린은 지평선을 바라보았다. 그리고 둘 사이에서 일어났을 수도 있는 가능성을 상상해보았다. 둘 사이에 언제나 존재했던 게 무엇이든, 그것은 설익은 감정일 뿐이었다. 아직 피어나지 않은 새싹과도 같은 그 감정은 절대로 일어날 리 없는 키스와 각별한 사이에 대한 환상일 뿐

---

* 스웨덴 담배 브랜드.

이었다. 그래도 매들린은 요나스를 떠나게 되면 그가 그리울 거라는 걸 알고 있었다.

"테이프 선물해줘서 고마워."

"마음에 들었어?"

"응."

둘의 눈이 마주치자 매들린의 몸이 훈훈해졌다. 그녀는 목걸이의 잠금쇠를 열어 목에서 빼냈다. 그리고 조심스럽게 손을 뻗어 요나스의 목에 걸어주었다. 그는 목걸이를 손으로 잡고서 바라보았다.

"이게 뭐야?"

"선물이야. 나를 잊지 말라고."

매들린의 목소리가 떨려 나왔다. 그녀는 시선을 돌렸다.

"저기, 너 요즘 괜찮아?"

"괜찮아."

"무슨 일 있었어?"

매들린은 망설였다. 너무나 많은 일이 벌어졌지만 이제껏 말할 수가 없지 않았나. 그 압박감에서 벗어나고 싶었지만 지금 이 순간을 망치고 싶지도 않았다.

"난 집에 가야겠어."

"뭐? 왜?"

그녀는 어깨를 으쓱였다.

"말하긴 어려워."

요나스는 등을 기대앉아 담배를 들었다. 길게 재로 변한 담배

끝이 파르르 떨렸다.

"정말 아쉽다. 나한테 말하고 싶으면 기꺼이 들어줄게. 나한테는 얼마든지 말해도 되는 거 너도 알지."

차분한 목소리가 들려왔다. 요나스가 자신을 바라보는 모습에 매들린은 긴장감이 풀렸다.

"아이노한테 일이 있었어. 어제. 아이노가 목사님이랑 면담하러 갔을 때."

매들린은 요나스 쪽을 슬며시 바라보며 어떤 반응을 보이나 살펴보았지만, 그는 그저 목을 젖히고 있을 뿐이었다.

"난 들은 게 없는데."

매들린은 마른침을 삼켰다. 요나스에게 이런 말을 하는 건 잘못일지도 몰라. 린드베리 목사님은 어쨌든 요나스의 아버지잖아.

"아, 이런 이야기를 굳이 할 필요는 없어."

요나스는 담배를 비벼 끄고는 꽁초를 벤치 바닥의 자갈밭에 놓고 밟았다. 그리고 진지한 눈빛으로 그녀를 바라보았다.

"무슨 일이 있었는지 정확히 알아?"

순간 매들린의 몸을 뚫고 지나가는 떨림이 있었다. 모든 게 끔찍하리만큼 부당했다. 이런 일이 없었더라면, 모든 이들이 제대로 처신만 잘했더라면, 난 여기 앉아서 요나스와 보내는 소중한 시간을 이런 주제로 낭비하지 않았을 텐데. 어쩌다가 내가 뭘 말해야 하고 말하면 안 되는지 고민하고 있게 되었을까.

그녀는 고개를 저었다. 눈물이 마구 흘러내렸다. 요나스는 이쪽으로 팔을 뻗어 그녀를 품으로 끌어당겼다. 매들린은 눈을 감은 채로 그의 품에 기댔다. 그 품의 느낌은 너무나 좋으면서도 동시에 끔찍했다. 요나스가 등을 쓰다듬어주는 동안 매들린은 말없이 울기만 했다.

"다 잘될 거야. 넌 여기서 떠날 필요 없어."

요나스의 말에 매들린은 코를 훌쩍였다.

"아니야. 난 떠나야 해. 그런 일을 다 알아버렸는데도 여기서 계속 머문다는 건 불가능해."

"아, 그래. 그럼 누가 너한테 그런 말을 했어?"

매들린은 스웨터 소맷자락으로 눈물을 닦았다. 요나스에게선 소나무 향과 담배 냄새가 났다. 그의 몸은 저 바다에서 불어오는 세찬 바람을 막아주었다.

"에뷔라는 사람이 말해줬어."

그녀가 중얼거리자 요나스는 주머니에서 휴지를 꺼내어 그녀에게 주며 말했다.

"에뷔라. 그 여자는 언제나 교회에 대해 헛소문을 퍼트리고 다녀. 내가 보기엔 뭔가 이상한 여자야."

둘의 시선이 마주쳤다.

"하지만 난 에뷔를 믿어. 에뷔 말에 따르면 정말 나쁜 짓이 벌어지고 있어."

"그 이야기 또 누구랑 한 적 있어?"

"아니. 아무한테도 안 했어. 데지레와 아이노한테밖에 말 안 했어."

"내가 보기엔 우리 엄마랑 이야기를 좀 해보는 게 좋을 것 같아.

엄마는 믿을 수 있어."

요나스의 제안에 매들린은 무심코 말을 뱉었다.

"정말로 그렇게 생각해?"

"응. 소문이 더 퍼지기 전에. 그게 모두 사실이 아니라는 게 밝혀지면 그럴 필요는 없겠지만."

매들린은 그의 품에서 벗어나 미심쩍은 눈빛으로 요나스를 바라보았다.

"그러고 싶지 않아."

"내가 같이 가줄게."

그녀는 자리에서 일어섰다. 요나스의 말이 어쩐지 꺼림칙했다.

"고맙지만 싫어."

그녀는 벤치에 놓아둔 일기장을 집어 들어 가방에 급히 넣으려고 했지만, 요나스가 때마침 일어섰다.

"그건 뭐야?"

아까와는 다른 목소리였다. 힘이 들어간 목소리는 초조하게 들렸다.

"아무것도 아니야."

"거기에 뭐라고 적어놨어?"

"너도 너희 엄마랑 이야기하고 온 거야? 엄마가 너더러 나한테 가보라고 했어?"

매들린은 의심스럽게 물었다. 요나스는 처음엔 아무런 대답이 없었다가 이내 가볍게 고개를 끄덕이고 말았다.

"엄마는 너를 걱정하고 계셔. 다들 걱정하고 있다고. 나랑 같이 가면 넌 모든 걸 다 이야기할 수 있어."

매들린은 한 걸음 뒤로 물러섰다.

"너를 믿을 수 있을 거라 생각했는데. 우리는 친구인 줄 알았는데."

이렇게까지 말하자 둘 사이의 공기가 무겁게 가라앉았다. 요나스는 팔을 확 벌리며 외쳤다.

"나는 믿어도 돼! 내가 도와줄 거야."

"넌 너희 아버지를 돕고 싶은 거겠지."

요나스는 발끝을 앞뒤로 흔들었다. 갑자기 그의 몸집이 평소보다 거대해 보이면서 이쪽을 위압하는 듯했다.

"나는 네가 나중에 후회할 짓을 저지르지 않게 하고 싶은 것뿐이야."

하지만 매들린이 대답하지 않자, 그는 한숨을 쉬었다.

"그냥 나랑 같이 가면 안 돼? 집에 가고 싶으면 그렇게 해. 아무도 너한테 여기 있으라고 강요하지 않을 거야. 정말이야. 하지만 네가 교회에 안 좋은 소문을 퍼트리기 전에 적어도 한 번은 우리에게 기회를 줄 수 있잖아."

요나스는 한 걸음 성큼 다가와 일기장을 빼앗으려 했지만, 매들린은 휙 물러섰다.

"대체 이게 무슨 짓이야?"

그녀는 울부짖는 바람결에 맞서 비명을 질렀다. 등 뒤의 바다에선 파도가 부서지며 거품이 일었다.

"그거 이리 내."

"죽어도 못 줘!"

황혼녘의 빛이 점점 사라지고 있었지만, 요나스의 눈과 턱 사이로 깊게 팬 선이 뚜렷이 눈에 들어왔다.

"어서 줘."

그는 손을 뻗었다. 매들린은 고개를 저었지만, 지금 선 곳은 낭떠러지 끝이라서 피할 데가 없었다.

요나스가 한 걸음 더 다가서자 그녀는 본능적으로 뒤로 물러섰다가 더는 바닥이 존재하지 않는다는 것을 깨닫고 말았다.

매들린은 자신을 지탱해줄 무언가를 붙잡으려고 마구 팔을 휘둘렀다. 요나스는 고함을 지르며 앞으로 몸을 날렸지만, 둘 사이가 너무 떨어져 있어서 그녀를 붙잡을 수가 없었다. 아주 잠깐 매들린의 몸에 심한 충격이 스쳐 지나갔다. 아드레날린이 온몸에 솟구치는 가운데 두 손은 계속해서 필사적으로 무언가를 잡으려 했다. 그러다 이내 저 깊은 곳으로 가라앉고 말았다.

얼어붙은 듯한 몸이 무거웠지만, 계속할 수밖에 없었다. 그는 다시금 어두운 바닷속으로 뛰어들어 필사적으로 그녀를 찾았다. 손가락이 완전히 마비된 듯한 느낌에도 그는 아랑곳하지 않았다. 계속해서 그녀의 이름을 불러보았지만, 우렁찬 파도 소리만이 귀를 압도할 뿐이었다.

요나스는 다시 수면 아래로 들어갔다. 하지만 이러다 가슴이 터질 것 같아서 결국 물 위로 올라가 짠물을 뱉고 공기를 허겁지겁 마셔야 했다. 눈에 불을 켜고 헤엄치는 와중에 마침내 구름이 걷히면서 창백한 달빛이 밤을 비추었다.

얼마나 물속에 있었을까. 요나스는 모든 감각을 잃고 말았다. 그저 계속할 수밖에 없다는 생각뿐이었다. 그러다 갑자기 무슨 소리가 들린 것 같아서 옆으로 고개를 돌렸다. 잠시 후에 물가에 있는 누군가의 형상이 보였다. 이쪽으로 손짓하는 사람이었다.

아주 잠깐 요나스의 가슴이 확 멈춘 듯했다. 매들린인가? 살아 있었어?

요나스는 고개를 흔들고서 해안으로 헤엄쳤다. 저기서 자신을 기다리는 사람이 제발 매들린이기를, 그녀가 간신히 바다에서 빠져나왔기를 간절히 바랐다.

그는 집중해서 온몸을 통제하려고 했다. 헤엄치는 동작마다 숨을 헐떡이고 공기를 들이마셨다. 속으로는 계속해서 되뇌었다. 제발, 제발 저 사람이 매들린이기를.

하지만 자신을 부르는 목소리를 분간한 요나스는 다시금 마음이 무거워지고 말았다.

그는 비틀거리며 바다에서 나와 그쪽으로 다가갔다. 곧바로 여자는 요나스를 끌어안았다.

"아들아, 이게 어떻게 된 거니?"

요나스는 고개를 저었다. 어떻게 이 상황을 말해야 할지 알 수가 없어서 그저 중얼거렸다.

"바다에 떨어졌어."

"누가?"

그는 눈을 깜빡이면서 눈에서 차가운 물을 닦아내려 했다.

"매들린이 떨어졌어. 낭떠러지에서."

루트는 입고 있던 코트를 벗어서 요나스의 어깨에 걸쳐주었다. 그리고 자신보다 덩치가 큰 아들을 품에 꼭 안았다. 요나스는 계속 말을 이었다.

"우리는 싸웠어. 아빠 때문에. 난 매들린에게 다시 돌아와달라고 했어. 이건 다 내 잘못이야. 경찰에 신고해야 해. 경찰이 수색해야 해. 여기 어딘가 있을 거야."

그가 마구 흐느끼는 동안, 루트는 아들의 얼음장 같은 손가락을 자기 손으로 따스하게 덮혔다.

"경찰은 그 앨 못 찾아."

건조하게 들려오는 엄마의 말에 요나스는 움찔 놀랐다.

"무슨 말이야? 경찰은 당장 배를 띄울 수 있어."

루트는 입에 그의 두 손을 대고 호호 불었다. 따스한 입김이 그의 손에 확 타오르듯 느껴졌다.

"걔가 왜 추락했냐고 경찰이 물어보면 뭐라고 할 거니?"

"그건 사고였어."

요나스가 힘없이 말했다.

"그 말을 경찰이 믿을까?"

"왜 안 믿는데?"

"너희가 싸웠기 때문이야. 그 애가 네 아빠를 고소하려고 했으니까."

요나스가 고개를 젓자 머리카락에 맺힌 물방울이 바닥으로 떨어졌다.

"하지만 경찰은 아무것도 몰라."

"에뷔가 알잖아."

루트의 단호한 말에 요나스가 가쁜 숨을 내쉬며 말했다.

"상관없어. 경찰에 전화해야 해. 경찰이 매들린을 찾아야 한다고."

루트는 팔을 아들에게 얹고서 물었다.

"너 그 앨 찾은 지 얼마나 됐어?"

요나스는 어깨를 으쓱였다.

"모르겠어. 지금 몇 시야?"

그녀가 아들에게 손목시계를 보여주자, 그는 한숨을 쉬었다.

"그래도 찾아낼 가능성이 아직 있어."

루트는 고개를 저었다.

"그 앤 사라졌어. 경찰에게 말해봤자 달라질 건 없어."

요나스는 두 손에 얼굴을 묻고서 속삭였다.

"그럼 이제 우린 어떡해?"

"넌 일단 집으로 가. 가서 샤워해서 몸을 덥혀야지. 이 일은 아무에게도 말하지 마."

루트는 주위를 둘러본 다음 덧붙였다.

"그 애 물건은 어딨어?"

요나스는 고갯짓으로 위쪽 절벽을 가리켰다.

"가방은 저 위에 있어. 전망대에."

"그래."

루트는 아들의 옆구리를 두드려 집에 가라고 했다. 요나스는 길을 나섰다가 다시 발걸음을 돌려 돌아오더니 좌절감 어린 기색으로 그녀를 불렀다.

"엄마."

"다 잘될 거야. 내가 알아서 할게. 어서 가."

요나스는 심호흡을 했다. 그리고 언덕을 오르는 어머니를 지켜보며 코트를 꼭 여미다가 목 주변에 있는 무언가를 느꼈다. 매들린이 준 목걸이였다. 자그마한 음표 모양 펜던트가 달빛을 받아 빛났다.

요나스는 펜던트를 쓰다듬으며 하릴없이 바다를 바라보았다. 그녀의 이름을 부르고 싶었지만, 그래봤자 소용이 없다는 것 역시 알고 있었다. 루트의 말대로, 매들린은 죽었다.

요나스는 눈을 감았다. 그러나 감은 눈 앞으로도 대번에 매들린이 떠올랐다. 바로 저 절벽 아래 심연으로 떨어지는 모습이었다.

온몸을 뚫고 지나가는 고통이 느껴지면서 그는 다시 눈을 떴다. 요나스는 여기서 떠나고 싶지 않았다. 하지만 여기에 있을 수 없다는 것도 알았다.

"미안해."

파도가 해안으로 밀려오는 순간, 그는 가만히 중얼거렸다. 그리고 뒤돌아섰다.

퍼트리샤는 얼음이 된 것처럼 그 자리에서 꼼짝도 하지 않았다. 눈빛엔 절망이 그득했다.

요나스는 고개를 저으며 중얼거렸다.

"정말 죄송합니다. 진작 말씀드려야 했는데 그러지 못했습니다. 저는 그 앨 해칠 생각은 전혀 없었어요. 날이 어두웠는데, 갑자기 그 애가 떨어져버린 거예요. 전 그 애를 찾으려고 했지만, 사라져버렸어요. 그냥 실종되었다고요."

흐느껴 우는 요나스에게 퍼트리샤가 말했다.

"당신은 그 애를 구할 수도 있었어요. 당신이 도와달라고 전화했더라면 매들린을 찾을 수 있었을 거라고요."

"전 바다에 들어갔어요. 한 시간이나 그 애를 찾았지만, 사방이 칠흑같이 어두워서 그럴 수가 없었어요. 전 아무것도 못 보고 어떤 소리도 못 들었어요. 정말로 열심히 찾았다고요."

요나스는 두 손에 얼굴을 묻고서 계속 말했다.

"그 후로 매들린을 생각하지 않는 날은 하루도 없었습니다. 무슨 일이 있었는지 말하지 못해 부끄럽고 죄송합니다. 누군가에게는 고백했어야 했겠죠. 하지만 저는 너무 무서웠습니다. 제발 저를 용서해주세요. 시키시는 건 뭐든지 하겠습니다."

"난……."

요나스의 애원에 퍼트리샤는 입을 열었다가 곧 다물었다. 그녀의 얼굴은 완전히 창백했고, 눈빛은 갈가리 찢긴 속마음을 그대로 드러내고 있었다.

"정말 죄송합니다. 저 때문에 이제껏 계속 고통받으며 사셨지요. 전 제가 저지른 짓을 어떻게든 보상하며 살려고 했습니다. 용서받지 못할 짓을 저질렀다는 건 알지만, 그래도 용서를 빕니다."

"난 정말 이해가……."

퍼트리샤가 더듬더듬 말하던 순간이었다. 도리스가 계단을 뛰어내려왔다. 그녀가 쿵쿵거리며 내려오는 소리에 숨 막힐 듯한 정적이 깨지고 모두는 당황스러운 얼굴로 도리스를 바라보았다.

"리나가 없어졌어."

그녀가 외치자 에리카가 깜짝 놀라 물었다.

"뭐라고요? 그게 무슨 말씀이에요?"

"애가 위층에 있을 줄 알았는데, 방을 아무리 뒤져봐도 찾을 수가 없어."

"리나!"

에리카가 외치자 모나도 계단으로 다가갔다.

"다시 한번 찾아볼게."

모나는 이렇게 말하고 위층으로 사라졌다. 도리스는 중얼대며 말했다.

"정말 미안해. 리나는 바깥에서 자전거를 타고 싶다고 했는데, 우리는 개한테 지금은 자전거를 탈 수 없다고 말했어. 그래서 좀 화가 나서 자기 방으로 갔거든."

"그게 언제였는데요?"

도리스는 벽시계를 바라보고 대답했다.

"30분쯤 됐어. 내가 그때 보기에는 아이가 혼자 놀고 싶어 하는 낌새라서 내버려뒀거든."

에리카는 탁자에 덮어놓은 담요를 들추며 혹시 리나가 탁자 아래에 숨었는지 살펴보았다.

"리나! 어딨니!"

그녀는 이렇게 소리치며 카페를 급히 한 바퀴 돌았다.

다른 이들도 아이를 찾기 시작했다. 도리스는 주방으로 갔고, 마리안네는 화장실과 사무실을 뒤져보았지만 아이는 없었다.

"리나는 여기 없어."

마리안네가 나직하게 한 말에 에리카의 가슴에 고통이 확 일었다. 바깥에는 여전히 아스팔트 바닥 위로 비가 세차게 내리고 있었다. 우리 딸이 이 폭풍우에 휘말린 건 아니겠지? 그러다 모나가 계단을 내려오는 소리를 들은 에리카는 기대하는 눈빛으로 엄마를 바라보았지만, 그녀는 고개를 저었다.

"방은 텅 비었어. 리나는 없었어."

에리카는 서 있던 바닥이 그만 기울어지는 느낌이었다. 그래서 벽에 기대어 서야 했다.

"설마 수영을 하러 해변에 간 건 아니겠죠."

그녀가 고저 없는 목소리로 말하자, 도리스가 대답했다.

"우리가 다 같이 수색을 하는 편이 좋겠어."

그러자 요나스가 끼어들었다.

"여기엔 사람이 많습니다. 그러니 사람을 나누죠. 그러면 해변과 주변 지역을 생각보다 빠르게 수색할 수 있을 겁니다."

퍼트리샤는 그를 빤히 바라보며 휴대폰을 꺼내 들었다.

"당신은 지금 아무 데도 못 가요."

그리고 독서 모임에 참여한 여자들을 바라보았다.

"우린 경찰에 전화해야 해. 이자가 내 여동생을 죽인 책임을 져야 해. 우리는 이자가 돌아다니게 둘 순 없어."

요나스는 고개를 끄덕였다.

"그래요. 말씀이 맞습니다. 경찰에 신고하세요. 제가 경찰에 전부 이야기하겠습니다. 하지만 지금은 리나 찾기가 우선입니다."

에리카도 애원했다.

"제발요. 사람이 많을수록 더 빨리 찾을 수 있어요."

퍼트리샤는 눈길을 돌렸다. 지금 그녀가 무슨 생각일지 에리카는 궁금해졌다. 32년을 기다린 끝에 마침내 동생이 어떻게 되었는지 알게 되었다니. 결국 퍼트리샤는 고개를 끄덕이고서 단호하게 말했다.

"알았어요. 수색을 하죠."

요나스는 바다 쪽을 가리켰다.

"저는 해변을 돌아보겠습니다."

잠시 그의 눈빛이 공허해졌지만, 이내 그는 에리카의 팔에 손을 얹으며 말했다.

"우리는 리나를 반드시 찾을 수 있을 거야. 내 번호 알지? 뭔가 알아내면 바로 연락해."

에리카는 그가 해변으로 달려가는 모습을 바라보았다. 리나가 해변에 있다면 요나스가 찾아줄 거야. 그의 모습이 시야에서 사라진 순간, 에뷔가 호텔로 들어왔다. 그녀는 커다란 초록색 방수 모자를 쓴 채로 우산을 털었다.

"아주 심한 폭풍이 올 거예요. 보퍼트 풍력 계급 10 정도. 악천후겠고. 다들 집으로 가서 정원에 있는 가구들을 단단히 묶어두도록 해요."

하지만 아무도 대답하지 않자, 에뷔는 모자를 들어 올리면서 물었다.

"무슨 일 있어요?"

마리안네는 서둘러 비옷을 입으며 고갯짓으로 거리를 가리켰다.

"방금 요나스가 매들린 실종 사건과 관계가 있다는 걸 알아냈죠. 둘이서 낭떠러지 끝에서 말싸움을 하다가, 매들린이 추락하는 걸 요나스가 지켜본 모양이에요. 그리고 지금은 리나가 실종됐어요. 걔가 해변에 수영하러 간 게 아닐까 걱정이에요."

마리안네가 덧붙인 말에 에뷔는 당황한 채 주위를 둘러보았다.

"맙소사! 당장 해변으로 가서 애를 찾아야 해요."

퍼트리샤는 다른 이들을 문밖으로 몰아냈다.

"어서 가세요. 나는 유세르를 잘 알지 못해서 나가는 게 도움이 안 될 거예요. 혹시 리나가 여러분보다 먼저 돌아올 때를 대비해서 여기 있을게요."

그러자 에리카가 외쳤다.

"엄마! 경찰에 전화해서 리나가 실종되었다고 신고해요. 그리고 마리안네와 도리스에게 리나가 가장 좋아하는 장소를 알려줘요. 그러면 거기서부터 수색할 수 있잖아요."

모나는 고개를 끄덕이고는 전화기를 들었다. 에리카는 호텔을 나섰고, 에뷔는 그녀 뒤를 바짝 따랐다. 에리카는 거리를 달리기 시작했다. 휘몰아치는 바람결을 타고 빗방울이 얼굴을 마구 때려대서 숨을 제대로 쉴 수가 없었다.

막 달려가려던 찰나, 휴대폰이 울렸다. 마르틴이었다. 그는 지금 말뫼에 도착해서 박람회에서 주최하는 큰 강연을 준비하고 있을 터였다.

에리카는 휴대폰을 귀에 꾹 대었다.

"여보세요?"

"안녕. 사과하고 싶어서 전화했어. 문자에 답장 못 해서 미안해. 내가 요즘 미친놈처럼 일만 하고 제정신이 아니었다는 거 알아. 용서해줘. 앞으로는 다 잘될 거야. 정말이야. 그리고 네가 다시 공부할 마음이 있다면 당연히 해도 좋아."

에리카는 마르틴이 무슨 말을 했는지 몇 초가 지나서야 비로소 이해했다.

"그건 나중에 이야기하자. 지금 큰일이 났어. 리나가 실종됐어."

"뭐라고? 무슨 일이야?"

"잠깐 볼일이 있어서 나갔다 왔는데, 애가 사라졌어. 도리스 말로는 리나가 위층 방에서 놀고 있을 거라 생각했는데 가보니까 몰래 도망쳤는지 온데간데없었대."

"언제 실종됐는데?"

"30분이 좀 넘었어. 지금 다섯 명이 애를 찾고 있어. 엄마는 경찰에 신고중이야. 아직 나쁜 일이 일어난 건 분명히 아닌데, 혹시 걔가 혼자 바다에 간 건 아닌가 걱정이야."

마지막 문장을 말하면서 목소리가 떨려 나와 에리카는 마른침을 삼켜야 했다. 눈앞에 어린 딸의 모습이 생생하게 떠올랐다. 내 소중한 딸 리나. 만약 그 애가 혼자 바다에 간 거라면 그건 다 자신의 잘못이었다. 리나에게 수영 연습을 하라고 강요했던 게 자신이었으니까.

"내가 거기 갈게."

마르틴이 불쑥 말했다.

"하지만 너 강연이 있잖아."

"지금 그게 중요한 게 아니잖아. 당장 차 타고 최대한 빨리 갈게. 무슨 일 또 있으면 전화해."

"뭐든 알아내면 알려줄게."

에리카는 걸음을 늦추고 휴대폰에 물이 들지 않도록 주머니에 넣었다. 리나 걱정이 되기는 했지만 그래도 마르틴과 전화를 하게 되어 무척 감사한 마음이 들었다. 남편이 도착한다면 모든 게 다 괜찮아질 거라는 생각을 하며 눈물을 삼켰다.

얼굴에서 빗물을 닦은 에리카는 두 손을 입에 나팔처럼 대고 바람 부는 허공에 소리쳤다.

"리나!"

억수로 내리는 비 때문에 앞이 보이지 않았지만, 에리카는 옆으로 보이는 정원마다 소리치며 아이를 찾았다.

"이 말썽쟁이를 어쩜 좋지."

그녀는 혼자 중얼거렸다. 리나가 아무도 없이 혼자 해변에 갔다고는 생각하지 않았지만, 만약 정말로 갔다면 이토록 높이 파도가 치는 상황이니 정말 목숨이 위험할 수도 있었다.

에리카는 얼굴을 찌푸리며 그런 생각을 머릿속에서 지웠다. 이런 생각까지 해서는 안 되고, 생각할 수도 없는 일이었으니까. 다만 해변을 향해 가면서 모든 각도를 놓치지 않고 집중해서 샅샅이 살폈다. 리나는 분명히 어딘가 있을 테고, 에리카는 딸을 찾을 때까지 포기하지 않을 것이었다.

51

젖은 모래를 밟으며 앞으로 걷기란 쉽지 않았다. 게다가 바람이 자꾸만 옷자락을 잡아당기기까지 했다. 하지만 에뷔는 가만히 있을 수가 없었다.

그녀는 커다란 모래언덕을 빙 둘러 나아갔다. 그리고 모래언덕이 푸른 풀밭으로 이어지는 해변의 한 자락을 수색했다. 이 지역은 동네에서 꽤 떨어진 곳이었지만, 주민들이 많이들 수색에 나서서 만 부근을 샅샅이 뒤지고 있었기 때문에 자신이 다른 곳을 봐도 될 이유는 없지 않았다.

30미터 떨어진 곳에서 요나스가 달리며 리나를 외쳐 부르고 있었다. 에뷔는 방금 들은 말을 다시금 떠올려보았다. 매들린과 목사 아들이 낭떠러지 위에서 싸웠다 했던가. 그리고 그 애가 바다로 추락했다고.

묘하게도 에뷔에겐 분노가 느껴지지 않았다. 대신 슬픔이 가득 차올랐을 뿐이다. 퍼트리샤가 32년 만에 동생에게 일어난 일을 알게 되어서 슬펐고, 그 낭떠러지가 5센티미터 더 넓지 못했던 게 슬폈고, 바다가 너무나 무자비해서 슬펐다. 그리고 또 다른 사람이 실종되어서 슬펐다.

에뷔는 저 멀리 분노에 찬 파도가 넘실대는 만을 바라보면서 등줄기가 서늘해졌다. 이젠 찾을 만한 곳이 얼마 남지 않았다. 그 어린애가 곧 나타나지 않으면 대체 어떡해야 한단 말인가.

얼굴을 마구 때려대는 빗줄기에 에뷔는 피곤해졌지만 그래도 애써 앞으로 나아갔다. 마음을 차분히 다잡기 위해 머릿속으로는 가능한 시나리오들을 떠올려보았다. 리나는 길을 잃었을 수도 있다. 그래서 동네 사람이 아이를 집으로 들였는데, 호텔에 전화해서 리나가 여기 있다고 미처 알려주지 못했던 것인지도 모른다. 아니면 아이가 폭풍을 피할 장소를 찾아 동굴이나 보트 보관소 같은 곳에 기어들어갔을지도 모른다.

모래언덕에 쌓인 모래가 점점 아래로 흘러내려 넓어지고 있었다. 에뷔는 눈을 들어 모래언덕을 바라보았다. 거기 피어난 들장미 덤불을 보면서, 어딘가 그 속에서 삐죽 나온 작은 발 두 개를 찾아낼 수 있기를 바랐다. 하지만 머릿속으로 제아무리 리나를 불러내려고 해도, 아이의 모습은 아무 데도 없었다.

그러다 문득 작은 언덕 너머로 눈이 닿았다. 해변과 풀밭 사이의 경계선을 이루는 언덕 뒤로 뭔가가 보였다. 에뷔는 요나스를 찾아보았지만 그는 소리쳐 부를 수 있는 곳을 넘어서 있었다. 에뷔는 그를 부르는 대신 직접 언덕으로 달려갔다.

에뷔의 눈에 수풀 뒤로 반쯤 가려져 있는 분홍색 자전거가 들어왔다. 바다로 내려가는 오솔길 옆에 버려진 자전거였다. 핸들의 보라색 술이 바람결에 휘날렸다.

에뷔의 속이 확 오그라들었다. 눈으로 오솔길을 따라가보았지만, 눈을 가늘게 뜨고 자세히 바다를 바라봐도 아무것도 눈에 보이는 게 없었다. 대체 리나는 어디로 도망친 거지?

52

에리카는 숲속을 헤치고 달렸다. 가슴이 터질 듯이 답답해서 숨을 쉬기가 힘들었지만 달리기를 멈추지 않았다.

"리나!"

그녀는 딸의 이름을 소리쳐 불렀지만, 목소리가 제대로 나오질 않았다.

"리나! 어딨니?"

나뭇가지가 뺨을 할퀴고 지나갔지만 그래도 계속 달렸다. 수색을 시작한 후 처음 한 시간 동안 에리카는 곧 누군가 리나를 찾아낼 거라 믿었다. 다들 여길 찾아봐야겠다고 생각지도 못한 곳에 딸애가 있을 거야. 아이는 주방 수납장 속이나 비품 창고 상자 뒤에 숨어 있을 거야. 하지만 그런 희망도 서서히 사라져갔다.

그녀는 어둠 속을 빤히 바라보았다. 유셰르의 하늘에는 먹구름이 끼었고, 빗줄기가 시야를 가렸다.

에리카는 혹시나 전화를 못 받은 게 있을까 봐 휴대폰을 꺼냈지만 아무도 전화해준 사람이 없었다. 이젠 그저 어린 딸을 찾아서 팔을 둘러 품에 꼭 안고 아이의 목소리를 듣고 싶었다.

리나를 생각하면 너무나 괴로웠다. 항상 수영 연습하던 해변에는 없었다. 혹시 부두에 올라갔다가 높은 파도에 휩쓸려버린 거라면? 혹시 사고를 당해서 어딘가 움직이지도 못하는 채로 누워 있다면?

에리카는 필사적으로 주변을 둘러보았다. 리나는 어디든 갈 수 있었다. 어쩌면 다시는 집으로 돌아오지 못할지도 모른다.

고개를 흔들자 젖은 머리카락이 얼굴을 찰싹 쳐댔다. 그런 생각 하지 마. 그녀는 스스로에게 경고를 던졌다. 리나는 무사할 거야. 우리는 곧 그 애를 찾아낼 거야.

10미터쯤 떨어진 곳에서 길을 따라 달려오는 자동차 한 대가 보였다. 에리카는 서둘러 그쪽으로 달려갔다. 동부 해안 도로 위를 달리는 차량은 파란색 7인승 도요타였다. 그녀는 팔을 마구 휘저으며 길가로 뛰쳐나왔다.

마르틴이 두 팔로 에리카를 꼭 안자, 그녀는 마치 속에서 폭탄이 터지는 것만 같았다. 한숨을 쉬는 에리카의 다리에서 힘이 빠졌다.

마르틴은 에리카를 단단히 붙들었다.

"아, 에리카. 다 괜찮아질 거야. 리나를 찾게 될 거야."

그녀는 숨을 헐떡이며 마르틴의 어깨에 기댔다. 이제껏 내내 울음을 참아왔건만, 지금은 어쩔 수 없이 주르르 뺨 위로 눈물이 흘렀다.

"나 어떡해야 할지 모르겠어. 이건 다 내 잘못이야. 애를 그렇게 몰아세우지 말았어야 했는데."

그녀가 크게 울자 마르틴은 젖은 등을 따뜻한 손으로 토닥였다. 그는 언제나 에리카를 차분하게 가라앉히는 능력이 있었다.

"이건 누구의 잘못도 아니야."

그는 따스한 목소리로 말했다. 에리카는 눈을 뜨고 마르틴의 눈을 바라보았다. 그러자 갑자기 다시금 자신감이 차올랐다. 마르틴이 왔어. 우리는 리나를 찾을 수 있을 거야.

그는 조심스럽게 그녀의 얼굴을 손가락으로 어루만지며 부드럽게 말했다.

"너 피가 나. 게다가 완전히 젖었네. 자, 호텔로 돌아가서 옷을 갈아입어."

에리카는 고개를 끄덕였다. 너무 오랫동안 여기저기 돌아다니다 보니 여기가 어딘지도 알 수 없었다.

"경찰이 왔어. 경찰이 뭔가 알고 있을지도 몰라."

에리카가 중얼거리는 말에 마르틴은 고개를 끄덕이며 차 문을 열어주었다.

"그래. 그러기를 바라자."

53

에뷔는 해수면 몇 미터 위의 해변으로 다가갔다. 낮은 녹색 언덕은 자연 보호 구역의 일부로, 많은 사람들이 개와 산책을 나오는 곳이었다. 언덕 비탈면은 남쪽의 절벽만큼 높지는 않지만, 그곳의 불쑥 솟은 가장자리는 사람이 걸려 넘어져서 추락하기 쉬워서 위험했다. 게다가 언덕 아래 해변은 커다란 바위투성이에다 지대가 울퉁불퉁해서 발 디딜 높이를 가늠하기가 어려웠다.

에뷔의 가슴에서 심장이 쿵쿵 뛰었다. 그녀는 해변에 있는 커다란 바위 뒤의 경사면을 기어올라갔다. 아이가 또 익사하게 된다는 건 에뷔에게 정말이지 견딜 수 없는 악몽이었다. 맛스가 사고를 당한 후로 에뷔는 유셰르를 좀 더 안전한 곳으로 만들기 위해 갖은 애를 썼다. 자신이 겪은 일을 다른 이들도 겪게 두고 싶지 않아서였다.

에뷔는 무겁게 숨을 쉬었다. 만 일대를 여러 번 수색하면서 작고 알록달록한 오두막 쉼터와 해변을 구석구석 샅샅이 훑었지만 성과는 없었다. 이 시간 내내 에뷔는 리나가 불쑥 나타나주리라 기대했지만, 지금은 희망이 사라졌다.

그녀는 힘겹게 다음 바위를 기어올랐다. 구름이 너무 짙게 끼어서 앞이 제대로 보이지 않아 에뷔는 일어나기조차 힘겨웠다. 하지만 제아무리 지형이 울퉁불퉁해도 왠지 이상하게 포기하고 싶지 않은 마음이 들었다. 여기가 맞다는 느낌이 들었다.

에뷔는 속으로 생각했다. 요나스에게 소리쳐 호텔에 전화해달라고, 그래서 분홍색 자전거를 봤다는 말을 전해달라고 부탁해야 할까. 하지만 그러려면 다시 위로 올라가야 하는데. 아니, 여기까지 왔으니 계속 나아가야 했다.

젖은 바위는 미끌미끌했고, 이따금 파도가 몰려오기도 했다. 하지만 에뷔는 이미 흠뻑 젖었는지라 이젠 어쨌든 상관없었다. 다만 이러다가 균형을 잃고 쓰러지면 어떡하나 하는 걱정이 들었다. 만약 지금 물에 빠지면 다시는 위로 올라오지 못할 테니까.

순간, 불쑥 솟은 언덕 아래 가파른 진흙투성이 경사면에서 밝은 빛깔 머리카락이 보였다. 몇 초간 에뷔는 숨 쉬는 것조차 잊고 있다가 이윽고 소리를 질렀다.

"리나! 너니? 리나 맞지?"

그녀는 최대한 큰 목소리로 소리쳤지만, 머리카락은 움직이지 않았다.

에뷔는 허공에 팔을 들어 올리고 요나스의 주의를 끌려 했지만, 그는 어디 갔는지 보이지 않았다. 이런 제길! 자신이 어디로 가고 있는지 진작에 알려주었어야 했는데.

그녀는 신음을 흘리며 그쪽으로 서둘러 갔다. 허리를 쑤셔대는 통증을 느끼며 에뷔는 힘겹게 바위를 올랐다.

하늘에서 불길한 소리가 우르릉 울려댔고, 저 멀리 수평선에서는 천둥소리가 들렸다. 머리카락은 여전히 움직이지 않았지만, 그 쪽으로 가까이 갈수록 에뷔는 자그마한 아이의 몸뚱어리를 알아볼 수 있을 것만 같았다.

제발 리나를 살려주세요. 에뷔는 속으로 빌었다. 제발요, 저 아이를 살려주세요.

54

호텔 앞에는 경찰차 두 대가 서 있었다. 마르틴과 에리카가 로비에 들어서자, 그곳에는 긴장감이 감돌았다. 사람들은 삼삼오오 모여서 나지막하게 이야기를 주고받았다.

구겨진 갈색 제복 차림의 경찰이 전화를 하면서 커다란 지도에 선을 그었다.

모나는 에리카와 마르틴을 발견하고는 둘을 그러안았다. 모나의 머리카락은 비에 젖어 착 달라붙어 있었고, 눈 화장은 완전히 번진 채였다.

그녀는 걱정스러운 기색으로 제복 차림 경찰들을 가리켰다.

"아직 아이를 못 찾았어. 저분은 유세르를 여러 구역으로 나누어놓고 각 구역에 수색대를 보냈단다."

"여기도 찾으러 나갈 사람이 많이 모였네요."

마르틴이 고개를 끄덕였다.

"그래. 다들 도와줄 수 있고, 또 돕고 싶어 해. 마리안네와 도리스는 집집마다 돌아다니고 있어. 수공예 모임 사람들은 전화를 돌리고 있고. 동네 사람들에게 정원과 헛간을 찾아봐준 다음 여기에 와달라고 말을 전하고 있어."

에리카는 마른침을 삼켰다. 다들 베풀어주는 도움에 고마움을 표시하고 싶었지만, 지금은 일어서 있을 힘조차 없었다. 마르틴은 그녀를 받쳐주었고, 에리카는 그의 믿음직한 팔에 안겼다.

마르틴은 그녀의 귓가에 속삭였다.

"괜찮아질 거야. 걱정하지 마. 리나는 어딘가에 숨어 있다가 무슨 일이 있었냐는 듯이 불쑥 나타날 거야."

그는 모나를 바라보며 말했다.

"에리카는 옷을 갈아입어야겠어요. 흠뻑 젖어서요."

"위층으로 올라가. 새로운 소식이 들어오면 부를게."

모나의 말에 에리카는 마르틴의 부축을 받아 계단을 올라갔다. 온몸이 뼛속까지 얼어붙은 느낌이었다. 어서 마른 옷으로 갈아입고 다시 아이를 찾으러 나갈 작정이었다. 그런데 갑자기 문이 확 열리더니 에뷔의 이웃인 유수프가 달려들어왔다.

"해변에서 자전거를 찾았대요."

그는 급하게 소리쳤다.

"분홍색 자전거고, 핸들에 보라색 술이 달려 있대요."

에리카는 마르틴의 셔츠 자락을 꽉 쥐면서 비명을 지르다시피 소리쳤다.

"그거 리나 거야!"

경찰이 유수프에게 다가왔다.

"자전거가 바다에서 얼마나 멀리 떨어져 있다고 합니까?"

"아마 백 미터 정도일 겁니다. 해변 끝에 있었다고 하거든요. 북쪽 해변이요."

"알겠습니다. 수색대가 지금 가고 있습니다."

경찰은 이렇게 말하고 다시 전화를 했다.

에리카와 마르틴의 눈빛이 마주쳤다. 남편이 자신의 팔을 쓰다듬는 게 보였지만 아무런 느낌이 나지 않았다.

"이건 좋은 징조일 거야. 그렇지?"

그는 애써 말했지만 목소리에는 의심하는 기색이 없지 않았다.

에리카는 입술을 깨물었다.

"난 해변을 따라서 쭉 가봤는데도 찾지 못했어."

"우리는 리나를 찾을 거야."

마르틴은 단호하게 말하며 담요를 가져다가 그녀의 어깨에 덮어주었다. 그리고 부부는 손을 잡고서 함께 바다로 내려갔다.

55

에뷔가 고군분투 끝에 마침내 리나에게 다가갔을 때는 숨이 턱 끝까지 차오른 상태였다. 하지만 마지막 있는 힘을 짜내어 아이와 이야기를 해보았다.

"내가 왔단다."

그녀는 한숨을 쉬면서 돌 옆에 털썩 주저앉았다. 아이는 얼굴을 돌리고 누워 있었지만, 에뷔가 손을 뻗어 아이를 만지자 움츠러든 채 겁먹은 눈으로 그녀를 빤히 쳐다보았다. 리나는 머리를 다쳐서 이마에 피가 흐르고 있었다.

"안녕, 리나. 잘 있었니?"

에뷔가 부드럽게 말하자 리나는 그녀를 빤히 쳐다보았다. 그런데 아이는 다시 눈을 꾹 감고서 에뷔가 알아들을 수 없는 말을 중얼거렸다. 아이의 입술이 새파랬다. 에뷔는 비옷을 벗어서 아이에게 덮어주었다.

"아픈 데 있니?"

그녀가 세찬 바람에 맞서 소리쳐 물었다. 리나는 고개를 끄덕이고는 찰과상이 보이는 다리를 가리켰다. 얇은 바지는 찢어져 있었고, 그 아래로 보이는 피부는 피투성이었으며, 한쪽 다리는 기묘한 각도로 꺾여 있었다.

"일어설 수 있니?"

리나는 고개를 저었다. 에뷔는 아이를 달래주었다.

"걱정하지 마라. 나는 간호사라서 널 진찰할 수 있단다."

그녀는 조심스럽게 리나의 다리를 만져보았다. 종아리가 부어올라 있었다. 에뷔의 손길이 닿자 리나는 비명을 질렀다.

에뷔는 다시 자세를 바꾸었다. 지금 상황에서는 리나에게 뭐가 문제인지 알아내기가 어려웠다. 게다가 사방에 널린 온갖 돌들 때문에 가까이 갈 수가 없었다. 하지만 그녀는 리나의 뼈가 부러졌을 거라고 추정했다.

그녀는 막대기를 하나 찾아서 부러진 다리를 받쳐주고 싶었지만 적당한 게 하나도 눈에 띄지 않았다. 에뷔는 한숨을 쉰 다음 두 손을 부드럽게 리나의 겨드랑이에 넣어 아이를 들어 올렸다. 하지만 그녀의 약한 허리로 아이를 들기에는 리나가 너무 무거워서 놓아줄 수밖에 없었다.

그녀는 걱정스럽게 주위를 둘러보았다. 언덕 위로 2미터는 더 높이 올라가야 할 것 같았다. 하지만 리나의 뒤로 커다란 돌이 보였다. 에뷔가 그곳으로 기어올라간다면, 그때는 언덕을 굽어보며 도움을 요청할 수 있을 것이었다.

"내가 도와줄 사람을 불러올게."

그녀는 리나에게 부드러운 목소리로 설명하고서 일어섰다. 그러자 엉덩이 부분에 통증이 일었다. 그녀의 몸은 이런 식의 운동에 더는 익숙하지 않았기 때문이다. 이윽고 그녀는 커다란 바위쪽으로 힘겹게 다가갔다.

처음에는 거기 올라간다는 것 자체가 불가능해 보였지만, 몇 번이나 균형을 잃고 발이 미끄러진 끝에 간신히 올라갈 수 있었다. 경사면에 튀어나와 자라는 덤불을 잡고서 온몸을 끌어당겨 위로 올라갔다.

에뷔는 균형을 잃지 않으려고 바로 섰다. 그러다 마침내 50미터쯤 떨어진 곳에 있는 요나스를 발견했다. 그녀는 온몸의 힘을 다해 요나스를 외쳐 부르며 팔을 마구 흔들어댔다.

"요나스! 나야! 요나스! 도와줘!"

그녀의 목소리는 세찬 바람을 이기지 못했다. 이러다 돌풍이 확밀려들면 속절없이 쓰러지는 건 시간문제였다. 우비를 입고 있지 않은 몸이 비를 그대로 맞았다. 피부가 칼바람에 닿자 불에 덴 듯쓰라렸다. 에뷔는 다시금 요나스에게 손짓하려 했지만, 그는 이쪽을 봐주지 않았다.

에뷔는 답답한 신음을 흘렸다. 아무도 여기를 봐주지 않으면 어떡하지?

그녀는 리나를 혼자 남겨두고 갈 수 없었다. 이 아이는 병원에 가야 했다.

그녀는 머리에서 방수 모자를 벗어서 팔을 쭉 뻗어 흔들어댔다. 구조 신호용 천처럼 모자를 흔들면 잘 보이지 않을까. 에뷔는 이렇게 생각하며 곁눈질로 바다를 바라보았다. 높은 파도가 해변까지 밀려들어와 거품이 사방으로 튀어댔다.

  팔이 아팠다. 그래도 마지막으로 한 번 더 모자를 흔들어보았다. 에뷔는 까치발로 서서 공중으로 모자를 흔들며 요나스를 불렀다.

  이제 요나스의 모습은 그저 흐릿한 윤곽선으로 보일 뿐이었다. 그런데 갑자기 그가 이쪽을 돌아보는 듯 움직였다. 에뷔는 뭘 해야 할지 알았다. 단호하게 마음먹은 그녀는 무릎을 펴고 몸을 확 일으켜 껑충 뛰며 팔을 높이 들어 휘저었다. 그리고 비스듬히 착지하다가 균형을 잃고 넘어졌다.

56

에리카는 저 멀리 모래언덕에 모여 있는 몇몇 사람들을 보았다. 그녀와 마르틴은 서둘러 그곳으로 다가갔다. 제복 차림 경찰관 두 명이 전화를 거는 가운데, 그들을 중심으로 우산 쓴 사람들이 다닥다닥 모여들어 반원을 이루었다.

모래밭에 쓰러진 리나의 자전거를 본 에리카는 마치 주먹으로 배를 맞은 느낌이었다. 그녀는 숨을 헐떡이면서 마르틴의 손을 잡았다.

경찰관 하나가 자전거를 가리키며 조용히 물었다.

"이게 리나 것 맞습니까?"

마르틴은 고개를 끄덕였다. 그는 한마디도 하지 않다가, 결국 겁먹은 목소리로 물었다.

"왜 리나는 전혀 보이질 않는 겁니까? 왜 우리는 아직 그 애를 못 찾은 겁니까?"

그 순간, 그들은 어디선가 들려온 소리에 깜짝 놀라 귀를 기울였다. 바람결에 어떤 남자의 목소리가 들려와서 모두들 그쪽으로 고개를 돌렸다.

심한 폭풍우 때문에 누구인지 알아보긴 힘들었다. 에리카는 얼굴에서 빗물을 닦아내고는 눈을 가늘게 뜬 다음 중얼거렸다.

"요나스야."

가까이 다가오는 요나스의 팔에 무언가가 들려 있는 게 보였다. 팔 안에 든 것은 작았지만, 에리카는 리나의 금발을 알아보았다. 온몸에 두려움이 파도처럼 엄습했다.

"리나!"

버럭 소리친 그녀는 마르틴과 함께 요나스에게 달려갔다. 그러는 동안 경찰들이 동네에서 대기 중인 구급차를 부르는 소리가 들렸다.

요나스는 그들 몇 미터 앞에 서서 진이 빠진 채로 숨을 몰아쉬었다. 에리카는 가까이 다가가 리나의 얼굴을 두 손으로 잡았다. 아이는 울고 있었다.

"엄마."

에리카와 마르틴은 칭얼대는 아이를 요나스에게서 조심스레 받아 들고 얼음장처럼 차가운 몸을 꼭 껴안았다. 둘은 한목소리로 말했다.

"우리 딸, 대체 어디 있었던 거지?"

리나는 훌쩍이면서 숨을 삼켰다.

"너 피가 나."

에리카는 아이의 상태를 알아차리고 리나의 머리카락을 이마에서 쓸어냈다.

"길에서 미끄러졌어. 그래서 돌 위로 떨어졌어."

아이가 울면서 말하는 동안 요나스는 몸을 앞으로 숙이고 선 채로 숨을 헐떡이며 말했다.

"애 다리가 부러진 것 같아."

"리나를 어디서 찾았어?"

그는 푸른 언덕을 가리키며 말했다.

"저 아래에 쓰러져 있었어. 저기 언덕에서 추락한 게 분명해. 그리고 에뷔가 아직 저 아래에 있어. 리나를 찾은 건 에뷔야. 하지만 에뷔도 넘어져서 다쳤어. 누가 가서 도와주세요."

두 경찰관은 고개를 끄덕이고는 요나스가 가리킨 방향으로 달려갔다.

"고마워."

에리카가 말했다.

"고마워할 거 없어. 아이가 무사해서 다행이야."

리나는 에리카의 품에서 몸을 뒤틀며 울먹였다.

"다리가 아파."

"그럴 거다, 우리 딸. 다리가 아마 부러졌을 거야. 하지만 곧 구급차가 올 테니 기다리자."

마르틴의 말에 리나는 눈을 꼭 감고 칭얼댔다. 에리카와 마르틴은 서로를 쳐다보았다.

"엄마랑 아빠가 얼마나 걱정했는지 아니? 너를 한참 찾아다녔어."

에리카가 말하는 동안 시야 저 끝에서 이쪽으로 달려오는 어머니가 보였다. 저 멀리 구급차의 사이렌 소리가 들려왔다.

그러자 리나는 눈을 뜨고서 엄마를 빤히 바라보며 물었다.

"나 구급차 타도 돼? 그래서 병원 가?"

"응. 타도 돼."

에리카의 대답에 리나는 고개를 끄덕였다. 아이는 얼굴이 하얗게 질렸는데도 가냘픈 미소를 어렵사리 지으며 속삭였다.

"드디어 탄다."

57

7월 3일 수요일

퍼트리샤는 주위를 둘러보았다. 하늘 높이 뜬 태양 아래로 그녀의 시선은 널따란 바다를 배회했다. 바람이 잔잔하게 부는 가운데 고요해진 바다 위로 푸른 하늘에 펼쳐진 양떼구름이 비쳤다.

이곳에 온 후 처음으로 이 자그마한 만에 평화로움이 감돌았다. 절벽과 해안 위로 고요함이 내려앉았다.

오늘은 퍼트리샤가 유셰르에서 보내는 마지막 날이었다. 저녁이 되면 버스를 타고 말뢰에 갈 것이었다. 물론 며칠 더 머물 수도 있긴 했다. 비행기표를 변경하는 건 전혀 문제가 되지 않았고, 학교에 전화를 걸어 마스던 씨에게 사정을 설명하자 일주일 더 휴가를 받았다. 하지만 그녀는 밀크리크의 집에 가서 며칠 쉬기를 바라마지않고 있었다. 이 며칠 동안 너무나 많은 사건이 벌어졌던지라 혼자서 이해해볼 시간이 필요했다. 마치 잃어버렸던 삶을 갑자기 되찾은 듯한 기분이라, 퍼트리샤는 이제껏 받은 충격을 정리하고 새로운 현실에서 앞으로 나아갈 시간이 필요했다.

모나와 도리스, 마리안네를 보면 마음이 훈훈해졌다. 퍼트리샤는 이 자그마한 독서 모임의 여자들을 만나게 되어 무척 고마웠다. 이제껏 수많은 일이 일어나긴 했지만, 유셰르에서 머문 시간은 여러 모로 환상적으로 좋았다. 앞으로 이 셋이 무척 보고 싶어지겠지.

이제 퍼트리샤는 모인 사람들 쪽으로 눈길을 돌렸다. 사람들은 커다란 언덕 아래 수북한 덤불이 자라나 자연적인 바람막이를 형성한 곳에 모여 서 있었다. 모나가 매들린을 위한 기념행사를 열자고 제안했을 때, 퍼트리샤는 그저 자신과 독서 모임 친구들 정도만 참석하리라 생각했다. 그런데 이토록 많은 이들이 참여하기를 원할 줄이야. 게다가 그중 많은 수가 동생에게 작별 인사를 하러 왔다는 데 그녀는 감동했다.

퍼트리샤는 부모님 사이에 서서 웃고 있는 꼬마 리나를 보았다. 에리카의 막내딸이 무사해서 정말 다행이었다. 아이는 예상대로 다리가 부러졌고 이마에도 상처가 나서 봉합을 해야 했지만 그것 말고는 아이가 사고로 심하게 나쁜 영향을 받은 것 같지는 않았다. 리나는 여전히 매일 아침 가장 먼저 일어나서 '모나의 책이 있는 B&B'의 탁자 사이로 목발을 짚고 다니기를 좋아했다. 게다가 구급차를 탄 경험을 신나게 이야기하며 진짜 의사가 주사를 놓고 붕대를 감아주어서 무척 기뻤다고 말했다.

퍼트리샤에게서 몇 미터 떨어진 곳에 선 에뷔는 손수건에 대고 코를 훌쩍였다. 그녀 역시 구급차를 탔어도 리나만큼 그 경험을 재미있어하지는 않아 보였다. 모나의 말에 따르면 가파른 비탈길 아래 바위투성이 해변에서 아이를 발견하고 구조한 게 에뷔라 했다. 누가 봐도 그녀는 무척 고통스러워 보였다. 다행히 부러진 곳은 아무 데도 없었지만, 그날 이후로 통증에 시달린 나머지 에뷔는 지팡이를 짚고 걷는 신세가 되었다.

퍼트리샤는 말없이 에뷔를 지켜보았다. 언제나처럼 에뷔는 살짝 우울한 기색이었고, 함께 사는 검은 고양이는 그녀의 다리를 몸으로 가볍게 쓰다듬었다.

유수프는 무릎을 꿇고서 매들린을 기념하기 위해 심은 장미 덤불 주위 지반을 단단히 다졌다. 장미는 콘스탄스 스프라이라는 품종으로, 커다란 접시 모양의 분홍색 꽃잎이 돋는 아름다운 꽃이었다. 도리스는 유수프 옆에 서서 정원 도구를 들고 있었다.

일을 마친 유수프는 퍼트리샤에게 다가와 꽃을 가리키며 엄숙하게 말했다.

"제가 이 장미를 잘 돌보겠다고 약속드리겠습니다. 이곳에서 아주 잘 자라며 울창해질 겁니다."

퍼트리샤는 고개를 끄덕였다. 무성한 장미 덤불만큼 매들린을 잘 기릴 수 있는 기념비란 있을 수 없을 것이다. 2미터 넘게 자라며 처빌*과 몰약 향기를 풍기는 기념비가 되어주겠지.

"고마워요. 정말 아름답네요."

제비 한 마리가 머리 위를 높이 날아다니는 모습을 퍼트리샤는 눈을 들어 바라보았다. 매들린이 이젠 정말로 세상에 없다는 걸

---

* 허브의 일종.

알자 참으로 끔찍한 기분이었지만, 그래도 진실을 알게 되자 더없이 자유로워졌음을 깨닫기도 했다. 마침내 자신은 동생을 애도할 수 있게 되었고, 그래서 지난 수십 년간 느끼지 못했던 마음의 평화를 얻게 되었다.

그녀는 이어서 요나스를 떠올렸다. 지난 며칠간 독서 모임에서는 요나스에 대해 많은 이야기를 나누었다. 다들 왜 그가 그토록 오랫동안 진실을 숨겼는지 궁금해했다.

매들린이 절벽에서 떨어졌을 때 요나스가 얼마나 심하게 겁을 먹고 충격을 받았을지는 쉽게 상상할 수 있었다. 게다가 그의 어머니는 요나스에게 아무 말 하지 말라고 설득했을 테지. 하지만 루트는 그 사실을 절대로 인정하지 않을 거란 생각도 들었다.

퍼트리샤는 한숨을 쉬었다. 이 모든 일을 생각하면 한도 끝도 없이 슬퍼졌지만, 동시에 이제야 마음의 평화를 조금이나마 찾게 되어 감사하기도 했다. 그녀는 주머니에서 작은 펜던트가 달린 은목걸이를 꺼내어 바라보았다. 퍼트리샤는 요나스를, 또 그가 매들린과 마지막으로 만났던 때의 생각을 많이 했다. 그리고 자신의 생각을 길고 긴 편지로 써서 그에게 보냈다. 만약 매들린의 실종 사건을 일으킨 사람을 찾아내게 된다면 그 순간 끔찍한 분노가 타오를 것이라 항상 생각해왔었다. 당신 때문에 얼마나 큰 피해를 입었는지 아냐며 뚜렷하게 말해주리라 생각했었다. 하지만 그런 분노는 이제 더는 자신에게 존재하지 않는 듯했다. 퍼트리샤는 하얀 종이를 앞에 두고 앉아 대신 동생에 대해 쓰기 시작했다. 편지에서 그녀는 매들린의 어린 시절에 대해 설명했다. 내 동생은 갓 태어난 새끼 양이나 병아리, 새끼 돼지들을 집에 데려와야 한다고 애원했던 아이였다고. 새끼들이 어두운 헛간에서 무서워하면 어떡하냐고 걱정해서였다고. 내 동생은 혼자서 작곡한 노래를 들려주며 퍼트리샤와 아버지를 즐겁게 해주었다고, 언제나 다른 사람들을 배려하고 모두 다 잘 지내는 방법이 뭘까 궁금해하던 아이였다고.

이 편지를 쓰는 의미가 뭔지 사실 퍼트리샤는 알 수 없었다. 아마도 이건 속죄의 시도일까. 아닐 수도 있지만. 어쨌든 요나스에게 매들린 이야기를 한다고 생각하니 좋았다. 그러면 요나스는 매들린에 대해 자세한 심상을 갖게 될 테니까.

리나가 구조된 후, 요나스는 경찰과 함께 떠났다. 퍼트리샤는 경찰차에 타는 그를 지켜보았고, 이틀 후에 어떤 조사관이 그녀에게 와서 몇 가지 묻고 갔다.

요나스에게 내려질 적절한 처벌은 무엇일까. 그녀는 알 수 없었다. 요나스가 인정한 대로 퍼트리샤는 매들린의 추락이 고의가 아닌 우연한 사고였다고 생각하지만, 그래도 요나스는 수십 년 동안 진실을 숨기지 않았나. 하지만 그는 자신의 삶을 어렵게 사는 이들을 위해 헌신하기로 결심하면서 본인이 저지른 범죄를 속죄한 것일지도 모른다. 그리고 스웨덴 교도소에 있기보다는 콜카타에 머물며 더 좋은 일을 할 수 있지 않을까.

퍼트리샤는 조심스럽게 목걸이를 푼 다음 자신의 목에 드리워 감았다. 이제부터 그녀는 매들린과 항상 함께하리라. 동생을 언제나 심장 근처에 두고 있다고 생각하니 나름의 위안이 되었다.

마리안네는 퍼트리샤의 팔을 부드럽게 어루만졌다. 그녀는 이 기념식 사회를 봐주겠다고 약속했었다.

"준비됐어?"

마리안네가 조심스레 묻자, 퍼트리샤는 고개를 끄덕였다. 도리스와 모나는 그녀의 양옆에 서서 손을 잡아주었다. 마리안네가 목을 가다듬자 모인 이들이 조용해졌다.

"우리는 오늘 멋진 아가씨와 작별을 나누기 위해 이 자리에 모였습니다. 매들린 미란다 그레이는 1967년 샬러츠빌에서 태어나 1987년 이곳 유셰르에서 세상을 떠났습니다."

퍼트리샤는 마리안네가 읊어주는 동생의 이야기를 가만히 들었다. 마리안네는 낭랑한 목소리로 대단히 아름다운 분위기를 자아내며 매들린의 어린 시절과 무척 좋아했던 것, 친구들에게 받았던 큰 사랑 등을 이야기했다.

연설이 끝나갈 무렵, 마리안네는 두 손을 잡았다.

"마지막으로 메리 엘리자베스 프라이가 쓴 시를 낭독하겠습니다. 언니인 퍼트리샤가 동생을 위해 고른 시입니다."

그녀는 이렇게 말하며 눈을 내리깔았다.

내 무덤 앞에서 울지 마세요.

난 여기 없어요. 이곳에 잠들지 않았어요.

난 수천 갈래 불어오는 바람이 되었으니.

난 눈 위에 반짝이는 다이아몬드가 되었으니.

난 익어가는 곡식을 비추는 햇살이 되었으니.

아침의 고요한 속삭임에 깨어 일어날 때면

조용하게 내리는 가을비가 나랍니다.

고요한 새들이 선회하며 날아갈 때

위로 치솟아 오르는 돌풍이 나랍니다.

밤에 빛나는 부드러운 별빛이 나랍니다.

나는 노래이자 새소리죠.

나는 맑은 종소리죠.

그러니 슬퍼하지 말아요. 나를 믿어요.

난 여기 없으니까요. 나는 죽지 않았으니까요.

퍼트리샤는 숨을 들이쉬고서 마리안네를 껴안았다.

"고마워. 정말 아름다운 추모식이었어."

그녀는 마리안네의 귓가에 속삭였다. 그리고 장미 덤불을 바라보며 매들린이 이 장소와 바다의 풍경을 좋아했으리라고 생각했다.

문득 퍼트리샤의 마음이 아주 가벼워졌다. 모나가 그녀의 팔을 어루만지며 괜찮으냐는 질문을 눈빛으로 던지자, 그녀는 고개를 끄덕였다.

"참여하신 분들은 모두 호텔로 와주시기 바랍니다. 커피와 우유 롤빵이 제공됩니다."

모나가 엄숙히 말했다.

에리카와 마르틴은 손을 잡고서 '모나의 책이 있는 B&B'로 들어갔다. 두 사람 앞에서 리나는 즐겁게 목발을 짚으며 깁스를 한

다리를 흔들었다.

"아름다운 추모식이었어."

마르틴은 이렇게 말하며 그녀의 손을 부드럽게 힘주어 잡았다. 에리카는 고개를 끄덕였다. 지난 며칠간 그녀는 리나가 자신 때문에 다쳤다는 죄책감과 이젠 모든 게 다 잘 끝났다는 감사함 사이에서 마음을 종잡을 수 없었다. 그러다 이제야 긴장을 풀 수 있게 된 기분이었다. 무엇보다도 그건 마르틴 덕분이었다.

그녀는 자신의 옆에 서서 함께 걷는 남편을 바라보았다. 참으로 오랜만에 어째서 자신이 이 남자와 사랑에 빠졌는지 떠올랐다.

에리카의 머릿속으로 룬드의 봄날이 떠올랐다. 그때 열렸던 학생 파티에서 에리카는 마르틴이 홀로 조용히 있는 시간이 너무 많다고 생각했었다.

그는 언제나 특유의 차분한 태도를 에리카에게 물들이는 재능이 있었다. 그녀가 과거를 떠올리며 '그러면 좋았을 텐데, 이렇게 할 수도 있었을 텐데, 이랬어야 했는데' 등등의 생각을 하기 시작할 때마다 모든 게 다 잘될 거라는 사실을 언제나 일깨워주는 게 마르틴이었다.

그들은 이미 가족이 처한 상황을 어떻게 개선할지 오랫동안 대화를 나누었다. 모나는 둘이서만 저녁을 먹으며 아무런 방해 없이 이야기를 해보라고 자리를 마련해주었는데, 놀랍게도 마르틴은 집안일을 공평하게 분담할 방법을 먼저 제안해왔다. 에리카는 남편이 짠 엑셀 계획표가 과연 실현 가능할 것인지에 대해선 전적으로 확신할 수 없었지만 그래도 오랜만에 한번 희망을 가져볼 준비는 되어 있었다. 그러면 집에 가서 창문을 닦아볼 수도 있겠지. 어쩌면 가발과 가죽 원피스를 다시 꺼내봐야 할지도 모르겠고.

에리카는 몇 걸음 앞으로 나오는 퍼트리샤를 바라보았다.

"저분이 고향에 돌아가신다니 섭섭하네. 그리울 거야."

그녀의 나직한 말에 마르틴은 고개를 끄덕이고는 주머니에서 휴대폰을 꺼냈다. 방금 문자가 온 모양이었다.

"엠마는 말뫼에 도착했대. 곧 갈아탈 거래."

에리카는 미소를 지었다. 앞으로 2주 동안 온 가족이 유셰르에서 휴가를 보내기로 했으니까. 마르틴은 이번에는 제대로 쉬겠다고 약속하면서, 심지어 자신의 노트북을 모나의 금고에 넣어두기까지 했다. 엠마를 설득하는 건 좀 더 어려웠지만, 딸애에게 친구들과 함께 코펜하겐에서 하루 있어도 좋다고 하자 엠마 역시 외스텔렌에 오겠다고 약속했다. 에리카는 온 식구를 다시금 한자리에 모으고 싶어서 조바심이 났다.

호텔은 평소와 다름없이 돌아갔다. 모나와 도리스는 찻주전자와 커피 주전자, 우유 롤빵으로 가득 찬 커다란 그릇을 탁자에 내려놓았다.

에리카와 마르틴, 리나는 모나의 독서 모임 친구들과 함께 자리에 앉았다. 유수프는 도리스 옆에 조용히 앉았고, 도리스는 그의 품에 안겨 있었다. 그러다 에뷔가 옆으로 절뚝이며 지나가자, 마리안네는 의자를 하나 빼주었다.

"여기 앉아요."

그녀는 미소를 지으며 말했다. 에뷔는 미심쩍다는 듯 그녀를 바라보았지만 이내 기진맥진한 채로 의자에 털썩 앉았다. 뒤에서 슬그머니 따라온 사바는 아무런 두려움 없이 리나의 무릎에 폴짝 뛰어올라 당당하게 몸을 뻗었다. 마치 거기 앉는 게 세상에서 가장 자연스러운 일인 듯한 기색이었다.

"내가 하고 싶은 말이 있어요."

마리안네는 명랑하게 말하며 에뷔에게 잔을 건네주었다. 그러자 에뷔는 못마땅하다는 듯 물었다.

"그래요? 뭔데요?"

"내가 듣기로, 당신은 해수욕장에 안전 장비가 부족하다고 생각한다면서요. 그래서 내가 구명보트랑 부두에 설치할 새 사다리를 사기로 했거든요."

잠시 동안 에뷔는 여기에 어떻게 반응해야 할지 모르는 듯 보였지만, 이내 콧김을 뿜으며 몹시 흥분했다.

"살 때가 되긴 했죠."

"그래서 내가 생각했는데……"

마리안네는 계속 이야기하려 했지만, 에뷔는 말을 가로막았다.

"설마 나더러 당신 건축 계획에 건 소송을 취하하라는 건 아니겠지요? 죽어도 그럴 수는 없어요. 이런 걸로 나랑 협상하려고 하지 말아요."

그녀는 가슴께에 팔짱을 끼고서 대꾸했지만, 마리안네는 고개를 저었다.

"아니, 나는 괜찮은 구명보트 고르는 걸 도와줄 수 있느냐고 물어보려 했는데요."

에리카는 에뷔가 턱을 치켜들고 큰 소리로 못마땅한 신음을 내는 모습을 재미있게 지켜보았다.

"그럼 뭐, 고를 수야 있겠죠. 당신이 완전히 엉뚱한 보트를 사버리면 안 되니까."

마리안네가 눈을 흘기자 에리카는 웃고 말았다. 마리안네가 처음에 모나의 호텔에 투자하고 싶다는 의견을 밝혔을 때, 에리카는 그게 진심이라고는 생각하지 않았다. 하지만 지난 며칠 동안 모나와 마리안네는 함께 계획을 세우고 해초 제품 생산을 시작했다. 모나는 마르쿠스에게 해초를 수확하는 법을 보여주었고, 마르쿠스는 제품 판매용 웹사이트를 만들었다.

정말 놀랍게도 마리안네의 손자는 모나의 호텔에서 일해보겠냐는 제안에 상당히 기뻐했다. 그 후부터 그는 모나의 주방에서 나오고 싶어 하지 않는 것 같았다. 그는 빵을 굽고 주스를 짜고 요리하고 저장 식품을 만들었다. 그래서 모나는 다른 일에 전념할 수가 있었다.

모나가 마지막으로 자리에 앉자 퍼트리샤가 입을 열었다.

"사랑하는 여러분, 다들 고맙습니다. 여러분과 함께 있는 이 시간이 나에게 얼마나 소중한지 아시려나 모르겠어요."

"우리에게도 정말 소중한 시간이야."

도리스가 말하자 모나도 끼어들었다.

"네가 여기 와서 정말 기뻐. 그리고 네 동생을 알 기회를 주어서 고마워."

"우리를 두고 떠난다는 게 실감이 안 나."

도리스가 슬퍼하며 말했지만, 퍼트리샤는 미소를 지었다.

"나도 실감이 안 나. 이번 여름은 내 인생 최고의 시간이었어. 나 꼭 다시 올게. 약속해. 그리고 너희도 버지니아에 온다면 언제든 대환영이야."

"농장은 어떻게 할지 다시 생각해봤어?"

마리안네가 호기심에 차서 물었다. 그러자 퍼트리샤는 다른 이들을 바라보며 말했다.

"사실 부동산 중개인에게 이메일을 보내놨어. 금요일에 집을 보러 올 거야."

"참 잘됐네. 하나 더 먹어."

모나는 불쑥 말하며 퍼트리샤에게 빵 접시를 밀어주었다.

"네가 만든 음식이 그리울 거야. 그 해초 빵 없이 나 어떻게 살지?"

마리안네는 금색 매니큐어를 칠한 손톱을 열심히 교차시키며 말했다.

"우리가 제품을 판매하는 대로 몇 개 보내줄게. 그럼 이게 미국에서도 괜찮게 팔릴지 우리를 위해 대신 알아봐줘."

퍼트리샤는 미소를 지었다.

"기꺼이 해줄게. 스웨덴산 해초는 분명히 스웨덴산 미트볼 다음으로 선풍적인 인기를 끌게 될 거야."

도리스는 고개를 저으며 손수건을 꺼냈다.

"난 작별 인사를 할 때마다 너무 힘들어."

그녀가 중얼거리자 유수프는 도리스의 등을 부드럽게 쓰다듬었다. 퍼트리샤는 다정하게 말했다.

"곧 다시 보면 되지. 유수프랑 같이 미국에 놀러 올 수 있잖아!"

도리스는 유수프를 바라보았다.

"그거 정말 괜찮은 생각인데."

잠시 동안 모두 조용해지더니, 이윽고 마리안네가 기지개를 켜고서 말했다.

"우리가 널 위해 준비한 게 있어. 작별 선물이야."

그녀는 작은 꾸러미를 하나 꺼내 퍼트리샤에게 주었다.

"우리는 독서 모임이잖아. 그래서 네가 고향으로 가는 길에 가져갈 책을 주기로 했어."

퍼트리샤가 꾸러미를 풀자 사진첩 같아 보이는 책이 나왔다. 앞부분이 조개껍데기와 잘 말린 해변의 식물로 아름답게 꾸며진 책이었다. 책장을 열자 매들린이 환하게 웃는 모습이 담긴 사진이 있었다.

"동네 사람들이 도와줬어. 네 동생의 사진을 모두 찾아다가 앨범에 모아 넣었어. 매들린을 개인적으로 알던 사람들도 추억이 될 만한 글을 몇 줄 적었고."

퍼트리샤는 믿을 수 없으리만큼 감동한 기색이었다.

"고마워, 모두들."

그녀는 눈물을 글썽이며 중얼거렸다. 도리스와 모나, 마리안네가 일어서서 탁자 이쪽으로 다가와 퍼트리샤를 안아주자 그녀는 더는 눈물을 참을 수가 없었다.

"여기 오면 언제나 널 위한 방이 준비되어 있을 거야. 내가 이 호텔을 운영하는 한 말이야. 난 백 살까지 살 거야."

모나가 힘 있게 말하며 그녀를 꼭 안아주었다. 그러자 마리안네가 불쑥 말했다.

"백 살까지라니? 최소한 백 살은 살아야지. 그때쯤이면 우리는 해초로 엄청난 부자가 되어 있을 거야."

리나는 사바의 귀 뒤를 가볍게 쓰다듬으며 기분 좋게 에리카를 바라보았다.

"얘가 나 좋아하는 것 같아."

"엄마가 봐도 그래 보이네."

아이는 미소를 지으며 고양이를 꼭 껴안았다. 하지만 고양이는 회의적인 몸짓으로 고개를 돌렸다.

"할머니, 호텔에 고양이 많이 키워야 해요. 누가 와도 꼭 안아줄 고양이가 있으면 좋잖아요."

"고양이 호텔이라. 나쁘지 않구나, 리나."

모나는 가만히 생각에 잠겨서 대답했다.

에리카는 어머니를 보며 한숨을 쉬었다. 다음 해 여름은 유셰르에서 보내야겠네. 누군가는 사리 분별에 맞는 생각을 하면서 엄마를 막아주고 눈을 부릅뜬 채 만사를 지켜봐야 하니까. 그녀는 이런 생각에 절로 미소를 지었다. 안 그랬다간 무슨 일이 벌어질 줄 알고?

감사의 말

　우선 저는 루이스 베켈린에게 감사하고 싶습니다. 그분은 제 책을 놀라우리만큼 능숙한 솜씨로 출판해주셨을 뿐만 아니라, 저의 이상을 공유하고 제 글에 예리하게 귀 기울여주시며 또 저의 영감이 되어주셨습니다. 그리고 안드레아 그루브말름, 마리아 마르틴손과 더불어 『세상 끝 작은 독서 모임』이 창작되기까지 함께해준 모든 분들에게 감사드리는 바입니다. 표지 디자인부터 내지 조판, 마케팅과 판매에 이르기까지 다들 아주 훌륭하게 일해주셨습니다.

　저의 편집자인 레나 산프리드손에게 무척 고맙습니다. 그분은 제게 아주 귀중한 공감을 해주셨고, 예리한 시선과 현명한 생각을 제시하여 제 이야기를 더욱 좋게 만들어주셨습니다.

　언제나 그렇듯 우리 어머니 에바 쉐베크와 아버지 비에른 쉐베크에게 감사드리고 싶습니다. 두 분은 제 글을 교정해주시고 아이들을 돌봐주시고 언제나 제 곁에 계셔주시며 제가 항상 큰 꿈을 꾸도록 이끌어주셨죠. 부모님께서 지지해주지 않으셨더라면 저는 지금 이 자리에 있지 못했을 겁니다.

제 남편 안토니오는 저의 인생에서 놀라우리만큼 중요한 역할을 해주고 있습니다. 나와 이 여정을 함께 해주어 고마워요. 내가 목표에 도달할 수 없을 것 같을 때도 나를 항상 믿어준 것 역시 고맙고요. 또한 나의 사랑하는 자녀 틸다와 클라라에게도 고맙습니다. 두 아이 덕분에 저는 삶의 관점을 얻게 되었고, 이 아이들을 통해 매일 새로운 걸 배우고 있습니다(물론 나는 유명한 파쿠르* 전문가는 되지 못할 것 같지만요).

제 책을 읽어주고 계속 추천해주고 또한 제가 특정 기간 동안 '쓰기의 방'에 틀어박혀야 한다는 걸 이해해준 우리 가족과 친구들에게 크게 감사드립니다.

자료 조사는 언제나 글쓰기의 일부이기에, 제 질문에 여러 방법으로 답해주신 모든 전문가들에게 감사드리고 싶습니다. 특히 토마스 몬손 의사, 테레세 베텔뢰브, 파트리크 베텔뢰브에게 감사합니다. 제가 이 책 내용에서 저지른 실수가 있다면 그건 전적으로 제 탓입니다. 1987년 외스텔렌에서 어떤 버스가 운행했는지 같이 알아봐준 스타판 세벤피오르드에도 크게 감사합니다. 또한 책의 날에 저를 실링에 초대해준 실링에 극장 친구분들에게도 감사드립니다. 그곳과 주변 지역은 이 소설의 배경에 많은 예시가 되어주었습니다.

---

* 안전장치 없이 도시의 지형이나 건물을 뛰어넘거나 올라타 이동하는 곡예 활동.

마지막으로 제게 많은 사랑과 감사를 표현해주신 훌륭한 독자님들 모두에게 감사드리고 싶습니다. 여러분이 없었다면 저는 책을 쓸 수가 없었을 겁니다. 인스타그램과 페이스북에서 제 소설을 추천해주시고 저를 응원해주셔서 감사합니다.

이제 창문을 닦으러 가야겠어요.

세상 끝 작은 독서 모임

초판 1쇄 인쇄 2024년 6월 18일
초판 1쇄 발행 2024년 6월 28일

지은이 프리다 쉬베크
옮긴이 심연희
펴낸이 정중모
펴낸곳 도서출판 열림원

출판등록 1980년 5월 19일(제406-2000-000204호)
주소 경기도 파주시 회동길 152
전화 031-955-0700
팩스 031-955-0661
홈페이지 www.yolimwon.com
이메일 editor@yolimwon.com

페이스북 /yolimwon
트위터 @yolimwon
인스타그램 @yolimwon

기획 민병일
책임편집 박지혜
편집 김은혜 정소영 김혜원
디자인 강희철
마케팅 홍보 김선규 고다희

온라인사업 서명희
제작 윤준수
영업관리 고은정
회계 홍수진

ⓒ 프리다 쉬베크, 2024

ISBN 979-11-7040-269-5 03850